语文阅读推荐丛书

唐宋传奇选

张友鹤／选注

人民文学出版社

图书在版编目（CIP）数据

唐宋传奇选 / 张友鹤选注. —北京：人民文学出版社，2018（2022.2重印）
（语文阅读推荐丛书）
ISBN 978-7-02-013812-8

Ⅰ.①唐… Ⅱ.①张… Ⅲ.①传奇小说—小说集—中国—唐宋时期 Ⅳ.①I242.1

中国版本图书馆 CIP 数据核字（2020）第 139038 号

责任编辑　胡文骏　张梦笔
装帧设计　李思安　崔欣晔
责任印制　王重艺

出版发行　人民文学出版社
社　　址　北京市朝内大街166号
邮政编码　100705

印　　刷　三河市宏盛印务有限公司
经　　销　全国新华书店等

字　　数　279千字
开　　本　650毫米×920毫米　1/16
印　　张　21　插页1
印　　数　39001—42000
版　　次　1964年6月北京第1版
印　　次　2022年2月第11次印刷

书　　号　978-7-02-013812-8
定　　价　28.00元

如有印装质量问题，请与本社图书销售中心调换。电话：010-65233595

出版说明

从 2017 年 9 月开始,在国家统一部署下,全国中小学陆续启用了教育部统编语文教科书。统编语文教科书加强了中国优秀传统文化教育、革命传统教育以及社会主义先进文化教育的内容,更加注重立德树人,鼓励学生通过大量阅读提升语文素养、涵养人文精神。人民文学出版社是新中国成立最早的大型文学专业出版机构,长期坚持以传播优秀文化为己任,立足经典,注重创新,在中外文学出版方面积累了丰厚的资源。为配合国家部署,充分发挥自身优势,为广大学生课外阅读提供服务,我社在总结以往经验的基础上,邀请专家名师,经过认真讨论、深入调研,推出了这套"语文阅读推荐丛书"。丛书收入图书百余种,绝大部分都是中小学语文课程标准和统编语文教科书推荐阅读书目,并根据阅读需要有所拓展,基本涵盖了古今中外主要的文学经典,完全能满足学生成长过程中的阅读需要,对增强孩子的语文能力,提升写作水平,都有帮助。本丛书依据的都是我社多年积累的优秀版本,品种齐全,编校精良。每书的卷首配导读文字,介绍作者生平、写作背景、作品成就与特点;卷末附知识链接,提示知识要点。

在丛书编辑出版过程中,统编语文教科书总主编温儒敏教授,给予了"去课程化"和帮助学生建立"阅读契约"的指导性意见,即尊重孩子的个性化阅读感受,引导他们把阅读变成一种兴趣。所以本丛书严格保证作品内容的完整性和结构的连续性,既不随意删改作品内容,也不破坏作品结构,随文安插干扰阅读的多余元素。相信这套丛书会成为广大中小学生的良师益友和家庭必备藏书。

人民文学出版社编辑部
2018 年 3 月

目　次

导读 ··· 1

前言 ··· 1

任氏传 ·· 沈既济 1
离魂记 ·· 陈玄祐 17
柳氏传 ·· 许尧佐 21
柳毅传 ·· 李朝威 30
李章武传 ··· 李景亮 51
霍小玉传 ··· 蒋　防 60
古《岳渎经》··· 李公佐 73
南柯太守传 ·· 李公佐 77
谢小娥传 ··· 李公佐 92
李娃传 ·· 白行简 98
东城老父传 ·· 陈　鸿 114
长恨传 ·· 陈　鸿 126
莺莺传 ·· 元　稹 141
无双传 ·· 薛　调 156
虬髯客传 ··· 杜光庭 165
郭元振 ·· 牛僧孺 174

马待封	牛 肃	179
王维	薛用弱	183
王之涣	薛用弱	188
红线	袁 郊	192
昆仑奴	裴 铏	200
聂隐娘	裴 铏	205
裴航	裴 铏	210
王知古	皇甫枚	216
飞烟传	皇甫枚	230
却要	皇甫枚	240
温京兆	皇甫枚	242
间丘子	张 读	246
崔玄微	段成式	249
吴堪	皇甫氏	253
京都儒士	皇甫氏	256
画琵琶	皇甫氏	258
李薯	缺 名	260
李使君	康 骈	263
崔护	孟 棨	266
流红记	张 实	269
谭意哥传	秦 醇	274
梅妃传	缺 名	287
李师师外传	缺 名	297

知识链接 ……………………………………… 311

导　读

　　如果按照语体特征来划分的话,中国古代小说可分为文言小说和白话小说两大类,唐宋传奇是属于文言小说范畴之内的一个重要种类。

　　"传奇"之名最早见于晚唐裴铏的小说集《传奇》,从宋代以后,逐渐成为人们对唐代小说的一个称呼。但是,宋朝人所认为的"传奇"一般是指唐代的爱情小说,大都是讲述唐代普通男女的爱情故事,而又包含一些比较奇异的内容,比如《离魂记》、《任氏传》、《莺莺传》、《李娃传》、《霍小玉传》、《柳毅传》这些作品,都是宋人眼中标准的唐代"传奇"。到元代,"传奇"这一名称的外延进一步扩展,可以用来指包括爱情小说在内的更多的唐代小说。但是,它到底是指哪一部分唐代小说呢?

　　要说清楚这个问题不太容易,这里只能简略地介绍一下学界对这一问题的大致看法。

　　应该说,近现代意义上的"小说"这一文学体裁在中国古代并不是从来就有的,而是经过长期发展演变而形成的,它的源头大概在于远古的神话传说、先秦两汉以来的寓言和史传文学,尤其跟史传文学的血缘关系最为深长。汉魏六朝以来出现的大量的"志怪"书和杂史杂传类著作在今天已被公认为中国古代小说的雏形,也是唐人小说最直接的来源,但这些"志怪"书(后来被称为志怪小说)和杂史杂传在魏晋隋唐以至宋代人看来,都还是一种历史著述。

"志怪"书跟一般正史的相同点在于它们都采用客观实录的态度来记事,不同点在于"志怪"书记录的大都是鬼神妖异之事,而且很多故事来自民间草野与百姓的日常生活;而正史记载的则是真实的历史事件,大都跟著名的历史人物相关。"志怪"的"志"本来就有"记录"之意,它们对所记录的鬼神怪异之事不刻意进行修饰润色,也不随随便便添枝加叶,于是在叙事上形成了"粗陈梗概"的特点:一般说来,志怪故事篇幅短小,情节粗略,文辞简约,风格质朴,具有一种后代小说所难以企及的独特韵味。

至于汉魏六朝的杂史杂传则直接继承了史传的叙事传统而又有所发展,以比较细腻详实的文笔来刻画特殊的人物(如神仙异人),或者叙述奇特的故事,并且往往具备"幻设为文"(即虚构)的特点。

进入唐代以后,"志怪"书和杂史杂传一方面仍然保持其各自特点在继续发展,另一方面则脱胎换骨,推陈出新,开创出中国小说史上一个全新的时代。对于这一新的变化,我们可以大致从以下两个方面来进行说明。

一方面,杂史杂传因其跟史传有着极其密切的亲缘关系,在汉魏六朝时代,它们仍然是以表现历史人物或神仙异人的事迹为主要内容的,但入唐以后,则发展出一批集中讲述爱情故事的"传"或"记",这些"传"或"记"已不再采用史传式的人物列传的写法,而是只以人物的爱情生活作为重点来展开细腻而详尽的描写。它们的题材有的是完全现实性的,比如《柳氏传》、《莺莺传》、《李娃传》、《飞烟传》;有的则在现实题材中杂入了鬼神精怪或传奇性的内容,比如《任氏传》、《李章武传》、《霍小玉传》、《长恨传》、《无双传》;还有的则是以非现实性的题材为主的,比如《离魂记》、《柳毅传》、《湘中怨辞》。如果拿这些作品的男女主人公跟汉魏六朝杂传的主人公做一下比较,我们就会发现唐代的这些男女人物都只是普通的士人与普通的女性(《柳毅传》中的龙女是个例外)。

另一方面,则由于志怪题材与杂史杂传笔法的融合,以史传的叙事笔法来讲述志怪故事的一种新的小说形式也在唐代产生了。如前所述,六朝志怪是一种文字与情节都十分简略的短篇故事,字数多在三五百字之间,上千字的不多见。但唐人运用史传笔法对这类志怪故事"施之藻绘,扩其波澜",遂使其内容大大扩充,情节变得更为曲折,细节也变得更加丰满,篇幅也大大加长了,其思想意蕴也变得更加丰富。比如《补江总白猿传》、《离魂记》、《枕中记》、《任氏传》、《柳毅传》、《南柯太守传》、《东阳夜怪录》这些唐代小说的名篇佳作,它们的故事类型或者情节梗概都是六朝志怪中已经出现过的,就拿《枕中记》来说吧,其情节原型取自东晋干宝《搜神记》中的杨林玉枕故事,原文不过五六十字,表达人生如梦的思想,沈既济扩充了这个故事的情节和内容,从而使其在原有的主题之外又概括性地表达了更复杂的官场与人生的体验,这已绝非原来的故事所能比拟的了。再比如《东阳夜怪录》,其主体情节不脱六朝志怪中最为常见的夜遇精怪—与精怪周旋—天明精怪显形逃离这一基本模式,而其篇幅则已长达四千余字,内容极为丰富,艺术技巧也十分复杂,这跟简短的志怪故事已经完全不可同日而语了。而更值得一提的是:也正是在这一类小说中,唐人"幻设为文"的自觉追求也最为鲜明地表现出来了,比如《东阳夜怪录》的主人公被命名为"成自虚",这跟汉大赋(如《子虚赋》)将人物称为"子虚"、"乌有"、"亡是公"的做法岂不是如出一辙吗?

对于唐代小说的以上这样一些变化,鲁迅曾在他的《中国小说史略》中有过如下的论述:

> 小说亦如诗,至唐代而一变,虽尚不离于搜奇记逸,然叙述宛转,文辞华艳,与六朝之粗陈梗概者较,演进之迹甚明,而尤显者乃在是时则始有意为小说。……此类文字,当时或为丛集,或为单篇,大率篇幅曼长,记叙委曲,时亦近于俳谐,故论者每訾其卑下,贬之曰"传奇",以别于韩柳辈之高文……
>
> 传奇者流,源盖出于志怪,然施之藻绘,扩其波澜,故所成就乃特异,其间虽亦或托讽喻以纾牢愁,谈祸福以寓惩劝,而大归则究在文采与意想,与昔之传鬼神明因果而外无他意者,甚异其趣矣。

除了他对唐代小说变迁的精辟论述之外,我们还注意到,鲁迅在这里几次提到"传奇"一词,而且他在《中国小说史略》中介绍唐代小说时主要就是涉及了作为"单篇"的"传奇文"与作为"丛集"的"传奇集",其他的唐代小说基本上没有提。前面已经说过,宋人曾把唐代的爱情小说视为"传奇",元代人则将"传奇"的外延进一步扩大,但其具体范围其实是不明确的。鲁迅则从小说发展演变的角度着眼,把具备他所认定的那些新艺术特征的唐代小说视为"传奇",而"传奇"之外,唐代小说是否还有其他的种类,鲁迅也没有说明。这样一来就造成了如下两个后果:一是人们受鲁迅以上做法的影响,错误地用"传奇"来指称整个唐代小说,在"传奇"和唐代小说之间画上了等号,这就大大地缩小了唐代小说的范围;二是即使我们知道唐代小说包括了志怪、传奇、志人等不同种类,但因为"传奇"的认定标准其实也并不明确,这就导致人们对志怪、传奇等不同文体的区分发生了一些分歧。尤其是对于那些处于临界状态的作品,究竟应该归入传奇还是应该归入志怪,有时候很难得出一个确定的结论。

因此,总的来说,"传奇"这一名称的内涵和外延是历史地形成的,其确切含义及其作为概念的合理性都还有待于进一步研究和讨论。在目前，我们使用这一概念的时候只需要明确以下两点：一、唐传奇并不能代表全部的唐代小说，"传奇"只是唐代小说中获得了全新的艺术特征与更高的艺术成就的那一部分作品。在一定意义上，我们可以认为，所谓的"传奇"，或者是六朝志怪与杂史杂传局部融合或完全融合之后进一步发展而形成的，或者是杂史杂传在摆脱史传程式之后将某些特征予以充分发展而形成的。"传奇"在题材上的特点是"搜奇记逸"，在艺术上的特点是"叙述宛转，文辞华艳"，而且具备了比较自觉的虚构意识。这样一来，"传奇"就跟近现代意义上的小说这一文体十分地接近了。二、"传奇"这一概念及其含义或许仍然只是阶段性的，随着研究的进展，都还有可能再发生变化。但目前我们还是可以用它来指称符合上述标准的唐代以及唐代以后的小说，因此在唐传奇之外，还有宋代传奇、明清传奇这样的说法。而我们如果想要比较完整地指称某一时代的全部文言小说，则最好还是"志怪传奇"并提。

唐代小说——尤其是传奇——所取得的巨大成就在宋代就已经被人赞誉为可以跟唐诗并称为"一代之奇"了。只不过唐诗最辉煌的时期出现在盛唐，而唐代小说最繁盛的阶段则出现在中晚唐，尤其是中唐时期。根据笔者的粗略统计，中晚唐时期问世的单篇"传奇"大约有100篇，传奇集或者志怪传奇集大约有81部，若再加上其他具备一定小说性质的笔记，数量还要更多，后世公认的唐代小说的经典名篇绝大部分都包括在其中了。至于唐代小说所取得的高度艺术成就及其对后代小说、戏曲、诗文的巨大影响学界论述已多，这里毋庸赘言。笔者在此只想特别强调一点即：相对于唐代诗文这些内容比较抽象宽泛的文体而言，唐代的小说乃是一种内容比较具象化的文体，而相对于唐代的正史而言，它们又主要表现普通人的日常生活与喜怒哀乐，因此，存世数量庞大的唐代小说便为我们打开了一扇了解唐代社会生活的深邃而细密的窗口。

正如唐诗的辉煌后代难以为继一样,辉煌的唐传奇也同样后继乏人。紧承唐代的宋人同样也创作了数量不少的志怪传奇,其中虽然也不乏名篇佳作,但总体上来说,其艺术成就要远逊于唐传奇。正如鲁迅在《中国小说史略》中所说的:"宋一代文人之为志怪,既平实而乏文彩,其传奇,又多托往事而避近闻,拟古且远不逮,更无独创之可言矣。"一直到清代,蒲松龄的《聊斋志异》问世,才被认为是继承了六朝唐代小说的衣钵而又有长足的发展,成为堪与唐人小说双峰并峙的又一座文言小说的高峰。不过,在笔者看来,这两座高峰之间仍然有着天然与人工的差别:唐代小说代表着小说艺术天然之美的最高典范,而《聊斋》则代表着小说艺术人工之美的最高典范,我们虽不必在这二者之间强分轩轾,但它们的差别乃是十分明显的,也是客观存在的。

最后,再就唐宋传奇的选编本简单说几句。

应该说,对唐代传奇加以选编的工作从晚唐就已经开始了,宋人承其事,兼选唐宋之传奇,至明清两代,选事日盛,且选编之外,还加以评析。但以现代学术研究的眼光来选编唐宋传奇的工作则应自鲁迅始:1927年,鲁迅辑《唐宋传奇集》出版,书中共收单篇传奇文46篇,其中唐代37篇,宋代9篇,卷末附"稗边小缀",对每篇传奇文的出处及作者事迹略事考述。到1930年,汪辟疆辑《唐人小说》一书出版,分上、下卷,上卷专收单篇小说,共30篇,又附录与此30篇小说相关的作品25篇;下卷则收入从7部唐代小说集中挑选出来的38篇小说,另附录相关作品10篇;全书共计收唐代小说103篇,未收宋人作品。上述两种选本出版后影响颇大,均多次重印,但它们共同的缺点是都没有施加任何注释,这不太有利于一般读者的阅读欣赏。大概正是由于这个原因,人民文学出版社于1959年推出了由张友鹤先生(1907—1971)选注的《唐宋传奇选》,这个选本的选目综合了前述两个选本的优点,既包括了唐宋两代传奇的经典名篇,也包括从若干唐代小说集中精选出的一些篇目,一共39篇作品。张先生对每一篇作品中的难词僻典与典章制度都加以简明的注释,并对作者事迹、作品思想与写作技巧都作了精要的介绍,从而使这一选本成为适合更多的读者阅读欣赏的优秀的普及本。

李鹏飞

前　言

　　唐代传奇是中国小说发展成熟的一块里程碑。早在唐代初年，大约公元七世纪的二十年代，王度的《古镜记》已经突破了六朝志怪粗陈梗概的窠臼，开辟了传奇体小说的蹊径。稍晚一些，在诗国高潮的盛唐时期，来源于辞赋与民间说唱文学的新体小说《游仙窟》和蜕化自志怪小说而又赋予新貌的《补江总白猿传》、《梁四公记》等作品又相继问世。牛肃则写出了十卷本的小说集《纪闻》，成为写小说的专业作家。随后张荐的《灵怪集》、戴孚的《广异记》又开创了"用传奇法而以志怪"（鲁迅论《聊斋志异》语）的先河。这时期的小说虽然仍以神怪故事为主要题材，但是在写作方法上注重文采和意想，加强了细节描写，因而篇幅曼长，显然不同于以往的志怪小说，后人就称之为传奇。

　　传奇是唐代小说的一个别称。把它作为书名的是晚唐人裴铏的小说集《传奇》。在他之前的元稹《莺莺传》也曾被人称为"传奇"，不过未必是作者自己采用的原名，很可能是宋朝人擅改的新题（最早见赵令畤《侯鲭录》引王铚《传奇莺莺辨证》）。北宋古文家尹洙曾讥笑范仲淹《岳阳楼记》中"用对语说时景"是"传奇体"，据陈师道《后山诗话》的解释说："传奇，唐裴铏所著小说也。"当时人所谓的"传奇体"还是特指裴铏《传奇》一书的文风，它的确是以"用对语说时景"为艺术特色的。但《传奇》的内容也有鲜明的特色,那就是以神仙和爱情相结合的故事为主要题材。南宋人习惯于用"传奇"专称爱情故事,逐步把书名变成了某一类小说的通称。说话人把《莺莺传》、《卓文君》、《李亚仙》、《崔护觅水》等故事列为传奇类,与灵怪、公案、神仙等并列对举(见《醉翁谈录·小说开辟》),可见它只是小说的一个类别。谢采伯在《密斋笔记》自序里说:"经史〔疑脱及字〕本朝文艺杂说几五万馀言,固未足追媲古作,要之无牴牾于圣人,不犹愈于稗官小说传奇志怪之流乎?"更明白地把传奇和志怪并举,作为这一类型小说的通称了。元人夏庭芝《青楼集序》则说:"唐时有传奇,皆文人所编,犹野史也,但资谐笑耳。"又作了具体的说明,但对传奇的评价却不高。明代人如胡应麟等才明确地把传奇列为小说的一大类,而且给予了较高的评价。

　　传奇成为唐代小说的通称,当然并不能包括唐代小说的全部。传奇体这一概念的外延不断扩大,就不限于裴铏《传奇》的文风,它的体制不限于"用对语说时景",题材也不限于爱情故事。《传奇》本来就是一部小说集,当然也不限于单篇流传的作品了。南宋赵彦卫《云麓漫钞》卷八有一段关于唐人小说的论述:

　　　　唐之举人,先借当时显人,以姓名达之主司,然后投献所业,逾数日又投,谓之温卷,如《幽怪录》、《传奇》等皆是也。盖此等文备众体,可见史才、诗笔、议论。

　　这段话常为人引用,虽不完全确切可信,但能给我们以一定的启示。唐代小说不一定每篇都"文备众体",如他所举的《幽怪录》、《传奇》就很少"议论"。所谓"史才"和"诗笔"的结合,的确是唐代小说的一大成就。唐代不少作家以"史才"为基础,继承了魏晋以来志怪小说及志人小说的若干因素,又融合了文人才子的"诗笔",才创造出了一种新型的传记体小说。当时最成功的作品是写人间社会生活的,其代表作如《柳氏传》、《李娃传》、《莺莺传》、《霍小玉传》等,是完全不含神怪成分的(《霍小玉传》的结尾有鬼魂报冤情节,但不占主要地位)。另外如《离魂记》、《柳毅传》、《长恨传》、《南柯太守传》等,或多或少带有神仙鬼怪的成分,但写的其实也是人的生活,人的性格,人的思想感情,人的心理活动。这一部分小说已经达到了《聊斋志异》"用传奇法而以志怪"的门径。我们如果再引申一下,唐代小说中一部分写人的作品,被宋初人统称为杂传记的如《李娃传》之类,也许可以说是"用传奇法而以志人"的了。志人小说是鲁迅从志怪小说推衍而来的。我们如果从文学即人学的观点来看小说,那么不妨说唐代作家所写的那些"杂传记",终于从史学类的传记转变为文学类的传奇了。南北朝的杂传和逸事小说中的《世说》体作品,逐步注重人物个性的描写。到了唐代,史家和文人都参与了传记文的写作,在注重故事情节发展的同时更加强了人物个性的刻画,才使杂传演进为真正的小说。

　　我们应该注意到,至少在北宋时期,传奇的概念还是比较狭隘的,大致只限于"用对语说时景"的偏重"诗笔"的爱情故事。其他的单篇传奇则一般称作杂传记或传记。传奇小说到底具有哪些特征,至今还是一个有待深入讨论的问题。一般说,由于细节描写和人物对话的加强,传奇小说的篇幅相对地加长了,与志怪小说相比,就可以说是一种中篇小说。传奇在文字上讲究辞章藻饰,往往穿插一些诗歌或对仗句。这种文风,即沈既济在《任氏传》中所提出的"著文章之美,传要妙之情",鲁迅则总结为"大归则究在文采与意想"(《中国小说史略》第八篇)。

　　本书所选的作品以建中二年(781)的《任氏传》为压卷,这是一篇典型的传奇小说,标志着唐代小说发展新阶段的一个起点。正如鲁迅所归纳的,"源盖出于志怪,而施之藻绘,扩其波澜,故所成就乃特异"(同上)。《任氏传》写的是一个狐精女妖的故事,然而女主人公性格鲜明,情感丰富,可爱而不可怕,与志怪小说大不相同。而且构思巧妙,描摹精细,如一再从侧面来写任氏的美,用韦崟家僮对话里所提到的几个美人来作比较,都说是"非其伦也";后面再用市人张大的话来加以渲染,说:"此必天人贵戚,为郎所窃,且非人间所宜有者。"完全不用作者的视点来加以评说,这正是有意识的文艺创作。当然,《任氏传》还是唐代传奇中偏重"史才"的纪实派的作品。晚唐传奇如裴铏《传奇》中的《昆仑奴》、《裴航》和皇甫枚的《飞烟传》及《三水小牍》中的《王知古》等,则是偏重"诗笔"的词章派的作品。他们往往在叙事中穿插一些诗歌或大量地运用辞藻,包括所谓"用对语说时景"的手法。比较突出的如《王知古》中保母为王知古说媒时的一段对话:

> 秀才轩裳令胄,金玉奇标,既富春秋,又洁履操,斯实淑媛之贤夫也。小君以钟爱稚女,将及笄年,尝托媒妁,为求谐对久矣。今夕何夕,获遘良人。潘杨之睦可遵,凤凰之兆斯在。未知雅抱如何耳?

大体是骈偶句,非常典雅华美,然而却不符合人物的身份和处境。这就是传奇体发展到极端的例证。

我们还应该注意到,唐代传奇中杰出的作品如《李娃传》、《霍小玉传》等,却是很少用"诗笔"而且不用对偶句的散文作品。这些也是唐代传奇的代表作。从这方面看,传奇的基本特征应该是写实的,即以偏重"史才"的叙事方法为主。这应该是小说艺术发展的主攻方向。此外,还有如牛肃《纪闻》、薛用弱《集异记》一类的作品,其中既有篇幅较短的志怪小说,也有质实简朴的逸事小说,是不是都可以视作传奇,还是可以研究的。

宋代传奇是唐代传奇的遗响,相对地大为逊色。前人都认为宋代小说不如唐代小说,那自然是指文言小说而言的。如胡应麟说:"小说,唐人以前,纪述多虚而藻绘可观;宋人以后,论次多实而彩艳殊乏。"(《少室山房笔丛》卷29《九流绪论》)然而宋代也并非完全没有重视藻绘的作品,只是被提倡古文、片面重视"史才"的文人所贬斥,大多已经散失了。本书所收的《流红记》和《谭意哥传》,都出自《青琐高议》,基本上是摹拟唐代传奇的仿制品。《流红记》显然是根据《云溪友议·题红怨》而再创作的。《谭意哥传》则是针对《霍小玉传》而作的翻案文章,又加上了《李娃传》模式的团圆结尾。《梅妃传》和《李师师外传》的思想性和艺术性都有独特的成就,在宋代传奇中可以说是较好的作品了。尤其是《李师师外传》写当代的野史佚闻,写出了一个下层妇女坚贞沉着的个性,反映了靖康之乱后宋朝人的民族感情和批判精神,不失为宋代小说中略有新意的一个馀波。

本书是1963年之前张友鹤先生编选的,无论选目和注释,都代表编者个人的观点和见解,也反映了当时中国小说史研究的学术成就。现在看来,当然不无可以改进之处。令人遗憾的是张友鹤先生已经作古,无法再作修订。好在大家公认的唐宋传奇的佳作,大多数已经收录在内了,而张先生的注释(包括一部分校勘成果)又很详尽,在每篇第一条注文里还对作品的特点作了简明扼要的介绍。它至今仍不失为一种比较精当的选读本。本书出版之际,责任编辑同志委托我写一篇前言略作介绍,我辞不获命,只能谈一些个人对唐宋小说的粗浅看法,未必有当于编选者的原意,更未必能适应读者的要求,仅供参考而已。最重要的还是精读原著,我相信读者一定会从唐宋传奇中感受到民族文化的艺术魅力的。

程 毅 中
1994年5月

任氏传

沈既济[1]

任氏,女妖也。有韦使君[2]者,名崟[3],第九[4],信安王祎[5]之外孙。少落拓[6],好饮酒。其从父[7]妹婿曰郑六,不记其名。早习武艺,亦好酒色。贫无家,托身于妻族;与崟相得[8],游处不间[9]。天宝[10]九年夏六月,崟与郑子偕行于长安陌中[11],将会饮于新昌里[12]。至宣平之南,郑子辞有故,请间去,继至饮所[13]。崟乘白马而东[14]。郑子乘驴而南,入升平之北门。偶值三妇人行于道中,中有白衣者,容色姝丽。郑子见之惊悦,策[15]其驴,忽先之,忽后之[16],将挑[17]而未敢。白衣时时盼睐[18],意有所受[19]。郑子戏之曰:"美艳若此,而徒行[20],何也?"白衣笑曰:"有乘不解相假[21],不徒行何为[22]?"郑子曰:"劣乘不足以代佳人之步,今辄以[23]相奉。某得步从,足矣。"相视大笑。同行者更相眩诱,稍已狎暱。郑子随之东,至乐游园[24],已昏黑矣。见一宅,土垣车门[25],室宇甚严[26]。白衣将入,顾曰:"愿少踟蹰[27]。"而入。女奴从者一人,留于门屏间[28],问其姓第[29]。郑子既告,亦问之。对曰:"姓任氏,第二十。"少顷,延入。郑子絷驴于门[30],置帽于鞍。始见妇人年三十馀,与之承迎,即任氏姊也。列烛置膳,举酒数觞[31]。任氏更妆而出,酣饮极欢。夜久而寝,其妍姿美质,歌笑态度,举措皆艳,殆

1

非人世所有。将晓,任氏曰:"可去矣。某兄弟名系教坊[32],职属南衙[33],晨兴将出,不可淹留[34]。"乃约后期而去。既行,及里门,门扃未发[35]。门旁有胡人[36]鬻[37]饼之舍,方张灯炽炉[38]。郑子憩其帘下,坐以候鼓[39],因与主人言。郑子指宿所以问之曰:"自此东转,有门者,谁氏之宅?"主人曰:"此隤墉[40]弃地,无第宅也。"郑子曰:"适[41]过之,曷以云无[42]?"与之固争。主人适悟,乃曰:"吁!我知之矣。此中有一狐,多诱男子偶宿,尝三见矣。今子亦遇乎?"郑子赧而隐[43]曰:"无。"质明[44],复视其所,见土垣车门如故。窥其中,皆蓁荒[45]及废圃耳。既归,见崟。崟责以失期[46]。郑子不泄,以他事对。然想其艳冶,愿复一见之,心尝存之不忘。经十许日,郑子游,入西市[47]衣肆,瞥然[48]见之,曩女奴从。郑子遽呼之。任氏侧身周旋于稠人中[49]以避焉。郑子连呼前迫,方背立,以扇障其后,曰:"公知之,何相近焉?"郑子曰:"虽知之,何患[50]?"对曰:"事可愧耻,难施面目[51]。"郑子曰:"勤想如是,忍相弃乎?"对曰:"安敢弃也,惧公之见恶耳。"郑子发誓,词旨益切。任氏乃回眸去扇,光彩艳丽如初。谓郑子曰:"人间如某之比者非一,公自不识耳,无独怪也。"郑子请之与叙欢。对曰:"凡某之流,为人恶忌者,非他[52],为其伤人耳。某则不然。若公未见恶,愿终己以奉巾栉[53]。"郑子许与谋栖止[54]。任氏曰:"从此而东,大树出于栋间者,门巷幽静,可税[55]以居。前时自宣平之南,乘白马而东者,非君妻之昆弟[56]乎?其家多什器[57],可以假用。"——是时崟伯叔从役[58]于四方,三院什器,皆贮藏之。——郑子如言访其舍,而诣崟假什器。问其所用。郑子曰:"新获一丽人,已税得其舍,假具以备用。"崟笑曰:"观子之貌,必获诡陋,何丽之绝也[59]!"崟乃悉假帷帐榻席之具,使家童之惠黠[60]者,随以觇之。俄而奔走返命,气吁汗洽[61]。崟迎问之:"有乎?"又问:"容若何?"曰:"奇怪也!天下未尝见之矣!"崟姻族广茂[62],且夙从逸游,多识美丽。乃问曰:"孰若某美[63]?"童曰:"非其伦[64]也!"崟遍比其佳者四五人,皆曰:"非其伦。"是时吴王[65]之女有第六者,则崟之内妹[66],秾艳[67]如神仙,中表[68]素推第一。崟问曰:"孰与吴王家第六女美?"又曰:"非其伦也。"崟抚手[69]大骇曰:"天下岂有斯人乎?"遽命汲水澡颈,巾首膏唇[70]而往。既至,郑子适出。崟入门,见小童拥彗[71]方扫,有一女奴在其门,他无所见。征[72]于小童。小童笑曰:"无之。"崟周视室内,见红裳出于户下。迫而察焉,见任氏戢身匿于扇间[73]。崟引出就明而观之,殆过于所传矣。崟爱之发狂,乃拥而凌之[74],不服。崟以力制之,方急,则曰:"服矣。请少回旋[75]。"既缓,则捍御[76]如初。如是者数四[77]。崟乃悉力急持之。任氏力竭,汗若濡雨。自度不免[78],乃纵体不复拒抗,而神色惨变。崟问曰:"何色之不悦?"任氏长叹息曰:"郑六之可哀也!"崟曰:"何谓[79]?"对曰:"郑生有六尺之躯,而不能庇一妇人,岂丈夫哉!且公少豪侈,多获佳丽,遇某之比者众矣。而郑生,穷贱耳,所称惬者,唯某而已。忍以有余之心,而夺人之不足乎?哀其穷馁,不能自立,衣公之衣,食公之食,故为公所系[80]耳。若糠糗可给[81],不当至是。"崟豪俊有义烈,闻其言,遽置之。敛衽而谢[82]曰:"不敢。"俄而郑子至,与崟相视怡乐[83]。自是,凡任氏之薪粒牲饩[84],皆崟给焉。任氏时有经过,出入或车马举步,不常所止[85]。崟日与之游,甚欢。每相狎昵,无所不至,唯不及乱[86]而已。是以崟爱之重之,无所悋惜[87],一食一饮,未尝忘焉。任氏知其爱已,因言以谢曰:"愧公之见爱甚矣。顾以陋质,不足以答厚意;且不能负郑生,故不得遂公欢[88]。某,秦[89]人也,生长秦城。家本伶伦[90],中表姻族,多为人宠媵[91],以是长安狭斜[92],悉与之通[93]。或有姝丽,悦而不得者,为公致之可矣。愿持此以报德。"崟曰:"幸甚!"鬻中[94]有鬻衣之妇曰张十五娘者,肌体凝洁,崟常悦之。因问任氏识之乎。对曰:"是某表娣妹[95],致之易耳。"旬馀,果致之。数月厌罢。任氏曰:"市人易致,不足以展效[96]。或有幽绝[97]之难谋者,试言之,愿得尽智力焉。"崟曰:"昨者寒食[98],与二三子[99]游于千福寺[100]。见刁将军缅张乐[101]于殿堂。有善吹笙者,年二八,双鬟垂耳,娇姿艳绝。当[102]识之乎?"任氏曰:"此宠奴也。其母,即妾之内姊[103]也。求之可也。"崟拜于席下。任氏许之。乃出入刁家。月馀,崟促问其计。任氏愿得双缣[104]以为赂。崟依给焉。后二日,任氏与崟方食,而缅使苍头控青骊[105]以迓任氏。任氏闻召,笑谓崟曰:"谐矣[106]。"初,任氏加宠奴以病,针饵莫减[107]。其母与缅忧之方甚,将征诸巫[108]。任氏密赂巫者,指其所居,使言从就为吉。及视疾,巫曰:"不利在家,宜出居东南某所,以取生气[109]。"缅与其母详其地[110],则任氏之第在焉。缅遂请居。任氏谬[111]辞以偪狭,勤请而后许。乃辇[112]服玩,并其母偕送于任氏。至,则疾愈。未数日,任氏密引崟以通之,经月乃孕。其母惧,遽归以就缅,由是遂绝。他日[113],任氏谓郑子曰:"公能致钱五六千乎?将为谋利。"郑子曰:"可。"遂假求于人,获钱六千。任氏曰:"有人鬻马于市者[114],马之股有疵,可买入居之[115]。"郑子如市[116],果见一人牵马求售者,眚[117]在左股。郑子买以归。其妻昆弟皆嗤之[118],曰:"是弃物也。买将何为?"无何,任氏曰:"马可鬻矣。当获三万。"郑子乃卖之。有酬[119]二万,郑子不与。一市尽曰:"彼何苦而贵买,此何爱而不鬻?"郑子乘之以归;买者随至其门,累增其估[120],至二万五千也。不与,曰:"非三万不鬻。"其妻昆弟聚而诟[121]之。郑子不获已,遂卖,卒不登三万[122]。既而密伺买者,征其由[123],乃昭应县[124]之御马疵股者,死三岁矣,——斯吏不时除籍[125]——官征其估[126],计钱六万。设其以半买之,所获尚多矣;若有马以备数,则三年刍粟之估[127],皆吏得之,且所偿盖寡,是以买耳。任氏又以衣服故弊,乞衣于崟。崟将买全彩[128]与之。任氏不欲,曰:"愿得成制者。"崟召市人张大为买之,使见任氏,问所欲。张大见之,惊谓崟曰:"此必天人[129]贵戚,为郎所窃;且非人间所宜有者。愿速归之,无及于祸。"其容色之动人也如此。竟买衣之成者而不自纫缝也,不晓其意。后岁馀,郑子武调[130],授槐里府果毅尉[131],在金城县[132]。时郑子方有妻室,虽昼游于外,而夜寝于内,多恨不得专其夕[133]。将之官[134],邀与任氏俱去。任氏不欲往,曰:"旬月同行,不足以为欢。请计给粮饩,端居以迟归[135]。"郑子恳请,任氏愈不可。郑子乃求崟资助。崟与更劝勉,且诘其故。任氏良久,曰:"有巫者言某是岁不利西行,故不欲耳。"郑子甚惑也,不思其他,与崟大笑曰:"明智若此,而为妖惑,何哉!"固请之。任氏曰:"傥[136]巫者言可征,徒为公死,何益?"二子曰:"岂有斯理乎?"恳请如初。任氏不得已,遂行。崟以马借之,出祖于临皋[137],挥袂[138]别去。信宿[139],至马嵬[140]。任氏乘马居其前;郑子乘驴居其后;女奴别乘,又在其后。是时西门圉人[141]教猎狗于洛川[142],已旬日矣。适值于道,苍犬腾出于草间。郑子见任氏欻然[143]坠于地,复本形而南驰。苍犬逐之。郑子随走叫呼,不能止。里馀,为犬所毙。郑子衔涕[144]出囊中钱,赎以瘗[145]之,削木为记[146]。回睹其马,啮[147]草于路隅,衣服悉委于鞍上,履袜犹悬于镫[148]间,若蝉蜕然[149]。唯首饰坠地,馀无所见。女奴亦逝矣。旬馀,郑子还城。崟见之喜,迎问曰:"任子无恙乎?"郑子泫然[150]对曰:"殁矣!"崟闻之亦恸[151],相持于室,尽哀。徐问疾故。答曰:"为犬所害。"崟曰:"犬虽猛,安能害人?"答曰:"非人。"崟骇曰:"非人,何者?"郑子方述本末。崟惊讶叹息不能已。明日,命[152]驾与郑子俱适马嵬,发瘗视之,长恸而归。追思前事,唯衣不自制,与人颇异焉。其后郑子为总监使[153],家甚富,有枥马十馀匹。年六十五,卒。大历[154]中,既济居钟陵[155],尝与鉴游,屡言其事,故最详悉。后鉴为殿中侍御史[156],兼陇州[157]刺史,遂殁而不返。嗟乎!异物之情也有人道焉!遇暴不失节,徇人以至死[158],虽今妇人,有不如者矣。惜郑生非精人,徒悦其色而不征其情性;向使渊识之士,必能揉变化之理,察神人之际,著文章之美,传要妙之情,不止于赏玩风态而已[159]。惜哉!建中[160]二年,既济自左拾遗[161]于[162]金吾将军[163]裴冀、京兆少尹[164]孙成、户部郎中[165]崔需、右拾遗陆淳,皆适居东南[166],自秦徂[167]吴,水陆同道。时前拾遗朱放因旅游而随焉。浮颍涉淮[168],方舟[169]沿流,昼燕[170]夜话,各征其异说。众君子闻任氏之事,共深叹骇,因请既济传[171]之,以志异云。沈既济撰。

注释

〔1〕作者沈既济,唐苏州吴(今苏州市)人。一说吴兴武康(今浙江武康县)人。德宗时曾任左拾遗、史馆修撰、礼部员外郎等官职。长于经史之学,著有《建中实录》十卷。

晋人已有关于狐仙的记载,但比较完整地描述狐仙的故事,这是较早的一篇。

作者用浪漫主义的手法,藉神怪的故事,表达了当时广大妇女们的愿望。作者笔下的狐仙,实际上是人间的一个勇敢机智、善良的女性。她自愿和贫苦无依的青年郑六结合,帮助他成家立业,却不甘受豪门子弟韦鉴的凌辱压迫,坚决和他作斗争,终于战胜了他。这表达了她对爱情的坚贞专一,为了自由和幸福,决不屈服于暴力。这是一种高贵的品质。

另一方面,她有报恩思想,由于韦鉴待她很好,她就代为设计诱骗别的女性来供他玩弄蹂躏。己所不欲,施之于人,这种行为与她的性格并不调和。这是作者失败的地方,也正反映了他思想上不健康的一面。

故事很曲折,人物也塑造得相当生动。尤其是借家童口里,用烘云托月的方法,衬托出任氏的美丽,写得颇为成功。

〔2〕使君:古时称刺史为"使君"。韦崟后来做了陇州刺史,所以称为使君。

〔3〕崟:读如 yín。

〔4〕第九:兄弟里排行第九。下文"第二十"、"第六",也指排行。唐人习惯,对人以行第(就是排行)相称,不说名字;这种行第是根据祖、曾祖辈所生的子弟进行排列,所以往往有排行到好几十的。

〔5〕信安王祎:指李祎,封信安郡王,曾任礼部尚书。

〔6〕落拓:放荡不羁的样子。

〔7〕从(zòng)父:伯父、叔父。

〔8〕相得:相处得好。

〔9〕不间(jiàn):不离开。

〔10〕天宝:唐玄宗(李隆基)的年号(公元七四二至七五六年)。

〔11〕陌(mò)中:街市里。"陌",本有田间道路和市中街道两种解释,这里是后一义。

〔12〕新昌里:就是新昌坊。唐时里即坊,下文"宣平"、"升平",《李娃传》篇"宣阳"、"安邑",《无双传》篇"兴化"等,都是当时长安坊名。唐代长安有若干条纵横大道,把全城隔成一百多个方块形的区域,这区域叫作"坊";坊的四面有围墙,有东西两面开门的,有东南西北四面开门的;两面开门的坊内有一条贯穿东西门的街,四面开门的有东西门和南北门两条十字形的街。里面还有许多小街巷。坊内大部分是住宅,也有寺观名胜和茶楼、饭店、旅馆以及其他各种行业。

〔13〕辞有故,请间(jiàn)去,继至饮所:推说有事,请求暂时离开,等一会再到饮酒的地方去。

〔14〕东:往东去;下文"南",往南去:都作动词用。

〔15〕策:鞭打。

〔16〕忽先(xiān)之,忽后之:忽然走在前面,忽然跟在后面。

〔17〕挑:挑逗引诱。

〔18〕盼睐(lài):眼睛斜瞟着。

〔19〕意有所受:有接受郑六对她爱慕之情的意思。

〔20〕徒:步行。

〔21〕有乘(shèng)不解相假:"乘",坐骑。"不解相假",不懂得借给人用。这是任氏挖苦、开玩笑的话,意思说郑六不识意趣,不主动。

〔22〕何为:怎么办。

〔23〕辄以:即以。

〔24〕乐游园:就是"乐游原",也称"乐游庙",在长安风景区曲江的北面,秦宜春苑旧址,是唐代封建统治阶级在农历每月月底或上巳、重九等节令时登临游赏的地方。

〔25〕车门:古时富贵人家车驾出入的专门;这种门比普通门为大,门内即停车地方。

〔26〕室宇甚严:房屋很高大整齐。

〔27〕少踟蹰(chí chú):"踟蹰",要进不进的样子。"少踟蹰",引申作稍为等待一下解释。

〔28〕门屏间:"屏",当门的小墙。"门屏间",门与门墙之间。

〔29〕姓第:"姓",姓名。"第",兄弟间的排行。

〔30〕郑子縶驴于门:原无"子"字。按文中前后均作"郑子",此处似不应独异,据虞本增。

〔31〕举酒数(shuò)觞:"数",屡次。"觞",本是酒器,这里当动词用,劝人饮酒的意思。"举酒数觞",举起杯来,再三劝酒。

〔32〕名系教坊:"教坊",唐代管理娼优(封建时代轻视艺人,往往把他们和娼妓并列,称为娼优)和乐工的机构。"名系教坊",就是归教坊管辖的意思。

〔33〕职属南衙:唐代皇帝的禁卫军分为南北两衙。教坊设在禁中,由南衙或北衙管辖,所以说"职属南衙"。

〔34〕淹留:迟留、久留。

〔35〕门扃(jiōng)未发:门关锁着还没有开。"扃",门上环钮、门闩一类的东西。

〔36〕胡人：古时称北方少数民族为"胡"；唐代更泛称当时北方、西边一带地方的回纥等少数民族和西方各国的人为"胡"。这些国家、民族的人，当时很多到长安、扬州等地杂居，做生意买卖。后文《东城老父传》篇"北胡"，却专指的回纥人。

〔37〕鬻（yù）：卖。

〔38〕张灯炽炉：点着灯火，生起炉子。

〔39〕候鼓：唐代在长安各大街道上都设有街鼓，以击鼓为号，每晚敲八百下后，人民都要回到坊里去，锁闭坊门，不许外出；等到第二天天快亮时，又敲动晨鼓，才开放里坊的栅门，准许通行。这时天还没有亮，所以要"候鼓"。

〔40〕隤塪：坏墙。"隤"，同"颓"字。

〔41〕适：这里和下文"主人适悟"的"适"，都是方才的意思。"适值于道"，"适"却作恰好解释。

〔42〕曷以云无：为什么说没有。

〔43〕赧（nǎn）而隐：因为怕难为情而隐瞒着不说出实情。"赧"，因害羞而脸红的样子。

〔44〕质明：天大亮的时候。

〔45〕蓁（zhēn）荒：长满了野草的荒地。

〔46〕失期：失约。

〔47〕西市：这里和后文《李娃传》篇的"东市"，是唐代长安城内占地最广（各约占两坊地位）、规模最大的两个有名的市场。东市有珠宝行、肉行、铁行等，西市有衣肆、绢行、鞍辔行、药行等一共好几百个行业；此外还有供外国商人堆货的货栈。

〔48〕瞥然：一眼看见的样子。

〔49〕稠（chóu）人中：密集的人群里。

〔50〕何患：有什么关系。

〔51〕难施面目：没有脸相见。后文《李娃传》篇"何施面目"，有什么脸面的意思。

〔52〕非他：没有别的原因。

〔53〕愿终己以奉巾栉：愿意自己终身服侍你，做你的妻子。"奉巾栉"，照料梳洗的意思。"栉"，梳篦的总名。后文《霍小玉传》篇"奉箕帚"，指做洒扫工作；《莺莺传》篇"侍巾帻(zé)"，指侍候穿衣戴帽。这些都是做妻子的客气话。封建社会里认为妻子是应该服侍丈夫的，就有了这些反映"男尊女卑"的旧礼教名词。

〔54〕谋栖止：找一个住处，就是同居的意思。

〔55〕税：租赁。

〔56〕昆弟：兄弟。后文《李使君》篇"昆仲"，义同，但一般系称人之词。《谢小娥传》篇"宗昆弟"，指同族兄弟、堂兄弟。

〔57〕什器：常用的器物，指家具。

〔58〕从役：指做事或做官。

〔59〕观子之貌，必获诡陋，何丽之绝也：看你的那副形相，一定只能找到一个丑女人，哪里会有什么绝色的美人。

〔60〕惠黠(xiá)：聪明伶俐。"惠"，同"慧"字。

〔61〕奔走返命，气吁汗洽：赶着回来报告，跑得气喘吁吁，汗流遍体。

〔62〕姻族广茂：亲戚众多。

〔63〕孰若某美："孰"，谁。"若"，和、跟。全句是说，任氏和某女两人相比，哪个美。

〔64〕非其伦：不是同等——比不上任氏的意思。"伦"，同流、同等。

〔65〕吴王：名李琨，信安王祎的父亲。上文说韦崟是李祎的外孙，这里李祎的妹妹却又成了韦崟的内妹，辈分是不合的。又如后文《霍小玉传》篇说霍小玉是霍王的小女，其实霍王是唐高祖（李渊）的儿子，距离大历中已有一百几十年，这时候是不会还有一个年轻的女儿的。由于这是小说家言，虚虚实实，是不能也不必要求符合历史的真实的。其他篇里这一类的例子很多，不再一一说明。

〔66〕内妹：妻妹。

〔67〕秾(nóng)艳：花木茂盛为"秾"，这里以"秾艳"指女人的美丽。

〔68〕中表：表兄弟(姊妹)。"中表"，内外的意思。父亲姊妹的儿子为外兄弟，母亲兄弟姊妹的儿子为内兄弟，故称"中表"。

〔69〕抚手：拍手，本是表示欢乐，这里却指惊异。

〔70〕巾首膏(gào)唇：戴头巾，搽唇膏。"巾"、"膏"，都作动词用。"唇膏"，即口脂，是当时一种防止口唇干燥冻裂的药物，并不完全作为化妆品，也不限于妇女使用。唐代皇帝就曾以之赐给臣僚，《酉阳杂俎》："腊日赐北门学士口脂蜡脂。"杜甫诗里也有"口脂面药随恩泽"之句。

〔71〕拥彗：拿着扫帚。

〔72〕征：询问。下文"傥巫者言可征"，可征，是可信的意思。

〔73〕戢身匿于扇间：把身子躲藏在门扇、门板后面。"戢"，收敛。

〔74〕凌：侵犯。原作"淩"，似作"凌"是，据虞本改。

〔75〕少回旋：稍为放松一下。

〔76〕捍御：抵抗。

〔77〕数(shuò)四：再三再四，好几次。

〔78〕自度(duó)不免：自己揣量不能避免遭受侮辱。

〔79〕何谓：怎么说。

〔80〕系：掌握、摆布。

〔81〕糠籸(qiǔ)可给：能够自己有一碗饭吃，也就是自己能够维持起码生活的意思。"糠籸"，粗粮。

〔82〕敛衽(rèn)而谢："衽"，衣襟。"敛衽"，把衣襟拉扯整齐，古人表示恭敬的礼节。"谢"，道歉。

〔83〕咍(hāi)乐：喜笑高兴。

〔84〕薪粒牲饩(xì)：柴米和肉食。"饩"，活的牲口。

〔85〕出入或车马举步，不常所止：来来往往，有时乘车，有时骑马，有时乘舆，有时步行，没有一定的方式。"举"，同"舆"字。

〔86〕不及乱：没有达到淫乱的地步。

〔87〕忩：同"恣"字。原作"怪"。似作"忩"是，据沈本改。

〔88〕不得遂公欢：不能够如你的愿，和你欢好。"遂"，顺从的意思。

〔89〕秦：陕西一带的古称。

〔90〕伶伦：优伶一流人物。

〔91〕宠媵(yìng)：宠爱的姬妾。

〔92〕狭斜:原意指小路、曲巷。由于妓院多隐蔽地设在小路、曲巷之内,所以后来就以"狭斜"指妓院,称狎妓为"狭斜游"。《古乐府·长安有狭斜行》中有"相逢狭路间,道隘不容车"和"堂上置尊酒,作使邯郸倡"之句,典本此。

〔93〕通:有来往的意思。下文"密引銮以通之","通",指私通。

〔94〕鄽(chán)中:街市、市场。"鄽",同"廛"字。

〔95〕表娣妹:表弟媳的妹妹。

〔96〕不足以展效:不能够发挥自己的本领来帮忙效劳。

〔97〕幽绝:深藏、隐藏。

〔98〕昨者寒食:"昨者",不一定专指昨天,而是泛指前些日子。农历清明节前两天为"寒食"。古时在这一天不举火,据说是为了纪念春秋时晋人介之推的隐居不出,焚死绵山。唐、宋时,剥削阶级是以这一天为游赏的节日的。

〔99〕二三子:两三个朋友。

〔100〕千福寺:在唐代长安西北隅的安定坊,宣宗时改名兴元寺。

〔101〕张乐:陈列乐队。后文《柳毅传》篇"张广乐",指陈列盛大的乐队。

〔102〕当:这里是可能、或者的意思。

〔103〕内姊:表姊。

〔104〕双缣:"缣",质重而略带黄色的丝织物。古代用作馈赠礼品,有时也代货币用。"双缣",两匹或两段缣。

〔105〕使苍头控青骊:叫仆人驾驭着两匹青马拉的车子。两马驾一车叫做"骊"。又黑马称"骊",也以"骊"泛指马匹。后文《霍小玉传》篇"青骊驹",即指青色马匹。"苍",深青色。汉代规定奴仆要用苍色的头巾包头,后来就称仆人为"苍头"。"控",驾驭。

〔106〕谐矣:成功了、解决了。

〔107〕针饵莫减:扎针服药都没有使病减轻。

〔108〕巫:古时以祈祷鬼神降福消灾的迷信方术为业的人。后文《霍小玉传》篇"师巫",义同。

〔109〕以取生气："生气",指万物生长发育之气。古人认为,病人住在某一方向,吸取这一方向的生气,就有利于恢复健康,是一种迷信的说法。

〔110〕详其地:审察研究那个地方。

〔111〕谬:假意。

〔112〕辇(niǎn):用车子装运。

〔113〕他日:有这么一天。

〔114〕有人鬻马于市者:原无"有人"二字,文义不顺,据虞本增。

〔115〕居之:豢(huàn)养着。也可作居奇解释,就是把它当作奇货,留着卖大价钱。

〔116〕如市:"如",往。"如市",到市场里去。

〔117〕眚(shěng):毛病。

〔118〕嗤(chī)之:讥笑他。

〔119〕醻:同"酬"字,给价的意思。

〔120〕累增其估:一次一次的加价。

〔121〕诟(gòu):怒骂。

〔122〕卒不登三万:到底没有卖上三万。

〔123〕征其由:打听他的原因。

〔124〕昭应县:在长安县东,今陕西临潼县。

〔125〕斯吏不时除籍:"斯吏",指养马的吏役。"不时除籍",不等到任满就要解职了。

〔126〕官征其估:官府向他征收赔偿马匹的折价。

〔127〕三年刍粟之估:三年来喂马的粮草的估计数字。

〔128〕全彩:整匹的绸子。

〔129〕天人:天上神仙一样的人,形容极美。

〔130〕武调:调任武官。

〔131〕授槐里府果毅尉:任命到槐里府去做果毅尉。"槐里",隋代以前的县名,在今陕西兴平县东南;"槐里府"却是作者随意捏造的,实际并没有这个府名。"果毅尉","果毅都尉"的简称,唐代在某些地方设军府,

13

府置左右果毅都尉,武官名。

〔132〕金城县:今甘肃兰州市。

〔133〕不得专其夕:不能够每天晚上都在一起欢会。

〔134〕之官:上任。"之",往、赴。

〔135〕端居以迟归:安安稳稳地住着以等待归来。

〔136〕傥:同"倘"字。

〔137〕出祖于临皋:在临皋这个地方为他们饯行。古时迷信说法:道路的神叫做"祖神"。出门的人,临行时都要祭一祭祖神,以求保佑一路平安。后来就称饯行的酒宴为"祖饯",简称做"祖"。这里作动词用。"临皋",当指当时陕西的小镇市,与湖北省的临皋无涉。

〔138〕挥袂(mèi):"袂",袖子。"挥袂",挥动袖子,就是招手示意,有如今日为人送行的挥动手帕。

〔139〕信宿:两夜。古时称一宿为"舍",再宿为"信"。

〔140〕马嵬(wéi):马嵬城,也称马嵬镇,在今陕西兴平县西。传说晋人马嵬在此处筑马嵬城,故名。

〔141〕西门圉(yǔ)人:"圉人",养马的官员。唐代设置专管养马的官署,下面有东南西北四使。"西门圉人",可能指养马的西使。

〔142〕洛川:唐县名,今陕西洛川县。

〔143〕欻(xū)然:忽然。"欻",同"歘"字。

〔144〕衔涕:含着眼泪。

〔145〕瘗(yì):埋葬。

〔146〕削木为记:意思是砍一根木头,插在坟前,以为标志。

〔147〕啮(niè):咬嚼。

〔148〕镫:马旁的脚踏。

〔149〕若蝉蜕然:就好像蝉的蜕壳一样。

〔150〕泫然:形容流泪的样子。

〔151〕恸(tòng):极度悲哀。

〔152〕命:运用、指挥的意思。"命"字用法很广泛,这里"命驾"指叫车夫驾车,后文《霍小玉传》篇"命酒馔",指摆设酒宴;《莺莺传》篇"命

篇",指作为诗篇的题目。

〔153〕总监使:唐代主管盐池、宫苑、养牧的官员。

〔154〕大历:唐代宗(李豫)的年号(公元七六六至七七九年)。

〔155〕钟陵:唐县名,在今江西进贤县西北。既济居钟陵:"既"上原有"沈"字。除文末"沈既济撰",合于通常体例外,文中称己名,似无加姓理,据虞本删。

〔156〕殿中侍御史:唐代主管宫殿仪礼,并巡察京城、取缔不法官吏的官员。

〔157〕陇州:也称汧(qiān)阳郡,约辖今陕西汧水流域和甘肃平凉市南部地区,州治在今陕西汧阳县。

〔158〕徇人以至死:为了所爱的人而牺牲自己的性命。"徇",同"殉"字,为了某一种目的而以身相从叫做"徇"。

〔159〕以上六句的意思是说:如果是很有见识的人,就一定能研究它变化的道理,查察它和人有什么不同,写出很好的文章来,把其中精微奥妙的情况传布于世,不仅仅只知道玩赏它的风情媚态而已。"精人",精细明理的人。"渊识之士",有高深见解的人。"揉",研究。"要妙",精微奥妙。"风态",风情媚态。

〔160〕建中:唐德宗(李适〔读如 kuò,不是"适"的简体字〕)的年号(公元七八〇至七八三年)。

〔161〕左拾遗:唐代的谏官,有左拾遗和右拾遗,分属门下、中书两省。皇帝如有过失,可以进行讽劝,使他察觉自己言行上的遗失,所以叫做"拾遗"。官阶很低,但责任颇重。

〔162〕于:这里是"与"、"和"的意思。

〔163〕金吾将军:唐代掌管巡查宫内和京城,并侍从皇帝出行的武官,属左右金吾卫。

〔164〕京兆少尹:京兆尹的副职。

〔165〕郎中:唐代中央政府六部下面设若干司,司的主官为郎中。

〔166〕适居东南:当时沈既济由左拾遗谪贬到处州为司户参军,所以说"适居东南"。"适",同"谪"字。

〔167〕徂(cú):往。

〔168〕浮颍涉淮:乘船经过颍水和淮水。颍水,发源河南登封县西颍谷,流经安徽境内,至正阳关入淮。淮水,发源河南桐柏山,流经河南、安徽、江苏,至涟水县入海,但金、元以后曾改道。后文《南柯太守传》篇"淮浦",即淮水。

〔169〕方舟:两只船并着航行。

〔170〕燕:同"宴"字。

〔171〕传(zhuàn):记载。

离 魂 记

陈玄祐[1]

天授[2]三年，清河张镒，因官家于衡州[3]。性简静，寡知友。无子，有女二人。其长早亡；幼女倩娘，端妍绝伦[4]。镒外甥太原[5]王宙，幼聪悟，美容范。镒常器重，每曰："他时当以倩娘妻之。"后各长成。宙与倩娘常私感想于寤寐[6]，家人莫知其状。后有宾寮之选者[7]求之，镒许焉。女闻而郁抑；宙亦深恚恨[8]。托以当调[9]，请赴京，止之不可，遂厚遣之[10]。宙阴[11]恨悲恸，决别[12]上船。日暮，至山郭数里。夜方半，宙不寐，忽闻岸上有一人行声甚速，须臾至船。问之，乃倩娘徒行跣足[13]而至。宙惊喜发狂，执手问其从来。泣曰："君厚意如此，寝梦相感。今将夺[14]我此志，又知君深情不易[15]，思将杀身奉报，是以亡命[16]来奔[17]。"宙非意所望，欣跃特甚。遂匿倩娘于船，连夜遁去。倍道兼行[18]，数月至蜀[19]。凡五年，生两子，与镒绝信。其妻常思父母，涕泣言曰："吾曩日[20]不能相负，弃大义而来奔君[21]。向今[22]五年，恩慈间阻[23]。覆载之下[24]，胡颜独存也？"宙哀之[25]，曰："将归，无苦。"遂俱归衡州。既至，宙独身先至镒家，首谢其事。镒曰："倩娘病在闺中数年，何其诡说也[26]！"宙曰："见[27]在舟中！"镒大惊，促[28]使人验之。果见倩娘在船中，颜色怡畅，讯使者曰："大人安否？"家人异之，疾[29]走报镒。室中女闻喜而起,饰妆更衣,笑而不语,出与相迎,翕然[30]而合为一体,其衣裳皆重。其家以事不正,秘之。惟亲戚间有[31]潜知之者。后四十年间,夫妻皆丧。二男并孝廉擢第[32],至丞、尉[33]。玄祐少常闻此说,而多异同,或谓其虚。大历末,遇莱芜县令[34]张仲规[35],因备述其本末。镒则仲规堂叔祖[36],而说极备悉,故记之。

注释

〔1〕作者陈玄祐,唐代宗时人,事迹无可考。

"倩女离魂"是一篇美丽动人的故事,表达了青年女子反对包办婚姻,力争自由恋爱的强烈感情,反映了反封建的进步思想。

尽管这是想象的故事,其细节却以现实生活为基础,这就在虚幻之中,予人以现实的感觉。这篇传奇表达了作者构思和描写两方面的擅长。

元人郑德辉所作《迷青琐倩女离魂》杂剧,就是根据这一故事编写的。

〔2〕天授:唐武后则天皇帝(武曌[zhào])的年号(公元六九〇至六九二年)。

〔3〕因官家于衡州:因为到衡州做官,就在那里住家。"衡州",也称衡阳郡,约辖今湖南衡山、常宁间的湘水流域,和耒阳以北的耒水、洣(mǐ)水流域。州治在今衡阳县。

〔4〕端妍绝伦:端庄而美丽,没有人比得上。

〔5〕太原:唐府名,当时的北都,也称并州,约辖今山西阳曲以南、文水以北的汾水中游地区,州治在今太原市。

〔6〕常私感想于寤寐:私下里彼此常常在睡梦里都互相想念着。

〔7〕宾寮之选者:幕僚里将赴吏部选官的人。"寮",同"僚"字。"选",选部,指吏部。"之",往、赴。

〔8〕恚(huì)恨:恼恨。

〔9〕托以当调:推托说应该调任官职。

〔10〕厚遣之:送很多的财礼打发他走。

〔11〕阴:暗地里、私下。

〔12〕决别:离别。"决",同"诀"字,也是"别"的意思。

〔13〕跣(xiǎn)足:赤脚,指没有穿鞋子。唐代风俗,人们在室内只穿袜子,入室时,就把鞋子脱放门外。这里是形容倩娘偷着逃出来,因为匆忙,连鞋子也没有来得及穿。

〔14〕夺:强迫别人改变意志叫做"夺"。

〔15〕不易:不变更。

〔16〕亡命:逃亡。"命",指名籍(户口簿)。古时对逃亡的人,把他的名字从户口簿中勾销,所以称逃亡为"亡命"。

〔17〕奔:封建时代,把男女间没有经过礼教规定的手续而私相结合叫做"奔",一般指女子往就男子而言。凡是私自结合的,不能取得法律地位,因而不能算是正妻,白居易诗中就有"聘则为妻奔是妾"的话。

〔18〕倍道兼行:比平常加倍地赶路。

〔19〕蜀:四川一带地方的古称。

〔20〕曩日:昔日、从前。

〔21〕弃大义而来奔君:封建时代认为,私奔是背弃礼义、违反伦常的行为,所以这样说。

〔22〕向今:至今。

〔23〕恩慈间(jiàn)阻:和父母隔离了。"恩慈",指父母。

〔24〕覆载之下:在生存于天地之间的情况下。"覆载",天覆地载,即天地之间。

〔25〕哀之:可怜她。

〔26〕何其诡说也:为什么这样胡说呢。

〔27〕见:同"现"字。

〔28〕促:急忙。

〔29〕疾:赶快。

〔30〕翕然:很快就合在一起的样子。后文《霍小玉传》篇"翕然推伏",翕然,是形容动容的样子。

〔31〕间(jiàn)有:或有、偶有。

〔32〕孝廉擢第：以孝廉的资格，考取了明经或进士。汉代有郡国荐举孝廉的办法，唐初也有"孝廉"这一科，但不久就废止了。这里"孝廉"是泛指州郡荐举应考的人。

〔33〕至丞、尉：官做到县丞、县尉。县丞，辅佐县令处理政务的官员。"尉"，专管维持"治安"、缉拿盗贼的官员，是封建统治阶级镇压人民的爪牙。

〔34〕莱芜县令："莱芜"，今山东莱芜。"县令"，县的长官，就是后来的知县、县长。

〔35〕张仲规："规"，原作"矮"。字书无"矮"字，据虞本改。

〔36〕镒则仲规堂叔祖：原无"祖"字。按天授至大历末，历时八十馀年，则此处作"堂叔祖"较合理，据虞本增。

柳 氏 传

许尧佐[1]

天宝中,昌黎韩翊[2],有诗名。性颇落托[3],羁滞[4]贫甚。有李生者,与翊友善,家累[5]千金,负气[6]爱才。其幸姬曰柳氏,艳绝一时,喜谈谑,善讴咏[7]。李生居之别第,与翊为宴歌之地。而馆[8]翊于其侧。翊素知名,其所候问[9],皆当时之彦[10]。柳氏自门窥之,谓其侍者曰:"韩夫子[11]岂长贫贱者乎!"遂属意[12]焉。李生素重翊,无所悋惜。后知其意,乃具馔请翊饮。酒酣,李生曰:"柳夫人容色非常,韩秀才[13]文章特异。欲以柳荐枕[14]于韩君,可乎?"翊惊慄,避席[15]曰:"蒙君之恩,解衣辍食[16]久之,岂宜夺所爱乎?"李坚请之。柳氏知其意诚,乃再拜,引衣接席。李坐翊于客位,引满[17]极欢。李生又以资三十万,佐翊之费。翊仰柳氏之色,柳氏慕翊之才,两情皆获,喜可知也。明年,礼部[18]侍郎杨度擢翊上第[19],屏居间岁[20]。柳氏谓翊曰:"荣名及亲,昔人所尚[21]。岂宜以濯浣之贱,稽采兰之美乎[22]?且用器资物,足以待君之来也。"翊于是省家于清池[23]。岁余,乏食,鬻妆具以自给[24]。天宝末,盗覆二京[25],士女奔骇。柳氏以艳独异,且惧不免,乃剪发毁形,寄迹[26]法灵寺。是时侯希逸自平卢节度淄青[27],素藉[28]翊名,请为书记[29]。洎宣皇帝以神武返正[30],翊乃遣使间行[31]求柳氏,以练囊[32]盛麸金[33],

题之曰:"章台柳[34],章台柳!昔日青青今在否?纵使长条似旧垂,亦应攀折他人手。"柳氏捧金呜咽,——左右凄惋,——答之曰:"杨柳枝,芳菲节[35],所恨年年赠离别。一叶随风忽报秋,纵使君来岂堪折!"无何,有蕃将[36]沙吒利者,初立功,窃知柳氏之色,劫以归第,宠之专房[37]。及希逸除左仆射[38],入觐[39],翊得从行。至京师,已失柳氏所止,叹想不已。偶于龙首冈[40]见苍头以驳牛[41]驾辎軿[42],从两女奴。翊偶随之。自车中问曰:"得非韩员外乎[43]?某乃柳氏也。"使女奴窃言失身沙吒利,阻同车者[44],请诘旦[45]幸相待于道政里门。及期而往,以轻素结玉合[46],实以[47]香膏,自车中授之,曰:"当遂永诀[48],愿寘诚念[49]。"乃回车,以手挥之,轻袖摇摇,香车辚辚[50],目断意迷,失于惊尘[51]。翊大不胜情。会淄青诸将合乐酒楼,使人请翊。翊强应之,然意色皆丧,音韵凄咽。有虞候[52]许俊者,以材力自负,抚剑言曰:"必有故。愿一效用[53]。"翊不得已,具以告之。俊曰:"请足下数字[54],当立致之。"乃衣缦胡[55],佩双鞬[56],从一骑[57],径造[58]沙吒利之第。候其出行里馀,乃被衽执辔[59],犯关排闼[60],急趋而呼曰:"将军中恶[61],使召夫人!"仆侍辟易[62],无敢仰视。遂升堂,出翊札示柳氏,挟之跨鞍马,逸尘断鞅[63],倏忽[64]乃至。引裾[65]而前曰:"幸不辱命[66]。"四座惊叹。柳氏与翊执手涕泣,相与罢酒[67]。是时沙吒利恩宠殊等,翊、俊惧祸,乃诣希逸[68]。希逸大惊曰:"吾平生所为事,俊乃能尔乎[69]?"遂献状[70]曰:"检校尚书[71]、金部员外郎[72]兼御史韩翊,久列参佐,累彰勋效[73],顷从乡赋[74]。有妾柳氏,阻绝凶寇,依止名尼。今文明抚运,遐迩率化[75]。将军沙吒利凶恣挠法[76],凭恃微功,驱有志之妾,干无为之政[77]。臣部将兼御史中丞许俊,族本幽、蓟[78],雄心勇决,却夺柳氏,归于韩翊。义切中抱[79],虽昭感激之诚[80];事不先闻,固乏训齐之令[81]。"

寻[82]有诏:柳氏宜还韩翊,沙吒利赐钱二百万。柳氏归翊;翊后累迁至中书舍人[83]。然即柳氏,志防闲而不克[84]者;许俊,慕感激而不达[85]者也。向使柳氏以色选,则当熊、辞辇[86]之诚可继;许俊以才举,则曹柯、渑池之功[87]可建。夫事由迹彰,功待事立。惜郁堙不偶[88],义勇徒激,皆不入于正。斯岂变之正[89]乎?盖所遇然[90]也。

注释

〔1〕作者许尧佐,唐德宗时人,曾任太子校书郎、谏议大夫等官职。

本篇故事,也见于唐人孟棨的《本事诗》,可能是根据真人实事而加工的。

作者描写韩翊和柳氏的悲欢离合,情节曲折动人。李生见柳氏爱上了韩翊,就促成他们的结合,使"有情人终成眷属";许俊是一个勇敢而又机智的豪侠之士,他不畏艰险,代韩翊夺回柳氏,具有舍己为人的高尚品质。他们都是作者笔下的正面人物。

另一方面,我们也可以看出,在封建社会里,妇女是没有独立的人格的。尽管李生同情柳氏和韩翊的相恋,只不过把她像货物一样地赠送给韩翊;当韩翊要去求取功名时,也就置柳氏于不顾。柳氏在变乱中欲求保身而不可得,竟被沙吒利强行劫去;后来,又被许俊夺了回来。任人摆弄,毫无自主之权,这一遭到侮辱与损害的女性的形象,真实地反映了当时妇女悲惨的命运。

此外,作者所写的军人,是那样地飞扬跋扈。一个立有战功的武将,就可以在京师横行无忌。当柳氏被夺回,事情败露之后,封建最高统治者并不敢予以处分,反而给予大量的金钱以为"抚慰"。这又暴露了当时封建统治阶级的黑暗情况。

明人吴长儒、清人张国寿,曾根据这一故事,先后编写了《练囊记》和《章台柳》两剧。

〔2〕昌黎韩翊:"昌黎",古郡名,约辖今辽宁辽河以西大小凌河中下

游地区,郡治在今辽宁义县。"韩翊",一作"韩竑(hóng)",唐代名诗人,字君平,南阳(今河南南阳县)人。北朝时,韩姓为昌黎郡望族,所以这里称为"昌黎韩翊"。

〔3〕落托:同"落拓",见前《任氏传》篇"落拓"注。

〔4〕羁滞:流浪在外而不得意、没有办法。

〔5〕累(lěi):积累、积蓄。

〔6〕负气:以气节自负的意思。

〔7〕善讴(ōu)咏:会歌唱。

〔8〕馆:招待吃住的意思,作动词用。

〔9〕所候问:来拜访问候的人。

〔10〕彦(yàn):英俊豪杰之士。

〔11〕夫子:对人的敬称。

〔12〕属意:看中了。

〔13〕秀才:唐代秀才的地位高于明经、进士,但这一科目于高宗时废止,后来却以秀才通称一般文士和应考进士的人。

〔14〕荐枕:犹如说侍寝。

〔15〕避席:古人席地而坐,"避席",就是离开座位,表示恭敬、客气。

〔16〕解衣辍食:"解衣",脱衣,意思是把自己的衣服给人穿;"辍食",停食,意思是把自己的食物给人吃:形容待人有恩惠。

〔17〕引满:把酒斟满在酒杯里,举起酒杯来,都可以叫做"引"。"引满",把杯里斟满的酒喝干了。

〔18〕礼部:唐代中央政府里的六部之一,是主管礼仪和学校贡举的官署。

〔19〕上第:唐代考选制度,明经依成绩分上上第、上中第、上下第、中上第四等,进士依成绩分甲第、乙第两等。这里"上第",指明经的上上第或进士的甲第。

〔20〕屏(bǐng)居间(jiàn)岁:闲住、隐居了一年。

〔21〕荣名及亲,昔人所尚:由于自己闻名,使得父母妻子也分享光荣,这从来就是人们所重视、希冀的事。意指中举做官,父母妻子就可以

获得封赠了。

〔22〕岂宜以濯浣之贱,稽采兰之美乎:"濯浣",洗衣一类的事情。"濯浣之贱",做洗衣一类下贱工作(封建时代轻视体力劳动,所以这样说)的女人,柳氏自指的客气话。"稽",迟留,引申作耽误解释。"采兰",比喻皇帝征用贤士。《晋书·皇甫谧传》,皇甫谧辞不做官,在给皇帝的奏疏里有"陛下披榛采兰,并收蒿艾"的话,典本此。这两句的意思是说:不要因为我一个女人,耽误了你的上进做官。

〔23〕清池:唐县名,在今河北沧州东北。

〔24〕自给:自己养活自己。

〔25〕天宝末,盗覆二京:"盗",指安禄山,胡人,当时的平卢、范阳、河东节度使,掌握兵权,很得唐玄宗宠信。"覆",颠覆、攻陷。"二京",长安和洛阳,唐代的西京和东京。天宝十四年,安禄山起兵攻下长安和洛阳,自称"雄武皇帝",国号"燕"。唐玄宗逃往四川避难。

〔26〕寄迹:存身。

〔27〕侯希逸自平卢节度淄青:"侯希逸",唐营州(今辽宁锦州市西北)人。"平卢"、"淄青",均唐代方镇名。平卢治所在营州,领平卢、卢龙二军,榆关守捉、安东都护府,约在今河北滦河下游以东,辽宁大凌河以西地区。淄青治所在青州,后移郓州,辖淄、青、齐、棣、登、莱六州,约在今山东黄河下游稍西以东,泰山、鲁山、沂山及安邱、高密二县北部以北地区。侯希逸原为平卢节度使,肃宗(李亨)末年,因受史朝义的压逼,就南保青州,为淄青节度使,但名义仍包括平卢在内,称淄青平卢节度使。

〔28〕素藉:"藉","狼藉"的省词,形容纵横交错,到处散布的样子。《史记·蒙恬传》:"籍于诸侯",就是指声名狼籍(同"狼藉")散布到各国。这里"藉"引申作听说、知道解释,"素藉",犹如说久仰。

〔29〕书记:唐代管理函牍章奏之类文件的幕僚,有如后来的秘书、文书。

〔30〕洎(jì)宣皇帝以神武返正:"洎",等到。"宣皇帝",指唐肃宗,他死后的"尊号"里有一个"宣"字。"以神武返正",意思是由于他的"神明英武",因而恢复政权,回到长安为帝。

〔31〕间(jiàn)行:微行、暗地里行动。

〔32〕练囊:丝织的提囊。

〔33〕麸金:碎金、砂金。

〔34〕章台柳:"章台",汉代长安街名。当时柳氏留在长安,这里以"章台柳"喻柳氏,语意是双关的。

〔35〕芳菲节:"芳菲",指花草。"芳菲节",花草芳香盛开的时节,指春季。

〔36〕蕃将:唐代任用各族投降的将领为将,称为"蕃将"。"蕃",同"番"字。

〔37〕宠之专房:最蒙宠爱,独获宠幸的意思。语出《后汉书·安思阎皇后纪》:"后专房妒忌。"

〔38〕左仆射(yè):唐代设左右仆射,是尚书省的副长官(尚书省的长官为尚书令,因为唐太宗〔李世民〕做秦王时,曾任这一官职,后来就不再设置),和侍中、中书令共同主持中央政务,通常是宰相的位置。

〔39〕入觐:到京城里谒见皇帝的专词。普通人相见也可称"觐",如后文《南柯太守传》篇"又不令生来觐。"

〔40〕龙首冈:即龙首山,也称龙首原,长安县北一座不高的土山。汉、唐时,在上面建筑城郭宫殿,山地就更平坦了。有横冈很多。

〔41〕驳(bó)牛:杂色的牛。

〔42〕辎軿(zī píng):后面有门的车子叫做"辎",没有门的车子叫做"軿"。"辎軿",泛指车辆。

〔43〕得非韩员外乎:岂不是韩员外吗。"员外",本是唐代编制以外的官名,后来也作为对人的敬称。

〔44〕阻同车者:被阻于同车的人,意思是因为同车的另有他人,所以不便深谈。

〔45〕诘旦:第二天早晨。

〔46〕合:同"盒"字。

〔47〕实以:填满了。

〔48〕永诀:永别。

〔49〕愿寘(zhì)诚念:希望留着做一个永久的纪念,也可作希望放弃想我的念头解释。"寘",有安放、废止二义。

〔50〕辚辚:车行声。

〔51〕失于惊尘:在尘土飞扬里消失了。

〔52〕虞候:本隋代东宫禁卫官名,唐代藩镇以亲信武官为都虞候、虞候,有如后来的侍从副官。

〔53〕愿一效用:愿意为你帮一下忙。

〔54〕请足下数字:请你写几个字,指写一张便条或一封信,意谓这样才可以取信于柳氏。"足下",对人的敬称。

〔55〕衣缦胡:"缦胡",武士系帽的绳子。"衣缦胡",犹如说穿了军装。

〔56〕鞬(jiān):弓囊箭袋。

〔57〕从一骑:跟随着一个骑马的卫士。

〔58〕造:到。

〔59〕被衽执辔:"被",同"披"字。"被衽",披着衣襟。"执辔",拉着马缰绳。

〔60〕犯关排闼:"关",指大门。"闼",指里面的小门。"犯关排闼",冲进大门,又闯进里面的小门。

〔61〕中恶:得了急病。

〔62〕辟易:因惊恐而后退。

〔63〕逸尘断鞅:马在尘土飞扬中奔驰,连马鞅也断了,形容马跑得快。"鞅",夹贴在马颈两旁的皮条。

〔64〕倐(shū)忽:很快的样子。

〔65〕裾(jū):衣的前襟。

〔66〕幸不辱命:幸而没有辱没你的使命,犹如说没有给你丢脸。

〔67〕相与罢酒:大家为了这件事,连酒也喝不下去了。

〔68〕诣希逸:到侯希逸那里去,意思是把事情经过告诉他,请求他帮忙、庇护。

〔69〕吾平生所为事,俊乃能尔乎:意思是说:行侠仗义,是我平生所

做的事,许俊也能够这样做吗。"尔",如此、这样。

〔70〕状:向上陈报事实的文书叫做"状"。

〔71〕检校尚书:"检校官"是品级高于本职的加衔。"检校尚书"为检校官中的一种。唐代制度,对任某一实职而有功绩的官员,可以另加给品级高于其实职的官衔,是一种有荣誉而无实权的政治待遇。例如六品官可以给予一种特定的五品职加衔,实际上他还是执行六品官的职务,但却取得五品官的资格,而且可以穿着五品官员的制服。当时对外官,尤其是武将,往往多给予京官的加衔,以示荣宠。这里"检校尚书"和下文"金部员外郎"、"御史",都是韩翊以书记的资格取得的加衔。

〔72〕金部员外郎:户部里主管库藏金宝和度量等事务的官员。

〔73〕久列参佐,累彰勋效:做了僚属很久,而且屡次表现功绩。

〔74〕乡赋:唐代由州郡保送士人进京参加考试叫做"乡赋",就是"乡贡"。

〔75〕文明抚运,遐迩率化:由于国家的"文教"昌盛,安抚百姓,使得远近的人都被"感化"了。这是恭维封建最高统治者的话。"遐迩",远近。

〔76〕凶恣挠(náo)法:任意凶横,扰乱法令。

〔77〕驱有志之妾,干无为之政:"驱",逼迫,引申作强劫解释。"有志之妾",指柳氏,她剪发毁形,图避强暴,故称为"有志"。"干",冒犯、破坏。封建时代,统治者以"德"服人,不用刑罚,政事简化,叫作"无为而治",也就是"无为之政",统治阶级人物就把这种统治政策说成是一种最"理想"的政治,这里是恭维皇帝的话。这两句的意思是说:由于沙咤利劫掠妇女的行为,把当时的"无为之政"破坏了。

〔78〕族本幽、蓟(jì):本是幽、蓟一带的人。"幽",幽州,也称范阳郡,约辖今北京市、武清和霸县等地区,州治在今北京市。"蓟",蓟州,也称渔阳郡,约辖今河北遵化、丰润以西和蓟县以南等地区,州治在今蓟县。

〔79〕义切中抱:怀着仗义之心。"中抱",中怀、内心。

〔80〕虽昭感激之诚:虽然表现了激于义愤的心意。

〔81〕固乏训齐之令:自然是缺少严明的教令。还是侯希逸责备自己

不能事先约束部下的话。

〔82〕寻：不久。

〔83〕中书舍人：唐代中书省里为皇帝起草诏书、诰命等文件的官员。

〔84〕志防闲而不克：心想守着礼教，不为外界所诱惑，而没有能做到。"防闲"，防备阻止。

〔85〕慕感激而不达：只知道向往义愤的行为，却不通晓事理，就是下文"不入于正"的意思。

〔86〕当熊、辞辇：皇帝坐的车子叫做"辇"。历史故事：汉元帝（刘奭〔shì〕）看斗兽，有一头熊忽然跑出来了，冯倢伃（女官名）就急忙上前，当着熊站着，免得它伤害元帝。又汉成帝（刘骜）要和班倢伃同车游园。班倢伃推辞说：古来贤君都有名臣在侧，只有桀、纣这些亡国之君，才宠幸女色。如果我和你同车，岂不是同他们差不多吗？均见《汉书·外戚列传》。

〔87〕曹柯、渑（miǎn）池之功：指曹沫、蔺相如立功的故事。"曹"，曹沫。"柯"、"渑池"，均古地名。柯城在今河南内黄县东北，渑池，在今河南渑池县西。《史记·刺客曹沫传》：春秋时，鲁国和齐国打仗，鲁国打败了，割地求和，与齐国在柯地会盟。当时鲁将曹沫拿着匕首和齐桓公讲理，结果齐国把侵夺鲁国的土地都归还了。又《史记·廉颇蔺相如列传》：战国时，秦王和赵王在渑池相会。当时秦强赵弱，秦王当场叫赵王鼓瑟，以示羞辱。赵臣蔺相如随即也威胁秦王，要他击缶，不然，就要和他拼命。秦王没有办法，只好照做。秦国到底没有占到上风。

〔88〕郁堙不偶：埋没不得意的意思。"偶"，偶数（双数）。古人迷信，认为偶数吉利，奇（jī）数（单数）不吉利，因而把运气不好叫做"不偶"。

〔89〕变之正："变"，权变、从权的意思。"变之正"，由于环境的关系，从权办理，是权变中的正道。

〔90〕所遇然：由于受到环境的影响以致这样。

柳 毅 传

李朝威[1]

仪凤[2]中,有儒生柳毅者,应举下第[3],将还湘滨[4]。念乡人有客于泾阳者[5],遂往告别。至六七里,鸟起马惊,疾逸道左[6];又六七里,乃止。见有妇人,牧羊于道畔。毅怪视之,乃殊色[7]也。然而蛾脸不舒[8],巾袖无光[9],凝听翔立[10],若有所伺。毅诘之曰:"子何苦而自辱如是[11]?"妇始楚[12]而谢,终泣而对曰:"贱妾不幸,今日见辱问于长者[13]。然而恨贯肌骨,亦何能愧避,幸一闻焉。妾,洞庭龙君小女也。父母配嫁泾川[14]次子,而夫婿乐逸[15],为婢仆所惑,日以厌薄[16]。既而将诉于舅姑[17],舅姑爱其子,不能御[18]。迨诉频切,又得罪舅姑。舅姑毁黜以至此[19]。"言讫,歔欷[20]流涕,悲不自胜[21]。又曰:"洞庭于兹,相远不知其几多也?长天茫茫[22],信耗莫通。心目断尽,无所知哀[23]。闻君将还吴[24],密通洞庭。或以尺书[25],寄托侍者[26],未卜[27]将以为可乎?"毅曰:"吾义夫也。闻子之说,气血俱动,恨无毛羽,不能奋飞。是何可否之谓乎[28]!然而洞庭,深水也。吾行尘间[29],宁可致意邪[30]?唯恐道途显晦[31],不相通达,致负诚托,又乖恳愿[32]。子有何术,可导我邪?"女悲泣且谢,曰:"负载珍重[33],不复言矣。脱获回耗[34],虽死必谢。君不许,何敢言;既许而问,则洞庭之与京邑,不足为异也[35]。"毅请闻之。女曰:"洞庭之阴[36],有大橘树焉,乡人谓之'社橘'[37]。君当解去兹带,束以他物,然后叩树三发,当有应者。因而随之,无有碍矣。幸君子书叙之外,悉以心诚之话倚托,千万无渝[38]!"毅曰:"敬闻命矣。"女遂于襦[39]间解书,再拜以进,东望愁泣,若不自胜。毅深为之戚[40]。乃置书囊中,因复问曰:"吾不知子之牧羊,何所用哉?神祇岂宰杀乎?"女曰:"非羊也,雨工也。""何为雨工?"曰:"雷霆之类也。"毅顾视之,则皆矫顾怒步[41],饮龁[42]甚异;而大小毛角,则无别羊焉。毅又曰:"吾为使者,他日归洞庭,幸勿相避。"女曰:"宁止不避,当如亲戚耳。"语竟,引别东去。不数十步,回望女与羊,俱亡[43]所见矣。其夕,至邑而别其友。月馀,到乡。还家,乃访于洞庭。洞庭之阴,果有社橘。遂易带[44]向树,三击而止。俄有武夫出于波间,再拜请[45]曰:"贵客将自何所至也[46]?"毅不告其实,曰:"走谒大王耳。"武夫揭水[47]指路,引毅以进。谓毅曰:"当闭目,数息[48]可达矣。"毅如其言,遂至其宫。始见台阁相向,门户千万,奇草珍木,无所不有。夫乃止毅,停于大室之隅,曰:"客当居此以伺焉。"毅曰:"此何所也?"夫曰:"此灵虚殿也。"谛视[49]之,则人间珍宝,毕尽于此:柱以白璧[50],砌[51]以青玉,床以珊瑚,帘以水精[52],雕琉璃于翠楣[53],饰琥珀于虹栋[54]。奇秀深杳,不可殚言[55]。然而王久不至。毅谓夫曰:"洞庭君安在哉?"曰:"吾君方幸[56]玄珠阁,与太阳道士讲《火经》,少选当毕。"毅曰:"何谓《火经》?"夫曰:"吾君,龙也。龙以水为神,举一滴可包陵谷。道士,乃人也。人以火为神圣,发一灯可燎阿房[57]。然而灵用不同,玄化[58]各异。太阳道士精于人理,吾君邀以听焉。"语毕而宫门辟[59]。景从云合[60],而见一人,披紫衣,执青玉。夫跃曰:"此吾君也!"乃至前以告之。君望毅而问曰:"岂非人间之人乎?"毅对曰:"然。"毅遂设拜[61],君亦拜,命坐于灵虚之下。谓毅曰:"水府幽深,寡人暗昧[62],夫子不远千里[63],将有为乎?"毅曰:"毅,大王之乡人也。长于楚[64],游学于秦。昨下第,闲驱泾水之涘[65],见大王爱女牧羊于野,风鬟雨鬓[66],所不忍视。毅因诘之。谓毅曰:'为夫婿所薄,舅姑不念[67],以至此。'悲泗淋漓[68],诚怛[69]人心。遂托书于毅。毅许之,今以至此。"因取书进之。洞庭君览毕,以袖掩面而泣曰:"老父之罪,不能鉴听[70],坐贻聋瞽[71],使闺窗孺弱,远罹构害。公,乃陌上人[72]也,而能急之[73]。幸被齿发[74],何敢负听!"词毕,又哀咤[75]良久。左右皆流涕。时有宦人[76]密侍君者[77],君以书授之,令达宫中。须臾,宫中皆恸哭。君惊,谓左右曰:"疾告宫中,无使有声,恐钱塘所知。"毅曰:"钱塘,何人也?"曰:"寡人之爱弟。昔为钱塘长,今则致政[78]矣。"毅曰:"何故不使知?"曰:"以其勇过人耳。昔尧遭洪水九年[79]者,乃此子一怒也。近与天将失意[80],塞其五山[81]。上帝以寡人有薄德[82]于古今,遂宽其同气之罪[83]。然犹縻系[84]于此,故钱塘之人,日日候焉。"语未毕,而大声忽发,天拆[85]地裂,宫殿摆簸,云烟沸涌。俄有赤龙长千余尺,电目血舌,朱鳞火鬣,项掣金锁,锁牵玉柱,千雷万霆,激绕其身,霰[86]雪雨雹,一时皆下。乃擘[87]青天而飞去。毅恐蹶仆地。君亲起持之曰:"无惧。固无害[88]。"毅良久稍安,乃获自定。因告辞曰:"愿得生归,以避复来。"君曰:"必不如此。其去则然,其来则不然。幸为少尽缱绻[89]。"因命酌互举,以款人事[90]。俄而祥风庆云,融融怡怡[91],幢节玲珑[92],箫韶[93]以随。红妆[94]千万,笑语熙熙[95],中有一人[96],自然蛾眉[97],明珰[98]满身,绡縠参差[99]。迫而视之,乃前寄辞者[100]。然若喜若悲,零泪[101]如丝。须臾,红烟蔽其左,紫气舒其右,香气环旋,入于宫中。君笑谓毅曰:"泾水之囚人至矣。"君乃辞归宫中。须臾,又闻怨苦[102],久而不已。有顷,君复出,与毅饮食。又有一人,披紫裳,执青玉,貌耸神溢[103]，立于君左。君谓毅曰："此钱塘也。"毅起，趋拜之。钱塘亦尽礼相接，谓毅曰："女侄不幸，为顽童所辱。赖明君子信义昭彰，致达远冤；不然者，是为泾陵之土矣[104]。飨[105]德怀恩，词不悉心[106]。"毅捄退[107]辞谢，俯仰唯唯[108]。然后回告兄曰："向者辰[109]发灵虚，巳至泾阳，午战于彼，未还于此。中间驰至九天[110]，以告上帝。帝知其冤，而宥其失，前所谴责，因而获免。然而刚肠[111]激发，不遑[112]辞候，惊扰宫中，复忤[113]宾客。愧惕[114]惭惧，不知所失[115]。"因退而再拜。君曰："所杀几何？"曰："六十万。""伤稼乎？"曰："八百里。""无情郎安在？"曰："食之矣。"君怃然曰："顽童之为是心也，诚不可忍。然汝亦太草草[116]。赖上帝显圣，谅其至冤[117]。不然者，吾何辞焉[118]。从此已去[119]，勿复如是。"钱塘复再拜。是夕，遂宿毅于凝光殿。明日，又宴毅于凝碧宫。会友戚，张广乐，具以醪醴[120]，罗以甘洁[121]。初，笳角鼙鼓[122]，旌旗剑戟，舞万夫于其右。中有一夫前曰："此《钱塘破阵乐》[123]。"旌铖杰气，顾骤悍栗[124]，坐客视之，毛发皆竖。复有金石丝竹[125]，罗绮珠翠，舞千女于其左。中有一女前进曰："此《贵主还宫乐》。"清音宛转，如诉如慕[126]，坐客听之，不觉泪下。二舞既毕，龙君大悦，锡以纨绮[127]，颁于舞人。然后密席贯坐[128]，纵酒极娱[129]。酒酣，洞庭君乃击席而歌曰："大天苍苍[130]兮，大地茫茫。人各有志兮，何可思量。狐神鼠圣兮，薄社依墙[131]。雷霆一发兮，其孰敢当！荷贞人[132]兮信义长，令骨肉兮还故乡。齐言[133]惭愧兮何时忘！"洞庭君歌罢，钱塘君再拜而歌曰："上天配合兮，生死有途。此不当妇兮，彼不当夫。腹心[134]辛苦兮，泾水之隅。风霜满鬓兮，雨雪罗襦。赖明公[135]兮引素书，令骨肉兮家如初。永言珍重兮无时无[136]。"钱塘君歌阕[137]，洞庭君俱起，奉觞于毅。毅踧踖[138]而受爵[139]，饮讫，复以二觞奉二君。乃歌曰：

"碧云悠悠[140]兮,泾水东流。伤美人兮,雨泣花愁。尺书远达兮,以解君忧。哀冤果雪兮,还处其休[141]。荷和雅兮感甘羞[142]。山家[143]寂寞兮难久留。欲将辞去兮悲绸缪[144]。"歌罢,皆呼万岁。洞庭君因出碧玉箱,贮以开水犀[145];钱塘君复出红珀盘,贮以照夜玑[146]:皆起进毅。毅辞谢而受。然后宫中之人,咸以绡彩珠璧,投于毅侧,重叠焕赫[147],须臾埋没前后。毅笑语四顾,愧揖不暇。洎酒阑[148]欢极,毅辞起,复宿于凝光殿。
翌日[149],又宴毅于清光阁。钱塘因酒,作色[150],踞[151]谓毅曰:"不闻猛石[152]可裂不可卷,义士可杀不可羞邪?愚有衷曲[153],欲一陈于公。如可,则俱在云霄;如不可,则皆夷粪壤[154]。足下以为何如哉?"毅曰:"请闻之。"钱塘曰:"泾阳之妻,则洞庭君之爱女也。淑性茂质[155],为九姻[156]所重。不幸见辱于匪人。今则绝矣。将欲求托高义[157],世为亲戚。使受恩者知其所归,怀爱者知其所付,岂不为君子始终之道者?"毅肃然而作[158],歘然而笑曰:"诚不知钱塘君孱困[159]如是!毅始闻跨九州[160],怀五岳,泄其愤怒;复见断金锁[161],掣玉柱,赴其急难:毅以为刚决明直,无如君者。盖犯之者不避其死,感之者不爱其生[162],此真丈夫之志。奈何箫管方洽,亲宾正和,不顾其道,以威加人?岂仆之素望哉!若遇公于洪波之中,玄山[163]之间,鼓以鳞须,被以云雨,将迫毅以死,毅则以禽兽视之,亦何恨哉!今体被衣冠,坐谈礼义,尽五常之志性,负百行之微旨[164],虽人世贤杰,有不如者,况江河灵类乎?而欲以蠢然之躯,悍然之性,乘酒假气[165],将迫于人,岂近直哉[166]!且毅之质,不足以藏王一甲之间[167],然而敢以不伏之心,胜王不道之气。惟王筹[168]之!"钱塘乃逡巡[169]致谢曰:"寡人生长宫房,不闻正论。向者词述疏狂,妄突高明[170]。退自循顾,戾不容责。幸君子不为此乖间[171]可也。"其夕,复欢宴,其乐如旧。毅与钱塘,遂为知心友。

明日,毅辞归。洞庭君夫人别宴毅于潜景殿。男女仆妾等,悉出预会[172]。夫人泣谓毅曰:"骨肉受君子深恩,恨不得展愧戴[173],遂至睽别[174]。"使前泾阳女当席拜毅以致谢。夫人又曰:"此别岂有复相遇之日乎?"毅其始虽不诺钱塘之请,然当此席,殊有叹恨之色。宴罢,辞别,满宫凄然。赠遗[175]珍宝,怪不可述。毅于是复循途出江岸,见从者十馀人,担囊以随,至其家而辞去。毅因适广陵[176]宝肆,鬻其所得;百未发一,财已盈兆[177]。故[178]淮右[179]富族,咸以为莫如。遂娶于张氏,亡。又娶韩氏,数月,韩氏又亡。徙家金陵[180]。常以鳏旷[181]多感,或谋新匹[182]。有媒氏告之曰:"有卢氏女,范阳[183]人也。父名曰浩,尝为清流宰[184]。晚岁好道,独游云泉[185],今则不知所在矣。母曰郑氏。前年适[186]清河张氏,不幸而张夫早亡。母怜其少,惜其慧美,欲择德以配[187]焉。不识何如?"毅乃卜日就礼[188]。既而男女二姓,俱为豪族,法用礼物[189],尽其丰盛。金陵之士,莫不健仰[190]。居月馀,毅因晚入户,视其妻,深觉类[191]于龙女,而逸艳丰厚,则又过之。因与话昔事。妻谓毅曰:"人世岂有如是之理乎?"经岁馀,有一子[192]。毅益重之。既产,逾月,乃秾饰[193]换服,召毅于帘室[194]之间[195],笑谓毅曰:"君不忆余之于昔也?"毅曰:"夙非姻好,何以为忆[196]?"妻曰:"余即洞庭君之女也。泾川之冤,君使得白,衔[197]君之恩,誓心求报。洎钱塘季父[198]论亲不从,遂至睽违,天各一方,不能相问。父母欲配嫁于濯锦小儿[199]某。遂闭户剪发,以明无意。虽为君子弃绝,分[200]无见期;而当初之心,死不自替[201]。他日父母怜其志[202],复欲驰白于君子。值君子累娶,当[203]娶于张,已而又娶于韩。迨张、韩继卒,君卜居于兹,故余之父母乃喜余得遂报君之意。今日获奉君子,咸善终世[204],死无恨矣!"因呜咽,泣涕交下。对毅曰:"始不言者,知君无重色之心;今乃言者,知君有爱子之意。妇人匪薄[205]，不足以确厚永心[206]，故因君爱子，以托相生[207]。未知君意如何？愁惧兼心[208]，不能自解。君附书之日，笑谓妾曰：'他日归洞庭，慎无相避。'诚不知当此之际，君岂有意于今日之事乎？其后季父请于君，君固[209]不许。君乃诚将不可邪，抑忿然邪？君其话之！"毅曰："似有命者。仆始见君于长泾之隅，枉抑[210]憔悴，诚有不平之志。然自约其心[211]者，达君之冤，馀无及也。以言慎勿相避者，偶然耳，岂有意哉。洎钱塘逼迫之际，唯理有不可直[212]，乃激人之怒耳。夫始以义行为之志，宁有杀其婿而纳其妻者邪？一不可也。某素以操贞为志尚[213]，宁有屈于己而伏于心者乎？二不可也。且以率肆胸臆，酬酢纷纶，唯直是图，不遑避害[214]。然而将别之日，见君有依然[215]之容，心甚恨之。终以人事扼束，无由报谢。吁！今日，君，卢氏也，又家于人间，则吾始心未为惑矣[216]。从此以往，永奉欢好，心无纤虑也。"妻因深感娇泣，良久不已。有顷，谓毅曰："勿以他类，遂为无心[217]，固当知报耳。夫龙寿万岁，今与君同之[218]。水陆无往不适。君不以为妄也？"毅嘉[219]之曰："吾不知国容乃复为神仙之饵[220]。"乃相与觐洞庭。既至，而宾主盛礼，不可具纪。后居南海[221]，仅四十年，其邸第、舆马、珍鲜、服玩，虽侯伯之室，无以加也。毅之族咸遂濡泽[222]。以其春秋积序[223]，容状不衰，南海之人，靡不惊异。洎开元中，上[224]方属意于神仙之事，精索道术。毅不得安，遂相与归洞庭。凡十馀岁，莫知其迹。至开元末，毅之表弟薛嘏为京畿令[225]，谪官东南。经洞庭，晴昼长望，俄见碧山出于远波。舟人皆侧立[226]，曰："此本无山，恐水怪耳。"指顾之际[227]，山与舟相逼，乃有彩船自山驰来，迎问于嘏。其中有一人呼之曰："柳公来候耳。"嘏省然[228]记之，乃促至山下，摄衣[229]疾上。山有宫阙如人世，见毅立于宫室之中，前列丝竹，后罗珠翠[230]，物玩之盛，殊倍人间。毅词理益玄，容颜益少。初迎暇于砌,持暇手曰:"别来瞬息[231],而发毛已黄。"暇笑曰:"兄为神仙,弟为枯骨,命也。"毅因出药五十丸遗暇,曰:"此药一丸,可增一岁耳。岁满复来,无久居人世以自苦也。"欢宴毕,暇乃辞行。自是已后,遂绝影响[232]。暇常以是事告于人世。殆四纪,暇亦不知所在。陇西[233]李朝威叙而叹曰:五虫之长,必以灵著,别斯见矣[234]。人,裸[235]也,移信鳞虫[236]。洞庭含纳[237]大直,钱塘迅疾磊落[238],宜有承焉[239]。暇咏而不载,独可邻其境[240]。愚义之,为斯文。

注释

〔1〕作者李朝威,事迹无可考;根据篇中自述,知道他是唐陇西郡人。

这是一篇布局谨严,情节曲折,写得优美生动,富于浪漫主义色彩的作品。

龙女对受到夫家种种虐待所提出的控诉,正是封建社会里妇女们普遍的遭遇。她性情虽然善良,但也不甘于任人摆布,力图挣脱这残酷的枷锁。一旦遇到自己所爱的人,就热情地向往着,追求自己终身的幸福。这又表达了受压迫的妇女们的内心感情。

钱塘君性情开朗,刚直而勇猛,嫉恶如仇。尽管有时态度显得有些蛮横,然而一经说服,就不再固执己见。是一个可敬爱的人物。

柳毅是封建社会里一个身世潦倒而行为正直的知识分子的典型。他之代龙女传书,完全出于同情,激于义愤,胸怀坦白,毫无自私之心。尽管内心对龙女是爱慕的,但却能够克制私情,在暴力威胁之下毅然拒绝了婚事。这种光明磊落的行为是可贵的。

作者把几个主要人物的个性,刻画得鲜明而突出:龙女的形态,表面是屈抑可怜,实际却热情坚定;柳毅不屈不挠,遇事能冷静思考,作出适当处理;钱塘君则恰恰相反,在感情冲动下,就不顾一切地做了再说;洞庭君却显出一副忠厚长者像。这些写来都恰如其分。又如钱塘君"擘青天而飞去"那一段,不过寥寥六七十字,却写得那样有声有色,令人惊心动魄,其表现手法经济而又巧妙。

　　由于故事具有意义而又富于戏剧性,一向脍炙人口。后来元人尚仲贤的《洞庭湖柳毅传书》、李好古的《沙门岛张生煮海》、明人黄说中的《龙箫记》、清人李渔的《蜃中楼》等等杂剧、传奇,以及现代《龙女牧羊》、《张羽煮海》等剧,都自本篇脱胎演变而来,可见其影响之久远。

　　〔2〕仪凤:唐高宗(李治)的年号(公元六七六至六七八年)。

　　〔3〕应举下第:"应举",应州郡保举到京城里参加考试。"下第",犹如说落榜,就是没有考取。

　　〔4〕湘滨:湘水边,唐时指江南西道一带地方,即今湖南省境。湘水也称湘江,是湖南境内最大的一条河流。源出广西兴安县海洋山西麓,流至湖南,经衡阳、湘潭、长沙,至湘阴县濠河口入洞庭湖。

　　〔5〕有客于泾阳者:有在泾阳作客的人。"客",作动词用。"泾阳",唐县名,在今陕西长安县北。

　　〔6〕疾逸道左:"疾",快。"逸",奔。"道左",泛指路旁。

　　〔7〕殊色:绝色、非常美丽。

　　〔8〕蛾脸(jiǎn)不舒:"蛾",蛾眉,形容女子的眉毛细而且长,像蚕蛾的触须一样。"脸",同"睑",古时指目下颊上的地方。"蛾脸",眉目之间。"蛾脸不舒",眉目间不开朗,犹如说面带愁容。

　　〔9〕巾袖无光:指穿戴的衣服颜色很黯淡,也就是敝旧而不华丽。

　　〔10〕凝听翔立:站在那里出神地听着。

　　〔11〕子何苦而自辱如是:你有什么苦恼,使得自己委屈到这种地步呢。

　　〔12〕楚:悲哀的样子。

　　〔13〕见辱问于长(zhǎng)者:"见",被的意思。"辱问",委屈了自己的身分来下问;"长者",指柳毅,都是客气话。

　　〔14〕泾川:就是泾河,源出宁夏六盘山东麓,流经甘肃,经陕西泾阳南面,至三原入渭河。下文"长泾",也指泾水。

　　〔15〕乐逸:欢喜游荡。

　　〔16〕日以厌薄:一天比一天地厌恶薄待我。

〔17〕舅姑：公婆。

〔18〕不能御：不能阻止、无法控制。

〔19〕毁黜(chù)以至此：糟蹋到这个地步。

〔20〕歔欷：形容伤心气咽的样子。

〔21〕悲不自胜(shēng)：悲伤得使自己受不了。

〔22〕茫茫：无边无际的样子。

〔23〕无所知哀：没有人知道我内心的悲哀痛苦。

〔24〕吴：通常是指现在江苏一带地方，这里却指湖南。三国时吴国的疆界包括湖南在内，所以湖南也可以称做"吴"。

〔25〕尺书：信件。古时没有纸，起先把信写在尺把长的木简上，有了绢帛的时候，又写在绢帛上，所以后来就把书信叫做"尺牍"、"尺书"、"尺素书"。下文"素书"，就是"尺素书"。

〔26〕寄托侍者：意思是不敢劳动柳毅本人，只好请托侍奉他的人代为递信，客气话。"侍者"，左右侍奉的人。

〔27〕未卜：不知道，问词。古人迷信，以卜卦的吉凶为行动的趋向，所以"未卜"就是不知道的意思。"卜"，引申作选择解释，下文"卜日"，指选择吉日良辰。"卜居"，指选择住所。

〔28〕是何可否之谓乎：这哪里谈到什么可以不可以呢。意思是说，这是应该做到，不用考虑的事。

〔29〕尘间：尘世间、人间。

〔30〕宁可致意邪(yé)：怎么能够传达你的意思呢。"宁可"，岂可、怎么能够。"邪"，疑问的语助词，也作"耶"。

〔31〕道途显晦："显晦"，明暗。"道途显晦"，犹如说幽明路隔，指人世间和神仙境界两个不同的环境。

〔32〕又乖恳愿：又违背了自己的诚心诚意。

〔33〕负载珍重："负载"，指接受委托。"珍重"，善加保重。"负载珍重"，意思是承你接受了我的委托，请你一路上自己好好保重吧。后文《飞烟传》篇"珍重佳人赠好音"，珍重，却是非常宝贵的意思。

〔34〕脱获回耗：倘若得到回信。

〔35〕洞庭之与京邑,不足为异也:洞庭和京城并没有什么不同,意思是说,洞庭里同样是可以去的。

〔36〕阴:南岸。

〔37〕社橘:唐代风俗,乡间选择大树下举行"社祭"(祭地神);"社橘",指那样的大橘树。

〔38〕无渝:不要改变。

〔39〕襦(rú):短袄。

〔40〕戚:悲哀。

〔41〕矫顾怒步:昂着头,走得很神气。

〔42〕龁(hé):咬嚼。

〔43〕亡:同"无"字。

〔44〕易带:解带、脱带。

〔45〕请:请问。

〔46〕将自何所至也:刚才是从什么地方来的。

〔47〕揭水:分开水。

〔48〕数息:呼吸几次,形容时间的迅速。

〔49〕谛视:仔细地看。

〔50〕柱以白璧:柱子是用白玉做成的。下三句句法相同。

〔51〕砌:台阶。

〔52〕水精:即水晶。

〔53〕雕琉璃于翠楣:翠绿色的门上横木,上面镶嵌着琉璃。

〔54〕饰琥珀于虹栋:彩色如虹的屋梁,以琥珀为饰。

〔55〕不可殚(dān)言:说不尽、说不完。"殚",尽的意思。

〔56〕幸:封建时代,皇帝到什么地方去叫做"幸"。龙君是帝王的身分,所以也用"幸"来指它的行动。

〔57〕阿房(ē páng):宫名,秦始皇造,规模甚大,周围三百馀里,秦末项羽入关时,放火烧毁。前殿遗址在今西安市西南阿房村。

〔58〕玄化:神奇变化。

〔59〕辟:同"阚"字。

〔60〕景从云合:"景",同"影"字。"景从",如影之随形。《易经·乾卦》:"云从龙"。这里形容龙君出来,所以说"云合"。后世多以"云从龙"指君臣的遇合,这里也把龙君人格化了,"景从云合",意指臣僚多人簇拥而来的样子。

〔61〕设拜:行礼。

〔62〕寡人暗昧:我很糊涂。"寡人",龙君的自称。

〔63〕不远千里:不以千里为远,长途辛苦而来。

〔64〕楚:湖南、湖北一带的古称。

〔65〕闲驱泾水之涘(sì):随便走到泾水边上。"涘",水边。

〔66〕风鬟雨鬓:形容龙女抛头露面,遭受风吹雨打的样子。

〔67〕不念:不体恤的意思。

〔68〕悲泗淋漓:哭得满脸眼泪鼻涕的样子。"泗",鼻涕。

〔69〕怛(dá):伤痛。

〔70〕不能鉴听:原作"不诊坚听",费解,据沈本改。

〔71〕不能鉴听,坐贻聋瞽:没有了解这种情况,使自己犹如聋子瞎子一样。"坐贻",因而造成的意思。

〔72〕陌上人:路上人,非亲非故的意思。

〔73〕急之:救人的急难。

〔74〕幸被齿发:"被",具有的意思。人有齿有发,"幸被齿发",意谓幸而属于人类,不比禽兽无知。文中把龙君人格化了,所以这样说。

〔75〕哀咤(zhà):悲叹。

〔76〕宦人:宦官、太监。

〔77〕时有宦人密侍君者:"侍",原作"视",费解。疑音近误刻,据虞本改。

〔78〕致政:退休、解除管理政务的职责。

〔79〕尧遭洪水九年:"尧",古帝名。他和舜、禹,实际都是我国原始时代部落联盟的领袖。《史记·五帝本纪》:尧时洪水泛滥成灾,叫鲧(gǔn)去治水,历时九年,都没有成功。

〔80〕失意:闹意见、不和睦。

41

〔81〕塞其五山："塞"，窒碍的意思，这里指发大水来淹没。"五山"，指五岳：泰山、华山、霍山、恒山、嵩山。下文"怀五岳"，"怀"，包藏的意思，也引申作水淹解释。

〔82〕薄德：很少的功劳、微薄的贡献。

〔83〕宽其同气之罪：饶恕了同胞兄弟的罪过。"同气"，指同胞兄弟。

〔84〕縻系：拘禁。

〔85〕拆：开裂，同"坼"字。

〔86〕霰（xiàn）：雪珠。

〔87〕擘（bò）：打破、分开。

〔88〕无害：没有关系。

〔89〕少尽缱绻（qiǎn quǎn）：稍为尽一点情意。后文各篇，也以缱绻指男女间的要好。

〔90〕命酌互举，以款人事：叫仆人安排酒宴，彼此举杯劝酒，以尽招待客人的情谊。

〔91〕融融怡怡：形容一片和乐的气氛。

〔92〕幢（chuáng）节玲珑："幢节"，旗帜和旌节，指仪仗。"玲珑"，细致精巧的样子。

〔93〕箫韶：本是古帝虞舜时的乐曲名，这里指音乐、乐队。

〔94〕红妆：妇女妆饰多红色，称"红妆"，就作为青年妇女的代称。

〔95〕笑语熙熙：说说笑笑，十分和悦的样子。

〔96〕中有一人："中"，原作"后"。"中"字似较胜，据虞本改。

〔97〕自然蛾眉："蛾眉"，泛指美丽的容貌。"自然蛾眉"，天生的美貌。

〔98〕明珰：明珠做的耳饰，这里泛指饰物。

〔99〕绡縠（xiāo hú）参差（cēn cī）："绡"，生丝织成的绸子。"縠"，绉纱。"绡縠"，指绸衣。"参差"，不整齐。"绡縠参差"，指绸衣因行动而飘拂的样子。

〔100〕乃前寄辞者：就是以前委托带信的人。

〔101〕零泪：落泪、垂泪。

〔102〕怨苦：指龙女向家人诉说遭受虐待的怨苦声。

〔103〕貌耸神溢：容貌出众，精神奕奕的意思。"耸"，高出的样子。

〔104〕是为泾陵之土矣：人死埋葬，化为尘土，所以"是为泾陵之土矣"，就是要死在泾陵的意思。

〔105〕飨：受。

〔106〕词不悉心：言语无法表达出内心的感激。

〔107〕㧑（huī）退：谦退。

〔108〕俯仰唯唯：作揖打躬地连声答应。"唯唯"，恭敬地答应，犹如说"是是是"。

〔109〕辰："辰"和下文"巳、午、未"，都是十二支之一，指时间。午前七时、八时为"辰"，九时、十时为"巳"，十一时、十二时为"午"，午后一时、二时为"未"。

〔110〕九天：九重天上，神话中天帝居住的地方。

〔111〕刚肠：指激烈的性情。

〔112〕不遑：来不及。

〔113〕忤（wǔ）：冒犯。

〔114〕惕（tì）：也是惧的意思。

〔115〕不知所失：不知道自己犯了多大的过失。

〔116〕草草：这里是粗暴的意思。

〔117〕至冤：极度的冤屈。

〔118〕吾何辞焉：我有什么话可说呢，意思是上帝责问起来，自己将无话可答。也可作我怎么能推卸责任解释。

〔119〕从此已去：从今以后。"已"，同"以"字。

〔120〕具以醪醴（láo lǐ）：具备着美酒。"醪"，醇酒。"醴"，不太厉害的甜酒。

〔121〕罗以甘洁："罗"，排列、布满。"甘洁"，味美而洁净的食物。

〔122〕箛角鼙（pí）鼓："箛"，胡箛，古时胡人所吹、一种木管（旧说是卷芦叶而成）的乐器。"角"，画角，古军中一种形如竹筒的吹器，早晚吹此以振奋士气。"箛角"，犹如后来的军号、喇叭。"鼙鼓"，战鼓。后文《长

恨传》篇也作"鞞鼓","鞞",同"鼙"字。

〔123〕《钱塘破阵乐》:《破阵乐》,本唐初乐曲名,唐太宗为秦王时破刘周武军时所作,后改为表现战阵的武舞,由一百二十人披甲执戟而舞。这里因钱塘君战胜泾川龙君回来,故借称为《钱塘破阵乐》。

〔124〕旌铩杰气,顾骤悍栗:"铩",字书无此字,疑指上文所说剑戟一类的武器。"栗",同"慄"字。这两句的意思是说:旌旗剑戟之舞,其势激昂豪迈;武士们顾盼驰骤的行动,使人看了心惊胆战。

〔125〕金石丝竹:"金石",指钟磬等;"丝",指琴瑟等;"竹",指箫笛等;统指乐器、乐队。

〔126〕清音宛转,如诉如慕:幽雅的乐声,抑扬顿挫,听上去有时好像在低声诉说,有时又好像在怨慕号泣。怨慕号泣是古帝虞舜的故事。据说他曾在田间向天号泣,怨自己不能获得父母的欢心,因而更增加思慕父母的情绪。见《孟子·万章》。

〔127〕锡以纨绮:"锡",赐与。"纨绮",绫绸。

〔128〕密席贯坐:紧紧地一个挨一个地坐着。

〔129〕纵酒极娱:尽量喝酒,非常快乐。

〔130〕苍苍:深青色。

〔131〕狐神鼠圣兮,薄社依墙:"圣",在这里作神怪解释。"社",古时祭土神的地方。"薄",依附。狐狸依着城墙,老鼠依着祭社做巢穴,比喻坏人有所倚恃而猖獗,不便加以制裁,略有"投鼠忌器"一类的含义,指泾川龙君次子倚仗着父母的宠爱而胡作非为。典出《晋书·谢鲲传》:王敦告诉谢鲲说:刘隗为人奸邪,将要危害国家。我打算把这个皇帝面前的小人除掉。谢鲲回说:刘隗固然是一个祸首,但他却是"城狐社鼠"。意指刘隗追随着皇帝,如果清除他,就会惊动皇帝,如同掘狐怕坏了城墙,熏鼠怕烧了祭社一样。

〔132〕贞人:正人君子。

〔133〕言:语助词。下文"永言"的"言",作"乃"字解释。

〔134〕腹心:犹如说骨肉,指龙女;也可作龙女的内心解释。

〔135〕明公:对尊贵者的敬称。

〔136〕无时无:没有哪一时候不是这样,也就是时时刻刻的意思。

〔137〕歌阕(què):唱完了。

〔138〕踧踖(cù jí):恭敬而又不安的样子。

〔139〕爵:古时一种三脚的酒器。

〔140〕悠悠:形容遥远的样子。

〔141〕还处其休:回家过着团聚快乐的生活。"休",美好、喜庆的意思。

〔142〕荷和雅兮感甘羞:"荷和雅",承蒙殷勤的招待。"甘羞",美味的食物。

〔143〕山家:称自己家里的客气话。

〔144〕悲绸缪(móu):在情意缠绵的情况下而要离别,感到伤感。

〔145〕开水犀:可以把水分开的犀牛角,古代传说中的宝物。《埤雅》:犀角可以破水。

〔146〕照夜玑:夜明珠。"玑",本指不圆的珠子,这里作为珠子的通称。

〔147〕焕赫:光采耀目的样子。

〔148〕酒阑:酒喝得差不多了,有些人还留在席上,有些人已经离开了,叫做"酒阑"。

〔149〕翌(yì)日:第二天。

〔150〕因酒,作色:借着酒意,板起了脸,作出一本正经的样子。

〔151〕踞:蹲着,形容很随便的样子。

〔152〕猛石:坚硬的石头。

〔153〕衷曲:心事,内情。

〔154〕如可,则俱在云霄;如不可,则皆夷粪壤:如果你答应,大家如在天上——都很幸福;如果不答应,彼此如陷到粪土里——都要倒霉。"夷",平灭的意思。

〔155〕淑性茂质:和善的性情,美好的品质。

〔156〕九姻:就是九族,外祖父、外祖母、姨母的儿子、妻父、妻母、姑母的儿子、姊妹的儿子、外孙、自己的同族。

〔157〕求托高义:"求托",请把龙女相付托,就是给柳毅做妻子的意思。"高义",行为高尚有义气的人,指柳毅。

〔158〕肃然而作:态度严肃地站起来。

〔159〕孱(càn)困:卑鄙恶劣。

〔160〕九州:古代分天下(指中国)为"九州",有《禹贡》九州、《尔雅》九州、《周礼》九州的分别。一般指《周礼》九州:扬、荆、豫、青、兖、雍、幽、冀、并。

〔161〕鏁:同"锁"字。

〔162〕犯之者不避其死,感之者不爱其生:对触犯自己的人,不避死亡的危险去报复、抵抗他;对使自己感动(有恩或激于义愤)的人,不惜拼着性命去报答或打抱不平。

〔163〕玄山:黄黑色的山,指上文所说的"五岳"。

〔164〕尽五常之志性,负百行(xíng)之微旨:古代以仁、义、礼、智、信为"五常"。"常",指平常应遵行的道理。这些本来都是好的行为,但封建统治者利用为本阶级服务,用以麻醉人民,因而往往变了质,反而成为束缚人民的枷锁。"百行",指各种德行、好的行为。语出《诗经·卫风·氓》:"士有百行。""微旨",精微奥妙的道理。"负百行之微旨",秉赋、实践各种德行的精妙道理。这两句的意思是说:钱塘君尽管是龙,但富有人性,它懂得并且坚持"五常"、"百行"这一些好的品德。

〔165〕乘酒假气:仗着酒意,借着气势。

〔166〕岂近直哉:这哪里合乎正道呢。

〔167〕且毅之质,不足以藏王一甲之间:而且我的身体,放在你的一片鳞甲之间,也不会填满,意思是就外形而言,自己十分渺小而钱塘君非常魁梧。"质",指身体。

〔168〕筹:考虑。

〔169〕逡(qūn)巡:向后退,局促不安的表示。后文其他篇里,也作不久解释。

〔170〕妄突高明:"妄",胡乱的意思。"突",唐突,犹如说冒犯、得罪。"高明",对人的敬称。

〔171〕乖间(jiàn)：疏远。

〔172〕预会：参加宴会。

〔173〕展愧戴：表达惭愧、爱戴的感激心情。

〔174〕睽(kuí)别：离别。

〔175〕赠遗(wèi)：赠给。"遗"，也是赠的意思。

〔176〕广陵：唐郡名，也称扬州，约辖今江苏扬州、泰州、高邮、宝应等地区，州治在今扬州市。唐代广陵是一所商业繁盛的大城市，很多外国或外族人在那里经营珠宝买卖。

〔177〕兆：百万。

〔178〕故：原来、旧有的。

〔179〕淮右：就是淮西，即淮水以西，今安徽合肥、凤阳一带地方。

〔180〕金陵：唐代的上元县，一度改名"金陵"，今江苏南京市。

〔181〕鳏(guān)旷：有了相当年纪还没有妻子叫做"鳏旷"。

〔182〕匹：配偶。

〔183〕范阳：唐郡名。参看前《柳氏传》篇"幽、蓟"注。

〔184〕清流宰："清流"，唐县名，今安徽滁县。"宰"，县令。

〔185〕独游云泉：独自一人到山中去修道的意思。

〔186〕适：嫁给。

〔187〕择德以配：挑选一个品德好的人嫁给他。

〔188〕就礼：举行婚礼。

〔189〕法用礼物：指结婚仪式中应有的礼物。

〔190〕健仰：非常羡慕。

〔191〕类：相似。

〔192〕经岁余，有一子：原作"然君与余有一子"，与上文词意不接，据虞本改。

〔193〕秾饰：打扮得如花似玉。

〔194〕帘室：门上有帘的屋子，指内室。

〔195〕召毅于帘室之间：原作"召亲戚相会之间"。按夫妇私语，似不应在召亲戚相会时，据虞本改。

〔196〕夙非姻好,何以为忆:原作"夙为洞庭君女传书,至今为忆",似答非所问,据虞本改。

〔197〕衔:心里感激的意思。

〔198〕季父:叔父。

〔199〕濯锦小儿:"濯锦",江名,就是四川成都市的浣花溪。"濯锦小儿",指濯锦江龙君的儿子。

〔200〕分(fèn):料想、自以为。

〔201〕死不自替:至死不忘,至死不变。"替",消灭、衰减的意思。

〔202〕遂闭户剪发,以明无意。虽为君子弃绝,分无见期;而当初之心,死不自替。他日父母怜其志:原作"惟以心誓难移,亲命难背。既为君子弃绝,分无见期;而当初之冤,虽得以告诸父母,而誓报不得其志"。按"心誓难移,亲命难背",语意似涉模棱两可;"闭户剪发,以明无意","当初之心,死不自替",则表达龙女坚决不移之意志,似较合理,据虞本改。

〔203〕当:当初、前些时。

〔204〕咸善终世:彼此在一起好好地过一生,犹如说"白头偕老"。

〔205〕匪薄:身分微贱的意思。"知君有爱子之意":"爱子",原作"感余"。据下文,似作"爱子"是,据虞本改。"妇人匪薄":"匪"字费解,疑"菲"字形似误刻。

〔206〕不足以确厚永心:不能够切实巩固、加强你永远爱我的心意。

〔207〕以托相生:借以达到在一起生活的愿望。

〔208〕愁惧兼心:又忧愁又恐惧的心情。"兼",也可作积累解释,"愁惧兼心",心里积存着愁惧的念头。

〔209〕固:坚决。

〔210〕枉抑:冤屈。

〔211〕自约其心:自己约束、控制着自己爱慕龙女的心情。

〔212〕理有不可直:道理上说不过去。

〔213〕某素以操贞为志尚:我平时以坚持正道为自己的抱负。"某",原作"善",费解。"贞",原作"真",似"贞"字较胜。据虞本改。

〔214〕率肆胸臆,酬酢(zuò)纷纶,唯直是图,不遑避害:"胸臆",指内

心。"纷纶",繁乱的样子。这四句的意思是说:当着酒宴应酬纷乱的时候,自己直率地发表意见,只知道照着正理去做,却不管会不会给自己带来祸害。指上文对钱塘君拒婚而言。

〔215〕依然:恋恋不舍的样子。

〔216〕这几句的意思是说:龙女既已姓卢,又住在人间,就不是原来的身分,因而和她结婚,并不违反自己的初意,自己原来的主张并不错误。"惑",本是迷乱的意思,这里引申作错误解释。

〔217〕勿以他类,遂为无心:不要以为我是龙不是人类,就认为没有人心。

〔218〕同之:共同享受。

〔219〕嘉:赞许。

〔220〕吾不知国容乃复为神仙之饵:"国容",犹如说国色,指非常美丽的容貌。以利诱人叫做"饵",这里是导致物的意思。这句话的意思是说:我没有想到,由于娶了龙女这样美丽的妻子,却获得成仙得道的机会。"国容乃复为神仙之饵":"容",原作"客"。按此句接上文龙女"龙寿万岁,与君同之"一语而来,指娶龙女可以导致成仙,则作"容"字似较胜,疑形似误刻,据沈本改。

〔221〕南海:唐郡名,也称广州,约辖今广东全省除西南部以外的地区,州治在今广州市。

〔222〕咸遂濡(rú)泽:都沾了光。"濡泽",润湿,引申作恩惠解释。

〔223〕春秋积序:"春秋",指时间,错举四时而言,引申作年龄解释。"春秋积序",年龄一年又一年地增加。

〔224〕上:对皇帝的尊称。

〔225〕京畿(jī)令:唐代以长安、万年、河南、洛阳、太原、晋阳六县县令为"京县令",京兆、河南、太原三府所辖各县县令为"畿县令",合称"京畿令"。京畿令的品级较一般县令为高。京城附近的地方为"畿"。

〔226〕侧立:斜着身子站着,恐惧的表示。

〔227〕指顾之际:手指目视之间,形容迅速。

〔228〕省(xǐng)然:忽然想起的样子。

〔229〕摄衣：撩起衣裳。

〔230〕珠翠：指插戴着珠翠首饰的侍女们。

〔231〕瞬息："瞬"，霎眼；"息"，呼吸，形容极短的时间。

〔232〕遂绝影响：就再没有消息了。

〔233〕陇西：唐郡名，也称渭州，约辖今甘肃陇西、定西、武山等地区，州治在今陇西县。

〔234〕五虫之长（zhǎng），必以灵著，别斯见矣："虫"，动物的通称。"五虫"，指倮虫（人类）、羽虫（鸟类）、毛虫（兽类）、鳞虫（鱼类）、介虫（龟类）。古人认为：毛虫之精者曰麟，羽虫之精者曰凤，介虫之精者曰龟，鳞虫之精者曰龙，倮虫之精者曰圣人。"五虫之长"，即指麟、凤、龟、龙、圣人。"长"，就是所谓"精者"。"别"，区别、分别。这几句的意思是说：五虫之长一定有它特殊的灵性，和一般虫类不同，从这里就可以看得出它们的分别。指龙君能显示灵异，不同于普通的鳞虫。

〔235〕裸：同"倮"字。赤身露体叫做"裸"。人身上没有羽毛鳞甲，所以古时把人类列为倮虫。

〔236〕移信鳞虫：把人类讲信义的道理用来对于鳞虫——指柳毅负责代龙女传书事。

〔237〕含纳：有涵养、有度量。

〔238〕迅疾磊落：行动敏捷，胸怀坦白。

〔239〕宜有承焉："承"，禀承、禀赋，指它们（龙君）好的品德是有所禀承的。也可作"继承"解释，"宜有承焉"，应该有人继承它们这种好的品德。

〔240〕嘏（gǔ）咏而不载，独可邻其境："咏"，指含有赞美意味的议论。"载"，知识。这两句的意思是说：薛嘏时常向人谈起柳毅做神仙的事情，加以夸赞，可是他自己并不知道怎样才可以成仙。不过因为他和柳毅是亲戚，柳毅送给他仙药，所以他却能够达到神仙的境界。另一解释：薛嘏虽然和柳毅接近了，知道了成仙的方法，但是他只肯随便谈谈这件事，而不愿把它详细记录下来，因而别人无法了解，只有他自己一人能够达到神仙的境界。

李章武传

李景亮[1]

李章武，字飞，其先[2]中山[3]人。生而敏博，遇事便了[4]。工文学，皆得极至。虽弘道自高，恶为洁饰[5]，而容貌闲美[6]，即之温然[7]。与清河崔信友善。信亦雅士，多聚古物。以章武精敏，每访辨论，皆洞达玄微[8]，研究原本，时人比晋之张华[9]。贞元[10]三年，崔信任华州别驾[11]，章武自长安诣之[12]。数日，出行，于市北街见一妇人，甚美。因绐[13]信云："须州外与亲故知闻[14]。"遂赁舍[15]于美人之家。主人姓王，此则其子妇也。乃悦而私[16]焉。居月馀日所[17]，计用直[18]三万馀，子妇所供费倍之。既而两心克谐，情好弥切。无何，章武系事[19]，告归长安，殷勤叙别。章武留交颈鸳鸯绮一端[20]，仍[21]赠诗曰："鸳鸯绮，知结几千丝。别后寻交颈，应伤未别时[22]。"子妇答[23]白玉指环一，又赠诗曰："捻[24]指环相思，见环重相忆。愿君永持玩，循环无终极。"章武有仆杨果者，子妇赍[25]钱一千，以奖其敬事[26]之勤。既别，积[27]八九年。章武家长安，亦无从与之相闻。至贞元十一年，因友人张元宗寓居下邽县[28]，章武又自京师与元会。忽思曩好，乃回车涉渭[29]而访之。日暝[30]，达华州，将舍于王氏之室。至其门，则阒[31]无行迹[32]，但外有宾榻而已。章武以为下里[33]；或废业即农[34]，暂居郊野；或亲宾邀聚，未始归复[35]。但休止其门,将别适他舍。见东邻之妇,就而访之。乃云:"王氏之长老[36],皆舍业而出游;其子妇殁已再周[37]矣。"又详与之谈,即云:"某姓杨,第六,为东邻妻。"复访:"郎何姓?"章武具语之。又云:"曩曾有僗[38]姓杨名果乎?"曰:"有之。"因泣告曰:"某为里中妇五年,与王氏相善。尝云:'我夫室犹如传舍[39],阅人多矣。其于往来见调[40]者,皆殚财穷产,甘辞厚誓[41],未尝动心。顷岁[42]有李十八郎,曾舍于我家。我初见之,不觉自失[43]。后遂私侍枕席,实蒙欢爱。今与之别累年[44]矣。思慕之心,或竟日不食,终夜无寝。我家人故[45]不可托。复被彼夫东西,不时会遇[46]。脱有至者,愿以物色[47]名氏求之。如不参差[48],相托祗奉[49],并语深意。但有仆夫杨果,即是。'不二三年,子妇寝疾。临终,复见托曰:'我本寒微,曾辱君子厚顾,心常感念。久以成疾,自料不治。曩所奉托,万一至此,愿申九泉[50]啣恨,千古瞑离之叹。仍乞留止此,冀神会于髣髴[51]之中。'"章武乃求邻妇为开门,命从者市薪刍[52]食物。方将具絪席[53],忽有一妇人,持帚,出房扫地。邻妇亦不之识。章武因访所从者,云是舍中人。又逼而诘之,即徐曰:"王家亡妇感郎恩情深,将见会。恐生怪怖,故使相闻。"章武许诺,云:"章武所由来者,正为此也。虽显晦殊途,人皆忌惮,而思念情至,实所不疑。"言毕,执帚人欣然而去,逡巡映门,即不复见。乃具饮馔,呼祭。自食饮毕,安寝。至二更许,灯在床之东南,忽尔稍暗,如此再三。章武心知有变,因命移烛背墙,置室东南隅[54]。旋闻室北角悉窣[55]有声;如有人形,冉冉[56]而至。五六步,即可辨其状。视衣服,乃主人子妇也。与昔见不异,但举止浮急,音调轻清耳。章武下床,迎拥携手,款[57]若平生之欢。自云:"在冥录[58]以来,都忘亲戚;但思君子之心,如平昔耳。"章武倍与狎昵,亦无他异。但数请令人视明星,若出,当须还,不可久住。每交欢之暇,即恳托在邻妇杨氏,云:

"非此人,谁达幽恨?"至五更,有人告可还。子妇泣下床,与章武连臂出门,仰望天汉[59],遂呜咽悲怨,却[60]入室,自于裙带上解锦囊,囊中取一物以赠之。其色绀碧[61],质又坚密,似玉而冷,状如小叶。章武不之识也。子妇曰:"此所谓'靺鞨宝'[62],出昆仑玄圃[63]中。彼亦不可得。妾近于西岳[64]与玉京夫人[65]戏,见此物在众宝珰[66]上,爱而访之。夫人遂假[67]以相授,云:'洞天[68]群仙,每得此一宝,皆为光荣。'以郎奉玄道,有精识,故以投献。常愿宝之,此非人间之有。"遂赠诗曰:"河汉已倾斜,神魂欲超越。愿郎更回抱,终天从此诀[69]!"章武取白玉宝簪一以酬之,并答诗曰:"分从幽显隔,岂谓有佳期。宁辞重重别,所叹去何之[70]。"因相持泣,良久。子妇又赠诗曰:"昔辞怀后会,今别便终天。新悲与旧恨,千古闭穷泉[71]。"章武答曰:"后期杳无约,前恨已相寻。别路无行信,何因得寄心[72]。"款曲叙别讫,遂却赴西北隅。行数步,犹回顾拭泪云:"李郎无舍念此泉下人。"复哽咽伫立,视天欲明,急趋至角,即不复见。但空室窅然[73],寒灯半灭而已。章武乃促装[74],却自下邽归长安武定堡。下邽郡官[75]与张元宗携酒宴饮,既酣,章武怀念,因即事赋诗[76]曰:"水不西归月暂圆,令人惆怅[77]古城边。萧条明早分歧路,知更相逢何岁年。"吟毕,与郡官别。独行数里,又自讽诵。忽闻空中有叹赏,音调凄恻。更审听之,乃王氏子妇也。自云:"冥中各有地分[78]。今于此别,无日交会。知郎思眷,故冒阴司之责,远来奉送。千万自爱!"章武愈感之。及至长安,与道友陇西李助话,亦感其诚而赋曰:"石沉辽海阔,剑别楚天长[79]。会合知无日,离心满夕阳。"章武既事东平丞相府[80],因闲,召玉工视所得靺鞨宝,工亦不知,不敢雕刻。后奉使大梁[81],又召玉工,麤[82]能辨,乃因其形[83],雕作槲[84]叶象。奉使上京[85],每以此物贮怀中。至市东街,偶见一胡僧,忽近马叩头云:"君有宝玉在怀,乞一见尔。"乃引于静处开视。僧捧玩移时[86],云:"此天上至物[87],非人间有也。"章武后往来华州,访遗杨六娘,至今不绝。

注释

〔1〕作者李景亮,唐德宗时曾应"详明政术可以理人科"及第。其他无可考。

这是一篇描写人鬼恋爱的故事。王氏虽然阅人已多,但不管别人花多少金钱,说多少好话,她都没有动心;惟有和李章武结识后,才恩爱异常。这表明了王氏对真正爱自己的人,情愿以身相付托;而对想以自己为玩物的人,却深加唾弃。文中"子妇所供费倍之"这一句,就说明了他们两人的爱情是真挚的,而非金钱所可买得。别后王氏思慕不忘,感念成疾而死,情节动人。

作者通过这一虚构故事,表达了封建社会里妇女向往自由,坚决反抗旧礼教的行为。

〔2〕先:祖先。

〔3〕中山:汉郡名,在今河北定县。

〔4〕遇事便了:对任何事情,都能明白;对任何事情,都能随时解决。

〔5〕弘道自高,恶为洁饰:重视品德的修养,爱惜自己的身分,不愿意在外表修饰打扮。

〔6〕闲美:一种文雅、沉静的美。"闲",同"娴"字。

〔7〕即之温然:和他接近的人,都觉得他性情很温和。

〔8〕洞达玄微:深切了解精妙的道理。

〔9〕张华:字茂先,晋代学术家,以博闻著称,曾任中书令、司空等官职。著有《博物志》,是一部记载异境奇物和古代琐闻杂事的书(今传本一般认为是后人假托他的名义纂辑的)。

〔10〕贞元:唐德宗(李适)的年号(公元七八五至八〇四年)。

〔11〕华州别驾:"华州",也称华阴郡,约辖今河南郑州、陕西渭南等地区,州治在今郑州市。"别驾",刺史的高级佐吏。

〔12〕诣之:到他那里去。

〔13〕给:哄骗。

〔14〕与亲故知闻:告诉亲友们知道,就是拜访亲友的意思。

〔15〕赁舍:"赁",租。"舍",住。

〔16〕私:私通。

〔17〕居月馀日所:住了一个多月的光景。"所",约计数量之词。

〔18〕直:同"值"字,指钱。

〔19〕系事:系于事,为事所牵缠。

〔20〕交颈鸳鸯绮一端:"交颈鸳鸯绮",上面织有鸳鸯形状的一种名贵的绸子。古诗《客从远方来》:"客从远方来,遗我一端绮。……文彩双鸳鸯,裁为合欢被。"唐陈子昂诗,也有"闻有鸳鸯绮,特为美人赠"之句。"端",古度名,有一丈六尺、二丈、六丈三种说法。"一端",犹如说一匹。

〔21〕仍:再、又。

〔22〕这首诗里"知结几千丝"之"丝",和"思"字谐音,语意双关,表示相思无穷无尽。后两句的意思是说:别后想到当初欢聚之乐而不可得,对别离以前那一种要好的情况,一定会感到很悲伤。"寻",寻思的意思。按本篇各诗都是五言,此诗首句只三字,明野竹斋沈氏抄本"鸳"上空二字,所以很可能是遗漏了二字。

〔23〕答:回赠。

〔24〕捻(niē):拿着。

〔25〕赍(jī):拿着东西给人。

〔26〕敬事:谨慎认真地做事。

〔27〕积:经过的意思。

〔28〕下邽(guī)县:今陕西渭南县,唐时是华州的属县。

〔29〕渭:水名,就是渭河,发源甘肃渭源县西北鸟鼠山,流经陕西省境,至潼关入黄河。

〔30〕日暝:天黑。

〔31〕阒(qù):寂静无声。

〔32〕则阒无行迹:"阒",原作"閴"(谈本、许本作"閳"),应误,据字

书改。

〔33〕下里:"里",指蒿里。古人以死人归宿的地方为"蒿里"。"下里",到地下蒿里去,就是死亡。

〔34〕废业即农:把原来的事情抛弃了,到田地里去耕作。"即",往、就的意思。

〔35〕未始(shì)归复:还没有回来。"始",助词。

〔36〕长老:指尊长。

〔37〕再周:两周年。

〔38〕傔(qiàn):侍从、仆人。

〔39〕我夫室犹如传(zhuàn)舍:我丈夫家里——也就是自己家里,人来人往,十分杂乱,就好像传舍一样。"传舍",古时驿站里供应过客吃住的房子。

〔40〕见调:"见",助词,略有"加以"一类的含义。"调",调戏、挑逗。

〔41〕殚财穷产,甘辞厚誓:把所有的钱财都拿了出来,而且说些好听的话,发出深切的誓言。

〔42〕顷岁:往年。

〔43〕自失:自己若有所失,形容心神不安的样子。

〔44〕累(lěi)年:好多年。后文其他篇里"累月"、"累旬"、"累日",就是好几月,好几旬,好多天。

〔45〕故:原来、本来。

〔46〕复被彼夫东西,不时会遇:又被那个家伙(指自己的丈夫)带着忽而到东,忽而到西,到处奔走,以致没有一定的时间可以同他(指李章武)会见。

〔47〕物色:指容貌。

〔48〕不参差(cēn cī):没有错误、没有讹差的意思。

〔49〕祗奉:恭敬的服侍。

〔50〕九泉:地下,指阴间。下文"穷泉",《霍小玉传》篇"黄泉",义同。又"泉下人"指死人、鬼物。

〔51〕髣髴:同"仿佛",指似有似无的境界。

〔52〕薪刍:柴草,指燃料和牲畜的饲料。后文《霍小玉传》篇"薪蒭","蒭",同"刍"字。

〔53〕具绌席:"具",铺设。"绌席",行李被褥。后文其他篇里也作"茵席","茵",同"绌"字。

〔54〕置室东南隅:"南",原作"西"。按东西不能称隅,据沈本改。

〔55〕悉窣:细碎声音的形容词。"悉",一般作"窸"。

〔56〕冉冉:形容缓缓而来的样子。

〔57〕款:款曲,犹如说缠绵、缱绻,指男女间的要好。

〔58〕在冥录:"冥",迷信说法的阴间。"录",簿册。"在冥录",名字列在阴间的簿籍上,意思是死亡了。

〔59〕天汉:天河、银河。下文"河汉",义同。

〔60〕却:还。

〔61〕绀碧:天青色。

〔62〕靺鞨(mò hé)宝:"靺鞨",古时我国东北少数民族名,分七部,其中黑水靺鞨就是后来的女真。那里出产一种宝石,名为"靺鞨宝"。

〔63〕昆仑玄圃:"昆仑",亚洲最大的山脉,分东、西、中三部;我国古代所说的昆仑,专指中昆仑的南部,在甘肃、新疆境内。神话传说:昆仑山的顶峰为"玄圃",上有五城十二楼,是神仙居住的地方。

〔64〕西岳:华山。

〔65〕玉京夫人:神话传说中的女仙。

〔66〕宝珰:"珰",橡头——房屋的出檐。"宝珰",用宝玉饰成的橡头,古称"璧珰"、"璇题"、"玉题"。

〔67〕假:取。

〔68〕洞天:道家说法:神仙住在名山洞府里,这些地方叫做"洞天",有"十大洞天"、"三十六小洞天"等名目。

〔69〕这四句的意思是说:银河已经由天空中间转到一旁,说明夜已很深,就要天明了。离别在即,所以我精神非常不安。希望我们再多偎傍一刻,因为从此一别,就永无相见之期了。"终天",终身、无穷无尽。

〔70〕这四句的意思是说:自以为和你阴阳路隔,谁知还有欢会之时。

我们不妨再度离别,只是可叹的是,你又到哪里去呢?"何之",往哪里去。

〔71〕这四句的意思是说:从前辞去的时候,还想着可以再会;如今一别,却永无相见之期了。心头交织着新的悲哀和旧的怅恨,只有怀着这种心情长期留在阴间而已。

〔72〕这四句的意思是说:以后的会见是毫无希望的,现在已给我们带来怨恨的情绪。离别之后没有办法可以通消息,从哪里能向你表达我的心意呢?

〔73〕窅(yǎo)然:形容深远而黑暗的样子。

〔74〕促装:匆忙整理行李。

〔75〕郡官:本指太守、刺史,这里指县令。

〔76〕即事赋诗:古人对眼前的事物有感触,因而作诗,就用"即事"二字为题,叫做"即事诗"。"赋诗"就是作诗。

〔77〕惆(chóu)怅:形容因失望而伤感的样子。

〔78〕冥中各有地分(fèn):意指阴间划分地区,彼此不能逾越。

〔79〕石沉辽海阔,剑别楚天长:"辽海",泛指大海。"石沉辽海阔",引用精卫填海的故事。《山海经·北山经》:古炎帝的女儿在东海里淹死了,化为精卫(一种海鸟);常衔来西山的木石,想把东海填平。后来引用这一神话,比喻怀恨无穷。"剑",故剑,本是旧妻的代词,这里指情妇。"楚",在这里不是专指楚地,而是泛称。古人习惯用楚天长、阔等字样来形容空间的无边无际,时间的悠远长久。这两句的意思是说:李章武和王氏妇一别之后,永无见期,所以含恨无穷。

〔80〕既事东平丞相府:既已到东平丞相府做事,就是做东平丞相的幕僚、属官的意思。文中说是贞元十馀年间事,所以"东平丞相"应指李师古。按李师古曾任淄青节度使,贞元十六年加同中书门下平章事,就是宰相。淄青节度使当时治所在东平(今山东郓城),故称为"东平丞相"。

〔81〕奉使大梁:奉命到大梁为使者。"大梁",古邑名,在今河南开封市西北,后来通称开封为大梁。

〔82〕麤:同"粗"字,大略、略为的意思。

〔83〕因其形:就着它原来的形状。

〔84〕 櫍(jiě)：松樠(mán)，一种心像松树的树木，也叫松心木。

〔85〕 上京：京都、都城。

〔86〕 移时：一段不太长的时间。

〔87〕 至物：最好、最可宝贵的东西。

霍小玉传

蒋　防[1]

大历中，陇西李生名益[2]，年二十，以进士擢第。其明年，拔萃[3]，俟试于天官。夏六月，至长安，舍于新昌里。生门族清华[4]，少有才思，丽词嘉句，时谓无双；先达丈人[5]，翕然推伏。每自矜风调[6]，思得佳偶，博求名妓，久而未谐。长安有媒鲍十一娘者，故薛驸马[7]家青衣[8]也；折券从良[9]，十餘年矣。性便辟[10]，巧言语，豪家戚里，无不经过，追风挟策，推为渠帅[11]。当[12]受生诚托厚赂，意颇德之[13]。经数月，李方闲居舍之南亭。申未间[14]，忽闻扣门甚急，云是鲍十一娘至。摄衣从之，迎问曰："鲍卿今日何故忽然而来？"鲍笑曰："苏姑子作好梦也未[15]？有一仙人，谪在下界，不邀财货[16]，但慕风流。如此色目[17]，共十郎相当矣。"生闻之惊跃，神飞体轻，引鲍手且拜且谢曰："一生作奴，死亦不惮[18]。"因问其名居。鲍具说曰："故霍王[19]小女，字小玉，王甚爱之。母曰净持。——净持，即王之宠婢也。王之初薨，诸弟兄以其出自贱庶，不甚收录[20]。因分与资财，遣居于外，易姓为郑氏，人亦不知其王女。姿质秾艳，一生未见；高情逸态，事事过人；音乐诗书，无不通解。昨遣某求一好儿郎格调相称者。某具说十郎。他亦知有李十郎名字，非常欢惬。住在胜业坊古寺曲[21]，甫上车门宅是也。已与他作期约。明日午时,但至曲头觅桂子,即得矣。"鲍既去,生便备行计。遂令家僮秋鸿,于从兄[22]京兆参军[23]尚公处假青骊驹,黄金勒[24]。其夕,生浣衣沐浴,修饰容仪,喜跃交并,通夕不寐。迟明[25],巾帻[26],引镜自照,惟惧不谐也。徘徊之间,至于亭午[27]。遂命驾疾驱,直抵胜业。至约之所,果见青衣立候,迎问曰:"莫是李十郎否?"即下马,令牵入屋底,急急锁门。见鲍果从内出来,遥笑曰:"何等儿郎[28],造次[29]入此?"生调诮[30]未毕,引入中门。庭间有四樱桃树;西北悬一鹦鹉笼,见生入来,即语曰:"有人入来,急下帘者!"生本性雅淡,心犹疑惧,忽见鸟语,愕然[31]不敢进。逡巡,鲍引净持下阶相迎,延入对坐。年可四十馀,绰约[32]多姿,谈笑甚媚。因谓生曰:"素闻十郎才调风流,今又见仪容雅秀,名下固无虚士[33]。某有一女子,虽拙教训[34],颜色不至丑陋,得配君子,颇为相宜。频见鲍十一娘说意旨,今亦便令永奉箕帚。"生谢曰:"鄙拙庸愚,不意顾盼[35],倘垂采录,生死为荣。"遂命酒馔,即令小玉自堂东阁子[36]中而出。生即拜迎。但觉一室之中,若琼林玉树,互相照曜,转盼精彩射人。既而遂坐母侧。母谓曰:"汝尝爱念'开帘风动竹,疑是故人来。'即此十郎诗也。尔终日吟想,何如一见。"玉乃低鬟[37]微笑,细语曰:"见面不如闻名[38]。才子岂能无貌?"生遂连起拜曰:"小娘子爱才,鄙夫重色。两好相映,才貌相兼。"母女相顾而笑,遂举酒数巡[39]。生起,请玉唱歌。初不肯,母固强之。发声清亮,曲度精奇。酒阑,及暝,鲍引生就西院憩息。闲庭邃宇,帘幕甚华。鲍令侍儿桂子、浣沙与生脱靴解带。须臾,玉至,言叙温和,辞气宛媚。解罗衣之际,态有馀妍[40],低帏昵枕,极其欢爱。生自以为巫山、洛浦[41]不过也。中宵[42]之夜,玉忽流涕观生曰:"妾本倡家,自知非匹。今以色爱,托其仁贤。但虑一旦色衰,恩移情替[43],使女萝[44]无托,秋扇见捐[45]。极欢之际,不觉悲至。"生闻之,不胜感叹。乃引臂替枕,徐谓玉曰:"平生志愿,今日护从,粉骨碎身,誓不相舍。夫人何发此言!请以素缣,著之盟约。"玉因收泪,命侍儿樱桃褰幄[46]执烛,授生笔研[47]。玉管弦之暇,雅[48]好诗书,筐箱笔研,皆王家之旧物。遂取绣囊,出越姬乌丝栏[49]素缣三尺以授生。生素多才思,援笔成章,引谕山河,指诚日月[50],句句恳切,闻之动人。染毕[51],命藏于宝箧之内。自尔婉娈相得[52],若翡翠之在云路也。如此二岁,日夜相从。其后年春,生以书判拔萃登科,授郑县主簿[53]。至四月,将之官,便拜庆于东洛[54]。长安亲戚,多就筵饯。时春物尚馀,夏景初丽,酒阑宾散,离思萦怀。玉谓生曰:"以君才地名声,人多景慕[55],愿结婚媾,固亦众矣。况堂有严亲,室无冢妇[56],君之此去,必就佳姻。盟约之言,徒虚语耳。然妾有短愿,欲辄指陈。永委君心[57],复能听否?"生惊怪曰:"有何罪过[58],忽发此辞?试说所言,必当敬奉。"玉曰:"妾年始十八,君才二十有二,迨君壮室之秋[59],犹有八岁。一生欢爱,愿毕此期。然后妙选高门[60],以谐秦晋[61],亦未为晚。妾便舍弃人事,剪发披缁[62]。夙昔之愿,于此足矣。"生且愧且感,不觉涕流。因谓玉曰:"皎日之誓[63],死生以之[64]。与卿偕老,犹恐未惬素志,岂敢辄有二三[65]。固请不疑,但端居相待。至八月,必当却到[66]华州,寻使奉迎,相见非远。"更数日,生遂诀别东去。到任旬日,求假往东都观亲。未至家日,太夫人已与商量[67]表妹卢氏,言约已定。太夫人素严毅,生逡巡不敢辞让,遂就礼谢,便有近期[68]。卢亦甲族[69]也,嫁女于他门,聘财必以百万为约,不满此数,义在不行。生家素贫,事须求贷,便托假故,远投亲知,涉历江、淮,自秋及夏。生自以孤负[70]盟约,大愆回期,寂不知闻,欲断其望,遥托亲故,不遗漏言。玉自生逾期,数访音信。虚词诡说,日日不同。博求师巫,遍询卜筮[71],怀忧抱恨,周岁有馀。羸[72]卧空闺,遂成沉疾。虽生之书题[73]竟绝,而玉之想望不移,赂遗亲知,便通消息。寻求既切,资用屡空,往往私令侍婢潜卖箧中服玩之物,多托于西市寄附铺[74]侯景先家货[75]卖。曾令侍婢浣沙将[76]紫玉钗一只,诣景先家货之。路逢内作[77]老玉工,见浣沙所执,前来认之曰:"此钗,吾所作也。昔岁霍王小女,将欲上鬟[78],令我作此,酬我万钱。我尝不忘。汝是何人,从何而得?"浣沙曰:"我小娘子,即霍王女也。家事破散,失身于人。夫婿昨向东都,更无消息。悒怏成疾,今欲二年。令我卖此,赂遗于人,使求音信。"玉工凄然下泣曰:"贵人男女,失机落节[79],一至于此!我残年向尽,见此盛衰,不胜伤感。"遂引至延光公主宅[80],具言前事。公主亦为之悲叹良久,给钱十二万焉。时生所定卢氏女在长安,生既毕于聘财,还归郑县。其年腊月,又请假入城就亲。潜卜静居,不令人知。有明经[81]崔允明者,生之中表弟也。性甚长厚,昔岁常与生同欢于郑氏之室,杯盘笑语,曾不相同。每得生信,必诚告于玉。玉常以薪蒭衣服,资给于崔。崔颇感之。生既至,崔具以诚[82]告玉。玉恨叹曰:"天下岂有是事乎!"遍请亲朋,多方召致。生自以愆期负约,又知玉疾候沉绵[83],惭耻忍割[84],终不肯往。晨出暮归,欲以回避。玉日夜涕泣,都忘寝食,期一相见,竟无因由[85]。冤愤益深,委顿[86]床枕。自是长安中稍有知者。风流之士,共感玉之多情;豪侠之伦,皆怒生之薄行。时已三月,人多春游。生与同辈五六人诣崇敬寺[87]玩牡丹花,步于西廊,递吟诗句。有京兆韦夏卿者,生之密友,时亦同行。谓生曰:"风光甚丽,草木荣华。伤哉郑卿,衔冤空室!足下终能弃置,实是忍人。丈夫之心,不宜如此。足下宜为思之!"叹让[88]之际,忽有一豪士,衣轻黄绾衫,挟弓弹,丰神隽美,衣服轻华,唯有一剪头胡雏[89]从后,潜行而听之。俄而前揖生曰:"公非李十郎者乎?某族本山东,姻连外戚[90]。虽乏文藻,心尝乐贤[91]。仰公声华,常思觏止[92]。今日幸会,得睹清扬[93]。某之敝居,去此不远,亦有声乐,足以娱情。妖姬[94]八九人,骏马十数匹,唯公所欲。但愿一过。"生之侪辈,共聆斯语,更相叹美。因与豪士策马同行,疾转数坊,遂至胜业。生以近郑之所止,意不欲过,便托事故,欲回马首。豪士曰:"敝居咫尺[95],忍相弃乎?"乃挽[96]挟其马,牵引而行。迁延之间,已及郑曲。生神情恍惚,鞭马欲回。豪士遽命奴仆数人,抱持而进。疾走推入车门,便令锁却,报云:"李十郎至也!"一家惊喜,声闻于外。先此一夕,玉梦黄衫丈夫抱生来,至席,使玉脱鞋。惊寤而告母。因自解曰:"'鞋'者,'谐'也。夫妇再合。'脱'者,'解'也。既合而解,亦当永诀。由此征之,必遂相见,相见之后,当死矣。"凌晨[97],请母妆梳。母以其久病,心意惑乱,不甚信之。俛勉[98]之间,强为妆梳。妆梳才毕,而生果至。玉沈绵日久,转侧须人[99];忽闻生来,欻然自起,更衣而出,恍若有神。遂与生相见,含怒凝视[100],不复有言。羸质娇姿,如不胜致[101],时复掩袂,返顾李生。感物伤人,坐皆欷歔。顷之,有酒肴数十盘,自外而来。一坐惊视,遽问其故,悉是豪士之所致也。因遂陈设,相就而坐。玉乃侧身转面,斜视生良久,遂举杯酒酬地[102]曰:"我为女子,薄命如斯!君是丈夫,负心若此!韶颜稚齿,饮恨而终。慈母在堂,不能供养。绮罗弦管,从此永休。征痛黄泉[103],皆君所致。李君李君,今当永诀!我死之后,必为厉鬼,使君妻妾,终日不安!"乃引左手握生臂,掷杯于地,长恸号哭数声而绝。母乃举尸,寘[104]于生怀,令唤之,遂不复苏矣。生为之缟素[105],旦夕哭泣甚哀。将葬之夕,生忽见玉纟熏帷[106]之中,容貌妍丽,宛若平生。著石榴裙[107],紫裆裆[108],红绿帔子[109]。斜身倚帷,手引绣带,顾谓生曰:"愧君相送,尚有馀情。幽冥之中,能不感叹。"言毕,遂不复见。明日,葬于长安御宿原[110]。生至墓所,尽哀而返。后月馀,就礼于卢氏。伤情感物,郁郁不乐。夏五月,与卢氏偕行,归于郑县。至县旬日,生方与卢氏寝,忽帐外叱叱作声。生惊视之,则见一男子,年可二十馀,姿状温美,藏身暎[111]幔,连招卢氏。生惶遽走起,绕幔数匝,倏然不见。生自此心怀疑恶,猜忌万端,夫妻之间,无聊生[112]矣。或有亲情,曲相劝喻。生意稍解。后旬日,生复自外归,卢氏方鼓琴于床,忽见自门抛一斑犀钿花合子[113],方圆一寸馀,中有轻绡,作同心结[114],坠于卢氏怀中。生开而视之,见相思子[115]二、叩头虫一、发杀觜[116]一、驴驹媚[117]少许。生当时愤怒叫吼,声如豺虎,引琴撞击其妻,诘令实告。卢氏亦终不自明。尔后[118]往往暴加捶楚[119],备诸毒虐,竟讼于公庭而遣之[120]。卢氏既出[121],生或侍婢媵妾之属,蹔[122]同枕席,便加妒忌。或有因而杀之者。生尝游广陵,得名姬曰营十一娘者,容态润媚,生甚悦之。每相对坐,尝谓营曰:"我尝于某处得某姬,犯某事,我以某法杀之。"日日陈说,欲令惧己,以肃清闺门。出则以浴斛[123]覆营于床,周回封署,归必详视,然后乃开。又畜一短剑,甚利,顾谓侍婢曰:"此信州葛溪铁[124],唯断作罪过头!"大凡生所见妇人,辄加猜忌,至于三娶,率[125]皆如初焉。

注释

〔1〕作者蒋防,字子徵(一作子微),唐义兴(今江苏宜兴县)人。宪宗时,曾任翰林学士、中书舍人等官职。著有诗集一卷。本篇是他的成名之作。

这是一篇因阶级矛盾而酿成的悲剧性故事。在唐代重视门阀制度的情况下,霍小玉出身贱庶——婢女的女儿——而又沦为娼妓,这就注定了她要成为牺牲者。李益对她始乱终弃,也正由于他是贵族——虽然已经没落了——出身的士大夫阶层的缘故。这篇故事反映了下层妇女的被压迫、被侮辱,也指出了封建统治阶级只知玩弄女性而没有真正的爱情。"痴心女子负心汉",是这篇故事的真实写照。作者是同情霍小玉而谴责李益的。

　　本文前半对两人相恋经过,曲曲写来,情致委婉;后半叙小玉遭到遗弃,又辛酸凄恻,扣人心弦。在唐人传奇中,这是一篇出色的作品。

　　明人汤显祖曾据此篇作《紫箫记》、《紫钗记》传奇。

　　〔2〕李生名益:唐时有两李益。其一姑臧(今甘肃武威县,即古陇西地)人,长于诗歌。宪宗时曾任集贤殿学士,后来又做过礼部尚书。为人性痴而妒,对妻妾防范甚严,当时传说他有"妒病"。本篇据说就是根据他的故事渲染写成的。

　　〔3〕拔萃:唐代科举及第,算有了"出身",取得做官的资格,但还要经过一定的期限才可以选任为官,而且不一定都选得上。如果想马上做官,可以参加另一种考试:试文三篇,叫做"宏词";试判(撰拟判词,就是下文所指的"书判")三条,叫做"拔萃"。合格后就可以分发任用。科举考试由礼部主持,这种任官考试却由吏部主持,所以下文说"俟试于天官"(天官,吏部的别称)。

　　〔4〕门族清华:出身高贵的意思。

　　〔5〕先达丈人:"先达",前辈。"丈人",老先生。

　　〔6〕自矜风调:自以为有才貌、风流自赏。

　　〔7〕驸马:官名,就是驸马都尉。皇帝的女婿,照例授此官职,是一种虚衔。

　　〔8〕青衣:婢女。古时以青衣为"贱者"(实际指劳动人民)的服装,因而称婢女为"青衣"。

　　〔9〕折券从良:赎身获得自由,嫁人为妻,不再做人家的奴隶了。"券",指卖身契一类的文件。"折券",毁弃了卖身契。

　　〔10〕性便(pián)辟:会卑躬屈节、花言巧语地巴结人。

　　〔11〕追风挟策,推为渠帅:"追风",指追求女人的行为。"挟策",有主意、有办法。盗贼的首领叫做"渠帅"。这句的意思是说:凡是想追求女人的,她都可以代为设法,因而大家推她做一个头儿。

　　〔12〕当:方、正当。

　　〔13〕德之:感激他。

〔14〕申未间:午后一时至四时。

〔15〕苏姑子作好梦也未:这应是当时的一句俗谚,出处未详。"作好梦也未",作了好梦没有。意思是来为他介绍佳偶,他应该在梦里就先有了好兆头的,所以问他作了好梦没有。

〔16〕不邀财货:不贪图金钱礼物。

〔17〕如此色目:犹如说像这一类的人。"色目",名目。

〔18〕一生作奴,死亦不惮:终身服侍他,就是死也心甘情愿。

〔19〕霍王:名李元轨,唐高祖的儿子。

〔20〕不甚收录:不大理睬、不愿容纳。

〔21〕曲:唐时坊里的小街巷称"曲"。

〔22〕从(zòng)兄:堂兄。

〔23〕参军:"参军事"的简称,是唐代军事机构、王府和府、州的属官,有录事参军和诸曹参军之别。诸曹参军里,在军事机构有仓曹、兵曹、骑曹、胄曹,府、州有司功、司仓、司兵、司法、司士、司户等种种名目,职掌各有不同。

〔24〕勒:马笼头。

〔25〕迟(zhì)明:黎明。

〔26〕巾帻:戴上头巾。"巾",做动词用。

〔27〕亭午:正午。

〔28〕何等儿郎:犹如说什么样的人。

〔29〕造次:随随便便、冒冒失失。后文《长恨传》篇"方士造次未及言",造次是匆匆忙忙、慌慌张张的意思。

〔30〕调诮:嘲笑、说俏皮话。

〔31〕愕然:吃惊的样子。

〔32〕绰约:姿态舒缓柔弱而优美的样子。

〔33〕名下固无虚士:指有学问的人,名副其实,并不虚假。典出《陈书·姚察传》:姚察聘周,刘臻问他关于《汉书》的疑问十多条,他详为分析讲解,而且都有根据。刘臻佩服地说:"名下固无虚士。"又隋朝薛道衡作《人日》诗的故事里,也有这句话。

〔34〕拙教训:没有受到好教育。

〔35〕不意顾盼:没有想到承蒙看得起、看中了。

〔36〕阁(gé)子:旁边的小门。后文《李娃传》篇"娃自阁中闻之","阁"同"阁"字,指楼。

〔37〕低鬟:低头,形容少女羞涩的样子。"鬟",妇女的发髻。

〔38〕见面不如闻名:下文"才子"指闻名,"貌"指见面,此处似应作"闻名不如见面"。

〔39〕数(shuò)巡:斟过几遍酒。

〔40〕态有馀妍:犹如说长得够漂亮的。

〔41〕巫山、洛浦:指古代两个恋爱的神话。战国时,宋玉作《高唐赋》,在序里说:楚襄王和他游云梦。他告诉楚襄王:先生(应指楚怀王)游高唐,曾梦见神女来和他欢会。临去时,说自己住在巫山的南面,朝为行云,暮为行雨,朝朝暮暮,阳台之下。后来一般却指为楚襄王的故事。三国时,曹操击败袁绍,把他的儿媳甄氏掠来给曹丕为妻。甄氏很美丽,曹植也十分恋慕她,但求之不得。曹丕为帝时,立甄氏为后,后来又因故杀死。有一次,曹植经过洛水,梦见甄氏前来叙情,于是作了一篇《感甄赋》,借洛神——宓妃来影射甄氏。魏明帝(曹叡)时,改《感甄赋》为《洛神赋》。"洛浦",洛水边。

〔42〕中宵:半夜。

〔43〕恩移情替:恩爱之情转移、衰退了。下文"替枕",替,代的意思。

〔44〕女萝:就是松萝,一种丝状的植物,多攀附在别的树上生长。封建时代,认为妇女要倚靠着男子生活,因而就以"女萝"比喻女子的身分,是夫权意识的反映。

〔45〕秋扇见捐:"捐",弃置。秋凉时,扇子就要弃置不用了,因而以"秋扇见捐"比喻妇女因年老色衰为男子所抛弃。典出汉代班婕妤《怨歌行》:"新裂齐纨素,皎洁如霜雪;裁成合欢扇,团圆似明月;出入君怀袖,动摇微风发。常恐秋节至,凉飚(biāo)夺炎热;弃捐箧笥中,恩情中道绝。"

〔46〕褰(qiān)帏:"褰",揭起、拉起。"帏",帐幕。

〔47〕研:同"砚"字。

〔48〕雅:很、颇为。

〔49〕乌丝栏:一种织成或画成黑线竖格的绢质卷轴或纸笺。

〔50〕引谕山河,指诚日月:引山河来比喻恩情的深厚,指着日月发誓,表明相爱的诚挚。

〔51〕染毕:写完。

〔52〕婉娈(luán)相得:亲热地相处得很好。

〔53〕郑县主簿:"郑县",今河南郑州市。"主簿",管理文书簿册的官员。

〔54〕便拜庆于东洛:就回到洛阳去探望母亲。"拜庆","拜家庆"的简称。唐代风俗,离家日久而回去探望父母,叫做"拜家庆"。当时以洛阳为东都,所以称为"东洛"。

〔55〕景慕:羡慕。"景",也是慕的意思。

〔56〕冢妇:正妻。

〔57〕永委君心:永远放在你的心里。

〔58〕有何罪过:有什么得罪你的地方。

〔59〕壮室之秋:"室",娶妻。"秋",时。"壮室之秋",三十岁的时候,古代认为是娶妻的适当年龄,有"三十而娶"的说法。

〔60〕妙选高门:"妙",同"妙"字。"妙选",很好地选择。"高门",显贵人家。

〔61〕以谐秦晋:结婚的意思。"谐",和合。春秋时,秦晋两国交好,彼此世世约为婚姻,后来就称缔订婚约为"秦晋之好"。

〔62〕剪发披缁:当尼姑的意思。"缁",缁衣,僧尼穿的黑色袈裟。

〔63〕皎(jiǎo)日之誓:"皎日",白日。"皎日之誓",指着太阳发誓。语出《诗经·王风·大车》:"谓予不信,有如皎日。""皎",本作"暾"字。

〔64〕死生以之:死活都这样,死活都不变心。

〔65〕二三:三心二意。语出《诗经·卫风·氓》:"二三其德。"

〔66〕却到:还到。

〔67〕商量:指议婚。

〔68〕遂就礼谢,便有近期:于是到卢家去谢婚,并且商定了在短期间

内举行婚礼。

〔69〕甲族:世家大族,就是官僚地主大家庭。后文《李娃传》篇"弟兄婚媾皆甲门","甲门",义同。

〔70〕孤负:违背、背弃。

〔71〕卜筮(shì):古人卜卦以问吉凶的两种方法:用龟壳来卜卦叫做"卜",用蓍草来卜卦叫做"筮"。

〔72〕羸(léi):瘦弱。

〔73〕书题:指书信。

〔74〕寄附铺:也称"柜房",唐时多设在西市,是一种代人保管或出售珍贵物品的商行。

〔75〕货:卖的意思,作动词用。

〔76〕将:拿着。

〔77〕内作:皇家的工匠。

〔78〕上鬟:古时女子十五岁为"及笄(jī)"(笄,簪子),这时要举行一种仪式,把披垂的头发梳上去,可以插簪子,表示已经成人待嫁了,称为"上鬟"。

〔79〕失机落节:犹如说倒霉、落魄。

〔80〕延光公主:就是郜(gào)国公主,唐肃宗的女儿。"遂引至延光公主宅":"光",原作"先"。按《唐书》仅有郜国公主初封延光,元刻本《唐书》亦作"延光",疑形似误刻,据《唐书》改。

〔81〕明经:唐代考选制度,曾分为秀才、明经、进士等科。由于诗赋取中的为"进士",由于经义取中的为"明经"。

〔82〕诚:真实情况。

〔83〕疾候沉绵:病得很沉重。

〔84〕忍割:忍痛舍弃。"割",割爱。

〔85〕竟无因由:竟然找不到一个机会。

〔86〕委顿:无力支持的样子。

〔87〕崇敬寺:唐代长安中区靖安坊的一座庙宇,原为僧寺,后改尼寺,和胜业坊只隔五六坊。

〔88〕让:责备。

〔89〕胡雏:指卖身为奴的幼年胡人。参看前《任氏传》篇"胡人"注。

〔90〕姻连外戚:和外地的人结为亲戚。

〔91〕虽乏文藻,心尝乐贤:虽然没有什么文才,却喜欢和贤士交往。

〔92〕觏止:遇见、相会。"止",语助词。

〔93〕清扬:本指人眉目清秀的样子,引申作为对人的敬词,犹如说"尊容"。

〔94〕妖姬:美姬。

〔95〕咫(zhǐ)尺:周代以八寸为"咫",只合现在两公寸多一点。"咫尺",形容距离很近。

〔96〕輓:同"挽"字。

〔97〕凌晨:清晨。

〔98〕俛(mǐn)勉:勉强。"俛",同"黾"字。

〔99〕转侧须人:一举一动,都要旁人扶持的意思。

〔100〕凝视:目不转睛地看着。后文《李娃传》篇"凝睇",义同。这里是怒视,后者却是指爱慕地看着。

〔101〕如不胜致:"致",意态。"如不胜致",形容弱不禁风、怯生生的样子。

〔102〕酹地:浇洒地上。

〔103〕征痛黄泉:造成死亡的痛苦。

〔104〕寘(zhì):安置、放在。

〔105〕为之缟(gǎo)素:为她服丧带孝。"缟素",白衣服,指丧服。

〔106〕繐(suì)帷:灵帐。

〔107〕石榴裙:红裙。

〔108〕襡(kè)裆:唐时妇女穿的一种外袍。

〔109〕红绿帔(pèi)子:唐时妇女披于肩背的一种纱巾,多为薄质纱罗所制,长的称"披帛",短的称"帔子"。"红绿帔子",是上有红绿颜色花饰的纱巾。

〔110〕御宿原:在长安城南,是古时埋葬死者的地方。

〔111〕暎:同"映"字。

〔112〕无聊生:毫无生趣的样子。

〔113〕斑犀钿花合子:杂色犀牛角雕成、嵌饰金花的盒子。

〔114〕同心结:古时用锦带结成连环回文的花样,用以表示爱情,叫做"同心结"。

〔115〕相思子:就是红豆,一种草本木质的蔓生植物,种子大如豌豆,鲜红而有黑色斑点,也有全红的,可做装饰品或供药用。古时用这种东西来寄托相思的情意,所以叫做"相思子"。

〔116〕发杀觜(zī):是何物待考。据《书影》第五卷说:"似媚药无疑。"

〔117〕驴驹媚:《物类相感志》:"凡驴驹初生,未堕地,口中有一物,如肉,名'媚'。妇人带之能媚。"是荒淫腐朽的封建统治阶级的一种邪说。

〔118〕尔后:此后。

〔119〕捶楚:"捶",用杖打击。"楚",一种四五尺高的小树,古人用这种树木做为责罚子弟的扑具,后来就把打人的棍子叫做"楚"。这里作动词用。"捶楚"就是鞭打。后文《飞烟传》篇"鞭楚",义同。

〔120〕遣之:把她"休"掉,就是由男方主动、片面的离婚。

〔121〕出:封建社会里,男子片面离婚休妻叫做"出",意思是把配偶从家庭里赶出去。按照旧礼教,妇女如果无子、淫佚、不事舅姑(不能好好地服侍公婆)、口舌、盗窃、妒忌、恶疾,尽管不是妇女本身的责任,男方却可以作为一种借口,说成是妇女的重大过失,构成被"出"的条件,这就是所谓"七出之条"。丈夫认为妻子犯了"七出之条"的任何一条,都有权把她送回娘家,永远断绝关系。在"夫权中心"的时代,这种"习惯法",是加在妇女身上最残酷的枷锁之一。

〔122〕蹔:同"暂"字。

〔123〕浴斛:澡盆之类。

〔124〕信州葛溪铁:"信州",约辖今江西贵溪以东,怀玉山以南地区,州治在今上饶市。上饶市即唐时上饶县。上饶葛溪铁精而工细,见《清异录》。

〔125〕率:大概。

古《岳渎经》[1]

李公佐

贞元丁丑岁[2],陇西李公佐泛潇湘[3]、苍梧。偶遇征南从事[4]弘农[5]杨衡,泊舟古岸,淹留佛寺,江空月浮,征异话奇。杨告公佐云:"永泰[6]中,李汤任楚州[7]刺史时,有渔人,夜钓于龟山[8]之下。其钓[9]因物所制,不复出。渔者健水[10],疾沉于下五十丈。见大铁锁,盘绕山足,寻不知极[11]。遂告汤。汤命渔人及能水者数十,获其锁,力莫能制。加以牛五十馀头,锁乃振动,稍稍就岸。时无风涛,惊浪翻涌。观者大骇。锁之末见一兽,状有如猿,白首长鬐[12],雪牙金爪,闯然[13]上岸,高五丈许。蹲踞之状若猿猴。但两目不能开,兀若昏昧[14]。目鼻水流如泉,涎沫腥秽,人不可近。久,乃引颈伸欠,双目忽开,光彩若电。顾视人焉,欲发狂怒。观者奔走。兽亦徐徐引锁拽牛,入水去,竟不复出。时楚多知名士,与汤相顾愕栗,不知其由尔。乃渔者时知锁所,其兽竟不复见。"公佐至元和[15]八年冬,自常州[16]饯送给事中[17]孟简至朱方[18],廉使[19]薛公苹馆待礼备。时扶风[20]马植、范阳卢简能、河东[21]裴蘧,皆同馆之,环炉会语终夕焉。公佐复说前事,如杨所言。至九年春,公佐访古东吴[22],从太守[23]元公锡泛洞庭,登包山[24],宿道者周焦君庐。入灵洞,探仙书。石穴间得古《岳渎经》第八卷,文字古奇,编次蠹毁,不能解。公佐与焦君共详读之:"禹理水,三至桐柏山[25],惊风走雷,石号木鸣,五伯拥川,天老肃兵,不能兴[26]。禹怒,召集百灵,搜命夔龙。桐柏千君长稽首请命[27]。禹因囚鸿蒙氏、章商氏、兜卢氏、犁娄氏。乃获淮、涡[28]水神,名无支祁,善应对言语,辨江、淮之浅深,原隰[29]之远近。形若猿猴,缩鼻高额,青躯白首,金目雪牙。颈伸百尺,力逾九象,搏击腾踔[30]疾奔,轻利倏忽,闻视不可久。禹授之童律,不能制;授之乌木由,不能制;授之庚辰,能制。鸱脾桓木魅水灵山妖石怪,奔号聚绕以千数[31]。庚辰以战逐去。颈锁大索,鼻穿金铃,徙淮阴之龟山之足下。俾淮水永安流注海也。庚辰之后,皆图此形者,免淮涛风雨之难。"即李汤之见,与杨衡之说,与《岳渎经》符矣。

注释

〔1〕古《岳渎经》:古代纪载山川形势的一部书,今已失传。一说这是本篇作者李公佐虚拟的书名。李公佐,字颛蒙,唐陇西人。曾举进士,宪宗时任钟陵从事等官职。所作的传奇现存四篇。

本篇写水神无支祁以及大禹召集诸神制服它的故事。情节虽然荒诞,却反映了大禹治水时艰苦斗争的经过。大禹治水,是氏族社会里人们应付天然灾害的一件大事,工程艰巨,功绩卓著,民间怀着钦敬的心情,辗转传说这一故事,不免加以夸大渲染,所以就有了这一类的神话。

〔2〕贞元丁丑岁:我国以干支纪年,"贞元丁丑岁",就是贞元十三年(公元七九七年)。

〔3〕泛潇湘:"泛",走水路。"潇湘",潇水和湘水。"湘水",见前《柳毅传》篇"湘滨"注。潇水源出湖南宁远县九嶷山(即下文所指的"苍梧"),流经零陵会合湘水,称为"潇湘"。

〔4〕征南从事:征南将军幕下的从事。唐时军事长官和州下面都设有从事官,职掌不一。

〔5〕弘农:唐郡名,也称虢(guó)州,约辖今河南黄河以南、宜阳以

北,和陕西洛水上游一些地区,州治在今河南灵宝县西南。

〔6〕永泰:唐代宗(李豫)的年号(公元七六五年)。

〔7〕楚州:也称淮阴郡,约辖今江苏淮河以南,盱眙(xū yí)以东,宝应、盐城以北地区,州治在今淮安县。下文龟山所在地的盱眙,唐时一度归楚州管辖。

〔8〕龟山:在今江苏盱眙县,神话传说禹锁无支祁于此。

〔9〕钓:指钓钩。

〔10〕健水:会水性。

〔11〕寻不知极:找不到尽头。

〔12〕鬐(qí):颈上的鬃毛。

〔13〕闯然:形容突然出现的样子。

〔14〕兀若昏昧:在那里一动也不动,好像没有知觉的样子。

〔15〕元和:唐宪宗(李纯)的年号(公元八〇六至八二〇年)。

〔16〕常州:也称晋陵郡,约辖今江苏常州、镇江、丹阳、江阴等地区,州治在今常州市。

〔17〕给事中:唐代谏官,认为皇帝诏令有不妥的,有权提具意见,请求重加考虑。

〔18〕朱方:古吴地,在今江苏镇江市东南。

〔19〕廉使:"廉访使"的简称,就是观察使。唐代每道设一观察使,是地方的行政长官,节度使则偏重军事,但后来观察使多由节度使兼任。薛苹就是当时的湖南观察使。

〔20〕扶风:唐郡名,也称凤翔府,约辖今陕西宝鸡、盩厔(zhōu zhì)等地区,府治在今凤翔县。

〔21〕河东:唐郡名,就是蒲州,也称河中府,辖今山西西南部龙门山以南稷山、盐池及永乐镇以西地区,州治在今运城蒲州镇。

〔22〕东吴:古地名,今江苏苏州市。

〔23〕太守:郡的长官。唐代有时改州为郡,有时改郡为州;改州时长官称刺史,改郡时长官称太守。

〔24〕包山:就是太湖里的洞庭西山。

〔25〕桐柏山:在今河南桐柏县西南。

〔26〕五伯拥川,天老肃兵,不能兴:这里"五伯"、"天老"和下文的"夔龙"、"桐柏千君长"、"鸿蒙氏"、"章商氏"、"兜卢氏"、"犁娄氏"、"童律"、"鸟木由"、"庚辰"、"鸥脾桓",都是神怪的名字。神话传说:这些神怪,有的助禹治水,有的反对、破坏。当时有仙人云华夫人,为了助禹治水,曾传授他召致鬼神的法术,而且叫手下的庚辰、童律等神祇,代禹疏濬水道,最后才大功告成。见《集仙录》。"拥川",兴波作浪的意思。"肃兵",起兵作乱。"不能兴",没有办法进行疏濬的工程。

〔27〕请命:请求饶命,也可作请示解释。

〔28〕涡(guō):水名,就是涡河,源出河南通许县东南,至太康县名涡河,流经安徽亳县、涡阳、蒙城,至怀远县入淮水。

〔29〕原隰(xí):高平和低湿的地方。

〔30〕腾踔(chuō):跳跃。

〔31〕奔号聚绕以千数:原作"奔号聚绕数千载",似不合理,据沈本改。

南柯太守传[1]

李公佐

东平淳于棼,吴、楚游侠之士[2]。嗜酒使气[3],不守细行[4]。累巨产,养豪客。曾以武艺补淮南军裨将[5],因使酒[6]忤帅,斥逐落魄[7],纵诞[8]饮酒为事。家住广陵郡东十里。所居宅南有大古槐一株,枝干修密,清阴[9]数亩。淳于生日与群豪,大饮其下。贞元七年九月,因沉醉致疾。时二友人于坐扶生归家,卧于堂东庑[10]之下。二友谓生曰:"子其寝矣!余将秣马[11]濯足,俟子小愈而去。"生解巾就枕,昏然忽忽[12],髣髴若梦。见二紫衣使者,跪拜生曰:"槐安国王遣小臣致命奉邀。"生不觉下榻整衣,随二使至门。见青油小车,驾以四牡[13],左右从者七八,扶生上车,出大户,指古槐穴而去。使者即驱入穴中。生意颇甚异之,不敢致问。忽见山川、风候[14]、草木、道路,与人世甚殊[15]。前行数十里,有郛郭城堞[16]。车与人物,不绝于路。生左右传车者[17]传呼[18]甚严,行者亦争辟于左右[19]。又入大城,朱门重楼,楼上有金书,题曰"大槐安国"。执门者[20]趋拜奔走。旋有一骑传呼曰:"王以驸马远降,令且息东华馆。"因前导而去。俄见一门洞开,生降车而入。彩槛雕楹;华木珍果,列植于庭下;几案茵褥,帘帏殽膳,陈设于庭上。生心甚自悦。复有呼曰:"右相[21]且至。"生降阶祗奉。有一人紫衣象简[22]前趋,宾主之仪敬尽焉。

右相曰："寡君[23]不以弊[24]国远僻,奉迎君子,托以姻亲。"生曰："某以贱劣之躯,岂敢是望。"右相因请生同诣其所。行可百步,入朱门。矛戟斧钺,布列左右,军吏数百,辟易道侧。生有平生酒徒周弁者,亦趋其中。生私心悦之,不敢前问。右相引生升广殿,御卫严肃,若至尊[25]之所。见一人长大端严,居正位,衣素练服,簪[26]朱华冠。生战栗,不敢仰视。左右侍者令生拜。王曰："前奉贤尊[27]命,不弃小国,许令次女瑶芳,奉事[28]君子。"生但俯伏而已,不敢致词。王曰:"且就宾宇[29],续造仪式[30]。"有旨,右相亦与生偕还馆舍。生思念之,意以为父在边将,因殁[31]虏中,不知存亡。将谓父北蕃交通[32],而致兹事。心甚迷惑,不知其由。是夕,羔雁币帛[33],威容仪度,妓乐丝竹,殽膳灯烛,车骑礼物之用,无不咸备。有群女,或称华阳姑,或称青溪姑,或称上仙子,或称下仙子,若是者数辈。皆侍从数十,冠[34]翠凤冠,衣金霞帔,彩碧金钿,目不可视。遨游戏乐,往来其门,争以淳于郎为戏弄。风态妖丽,言词巧艳,生莫能对。复有一女谓生曰:"昨上巳日[35],吾从灵芝夫人过禅智寺,于天竺院观石延舞《婆罗门》[36]。吾与诸女坐北牖[37]石榻上,时君少年,亦解骑来看。君独强来亲洽,言调笑谑,吾与穷英妹结绛巾,挂于竹枝上,君独不忆念之乎?又七月十六日,吾于孝感寺侍上真子,听契玄法师[38]讲《观音经》[39]。吾于讲[40]下舍[41]金凤钗两只,上真子舍水犀合子一枚。时君亦讲筵中于师处请钗合视之。赏叹再三,嗟异良久。顾余辈曰:'人之与物,皆非世间所有。'或问吾氏,或访吾里。吾亦不答。情意恋恋,瞩盼不舍。君岂不思念之乎?"生曰:"中心藏之,何日忘之[42]。"群女曰:"不意今日与君为眷属。"复有三人,冠带甚伟,前拜生曰:"奉命为驸马相者[43]。"中一人与生且故[44]。生指曰:"子非冯翊[45]田子华乎?"田曰:"然。"生前[46],执手叙旧久之。生谓曰:"子何以居此?"子华曰:

"吾放游[47]，获受知于右相武成侯段公，因以栖托[48]。"生复问曰："周弁在此，知之乎？"子华曰："周生，贵人也。职为司隶[49]，权势甚盛。吾数蒙庇护。"言笑甚欢。俄传声曰："驸马可进矣。"三子取剑佩冕服，更衣之。子华曰："不意今日获睹盛礼，无以相忘也。"有仙姬数十，奏诸异乐，婉转清亮，曲调凄悲，非人间之所闻听。有执烛引导者，亦数十。左右见金翠步障[50]，彩碧玲珑，不断数里。生端坐车中，心意恍惚，甚不自安。田子华数言笑以解之。向者群女姑姊[51]，各乘凤翼辇[52]，亦往来其间。至一门，号"修仪宫"。群仙姑姊亦纷然在侧，令生降车辇拜，揖让升降，一如人间。彻障去扇[53]，见一女子，云号"金枝公主"。年可十四五，俨若神仙[54]。交欢之礼，颇亦明显。生自尔情义日洽，荣曜日盛。出入车服，游宴宾御，次于王者[55]。王命生与群寮备武卫，大猎于国西灵龟山。山阜峻秀，川泽广远，林树丰茂，飞禽走兽，无不蓄之。师徒大获，竟夕而还。生因他日，启王曰："臣顷[56]结好之日，大王云奉臣父之命。臣父顷佐边将，用兵失利，陷没胡中。尔来绝书信十七八岁矣。王既知所在，臣请一往拜观。"王遽谓曰："亲家翁职守北土，信问不绝。卿但具书状知闻[57]，未用便去。"遂命妻致馈贺之礼，一[58]以遣之。数夕还答。生验书本意，皆父平生之迹。书中忆念教诲，情意委曲，皆如昔年。复问生亲戚存亡，闾里兴废。复言路道乖远[59]，风烟阻绝。词意悲苦，言语哀伤。又不令生来观，云："岁在丁丑，当与女[60]相见。"生捧书悲咽，情不自堪。他日，妻谓生曰："子岂不思为政[61]乎？"生曰："我放荡不习政事。"妻曰："卿但为之，余当奉赞[62]。"妻遂白于王。累日，谓生曰："吾南柯政事不理，太守黜废。欲藉卿才，可曲屈[63]之。便与小女同行。"生敦授教命[64]。王遂勅有司[65]备太守行李。因出金玉、锦绣、箱奁、仆妾、车马，列于广衢[66]，以饯公主之行。生少游侠，曾不敢有望，至是甚悦。

因上表曰:"臣将门馀子,素无艺术[67],猥当大任[68],必败朝章[69]。自悲负乘,坐致覆䕓[70]。今欲广求贤哲,以赞不逮[71]。伏见司隶颍川[72]周弁,忠亮刚直,守法不回,有毗佐之器[73]。处士[74]冯翊田子华,清慎通变,达政化之源。二人与臣有十年之旧,备知才用,可托政事。周请署[75]南柯司宪[76],田请署司农[77]。庶使臣政绩有闻,宪章不紊也。"王并依表以遣之。其夕,王与夫人饯于国南。王谓生曰:"南柯国之大郡,土地丰壤[78],人物豪盛,非惠政不能以治之。况有周、田二赞[79]。卿其勉之,以副国念[80]。"夫人戒公主曰:"淳于郎性刚好酒,加之少年。为妇之道,贵乎柔顺。尔善事之,吾无忧矣。南柯虽封境[81]不遥,晨昏有间[82]。今日睽别,宁不沾巾。"生与妻拜首[83]南去,登车拥骑,言笑甚欢。累夕达郡。郡有官吏、僧道、耆老[84]、音乐、车轝、武卫、銮铃[85],争来迎奉。人物阗咽[86],钟鼓喧哗,不绝十数里。见雉堞台观,佳气郁郁[87]。入大城门,——门亦有大榜,题以金字,曰"南柯郡城"。——见朱轩棨户[88],森然[89]深邃。生下车,省风俗,疗病苦,政事委以周、田,郡中大理。自守郡二十载,风化广被[90],百姓歌谣,建功德碑[91],立生祠宇。王甚重之。赐食邑[92],锡爵位,居台辅。周、田皆以政治著闻,递迁大位。生有五男二女。男以门荫[93]授官,女亦娉[94]于王族。荣耀显赫,一时之盛,代莫比之[95]。是岁,有檀萝国者,来伐是郡。王命生练将训师以征之。乃表周弁将兵三万,以拒贼之众于瑶台城。弁刚勇轻敌,师徒败绩[96]。弁单骑裸身潜遁,夜归城。贼亦收辎重铠甲[97]而还。生因囚弁以请罪。王并舍之。是月,司宪周弁疽[98]发背,卒。生妻公主遘疾[99],旬日又薨。生因请罢郡[100],护丧赴国[101]。王许之。便以司农田子华行[102]南柯太守事。生哀恸发引[103],威仪在途,男女叫号,人吏奠馔,攀辕遮道[104]者不可胜数。遂达于国。王与夫人素衣哭于郊,候灵轝之至。谥[105]公主曰:"顺仪公主。"备仪仗羽葆鼓吹[106],葬于国东十里盘龙冈。是月,故司宪子荣信,亦护丧赴国。生久镇外藩[107],结好中国,贵门豪族,靡不是洽[108]。自罢郡还国,出入无恒,交游宾从,威福日盛。王意疑惮之。时有国人上表云:"玄象谪见[109],国有大恐[110]。都邑迁徙,宗庙崩坏。衅起他族,事在萧墙[111]。"时议以生侈僭[112]之应也。遂夺生侍卫,禁生游从,处之私第。生自恃守郡多年,曾无败政[113],流言怨悖[114],郁郁不乐。王亦知之。因命生曰:"姻亲二十馀年,不幸小女夭枉[115],不得与君子偕老,良用痛伤。"夫人因留孙自鞠育[116]之。又谓生曰:"卿离家多时,可暂归本里,一见亲族。诸孙留此,无以为念。后三年,当令迎卿。"生曰:"此乃家矣,何更归焉?"王笑曰:"卿本人间,家非在此。"生忽若惽[117]睡,瞢然[118]久之,方乃发悟前事,遂流涕请还。王顾[119]左右以送生。生再拜而去,复见前二紫衣使者从焉。至大户外,见所乘车甚劣,左右亲使御仆,遂无一人,心甚叹异。生上车,行可数里,复出大城。宛是昔年东来之途,山川原野,依然如旧。所送二使者,甚无威势。生逾怏怏[120]。生问使者曰:"广陵郡何时可到?"二使讴歌自若[121],久乃答曰:"少顷即至。"俄出一穴,见本里闾巷,不改往日,潸然[122]自悲,不觉流涕。二使者引生下车,入其门,升其阶,已身卧于堂东庑之下。生甚惊畏,不敢前近。二使因大呼生之姓名数声,生遂发寤如初。见家之僮仆拥篲于庭,二客濯足于榻,斜日未隐于西垣,馀樽尚湛于东牖[123]。梦中倏忽,若度一世矣。生感念嗟叹,遂呼二客而语之。惊骇,因与生出外,寻槐下穴。生指曰:"此即梦中所经入处。"二客将谓狐狸木媚[124]之所为祟。遂命仆夫荷斤斧[125],断拥肿[126],折查枿[127],寻穴究源。旁可袤丈[128],有大穴,洞然[129]明朗,可容一榻。根上有积土壤,以为城郭台殿之状[130]。有蚁数斛,隐聚其中。中有小台,其色若丹。二大蚁处之，素翼朱首，长可三寸；左右大蚁数十辅之，诸蚁不敢近：此其王矣。即槐安国都也。又穷[131]一穴，直上南枝，可四丈，宛转方中[132]，亦有土城小楼，群蚁亦处其中，即生所领南柯郡也。又一穴：西去二丈，磅礴空圬[133]，嵌窖[134]异状。中有一腐龟壳，大如斗。积雨浸润，小草丛生，繁茂翳荟[135]，掩映振壳[136]，即生所猎灵龟山也。又穷一穴：东去丈馀，古根盘屈，若龙虺[137]之状。中有小土壤，高尺馀，即生所葬妻盘龙冈之墓也。追想前事，感叹于怀，披阅穷迹，皆符所梦。不欲二客坏之，遽令掩塞如旧。是夕，风雨暴发。旦视其穴，遂失群蚁，莫知所去。故先言"国有大恐，都邑迁徙"，此其验矣。复念檀萝征伐之事，又请二客访迹于外。宅东一里有古涸涧，侧有大檀树一株，藤萝拥织[138]，上不见日。旁有小穴，亦有群蚁隐聚其间。檀萝之国，岂非此耶。嗟乎！蚁之灵异，犹不可穷，况山藏木伏之大者所变化乎？时生酒徒周弁、田子华并居六合县[139]，不与生过从[140]旬日矣。生遽遣家僮疾往候之。周生暴疾已逝，田子华亦寝疾于床。生感南柯之浮虚，悟人世之倏忽，遂栖心道门[141]，绝弃酒色。后三年，岁在丁丑，亦终于家。时年四十七，将符宿契之限[142]矣。

公佐贞元十八年秋八月，自吴之洛，暂泊淮浦，偶觌淳于生儿楚[143]，询访遗迹，翻覆再三，事皆摭实[144]，辄编录成传，以资好事[145]。虽稽神语怪，事涉非经[146]，而窃位著生[147]，冀将为戒。后之君子，幸以南柯为偶然，无以名位骄于天壤间云。

前华州参军李肇赞[148]曰：

贵极禄位[149]，权倾国都[150]，达人[151]视此，蚁聚何殊。

注释

〔1〕作者是唐代中叶人。当时政治腐败，藩镇割据，局势混乱，官僚

们争权夺利,互相倾轧,往往有朝为贵官,夕遭贬戮的。作者以其简练朴质的文笔,概括地描写了一个想往上爬的读书人的一生经历,暴露了封建统治阶级内部的黑暗,给予热衷利禄的人以讽刺。作者在篇后说,"窃位著生,冀将为戒",而且比"贵极禄位,权倾国都"的统治集团为"蚁聚",这就说明了作者十分鄙视追求利禄的名利之徒。

从写作的技巧方面说来,它不是平铺直叙地来描述梦里的一生,而是把梦境和现实结合起来,醒后从蚁穴中穷究根源,一切都符合梦境,使人有真实的感觉。所以鲁迅先生说它:"假实证幻,馀韵悠然。"

但是这篇故事也反映了"浮生若梦"的人生观,这是在当时士大夫相率崇奉道教、佛教的风气影响下而产生的虚无主义的出世思想,对读者起了麻醉作用,是有害的。

在李公佐所作的四篇传奇中,这一篇最有名,而且对后世影响较深。"南柯一梦"的成语,就是由此而来。根据此篇演为戏曲的,有明人汤显祖的《南柯记》、车任远的《南柯梦》(《四梦记》之一)等。

〔2〕游侠之士:指一种爱交朋友、讲求信义,为了救困扶危,可以不顾自己身家性命的人。

〔3〕使气:指感情冲动时,不顾后果地任性而为。

〔4〕不守细行:不拘细节。

〔5〕补淮南军裨将:"补",补充官员缺额的专称。"淮南",唐道名,约辖今湖北长江以北,汉水以东,江苏、安徽长江以北,淮河以南的地区。"淮南军",指淮南节度使所属的军队。"裨将",副将。

〔6〕使酒:倚仗着酒意乱说乱动,发酒疯。

〔7〕落魄:飘泊无依。

〔8〕纵诞:放浪不拘,随随便便的样子。

〔9〕阴(yìn):覆荫、遮蔽。

〔10〕庑(wǔ):走廊。

〔11〕秣(mò)马:喂马。后文《裴航》篇"秣马","秣",同"饫"字。

〔12〕昏然忽忽:形容昏昏沉沉,糊里糊涂的样子。后文《长恨传》篇"忽忽不乐","忽忽",指心情不愉快、不得意。

〔13〕四牡：四匹马。"牡"，公兽，这里泛指马匹。

〔14〕风候：风俗和气候。

〔15〕甚殊：大为不同。下文"蚁聚何殊"，何殊，有什么不同。

〔16〕郛郭城堞："郛郭"，城外筑为保卫之用的外城。"堞"（即下文的"雉堞"），女墙，就是城上有射孔的小墙。

〔17〕传车者：古代官员出行，由公家供给驿马；每三十里设一驿站，供休息和换马之用，叫做"乘传"。最早时不用马而用车，称为"传车"。"传车者"，指这一类供应车马、随从照料的人。

〔18〕传呼：喝道。封建时代，大官僚出行时，由侍卫高呼行人避让的一种"威仪"，是警戒性质的举动。

〔19〕争辟于左右：抢着向道路两边躲让。

〔20〕执门者：看门的人。

〔21〕右相：唐代以中书令为右相。

〔22〕紫衣象简："紫衣"，唐代三品以上大官的服装（前文"紫衣吏"所穿的紫衣，只是吏从的普通衣服）。"简"，朝笏，就是手板，臣僚朝见皇帝时，拿在手里，作指划或记事之用的东西。"象简"，象牙制成的简，是大臣所用的。

〔23〕寡君：寡德的君王，对别国的人自称本国皇帝的客气话。

〔24〕弊：同"敝"字。

〔25〕至尊：对皇帝的尊称。

〔26〕簪：戴，作动词用。

〔27〕贤尊：对人父亲的敬称。

〔28〕奉事：服侍、伺候的意思，引申作嫁给解释。参看前《任氏传》篇"奉巾栉"注。

〔29〕且就宾宇：暂时到宾馆里去。

〔30〕续造仪式："续"，下一步。"造"，举行、办理。"仪式"，指婚礼。

〔31〕殁：同"没"字，指陷没。

〔32〕北蕃交通："北蕃"，唐时指契丹、奚、黑水靺鞨等少数民族。"交通"，勾结、暗中来往的意思。"将谓父北蕃交通"："通"，原作"逊"，费

解,据沈本改。

〔33〕羔雁币帛:"羔",小羊。"币帛",指玉、马、皮革、丝织品一类的东西。"羔雁币帛",都是古人见面或结婚时赠送的礼物。

〔34〕冠(guàn):戴,作动词用。

〔35〕上巳日:古代风俗,以三月初三日为"上巳",这一天要到郊外游玩洗濯。最初本有提倡清洁卫生的含义,后来传说这样可以把坏运气洗掉,就成为一种迷信的行为了。

〔36〕石延舞《婆罗门》:"石",原作"右"。唐代西域石国人住在长安的很多,他们多以"石"为姓,擅长舞蹈。"石延",大约是当时石国有名的舞蹈家。疑形似误刻,据虞本改。"舞婆罗门",指当时婆罗门国的舞蹈,据说可以倒行用脚来舞蹈,也可以一人伏着伸出手来,由另外两人踏在上面,旋转不已。一说《婆罗门舞》就是《霓裳羽衣舞》。

〔37〕牖(yǒu):窗户。

〔38〕法师:本指精通经典、善于说法的佛教徒,后来成为对一般和尚的尊称。

〔39〕《观音经》:就是《观世音经》,指《法华经》里《观世音菩萨普门品》(佛经称篇章为"品")。唐代因避唐太宗李世民的讳,故简称《观世音经》为《观音经》。

〔40〕讲:讲座、讲席,就是下文的"讲筵",也称"俗讲",指和尚讲佛经故事。唐代佛教盛行,长安城里的寺庙很多,通常于每月三、八日由高僧讲佛经中的故事,社会各阶层的人都可以自由前去听讲。所讲的大都通俗易懂,往往采取连说带唱、散文和韵文结合的方式,也叫"变文"。后来除取材佛经外,也讲历史故事和民间传说。

〔41〕舍:布施。

〔42〕中心藏之,何日忘之:这两句是引自《诗经·小雅·隰桑》。

〔43〕相者:导引宾客、赞助行礼的人。

〔44〕故:老朋友。

〔45〕冯翊:唐郡名,也称同州,约辖今陕西渭水以北、洛水以东、黄梁河以南地区,州治在今陕西大荔县。

〔46〕前:向前,作动词用。

〔47〕放游:浪游、任意出游。

〔48〕因以栖托:因此获得存身的地方。

〔49〕司隶:古代负巡察京畿治安、缉捕盗贼的官员,在唐代相当于京畿采访使一类的官职。

〔50〕步障:官僚贵族出行时,作挡风寒、遮尘土之用的屏风。

〔51〕向者群女姑姊:"姊",原作"娣"。"姊"字似较胜,下文亦作"群女姑姊",疑形似误刻,据沈本改。

〔52〕辇:皇帝乘的车子叫做"辇",这里泛指贵族的车子。

〔53〕扇:纱扇,结婚时新妇用来披在头上的纱巾。

〔54〕俨若神仙:态度庄严得像神仙一样。

〔55〕次于王者:仅仅比皇帝低一等。

〔56〕顷:前不久。下文"顷"字,义同。

〔57〕具书状知闻:可以写信去告知的意思。

〔58〕一:专。

〔59〕乖远:距离很远。

〔60〕女:同"汝"字。

〔61〕为政:做官。

〔62〕奉赞:犹如说给你帮忙。

〔63〕曲屈:委屈,客气话。

〔64〕敦(duī)授教命:接受国王以政事相托付的命令。"敦",投掷、追促,引申作掷付、委托解释。

〔65〕有司:主管官吏。

〔66〕广衢:大街。

〔67〕艺术:指学术和行政经验。

〔68〕猥(wěi)当大任:"猥",有胡乱地、马马虎虎地一类的含义。"猥当大任",指没有才具而勉强负担重要的职务。

〔69〕必败朝章:一定会搞坏了国家的政事。

〔70〕覆𫗧(sù):"𫗧",鼎里煮的食物。"覆𫗧",把鼎里的食物打翻

了,比喻由于力不胜任而搞糟了事情。

〔71〕以赞不逮:以帮助我照料顾不到的地方。

〔72〕颍川:唐郡名,也称许州,约辖今河南许昌、长葛、鄢陵、扶沟等地区,州治在今许昌县。

〔73〕有毗佐之器:具有佐理政务的才具。"毗佐",辅佐的意思。

〔74〕处(chǔ)士:品学俱优而隐居不做官的人称"处士"。

〔75〕署:任官含有试用性质的称"署"。

〔76〕司宪:掌管司法的官员,这里指郡的司法参军一类官职。

〔77〕司农:掌管钱谷的官员,这里指郡的司仓参军一类官职。

〔78〕土地丰壤:土地肥沃的意思。"壤",疑"穰"字之误,谷物有好收成叫做"丰穰"。"壤"与"土地"意重复,且此四字与下文"人物豪盛"系对句,疑"壤"字系"穰"字形似误刻。

〔79〕赞:辅佐官。

〔80〕以副国念:以体念、满足国家的期望。

〔81〕封境:疆界。

〔82〕晨昏有间(jiàn):和父母隔离了的意思。"晨昏","昏定晨省"的省词。古礼:儿女每天晚上要为父母铺陈卧具,早上要向父母问安,叫做"昏定晨省"。

〔83〕拜首:磕头。

〔84〕耆老:六十岁的老人为"耆";"耆老",泛指年高有德的人。

〔85〕鸾铃:皇帝乘的车子,前面饰有鸾鸟的形状,口中衔铃,叫做"鸾铃",也称"青鸾"。一说是在驾车的马勒头旁系铃,响声有如鸾鸣,所以叫做"鸾铃"。"鸾",通"鸾"字。古人称似凤、五彩而多青色的鸟为鸾。这里指太守乘的车马。

〔86〕人物阗咽:人多气盛,声音杂乱。

〔87〕佳气郁郁:"佳气",吉祥的气象。"郁郁",形容旺盛。下文"郁郁不乐",郁郁,是心里烦闷的样子。

〔88〕棨(qǐ)户:"棨",棨戟,也叫"门戟",一种木制无刃的戟,把它架在宫殿、官署和大官僚私人住宅门前,用以表示威严的仪物(唐代规定,

三品以上的官员,门前才许立戟)。"棨户",指这一类的门第。

〔89〕森然:形容威严整肃的样子。

〔90〕风化广被:移风易俗的教令普遍推行。

〔91〕功德碑:颂扬功绩、德行的石碑。下文"生祠宇",是为活人塑像的祠堂。

〔92〕食邑:也叫"采地"。封建时代,最高统治者把某一地方若干户封给功臣或贵族,准许他们向封地人民征收租税,靠着剥削收入来挥霍吃喝,所以叫做"食邑"。

〔93〕门荫:唐代制度,贵族和大官的亲戚或子孙,可以按等授给官位;把这种资格叫做"门荫"或"门资"。这是封建统治阶级想长期维持它们集团利益的一种手段。

〔94〕娉:同"聘"字。

〔95〕代莫比之:当时没有人能比得上。

〔96〕败绩:打了大败仗。

〔97〕辎重铠甲:军队里的器械、粮草以及各种材料,统称"辎重"。"铠甲",古时战士披在身上以击敌人武器的一种戎衣。铁制的称"铠",皮制的称"甲"。

〔98〕疽(jū):一种有很多疮口的毒疮,多生背上,叫做"搭手",也称"搭背"。

〔99〕遘疾:害病。

〔100〕罢郡:解除太守的职务。

〔101〕护丧赴国:"护丧",主持丧事。"赴国",到京城里去。"国",指京城。

〔102〕行:兼理。

〔103〕发引:棺材前面牵引的绳索(后来改用白布)叫做"引"。"发引",就是出殡。

〔104〕攀辕遮道:"辕",车底连着轴、外出向前,左右各一的驾车之木。古时人民不愿较为贤明的官员乘车离任,就拉住他的车辕,遮住车道,表示挽留。后来因以"攀辕遮道"(也作卧辙)为挽留官员去职的

代词。

〔105〕谥(shì):大官贵族或较有社会地位的人死后,由政府或亲友根据他一生的事迹,为他立一个称号,以示表扬或批评,叫做"谥"。

〔106〕羽葆鼓吹(chuì):"羽葆",绸制、用鸟毛饰成,像伞一样的华盖,是官员出行时的仪仗之一。"鼓吹",各种吹打乐器的合奏队。

〔107〕久镇外藩:长久为镇守一方的大员。古时有封地的侯王称为"外藩"。淳于梦做太守而有食邑,其地位和有封地的侯王差不多,所以这样说。

〔108〕靡不是洽:没有不和他要好的。

〔109〕玄象谪见:"玄象",天象。"谪见",指日月星辰等天象的变动。"谪",谴责的意思。古人迷信,认为人世间发生某种不好的事情,例如皇帝失政或有危难,天象就有了感应,现出一些变异,是上天借以表示谴责或警告的。

〔110〕大恐:犹如说大灾难。

〔111〕事在萧墙:"萧墙",作为内部屏障的当门小墙。臣僚朝见皇帝时,到了萧墙下就要特别严肃恭敬,因为这里是距离皇帝很近的地方。"萧"是肃敬的意思,所以称为"萧墙"。孔子说过,"季孙之忧"在"萧墙之内"(见《论语·季氏》),意指忧患在内不在外。后来就称祸患从内部发生的为"祸起萧墙"。"事在萧墙",义同。

〔112〕侈僭(jiàn):"侈",奢侈的行为。"僭",指超过本身所应有的享受和作为。

〔113〕败政:不良的政绩。

〔114〕流言怨悖:"流言",没有根据的话。"流言怨悖",惑于流言而加以歧视。

〔115〕夭柱:少年死亡。

〔116〕鞠育:抚养。

〔117〕惛:同"惽"字,昏昏沉沉的样子。

〔118〕瞢(méng)然:眼睛看不清楚的样子,引申作神志不清解释。"瞢",同"懵"字。

〔119〕顾:回视,引申作招呼、命令解释。

〔120〕生逾怏怏:淳于生心里更加不痛快、不高兴。

〔121〕讴歌自若:"讴歌",歌唱。"自若",态度像平时一样地自然。

〔122〕潸(shān)然:形容流泪的样子。

〔123〕馀樽尚湛(zhàn)于东牖:"湛",本是澄清的意思。"馀樽尚湛于东牖",东窗下的酒杯里,还有喝剩下来的酒在那里发清光。

〔124〕木媚:树妖。

〔125〕斤斧:砍木用的斧子。

〔126〕拥肿:指长得卷曲而不平直的树木。

〔127〕查枿(niè):经砍伐后又生长出来的树枝。

〔128〕袤(mào)丈:"袤",指长度。"袤丈",丈把长。

〔129〕洞然:空空洞洞的样子。

〔130〕有大穴,洞然明朗,可容一榻。根上有积土壤,以为城郭台殿之状:"根"字原在"洞"字上,义不顺,据虞本改。

〔131〕穷:穷究、追寻到底。

〔132〕宛转方中:曲曲折折地从四面到正中间。

〔133〕磅礴(páng bó)空圬(wū):"磅礴",广大无边的样子。"空圬",空空洞洞的,四面涂抹了泥土。

〔134〕嵌窞(qiàn dàn):"嵌",像山一样地开展;"窞",深凹进去的洞。"嵌窞",形容有些地方凸出来,有些地方凹进去。

〔135〕繁茂翳荟:为茂盛的草木所遮掩。

〔136〕掩映振壳:指小草遮掩飘拂而触到龟壳。

〔137〕虺(huǐ):一种两尺多长、土色无文的毒蛇。

〔138〕拥织:纠缠在一起。

〔139〕六合县:今江苏六合县。

〔140〕过从:朋友间的来往。

〔141〕栖心道门:把心放在道门上,就是一心学道。"栖",止息的意思。

〔142〕符宿契之限:符合从前约定的期限,指上文槐安国王所说"后

三年当令迎卿"那句话。

〔143〕觌（dí）：见。"偶觌淳于生儿楚"："儿楚"，原作"棼"。按贞元十八年淳于棼已死，下文亦明言"访询遗迹"，何能再觌见本人？鲁本古籍刊行社编者校记，疑"棼"应据沈本作"貌"，是遗貌、遗容意。虽亦可通，究嫌牵强。作"儿楚"，指其子淳于楚，则完全可解矣。据虞本改。

〔144〕翻覆再三，事皆摭（zhí）实："翻"，同"翻"字。"摭"，拾取。这两句的意思是说：经过再三调查研究，对淳于棼梦中的故事，都取得了确证。

〔145〕以资好（hào）事：供爱管闲事的人作为阅读、谈论材料的意思。

〔146〕事涉非经：事情不合于常理。

〔147〕窃位著生："位"，官位。"窃位"，没有才能而做了大官，犹如偷窃得来的一般。"著"，贪嗜，迷恋。"著生"，贪恋人世的生活。

〔148〕赞：题赞、论赞，旧文体的一种。在字画或文章上面题几句有关的话，或在某人的传记后面附加一段评论，表示欣赏、赞扬或发抒感慨，叫做"赞"。通常都是韵文。

〔149〕贵极禄位：做了最大的官的意思。后文《虬髯客传》篇"极人臣"，义同。

〔150〕权倾国都：权力压倒都城里所有的人。

〔151〕达人：达观、对一切事情都能看得开的人。

谢小娥传[1]

李公佐

小娥,姓谢氏,豫章[2]人,估客[3]女也。生八岁,丧母;嫁历阳[4]侠士段居贞。居贞负气重义,交游豪俊。小娥父畜[5]巨产,隐名商贾间,常与段婿同舟货[6],往来江湖。时小娥年十四,始及笄[7]。父与夫俱为盗所杀,尽掠金帛。段之弟兄,谢之生侄[8],与童仆辈数十,悉沉于江。小娥亦伤胸折足,漂流水中,为他船所获,经夕而活。因流转乞食至上元县[9],依妙果寺尼净悟之室。初,父之死也,小娥梦父谓曰:"杀我者,车中猴,门东草。"又数日,复梦其夫谓曰:"杀我者,禾中走,一日夫。"小娥不自解悟,常书此语,广求智者辨之[10],历年不能得。至元和八年春,余罢江西[11]从事,扁舟东下,淹泊建业[12],登瓦官寺[13]阁。有僧齐物者,重贤好学,与余善。因告余曰:"有孀妇[14]名小娥者,每来寺中,示我十二字谜语,某不能辨。"余遂请齐公书于纸,乃凭槛书空[15],凝思默虑。坐客未倦,了悟[16]其文。令寺童疾召小娥前至,询访其由。小娥呜咽良久,乃曰:"我父及夫,皆为贼所杀。迩后尝梦父告曰[17]:'杀我者,车中猴,门东草。'又梦夫告曰:'杀我者,禾中走,一日夫。'岁久无人悟之。"余曰:"若然[18]者,吾审详矣[19]。杀汝父是申蘭,杀汝夫是申春。且车中猴,車字去上下各一画,是申字;又申属猴,故曰车中猴。草下有門,門中有東,乃蘭字也。又，禾中走是穿田过，亦是申字也。一日夫者，夫上更一画，下有日，是春字也。杀汝父是申兰，杀汝夫是申春，足可明矣。"小娥恸哭再拜，书申兰、申春四字于衣中，誓将访杀二贼，以复其冤。娥因问余姓氏、官族，垂涕而去。尔后小娥便为男子服，佣保[20]于江湖间。岁馀，至浔阳郡[21]，见竹户上有纸牓子[22]，云"召佣者"。小娥乃应召诣门，问其主，乃申兰也。兰引归。娥心愤貌顺，在兰左右，甚见亲爱。金帛出入之数，无不委娥。已二岁馀，竟不知娥之女人也。先是[23]，谢氏之金宝、锦绣、衣物、器具，悉掠在兰家，小娥每执旧物，未尝不暗泣移时。兰与春，宗昆弟也。时春一家住大江[24]北独树浦，与兰往来密洽。兰与春同去经月，多获财帛而归。每留娥与兰妻兰氏同守家室，酒肉衣服，给娥甚丰。或一日，春携文鲤[25]兼酒诣兰。娥私叹曰："李君精悟玄鉴[26]，皆符梦言。此乃天启其心，志将就矣[27]。"是夕，兰与春会群贼，毕至酣饮。暨诸凶既去，春沉醉，卧于内室，兰亦露寝于庭。小娥潜�春于内，抽佩刀先断兰首，呼号邻人并至，春擒于内，兰死于外，获赃收货，数至千万。初，兰、春有党数十，暗记其名，悉擒就戮。时浔阳太守张公，善其志行[28]，为具其事上旌表[29]，乃得免死。时元和十二年夏岁也。复父夫之雠[30]毕，归本里，见亲属。里中豪族争求聘，娥誓心不嫁。遂剪发披褐，访道于牛头山，师事大士尼[31]将律师[32]。娥志坚行苦，霜舂雨薪[33]，不倦筋力。十三年四月，始受具戒[34]于泗州[35]开元寺，竟以小娥为法号[36]，不忘本也。其年夏月，余始归长安，途经泗滨，过善义寺谒大德尼令。操戒新见者数十，净发鲜帔，威仪雍容[37]，列侍师之左右。中有一尼问师曰："此官岂非洪州李判官[38]二十三郎者乎？"师曰："然。"曰："使我获报家仇，得雪冤耻，是判官恩德也。"顾余悲泣。余不之识，询访其由。娥对曰："某名小娥，顷乞食孀妇也。判官时为辨申兰、申春二贼名字，岂不忆念乎？"余曰："初不相记,今即悟也。"娥因泣,具写记申兰、申春,复父夫之仇,志愿粗毕,经营终始艰苦之状。小娥又谓余曰:"报判官恩,当有日矣。"岂徒然哉[39]!嗟乎!余能辨二盗之姓名,小娥又能竟复父夫之雠冤,神道不昧,昭然可知。小娥厚貌深辞[40],聪敏端特[41],炼指跛足[42],誓求真如[43]。爰自入道,衣无絮帛,斋无盐酪,非律仪禅理[44],口无所言。后数日,告我归牛头山,扁舟泛淮,云游南国[45],不复再遇。君子曰:"誓志不舍,复父夫之雠,节也;佣保杂处,不知女人,贞也;女子之行,唯贞与节能终始全之而已。如小娥,足以儆天下逆道乱常[46]之心,足以观天下贞夫孝妇之节。"余备详前事,发明隐文[47],暗与冥会[48],符于人心。知善不录,非《春秋》[49]之义也。故作传以旌美之。

注释

〔1〕这是一篇描写勇于和杀父杀夫的仇人作斗争的奇女子的传奇。她既机警,又顽强,有肝胆,有血性,凭其坚忍不拔的毅力,终于报了血海深仇。

不过,作者把谢小娥的复仇说成是"神道不昧",而且颂扬了封建道德的"节"和"贞",这却是由于时代的局限性而反映在作者头脑中的落后思想。

唐人李复言的《续玄怪录》中有《尼妙寂》一则,也记此事;明人凌濛初《拍案惊奇》,则演绎成《李公佐巧解梦中言,谢小娥智擒船上盗》这一篇故事。

〔2〕豫章:唐郡名,也称洪州,约辖今江西修水、锦水流域和南昌、丰城、进贤等地区,州治在今南昌市。

〔3〕估客:贩运商人。

〔4〕历阳:唐郡名,也称和州,约辖今安徽和县、含山等地区,州治在今和县。

〔5〕畜:积蓄。

〔6〕货:做生意买卖。

〔7〕及笄:到了戴簪子的时候。参看前《霍小玉传》篇"上鬟"注。

〔8〕生侄:徒弟和侄子。

〔9〕上元县:见前《柳毅传》篇"金陵"注。

〔10〕广求智者辨之:"之",原作"也"。似"之"字义较顺,据虞本改。

〔11〕江西:唐时"江南西道"的简称,今江西省境。

〔12〕建业:古地名,今江苏南京市。

〔13〕瓦官寺:六朝时梁代所建的名寺,也名升元阁,高二十四丈。

〔14〕孀妇:寡妇。

〔15〕书空:用手指在空中比划着写字。

〔16〕了悟:了解、明白。

〔17〕迩后尝梦父告曰:"迩",疑应作"尔"。下文亦作"尔后"。

〔18〕若然:如果是这样。

〔19〕吾审详矣:我知道的很明白了。

〔20〕佣保:雇工,这里作动词用,做雇工的意思。

〔21〕浔阳郡:也称江州,约辖今江西都昌、德安两县以北地区,州治在今九江市。

〔22〕纸榜子:纸招帖。"榜",同"榜"字。

〔23〕先是:早一些时候。

〔24〕大江:长江的别名。

〔25〕文鲤:就是鲤鱼。鲤鱼的鳞有黑文,故称"文鲤"。

〔26〕精悟玄鉴:深切的体会和神妙的判断。

〔27〕此乃天启其心,志将就矣:这是天让他这样做(指申兰等后来喝醉了酒),我报仇的志愿就可以达到了。

〔28〕善其志行:赞许她的志气和行为。

〔29〕旌表:旧社会官府为所谓"忠孝节义"的人们建牌坊、挂匾额,以示表扬,叫做"旌表"。

〔30〕雠(chóu):仇怨。

〔31〕大士尼:"大士",佛教对菩萨的称号。下文"大德尼"的"大

德",是佛教对佛的称号。后来就以"大士僧、尼"、"大德僧、尼"为对年高有道、能严守戒律的和尚、尼姑的尊称。

〔32〕律师:古时称精通戒律的和尚为"律师",唐代也以律师作为对道士的尊号。这里指前者。

〔33〕霜舂(chōng)雨薪:冒着风霜舂米,冒着雨雪打柴,形容劳苦操作。

〔34〕受具戒:"具戒",就是"具足戒",佛家名词,意思是具足圆满的戒律。"戒",禁制的意思。佛教为了防止教徒为非做歹,订有若干条清规戒律,如不杀生、不偷盗、不邪淫、不妄语、不饮酒等等,要他们遵守。戒律很多,有五戒、十戒、二百五十戒等分别。上述五项为五戒,是在家男女教徒也应遵守的;初出家的沙弥,应遵守的戒律就有十条;至于比丘却有二百五十戒、比丘尼有三百四十八戒,戒律最为完备,故称"具足戒"。

〔35〕泗州:也称临淮郡,约辖今江苏盱眙、泗洪、泗水、涟水等地区,州治在今盱眙西北。

〔36〕法号:和尚出家受戒时,由师父给起的名号。

〔37〕威仪雍容:佛教称举止严肃而有规则为"威仪",以行、住、坐、卧为"四威仪"。"雍容",形容有威仪的样子。

〔38〕判官:唐代节度、采访等使的属官。上文说作者曾做过"江西从事",就是指江南西道节度使或采访使手下的判官。

〔39〕岂徒然哉:哪里是白白地这样做的吗。指谢小娥立志报仇,历尽艰苦,到底达到了目的,并不是徒劳无功的。

〔40〕厚貌深辞:容貌忠厚,说出话来却很深刻。

〔41〕端特:性情正直而具有杰出的才能。

〔42〕炼指跛足:用火烧毁自己的手指来供佛叫做"炼指";"跛足",指有意识地把脚弄残废了,是古时僧尼的苦行之一,意义和舍身差不多。参看后文《李师师外传》篇"舍身"注。

〔43〕真如:佛教名词,意谓真体实性而永世不变的真理。"真",真实不虚。"如",如常不变。

〔44〕律仪禅理:"律仪",指佛教戒律。"禅理",佛教思惟静虑的修

行之道。

〔45〕云游南国:和尚到处游历,没有一定的行踪,叫做"云游"。"南国",泛指南方。

〔46〕逆道乱常:背叛道德,违反伦常。"常",五常。这里五常指五典,为父义、母慈、兄友、弟恭、子孝。古人认为这五者是人之常行,所以叫做"五常",和前《柳毅传》篇的"五常"解释不同。

〔47〕隐文:犹如说哑谜。后文《昆仑奴》篇"隐语",义同。

〔48〕暗与冥会:暗中和鬼神托梦时所说的话符合。

〔49〕《春秋》:古时五经之一,是孔子根据鲁史写作的一部史书,记载鲁隐公元年起,到鲁哀公十四年止,共二百四十二年间的事情。古人认为,《春秋》每一字句,都含有褒善贬恶的用意,所以这里说:"知善不录,非《春秋》之义。"

李 娃 传

白行简[1]

汧国[2]夫人李娃,长安之倡女也。节行瓌奇[3],有足称者,故监察御史白行简为传述。天宝中,有常州刺史荥阳[4]公者,略其名氏,不书。时望甚崇,家徒甚殷[5]。知命之年[6],有一子,始弱冠[7]矣;隽朗有词藻[8],迥然不群[9],深为时辈推伏。其父爱而器之[10],曰:"此吾家千里驹[11]也。"应乡赋秀才举[12],将行,乃盛[13]其服玩车马之饰,计其京师薪储之费[14],谓之曰:"吾观尔之才,当一战而霸[15]。今备二载之用,且丰尔之给,将为其志[16]也。"生亦自负,视上第如指掌[17]。自毗陵[18]发,月馀抵长安,居于布政里。尝游东市还,自平康[19]东门入,将访友于西南。至鸣珂曲,见一宅,门庭不甚广,而室宇严邃。阖一扉,有娃方凭一双鬟青衣立,妖姿要妙[20],绝代未有。生忽见之,不觉停骖[21]久之,徘徊不能去。乃诈坠鞭于地,候其从者,敕取之。累眄[22]于娃,娃回眸凝睇,情甚相慕。竟不敢措辞而去。生自尔意若有失,乃密征其友游长安之熟者,以讯之。友曰:"此狭邪女[23]李氏宅也。"曰:"娃可求乎?"对曰:"李氏颇赡[24]。前与之通者多贵戚豪族[25],所得甚广。非累百万,不能动其志也。"生曰:"苟患其不谐,虽百万,何惜。"他日,乃洁其衣服,盛宾从而往。扣其门,俄有侍儿启扃。生曰:"此谁之第耶?"侍儿不答,驰走大呼曰:

"前时遗策郎[26]也!"姥大悦曰:"尔姑止之[27]。吾当整妆易服而出。"生闻之私喜。乃引至萧墙间,见一姥垂白上偻[28],即娃母也。生跪拜前致词曰:"闻兹地有隙院,愿税以居,信乎[29]?"姥曰:"惧其浅陋湫隘[30],不足以辱长者所处,安敢言直耶。"延生于迟宾之馆[31],馆宇甚丽。与生偶坐[32],因曰:"某有女娇小,技艺薄劣,欣见宾客,愿将见之。"乃命娃出。明眸皓腕,举步艳冶。生遽惊起,莫敢仰视。与之拜毕,叙寒燠[33],触类[34]妍媚,目所未睹。复坐,烹茶斟酒,器用甚洁。久之,日暮,鼓声四动。姥访其居远近。生绐之曰:"在延平门外[35]数里。"——冀其远而见留也。姥曰:"鼓已发矣。当速归,无犯禁。"生曰:"幸接欢笑,不知日之云夕。道里辽阔,城内又无亲戚。将若之何?"娃曰:"不见责僻陋,方将居之,宿何害焉。"生数目[36]姥。姥曰:"唯唯。"生乃召其家僮,持双缣,请以备一宵之馔。娃笑而止之曰:"宾主之仪,且不然也[37]。今夕之费,愿以贫窭之家,随其粗粝以进之。其馀以俟他辰[38]。"固辞,终不许。俄徙坐西堂,帏幙帘榻,焕然夺目;妆奁衾枕,亦皆侈丽。乃张烛进馔,品味甚盛。彻馔[39],姥起。生娃谈话方切,诙谐调笑,无所不至。生曰:"前偶过卿门,遇卿适在屏间。厥后心常勤念,虽寝与食,未尝或舍。"娃答曰:"我心亦如之。"生曰:"今之来,非直求居而已,愿偿平生之志。但未知命也若何?"言未终,姥至,询其故,具以告。姥笑曰:"男女之际,大欲存焉[40]。情苟相得,虽父母之命,不能制也。女子固陋,曷足以荐君子之枕席?"生遂下阶,拜而谢之曰:"愿以己为厮养[41]。"姥遂目之为郎,饮酬而散。及旦,尽徙其囊橐[42],因家于李之第。自是生屏迹戢身,不复与亲知相闻。日会倡优侪类,狎戏游宴。囊中尽空,乃鬻骏乘,及其家童。岁馀,资财仆马荡然。迩来姥意渐怠,娃情弥笃。他日,娃谓生曰:"与郎相知一年,尚无孕嗣。常闻竹林神者,报应如响[43],将致荐酹[44]求之,可乎?"生不知其计,大喜。乃质衣于肆,以备牢醴[45],与娃同谒祠宇而祷祝焉,信宿而返。策驴而后,至里北门,娃谓生曰:"此东转小曲中,某之姨宅也。将憩而觐之,可乎?"生如其言。前行不逾百步,果见一车门。窥其际[46],甚弘敞。其青衣自车后止之曰:"至矣。"生下,适有一人出访曰:"谁?"曰:"李娃也。"乃入告。俄有一妪至,年可四十馀,与生相迎,曰:"吾甥来否?"娃下车,妪逆访之[47]曰:"何久疏绝?"相视而笑。娃引生拜之。既见,遂偕入西戟门[48]偏院。中有山亭,竹树葱蒨[49],池榭幽绝。生谓娃曰:"此姨之私第耶?"笑而不答,以他语对。俄献茶果,甚珍奇。食顷[50],有一人控大宛[51],汗流驰至,曰:"姥遇暴疾颇甚,殆不识人。宜速归。"娃谓姨曰:"方寸[52]乱矣!某骑而前去,当令返乘,便与郎偕来。"生拟随之。其姨与侍儿偶语[53],以手挥之,令生止于户外,曰:"姥且殁矣。当与某议丧事以济其急,奈何遽相随而去?"乃止,共计其凶仪斋祭[54]之用。日晚,乘不至。姨言曰:"无复命,何也?郎骤往觇之,某当继至。"生遂往,至旧宅,门扃钥甚密,以泥缄之[55]。生大骇,诘其邻人。邻人曰:"李本税此而居,约已周[56]矣。第主自收。姥徙居,而且再宿矣。"征"徙何处?"曰:"不详其所。"生将驰赴宣阳,以诘其姨,日已晚矣,计程[57]不能达。乃驰[58]其装服,质馔而食[59],赁榻而寝。生恚怒方甚,自昏达旦,目不交睫[60]。质明,乃策蹇[61]而去。既至,连扣其扉,食顷无人应。生大呼数四,有宦者徐出。生遽访之:"姨氏在乎?"曰:"无之。"生曰:"昨暮在此,何故匿之?"访其谁氏之第。曰:"此崔尚书宅。昨者有一人税此院,云迟中表之远至者。未暮去矣。"生惶惑发狂,罔知所措[62],因返访布政旧邸。邸主哀而进膳。生怨懑[63],绝食三日,遘疾甚笃,旬馀愈甚。邸主惧其不起,徙之于凶肆[64]之中。绵缀[65]移时,合肆之人共伤叹而互饲之。后稍愈,杖[66]而能起。由是凶肆日假之[67],令执绋帷,获其直以自给。累月,渐复壮。每听其哀歌，自叹不及逝者，辄呜咽流涕，不能自止。归则效之。生，聪敏者也。无何，曲尽其妙，虽长安无有伦比[68]。初，二肆之佣凶器者，互争胜负。其东肆车舆皆奇丽，殆不敌，唯哀挽[69]劣焉。其东肆长知生妙绝，乃醵[70]钱二万索顾[71]焉。其党耆旧[72]，共较其所能者，阴教生新声，而相赞和。累旬，人莫知之。其二肆长相谓曰："我欲各阅[73]所佣之器于天门街，以较优劣。不胜者罚直五万，以备酒馔之用，可乎？"二肆许诺。乃邀立符契[74]，署以保证，然后阅之。士女大和会[75]，聚至数万。于是里胥[76]告于贼曹[77]，贼曹闻于京尹[78]。四方之士，尽赴趋焉，巷无居人。自旦阅之，及亭午，历举辇舆威仪之具，西肆皆不胜，师有惭色。乃置层榻[79]于南隅，有长髯者，拥铎[80]而进，翊卫[81]数人。于是奋髯扬眉，扼腕[82]顿颡[83]而登，乃歌《白马》之词[84]；恃其夙胜[85]，顾眄左右，旁若无人。齐声赞扬之；自以为独步一时，不可得而屈也。有顷，东肆长于北隅上设连榻，有乌巾少年，左右五六人，秉翣[86]而至，即生也。整衣服，俯仰甚徐，申喉发调，容若不胜[87]。乃歌《薤露》之章[88]，举声清越，响振林木，曲度未终，闻者歔欷掩泣。西肆长为众所诮，益惭耻。密置所输之直于前，乃潜遁焉。四坐愕眙[89]，莫之测也。先是，天子方下诏，俾外方之牧，岁一至阙下[90]，谓之"入计"。时也适遇生之父在京师，与同列者易服章[91]窃往观焉。有老竖[92]，——即生乳母婿也——见生之举措辞气，将认之而未敢，乃泫然流涕。生父惊而诘之。因告曰："歌者之貌，酷似[93]郎之亡子。"父曰："吾子以多财为盗所害，奚至是耶？"言讫，亦泣。及归，竖间[94]驰往，访于同党曰："向歌者谁？若斯之妙欤？"皆曰："某氏之子。"征其名，且易之矣。竖凛然[95]大惊；徐往，迫而察之。生见竖色动，回翔[96]将匿于众中。竖遂持其袂曰："岂非某乎？"相持而泣。遂载以归。至其室，父责曰："志行若此，污辱吾门！何施面目，复相见也?"乃徒行出,至曲江[97]西杏园东,去其衣服,以马鞭鞭之数百。生不胜其苦而毙。父弃之而去。其师命相狎昵者阴随之,归告同党,共加伤叹。令二人赍苇席瘗焉。至,则心下微温。举之,良久,气稍通。因共荷而归,以苇筒灌勺饮,经宿乃活。月馀,手足不能自举。其楚挞之处皆溃烂,秽甚。同辈患之,一夕,弃于道周[98]。行路[99]咸伤之,往往投其馀食,得以充肠。十旬,方杖策而起。被[100]布裘,裘有百结,褴褛如悬鹑[101]。持一破瓯,巡于闾里,以乞食为事。自秋徂冬,夜入于粪壤窟室,昼则周游廛肆。一旦大雪,生为冻馁所驱,冒雪而出,乞食之声甚苦。闻见者莫不凄恻。时雪方甚,人家外户多不发。至安邑东门,循里垣北转第七八,有一门独启左扉,即娃之第也。生不知之,遂连声疾呼:"饥冻之甚!"音响凄切,所不忍听。娃自阁中闻之,谓侍儿曰:"此必生也。我辨其音矣。"连步[102]而出。见生枯瘠疥厉[103],殆非人状。娃意感焉,乃谓曰:"岂非某郎也?"生愤懑绝倒[104],口不能言,颔颐[105]而已。娃前抱其颈,以绣襦拥而归于西厢。失声长恸曰:"令子一朝及此,我之罪也!"绝而复苏。姥大骇,奔至,曰:"何也?"娃曰:"某郎。"姥遽曰:"当逐之。奈何令至此?"娃敛容却睇[106]曰:"不然。此良家子[107]也。当昔驱高车,持金装,至某之室,不逾期[108]而荡尽。且互设诡计,舍而逐之,殆非人。令其失志,不得齿于人伦[109]。父子之道,天性也。使其情绝,杀而弃之。又困踬[110]若此。天下之人尽知为某也。生亲戚满朝,一旦当权者熟察其本末,祸将及矣。况欺天负人,鬼神不祐,无自贻其殃也。某为姥子,迨今有二十岁矣。计其资,不啻[111]直千金。今姥年六十馀,愿计二十年衣食之用以赎身,当与此子别卜所诣[112]。所诣非遥,晨昏得以温凊[113],某愿足矣。"姥度[114]其志不可夺,因许之。给姥之馀,有百金。北隅四五家税一隙院。乃与生沐浴,易其衣服。为汤粥,通其肠;次以酥乳润其脏;旬馀,方荐水陆之馔[115]。头巾履袜,皆取珍异者衣之。未数月,肌肤稍腴;卒岁[116],平愈如初。异时[117],娃谓生曰:"体已康矣,志已壮矣。渊思寂虑[118],默想曩昔之艺业,可温习乎?"生思之,曰:"十得二三耳。"娃命车出游,生骑而从。至旗亭[119]南偏门鬻坟典之肆[120],令生拣而市[121]之,计费百金,尽载以归。因令生斥弃百虑以志学[122],俾夜作昼,孜孜矻矻[123]。娃常偶坐,宵分[124]乃寐。伺其疲倦,即谕之缀诗赋。二岁而业大就,海内文籍,莫不该览[125]。生谓娃曰:"可策名试艺[126]矣。"娃曰:"未也。且令精熟,以俟百战。"更一年,曰:"可行矣。"于是遂一上登甲科[127],声振礼闱[128]。虽前辈见其文,罔不敛衽敬羡,愿友之而不可得[129]。娃曰:"未也。今秀士,苟获擢一科第,则自谓可以取中朝之显职,擅天下之美名。子行秽迹鄙,不侔[130]于他士。当砻淬利器[131],以求再捷,方可以连衡[132]多士,争霸群英。"生由是益自勤苦,声价弥甚。其年,遇大比[133],诏征四方之隽,生应直言极谏科[134],策名第一[135],授成都府[136]参军。三事以降[137],皆其友也。将之官,娃谓生曰:"今之复子本躯[138],某不相负也。愿以残年,归养老姥。君当结媛鼎族[139],以奉蒸尝[140]。中外婚媾,无自黩也[141]。勉思自爱。某从此去矣。"生泣曰:"子若弃我,当自刭[142]以就死!"娃固辞不从,生勤请弥恳。娃曰:"送子涉江,至于剑门[143],当令我回。"生许诺。月馀,至剑门。未及发而除书[144]至,生父由常州诏入,拜[145]成都尹,兼剑南[146]采访使。浃辰[147],父到。生因投刺[148],谒于邮亭[149]。父不敢认,见其祖父官讳[150],方大惊,命登阶,抚背恸哭移时,曰:"吾与尔父子如初。"因诘其由,具陈其本末。大奇之,诘娃安在。曰:"送某至此,当令复还。"父曰:"不可。"翌日,命驾与生先之成都,留娃于剑门,筑别馆以处之。明日,命媒氏通二姓之好,备六礼[151]以迎之,遂如秦晋之偶。娃既备礼,岁时伏腊[152]，妇道甚修[153]，治家严整，极为亲所眷[154]。向后数岁，生父母偕殁，持孝甚至。有灵芝[155]产于倚庐[156]，一穗三秀[157]。本道上闻[158]。又有白燕数十，巢其层甍[159]。天子异之，宠锡加等。终制[160]，累迁清显之任。十年间，至数郡[161]。娃封汧国夫人。有四子，皆为大官；其卑者犹为太原尹。弟兄姻媾皆甲门，内外隆盛，莫之与京[162]。嗟乎！倡荡之姬，节行如是，虽古先烈女，不能逾也。焉得不为之叹息哉！予伯祖尝牧晋州[163]，转户部，为水陆运使[164]，三任皆与生为代[165]，故谙详其事。贞元中，予与陇西李公佐话妇人操烈之品格[166]，因遂述汧国之事。公佐拊掌竦听[167]，命予为传。乃握管濡翰[168]，疏[169]而存之。时乙亥岁[170]秋八月，太原白行简云。

注释

〔1〕作者白行简，字知退，唐太原人，诗人白居易之弟。德宗末年进士，曾任司门员外郎、主客郎中等官职。有集十二卷，现已失传。

这一篇出色的传奇，是作者采取当时民间传说《一枝花》，予以艺术加工而成的。整个故事结构完整，情节缠绵；主要人物的形象，写得非常生动；尤其是一些细节的描摹，极为传神。元人石君宝的《李亚仙花酒曲江池》杂剧，明人薛近兖的《绣襦记》传奇，均取材于此。

李娃在鸨母的压力下，和她串同欺骗遗弃了荥阳生，但一旦悔悟之后，就真诚地爱上了他，不惜牺牲一切和封建恶势力作斗争，以获取恋爱自由，并尽可能来调护、督促荥阳生，使他恢复健康、恢复名誉和地位，这是值得称许的。虽然李娃之报答荥阳生，仍是让他走中举做官这一条老路，然而这是历史的环境使然。

另一方面，李娃以一个妓女的身分，不但做了贵官的正妻，而且被封夫人，这在当时社会里是不可想象的，不能容许的。作者有意这样写，这是对门阀制度一个大胆的、有力的冲击，有其积极意义。

〔2〕汧国：指唐时的汧阳郡，参看前《任氏传》篇"陇州"注。

〔3〕节行瓌(guī)奇:节操行为珍异可贵。

〔4〕荥阳:唐县名,今河南荥阳县。这里所指的常州刺史是荥阳人,所以称为"荥阳公"。

〔5〕家徒甚殷:家里侍从的仆役很多。

〔6〕知命之年:《论语·为政》:"五十而知天命。"后来就以"知命之年"为五十岁的代词。

〔7〕弱冠(guàn):指男子到了二十岁左右的年龄。古时男子二十岁举行"冠礼",戴上成人的帽子,表示不再是儿童了。但这时身体还没有一般成年人那样强壮,所以称为"弱冠"。

〔8〕隽朗有词藻:"隽",同"俊"字。"隽朗",清秀的样子。"有词藻",有文才,文章作得好。

〔9〕迥(jiǒng)然不群:出人头地,不比寻常。"迥然",大不相同,分别很大的样子。

〔10〕器之:器重他。

〔11〕千里驹:日行千里的壮马。比喻少年英俊。

〔12〕应乡赋秀才举:应州郡的保送,进京参加秀才考试。本篇说明是天宝年间事,这时秀才这一科早已废止,这里当泛指明经或进士的考试。参看前《柳氏传》篇"秀才"、"乡赋"注。

〔13〕盛:多多供给。下文"盛宾从",指多约朋友,多带仆役。

〔14〕薪储之费:指柴米等生活费用。

〔15〕一战而霸:一考就高中。用战争来比喻考试。"霸",武力称雄的意思。后文《莺莺传》篇"文战不胜",指没有考取。

〔16〕为(wèi)其志:帮助你达到志愿。

〔17〕指掌:指着手心的动作,形容极其容易。

〔18〕毗陵:古郡名,唐时为常州晋陵郡。

〔19〕平康:唐代长安里名,是当时妓女聚居的地方。

〔20〕妖姿要妙:"妖姿",妩媚的姿态。"要妙",美好。

〔21〕停骖(cān):停住了马。一车驾三匹马叫做"骖",一车驾四匹马,在两旁的马也叫做"骖";这里只是泛指马匹。

〔22〕眄(miǎn):斜着眼睛看。

〔23〕狭邪女:指妓女。"邪",音义同"斜"字。参看前《任氏传》篇"狭斜"注。

〔24〕赡:富有。

〔25〕前与之通者多贵戚豪族:"之通",原作"通之"。似"之通"义较顺,据虞本改。

〔26〕遗策郎:丢了马鞭的少年。

〔27〕止之:留住他。下文"娃笑而止之曰",止之,拦阻的意思。

〔28〕垂白上偻(lǔ):"垂白",头发快要发白了。"上偻",驼背。

〔29〕信乎:确实吗。

〔30〕湫隘(jiǎo ài):窄狭。

〔31〕迟(zhì)宾之馆:招待客人的地方,指客厅。

〔32〕偶坐:同坐。

〔33〕叙寒燠(yù):寒暄、说应酬话。"燠",暖热。

〔34〕触类:犹如说一举一动、浑身上下。

〔35〕在延平门外:唐时平康里在东城,延平门却是西城的城门,相去很远,所以荥阳生故意这样说。

〔36〕目:眼睛看着。下文"目之为郎","目之",把他当做的意思。都作动词用。

〔37〕宾主之仪,且不然也:这两句的意思是说:荥阳生是客人,自己是主人,断没有第一次相见,就叫客人自己出钱备办酒宴的道理。"不然",不应该这样的意思。

〔38〕其馀以俟他辰:意思是荥阳生如果要花钱备办酒宴,可以等到以后再说。"他辰",别的日子。

〔39〕彻馔:把宴席彻下,指吃过了饭。"彻",同"撤"字。

〔40〕男女之际,大欲存焉:语出《礼记·礼运》:"饮食男女,人之大欲存焉。"

〔41〕厮养:奴仆。指做烧火、养马一类劳役的人。

〔42〕尽徙其囊橐(tuó):"囊橐",口袋。无底的为囊,有底的为橐;一

说大的为囊,小的为橐。这里引申作财产解释。"尽徙其囊橐",把自己所有的财产全搬运来了。

〔43〕报应如响:神给予的报应,有如声音所起的回响。形容迅速而灵验。

〔44〕荐酹(lèi):用酒食来祭鬼神。"荐",进献。"酹",把酒浇在地下。

〔45〕牢醴:三牲(猪牛羊)和酒。

〔46〕窥其际:看它的里面。

〔47〕逆访之:迎上来问她。

〔48〕戟门:见前《南柯太守传》篇"棨户"注。

〔49〕葱蒨:草木苍翠茂盛的样子。

〔50〕食顷:一顿饭的工夫。

〔51〕大宛(yuān):汉时西域国名,以出产良马著名;这里就以"大宛"为马的代词。

〔52〕方寸:方寸之地,指心。

〔53〕偶语:两人对语。

〔54〕凶仪斋祭:"凶仪",丧事的仪节。"斋祭",斋戒之后去祭祀。斋戒,指不喝酒,不吃荤,沐浴更衣一类的行为。古人迷信,以为这样诚心诚意、恭恭敬敬地去祭祀,精神就可以和鬼神相通了。

〔55〕以泥缄之:用泥土封起来。

〔56〕约已周:租约已经满期。

〔57〕计程:计算路上走的时间。"程",路程。

〔58〕弛:本是松缓的意思,引申解作解下、脱卸解释。

〔59〕质馈而食:抵押一顿饭吃。

〔60〕目不交睫:眼皮不合拢,就是不睡觉的意思。"睫",眼皮上下的细毛。

〔61〕策蹇(jiǎn):骑着驴子。"蹇",跛的意思,这里做跛脚驴子、瘦弱驴子的代称。

〔62〕罔知所措:不知道应该怎么办才好。

〔63〕怨懑(mèn):怨恨而又烦闷。

〔64〕凶肆:专门代人办理丧事的店家,类如过去北方的杠房和现在的殡仪馆。下文"凶器",指棺木和殡殓所用的一切东西。不吉为"凶",故以指丧事。

〔65〕绵缀:缠绵委顿的样子,指病得很重。

〔66〕杖:拿着拐杖,作动词用。

〔67〕日假之:每天要求他、利用他。

〔68〕无有伦比:没有人比得上。

〔69〕哀挽:挽歌、出丧时唱的哀歌。古时有以专唱挽歌为业的人,叫做"挽歌郎"。

〔70〕醵(jù):大家凑钱。有时专指凑钱喝酒。

〔71〕顾:同"雇"字。

〔72〕耆旧:老手、老前辈。

〔73〕阅:陈列、展览。

〔74〕符契:文约、契约。

〔75〕大和会:大聚会。

〔76〕里胥:古时的乡职,犹如后来的保甲长、地保。

〔77〕贼曹:本是汉代掌管京城内水火、盗贼、词讼一类事务的官员,地位颇高。唐代在长安、万年两县设有"捕贼官",当借指此。

〔78〕京尹:"京兆尹"的简称,京兆,唐府名,即雍州,辖都城长安及附近十二县,府治在今陕西长安县,京兆尹即其地方长官。

〔79〕层榻:高榻。

〔80〕铎:大铃。

〔81〕翊(yì)卫:保卫的人。

〔82〕扼腕:左手抓住右手的腕部(手掌和臂下端连接的地方),是得意或失意时一种振奋的表示。这里指前者。

〔83〕顿颡(sǎng):点点头,是登台时向观众打招呼的一种表示。

〔84〕《白马》之词:《白马歌》。古时用白马为牺牲(祭祀时宰杀的牲畜),因以《白马歌》为祭奠时的乐曲。

〔85〕恃其夙胜：倚仗着是向来擅长的。

〔86〕秉翣(shà)："秉"，拿着。"翣"，用孔雀、野鸡之类的羽毛做成的大扇子，有如掌扇，是古代出殡时叫人拿着随在棺材两旁的一种仪物。

〔87〕容若不胜：看上去不像会唱歌的样子。

〔88〕《薤(xiè)露》之章：古时送丧的歌曲。"薤"，一种开紫花的百合科植物，气如葱，叶如韭，根如小蒜。"薤露"，比喻人生像薤上的露水一样，很容易消灭，是古人消极世界观的反映。

〔89〕愕眙(chì)：因惊讶而呆呆地看着。

〔90〕岁一至阙下：每年到京城里来一次。"阙"，皇宫前面建筑的城楼。为二台于门外，上作楼观，上圆下方，因为中央阙然为道，故名"阙"。"阙下"，指皇帝住的地方，也就是京城。

〔91〕易服章：换穿衣服，指脱去了官服换上便装。

〔92〕老竖：老仆人。

〔93〕酷似：非常像。

〔94〕间(jiàn)：乘间，找个机会。

〔95〕凛然：本是形容寒冷的样子，引申作吃惊解释。

〔96〕回翔：本指鸟飞打转转，这里是形容躲躲藏藏的样子。

〔97〕曲江：就是曲江池，在长安东南，汉武帝时建，唐代加以扩充，在江边盖了很多楼台庙宇。附近盛开芙蓉花，叫做"芙蓉园"。这里和下文的"杏园"，都是著名的风景区，同为当时剥削阶级游乐的地方。

〔98〕道周：路旁。

〔99〕行路：路人。

〔100〕被：同"披"字。

〔101〕褴褛如悬鹑："褴褛"，衣服破破烂烂的样子。鹑鸟的尾巴是秃的，把鹑悬挂起来，看去好像破烂的衣服，因而"悬鹑"就成为破烂衣服的代词。

〔102〕连步：一步接一步，形容走得匆忙急促的样子。

〔103〕枯瘠疥厉(lài)：身体干瘦而又生了疥疮。

〔104〕绝倒：昏倒。

〔105〕颔颐：动动腮巴，就是点头的意思，表示默认、承诺。也简作"颔"。"颔"，本应作"顅"（qīn），动的意思。"颐"，腮巴。

〔106〕敛容却睇：正着脸色回看着。

〔107〕良家子：古时轻视商人和劳动人民，把医、商、贾、百工，排除在良家之外；"良家"，指清白人家。"良家子"，清白人家的儿女。

〔108〕不逾期：没有过多久。

〔109〕不得齿于人伦：不能算是人类，被人瞧不起的意思。

〔110〕困踬（zhì）：困苦、不顺遂。

〔111〕不啻：不止、超过。

〔112〕别卜所诣：另外找一个住处。

〔113〕晨昏得以温凊（jìng）：早晚可以问安服侍的意思。古礼，做子女的冬天要问父母是否温暖，夏天要问是否凉爽，就如说嘘寒问暖，"凊"，寒凉的意思。

〔114〕度（duó）：揣度、料想。

〔115〕水陆之馔：犹如说山珍海味。

〔116〕卒岁：过完了一年。

〔117〕异时：过了一些时候、有这么一天。

〔118〕渊思寂虑：深入而冷静的思考。

〔119〕旗亭：唐代市场交易有一定的时间，每天正午敲鼓三百下，商店才许开门；傍晚敲钲（一种铜锣）三百下，商店必须关门。"旗亭"，就是击鼓钲为号的楼。一般也作为市上酒楼的通称。这里指前者，后文《王之涣》篇"共诣旗亭"的旗亭，是后一意义。

〔120〕鬻坟典之肆：书店。"坟典"，指"三坟、五典"：伏羲、神农、黄帝的书叫做三坟，少昊（hào）、颛顼（zhuān xū）、高辛、唐、虞的书叫做五典。因而以"坟典"作为古书的代词。

〔121〕市：买。

〔122〕斥弃百虑以志学：把一切念头都抛掉，一心向学。

〔123〕孜（zī）孜矻（kù）矻：勤劳不息的样子。

〔124〕宵分：夜半。

〔125〕该览：博览、读遍了。

〔126〕策名试艺：报名应考。

〔127〕登甲科：唐代考选制度，进士分甲乙两科，明经分甲乙丙丁四科，依试题的难易而为科别。"登甲科"，就是在试题最难的一科里考取了。当时规定，考取甲科的，任官品级可以叙得较高。

〔128〕礼闱：礼部的别称。

〔129〕愿女(nǜ)之：愿意把女儿许给他。以女与人为妻叫做"女"，是动词。"愿女之而不可得"：原作"愿友之而不可得"。荥阳生虽登甲科，究属新进，何至前辈愿友之而不可得？如作"女"，指前辈愿以女许之为妻，即招之为婿意，似较合理，据谈本改。

〔130〕不侔：不同、不能相比。

〔131〕砻淬利器：用石器磨东西叫做"砻"；铸刀剑烧红了放在水里蘸一下叫做"淬"："砻淬"，磨炼的意思。"砻淬利器"，引申作钻研学问解释。

〔132〕连衡：战国时，齐、楚、燕、韩、赵、魏六国联合起来服从秦国，叫做"连衡"。这里是连合、联络的意思。

〔133〕大比：周代乡大夫三年考试一次，选用贤能，称为"大比"，后来就把三年举行一次的科举考试也叫做"大比"。

〔134〕直言极谏科：唐代制举（为选拔人才而特开的科目）的项目之一。

〔135〕策名第一：考试对策（设题命逐条作答叫做"对策"），名列第一。

〔136〕成都府：也称蜀郡，就是益州，约辖今四川成都、华阳等地区，州治在今成都市。

〔137〕三事以降：三公以下的官员。三公指太师、太傅、太保，或大司马、大司徒、大司空。

〔138〕复子本躯：让你恢复了本来面貌，就是说，依然以贵族子弟的身分读书做官。

〔139〕结媛鼎族：和富贵人家的女儿结婚。"鼎族"，大家、贵族。

〔140〕奉蒸尝：主持祭祀的意思。主持祭祀为古时家庭主妇的重要职务。"蒸"，冬天祭礼名。"尝"，秋天祭礼名。

〔141〕无自黩(dú)也：不要毁坏、糟蹋了自己。

〔142〕自刭(jǐng)：自刎，自己以刀割颈而死。

〔143〕剑门：唐县名，在今四川剑阁县东北。

〔144〕除书：授予新官职的诏书。

〔145〕拜：授官。

〔146〕剑南：唐道名，包括今四川中部和云南金沙江以南、洱海以东、楚雄以北、武定以西，和甘肃文县一带地区。治所在今成都市。

〔147〕浃辰："浃"，一周。从子到亥十二辰是一周，叫做"浃辰"，就是十二天。

〔148〕刺：古人把姓名写在竹简或木片上，为访谒时通姓名之用，后来写在柬帖上，就是名片。

〔149〕邮亭：迎送过路官员的驿站。

〔150〕见其祖父官讳：古时属员初次谒见长官，要备具帖子，上面写明自己履历和祖宗三代的姓名；这里荥阳生是以属员——成都府参军的资格去谒见他父亲成都尹的，应用这种名帖，所以说"见其祖父官讳"。"官讳"，官职和名字。称死者之名为"讳"，对尊长不敢直接称名，也作"讳某某"。

〔151〕六礼：古时婚礼的六项手续：纳采、问名、纳吉、纳征、请期、亲迎。

〔152〕岁时伏腊："伏"和"腊"是古时夏冬二祭的名称。"岁时伏腊"，犹如说逢年过节。

〔153〕妇道甚修："妇道"，指封建社会里儿媳、妻子侍奉公婆和丈夫的规矩礼节。"甚修"，做得很好、很尽心。

〔154〕眷：爱重、宠爱。

〔155〕灵芝："芝"，生在枯木上的菌类植物，据说有青、赤、黄、白、黑、紫等六色。其中赤色的一种，古人认为是仙草，服了可以成仙，故称为"灵芝"，也叫"不死药"。

〔156〕倚庐:守孝的草庐。这种草庐,规定盖在东墙下面,向北开门,以草为屏障,不加泥涂,而且没有门上的横梁和柱子。因为居丧悲痛,所以居处要简陋而不能求舒适。

〔157〕一穗(suì)三秀:植物在茎端结成的花实为"穗",开花叫做"秀"。一般的一穗一花,一穗三秀是较少见的,所以古时认为是祥瑞。

〔158〕本道上闻:"本道",指剑南道采访使。"上闻",奏知皇帝。

〔159〕层甍(méng):房屋的大梁。

〔160〕终制:古人遭遇父母丧事,要三年不问外事,叫做"守制"。"终制",守制期满了。

〔161〕至数郡:做到管辖好几郡的大官。

〔162〕莫之与京:没有谁比得了。"京",大的意思。

〔163〕牧晋州:做晋州刺史。"晋州",也称平阳郡,约辖今山西临汾、安泽、浮山、洪洞、霍县等地区,州治在今临汾县。

〔164〕水陆运使:唐时户部下面管理水陆运输的官员,有江淮水陆运使、河南水陆运使等名目。

〔165〕为代:做前后任。

〔166〕予与陇西李公佐话妇人操烈之品格:原无"李"字。按文中称他人,籍贯姓名似应并列,据虞本增。

〔167〕拊掌竦(sǒng)听:"拊掌",同"抚掌"。"竦听",敬听。

〔168〕握管濡翰:提笔蘸墨。"管",指笔。"翰",笔毛。

〔169〕疏:详细描写。

〔170〕乙亥岁:唐德宗贞元十一年(公元七九五年)。

东城老父传

陈 鸿[1]

老父[2],姓贾名昌,长安宣阳里人。开元元年癸丑[3]生。元和庚寅岁[4],九十八年矣。视听不衰,言甚安徐,心力不耗,语太平事历历[5]可听。父忠,长九尺,力能倒曳牛,以材官[6]为中宫[7]幕士[8]。景龙[9]四年,持幕竿随玄宗入大明宫,诛韦氏,奉睿宗朝群后[10],遂为景云[11]功臣,以长刀备亲卫[12]。诏徙家东云龙门[13]。昌生七岁,趫捷[14]过人,能抟柱乘梁[15],善应对,解鸟语音。玄宗在藩邸时[16],乐民间清明节斗鸡戏。及即位[17],治鸡坊于两宫间[18]。索长安雄鸡,金毫、铁距[19]、高冠、昂尾千数,养于鸡坊。选六军小儿[20]五百人,使驯扰[21]教饲。上之好之,民风尤甚。诸王子家、外戚家、贵主[22]家、侯家,倾帑[23]破产市鸡,以偿鸡直。都中男女,以弄鸡为事;贫者弄假鸡。帝出游,见昌弄木鸡于云龙门道旁,召入,为鸡坊小儿,衣食右龙武军[24]。三尺童子,入鸡群,如狎群小[25],壮者、弱者、勇者、怯者,水谷之时[26],疾病之候,悉能知之。举二鸡,鸡畏而驯,使令如人[27]。护鸡坊中谒者[28]王承恩言于玄宗。召试殿庭,皆中玄宗意。即日为五百小儿长。加之以忠厚谨密,天子甚爱幸之。金帛之赐,日至其家。开元十三年,笼鸡三百,从封东岳[29]。父忠死太山下,得子礼[30]奉尸归葬雍州[31]。县官为葬器丧车,乘传[32]洛阳道。十四年三月,衣斗鸡服,会玄宗于温泉[33]。当时天下号为"神鸡童"。时人为之语曰:"生儿不用识文字:斗鸡走马胜读书。贾家小儿年十三,富贵荣华代不如[34]。能令金距期胜负;白罗绣衫随软舆[35]。父死长安千里外,差夫持道[36]挽丧车。"昭成皇后[37]之在相王[38]府,诞圣[39]于八月五日。中兴[40]之后,制为千秋节。赐天下民牛酒乐三日,命之曰"酺[41]",以为常也。大合乐于宫中,岁或酺于洛。元会[42]与清明节,率[43]皆在骊山。每至是日,万乐具举,六宫[44]毕从。昌冠雕翠金华冠,锦袖绣襦裤,执铎拂,导群鸡叙立于广场[45],顾盼如神,指挥风生。树毛振翼,砺吻磨距,抑怒待胜;进退有期,随鞭指低昂,不失昌度[46]。胜负既决,强者前,弱者后,随昌雁行[47],归于鸡坊。角觝[48]万夫,跳剑[49]寻橦[50],蹴球踏绳[51],舞于竿颠者,索气沮色[52],逡巡不敢入。岂教猱扰龙[53]之徒欤?二十三年,玄宗为娶梨园弟子[54]潘大同女,男服珮玉,女服绣襦,皆出御府[55]。昌男至信、至德。天宝中,妻潘氏以歌舞重幸于杨贵妃。夫妇席宠[56]四十年,恩泽不渝,岂不敏于伎,谨于心[57]乎?上生于乙酉鸡辰[58],使人朝服斗鸡,兆乱于太平[59]矣。上心不悟。十四载,胡羯陷洛[60],潼关不守。大驾[61]幸成都,奔卫乘舆。夜出便门[62],马蹄道阱[63]。伤足,不能进,杖入南山[64]。每进鸡之日,则向西南大哭。禄山往年朝于京师,识昌于横门外。及乱二京,以千金购昌长安、洛阳市。昌变姓名,依于佛舍,除地[65]击钟,施力于佛[66]。洎太上皇归兴庆宫[67],肃宗受命于别殿[68]。昌还旧里,居室为兵掠,家无遗物。布衣颠顿[69],不复得入禁门[70]矣。明日,复出长安南门,道见[71]妻儿于招国里,菜色黯焉[72]。儿荷薪,妻负故絮[73]。昌聚哭,诀于道。遂长逝息[74]长安佛寺,学大师[75]佛旨。大历元年,依资圣寺大德僧运平住东市海池[76],立陁罗尼石幢[77]。书能纪姓名[78];读释氏经[79],亦能了其深义至道,以善心化市井人[80]。建僧房佛舍,植美草甘木。昼把土拥根,汲水灌竹;夜正观[81]于禅室。建中三年,僧运平人寿尽。服礼毕,奉舍利[82]塔于长安东门外镇国寺东偏,手植松柏百株。搆小舍,居于塔下,朝夕焚香洒扫,事师如生。顺宗在东宫[83],舍钱三十万,为昌立大师影堂[84]及斋舍。又立外屋,居游民,取佣给[85]。昌因日食粥一杯、浆水一升,卧草席,絮衣;过是,悉归于佛[86]。妻潘氏后亦不知所往。贞元中,长子至信衣并州甲[87],随大司徒燧[88]入觐,省昌于长寿里。昌如己不生[89],绝之使去。次子至德归,贩缯洛阳市,来往长安间,岁以金帛奉昌,皆绝之。遂俱去,不复来。元和中,颍川陈鸿祖携友人出春明门[90],见竹柏森然[91],香烟闻于道,下马觐昌于塔下。听其言,忘日之暮。宿鸿祖于斋舍,话身之出处,皆有条贯[92]。遂及王制[93]。鸿祖问开元之理乱。昌曰:"老人少时,以斗鸡求媚于上。上倡优畜之[94],家于外宫,安足以知朝廷之事。然有以为吾子言者。老人见黄门侍郎杜暹[95]出为碛西[96]节度,摄[97]御史大夫[98],始假风宪以威远[99]。见哥舒翰之镇凉州[100]也,下石堡,戍青海城,出白龙,逾葱岭,界铁关[101],总管河左道[102],七命始摄御史大夫。见张说[103]之领幽州也,每岁入关,辄长辕挽辐车[104],辇河间、蓟州庸调缯布[105],驾辖连轵[106],坌[107]入关门。输于王府,江、淮绮縠,巴、蜀锦绣,后宫玩好而已。河州炖煌道[108]岁屯田,实边食[109],余粟转输灵州[110],漕[111]下黄河,入太原仓,备关中[112]凶年[113]。关中粟米,藏于百姓。天子幸五岳,从官千乘万骑,不食于民。老人岁时伏腊得归休,行都市间,见有卖白衫白叠布[114]。行邻比[115]廊间,有人襆病[116],法用皂布[117]一匹,持重价不克致,竟以幞头罗[118]代之。近者,老人扶杖出门,阅街衢中,东西南北视之,见白衫者不满百。岂天下之人皆执兵乎〔119〕？开元十二年，诏三省〔120〕侍郎有缺，先求曾任刺史者；郎官〔121〕缺，先求曾任县令者〔122〕。及老人四十〔123〕，三省郎吏，有理刑才名，大者出刺郡〔124〕，小者镇县〔125〕。自老人居大道旁，往往有郡太守休马于此，皆惨然不乐朝廷沙汰使治郡〔126〕。开元取士，孝弟理人而已，不闻进士宏词、拔萃之为其得人也〔127〕。大略如此。"因泣下。复言曰："上皇北臣〔128〕穹卢〔129〕，东臣鸡林〔130〕，南臣滇池〔131〕，西臣昆夷〔132〕，三岁一来会。朝觐之礼容，临照〔133〕之恩泽，衣之锦絮，饲之酒食，使展事〔134〕而去，都中无留外国宾。今北胡与京师杂处，娶妻生子。长安中少年，有胡心矣。吾子视首饰靴服之制，不与向同，得非物妖〔135〕乎？"鸿祖默不敢应而去。

注释

〔1〕作者陈鸿，字大亮，唐史学家，曾修《大统志》三十卷。此外还著有《长恨传》、《开元升平源》传奇。德宗时，曾任主客郎中等官职。文中有"颍川陈鸿祖"字样，因而一说此篇是陈鸿祖作。陈鸿祖事迹无可考。

作者借东城老父之口，表示了对当时政治的不满，认为不如"开元盛世"。然而作者又指出，所谓"开元盛世"，也已"兆乱于太平"。当然实际并不是因为"朝服斗鸡"的兆头不好，而是封建统治者只知自己享乐，骄奢淫佚，不问民间疾苦的缘故。这正是造成祸乱的症结所在。文中极力描写斗鸡的"盛况"："上之好之，民风尤甚"；贵族"倾帑破产市鸡"；"神鸡童"享尽了荣华富贵，以致民间有"生儿不用识文字"之叹。从这些微词里，可以看出作者的真意。他反映了封建统治者腐化堕落的本质，这个皇帝和那个皇帝都是一丘之貉，这就具有深刻的意义。

〔2〕老父：老头、老人。

〔3〕癸丑：指月份，何月已无可考。

〔4〕元和庚寅岁：唐宪宗元和五年（公元八一〇年）。

〔5〕历历：清清楚楚、明明白白。

〔6〕材官：有材力的官，指武士。

〔7〕中宫：皇后住处的专称。

〔8〕幕士：侍卫。

〔9〕景龙：唐中宗（李显）的年号（公元七〇七至七一〇年）。

〔10〕持幕竿随玄宗入大明宫，诛韦氏，奉睿宗朝群后："幕竿"，指幕士所持的一种武器。"大明宫"，唐代长安的三个宫殿之一（另两个为太极宫、兴庆宫），规模最大，经常是皇帝听政的地方。古时诸侯称"后"，"群后"，指众大臣；"朝群后"，让众大臣朝见的意思。《唐书·睿宗、玄宗本纪》：唐中宗的皇后韦氏，杀害了中宗，自立为皇太后，临朝摄政，叫韦家的子侄掌握军权。唐玄宗当时是临淄郡王，和薛崇简、刘幽求等密谋，夜间起兵攻入宫内，杀死韦后，拥戴自己的父亲李旦（中宗的弟弟睿宗）重做皇帝。这里是说贾忠为当时参加事变的侍卫之一。

〔11〕景云：唐睿宗（李旦）的年号（公元七一〇至七一二年）。

〔12〕以长刀备亲卫：佩带着长刀，做了皇帝的贴身侍卫。

〔13〕东云龙门：当时大明宫有东西两门，名为东云龙门、西云龙门。这里叫他"徙家东云龙门"，就是让他住在宫城里面。

〔14〕趫（qiáo）捷：武勇善走的样子。

〔15〕抟（tuán）柱乘梁：抓着柱子，爬上屋梁——所谓"飞檐走壁"之类的功夫。

〔16〕在藩邸时："藩邸"，王府。"在藩邸时"，指唐玄宗被封平王，还没有做皇帝的时候。

〔17〕即位：皇帝登位的专称。

〔18〕治鸡坊于两宫间："治"，修建。"鸡坊"，当时皇家养鸡场所的专称。太后和皇帝或是两辈皇帝为"两宫"，当时唐睿宗做了太上皇，所以和玄宗并称"两宫"。这里指睿宗和玄宗所住的大明宫和兴庆宫。

〔19〕金毫、铁距：金黄色的毛、黑色而坚硬的脚爪。"距"，雄鸡脚爪后方突起像脚指一样的东西，中有硬骨，外包角质，是斗争时的武器。

〔20〕选六军小儿：古时以一万二千五百人为一军，皇帝拥有六军，因而以"六军"称皇帝的军队。唐代的皇家侍卫军队有左右龙武军、左右神

武军、左右神策军,当时号为"六军"。唐代称服役的人为"小儿"。"选六军小儿",从皇家六军里选出可以供服役的人。

〔21〕驯扰:驯养训练。

〔22〕贵主:公主。

〔23〕倾帑(tǎng):把府库里的钱财全拿出来。"帑",藏金库。

〔24〕衣食右龙武军:"龙武军",唐玄宗的侍卫队,有"左龙武军"和"右龙武军"之别。古时以"右"为上。"右",也可以做动词用。这句话可以有两种解释:贾昌的生活由右龙武军供给;或,贾昌的待遇比龙武军还要好。

〔25〕如狎群小:像和一群小人在一起玩闹一样,指贾昌和群鸡有了感情,彼此熟悉了。

〔26〕水谷之时:应该喝水吃食的时候。

〔27〕使令如人:像人一样地听从使唤。

〔28〕护鸡坊中谒者:"中谒者",皇宫官名,就是内谒者。唐代有内谒者监和内谒者,管理宫内宣奏敕令和诸亲命妇朝会等事,多由宦官充任。"护鸡坊中谒者",以中谒者身分专负管理鸡坊的宦官。

〔29〕封东岳:"东岳",泰山。"封东岳",在泰山举行祭天地的封禅礼,是封建时代皇帝借以夸耀自己身分的一种行为。

〔30〕得子礼:由于儿子得宠,犹如说沾了儿子的光。

〔31〕雍州:见前《李娃传》篇"京尹"注。

〔32〕乘传(zhuàn):指贾昌获得官员的待遇,由驿站派夫役护送他父亲的灵柩。参看前《南柯太守传》篇"传车者"注。

〔33〕温泉:唐代在骊山(今陕西临潼县南)山麓建华清宫,中有温泉,是皇帝常去游玩沐浴的地方。

〔34〕代不如:当世的人谁都比不了他。

〔35〕软舆:指皇帝坐的车子。

〔36〕持道:在路上照料一切。

〔37〕昭成皇后:唐玄宗的母亲,姓窦。

〔38〕相王:指唐睿宗,他未做皇帝前被封为相王。

〔39〕诞圣:封建时代恭维皇帝为"圣"。"诞圣",指唐玄宗的出生。

〔40〕中兴:封建王朝由衰弱而复兴叫做"中兴"。

〔41〕酺(pú):汉代禁止三人以上无故群聚饮酒;惟有认为王德广布天下,应表示庆祝时,才开放酒禁数日,准许人民大吃大喝,叫做"酺"。"酺",就是"布"的意思。唐时并不禁止饮酒,但于国家有欢乐庆典时,赐臣民酒面欢乐,也称为"酺"。

〔42〕元会:农历元宵节。

〔43〕率:均、都。

〔44〕六宫:后妃住的地方,这里指皇后和妃嫔等人。

〔45〕执铎拂,导群鸡叙立于广场:原作"执铎拂道,群鸡叙立于广场"。"道"原通"导",但连上文读,则作道路解;似连下文作"导"较胜,"拂"当指鞭。据虞本改。叙立:依着次序排列。

〔46〕这里前三句是描写斗鸡前鸡的准备动作:"树毛振翼",竖起了羽毛,张拍着翅膀。"砺吻磨距",摩嘴擦脚。"抑怒待胜",抑制住奋发的气势,等待决斗时再发泄出来,以争取胜利。后三句描写斗鸡时的情况:"进退有期",进退有一定的时间,也就是该进时进,该退时退。"随鞭指低昂",随着贾昌指挥的鞭子,或高或低。"不失昌度",不敢违背贾昌的指挥命令。

〔47〕雁行:雁飞时行列整齐,因而以"雁行"形容依次行走的样子。

〔48〕角觝(dǐ):摔跤。"角",竞赛。"觝",触。

〔49〕跳剑:将几把小剑,顺序抛掷空中,然后一一用手接住,周而复始,不使落地,就是"跳丸"一类的杂技。

〔50〕寻橦(chuáng):爬高竿。"橦",旗竿。

〔51〕踏绳:走软索,就是现在的走钢丝。以上四种,都是唐代的杂技。

〔52〕索气沮色:丧气失色。

〔53〕教猱扰龙:"猱",猴子一类的动物。"扰",驯养。"教猱扰龙",教养猴子驯服龙。语出《诗经·小雅·角弓》:"毋教猱升木。"《左传》昭公二十九年:"乃扰畜龙。"

〔54〕梨园弟子：唐玄宗选拔乐工的子弟三百人，于梨园（在宫城内）学习演唱乐曲，叫做"梨园弟子"。

〔55〕出御府：自皇家府库发出。

〔56〕席宠：蒙受宠爱。

〔57〕敏于伎，谨于心："敏于伎"，指擅长斗鸡和歌舞的技巧。"伎"，同"技"字。"谨于心"，小心谨慎地工作。

〔58〕乙酉鸡辰：唐玄宗生于乙酉年（唐睿宗垂拱元年，即公元六八五年），酉属鸡，所以说是"乙酉鸡辰"。

〔59〕兆乱于太平：在太平时候，已经有了祸乱的预兆。

〔60〕胡羯（jié）陷洛：指安禄山的攻破洛阳。安禄山是胡人，所以称为"胡羯"。"胡羯"，匈奴的别支，古时的少数民族之一。

〔61〕大驾：皇帝的车驾。下文"乘舆"，指皇帝的乘车。都作为皇帝的代称。

〔62〕便门：唐代大明宫西南面的一座门名。下文"横门"，是大明宫西北角的一座门名。

〔63〕马踣道阱（jǐng）：所乘的马，因为踏到路上陷坑里而跌倒了。"踣"，同"仆"字。"阱"，陷坑。

〔64〕南山：就是终南山，在长安南面。

〔65〕除地：扫地。

〔66〕施力于佛：给佛效力——皈（guī）依佛教的意思。

〔67〕兴庆宫：唐玄宗时，把大明宫东南的兴庆坊改建为兴庆宫，并迭加扩充，沉香亭、勤政务本楼、花萼相辉楼等有名建筑，都在此宫内。

〔68〕肃宗受命于别殿：指唐玄宗传皇帝位于肃宗。《唐书·肃宗本纪》：安禄山之乱，玄宗出奔四川，肃宗在灵武称帝。玄宗回长安后，又在宣政殿正式授给他"传国受命宝符"。

〔69〕顇领：同"憔悴"。

〔70〕禁门：宫门。

〔71〕道见：在路旁看见。下文"诀于道"，在路上分别。

〔72〕菜色黯焉：由于只有蔬菜可吃，营养不良，脸上现出青黄色，叫

做"菜色"。"菜色黯焉",指脸上因有菜色而显出没有精神的样子。

〔73〕负故絮:披着旧棉袄。

〔74〕长逗息:长期住在那里。

〔75〕大师:对和尚的尊称,指下文的运平僧。

〔76〕海池:唐代长安的东市和西市,都有放生池;东市的放生池在市东北隅,俗称"海池"。这里指放生池旁。

〔77〕陁罗尼石幢:刻有陁罗经教义的经幢。"陁",同"陀"字。"陁罗尼",梵语"总持"的意思,指对佛法和佛菩萨的秘密真言,坚持不失。佛教教义,有法、义、咒、忍四种陁罗尼。"石幢",凿石为柱,上面刻佛名或经咒,也叫"经幢"。

〔78〕书能纪姓名:读书识字,能够写出自己的姓名。

〔79〕释氏经:佛经。"释氏",释迦牟尼,佛教的创始者,释迦族人,公元前五百多年间,迦毗罗卫国净饭王的儿子,出家悟道,游行教化数十年,死后弟子把他一生的说法整理成为佛教的经典。

〔80〕以善心化市井人:用自己的慈悲之心来感化世俗的人。

〔81〕正观:"正",正见;"观",观心:都是佛教学道的话。这里指打坐参禅。

〔82〕舍利:本梵语的音译,意译为"身骨",专指死者火葬后的残馀骨烬。佛教传说:释迦牟尼死后火化,身上的骨头结成光彩坚固像珠子一样的东西,称为"舍利子";当时有好几个国家的国王,把舍利子分去建塔供养。后来认为修行得道的和尚死后火化,身上也曾结成舍利。

〔83〕顺宗在东宫:"顺宗",名李诵,德宗的儿子。东宫是太子住的地方。"在东宫",指做太子的时候。

〔84〕影堂:和尚供奉佛祖影像的屋子。这里指供奉运平僧的影像。

〔85〕取佣给:收租金。

〔86〕过是,悉归于佛:除此以外,收入一概供佛事之用。

〔87〕衣并州甲:"并州",即太原府。"衣并州甲",穿并州军衣,就是在并州军队里工作的意思。

〔88〕大司徒燧:"大司徒",汉以前官名,三公之一,就是后来的司徒。

"燧",马燧,唐代宗、德宗时立有战功,曾做过同中书门下平章事、司徒兼侍中等官职。

〔89〕如己不生:可以有两种解释:如同自己没有生过这个儿子;或,如同自己已经死了。

〔90〕春明门:唐代长安东面三门的中间一门。

〔91〕森然:形容树木茂盛的样子。

〔92〕条贯:条理。

〔93〕王制:政府的典章制度。

〔94〕倡优畜之:当做歌妓伶人一般看待。

〔95〕黄门侍郎杜暹(xiān):"黄门侍郎",就是门下侍郎,唐代门下省的副长官。唐玄宗时曾一度改门下省为黄门。"杜暹",唐濮阳人,曾以监察御史的资格屯碛(qì)西,后任黄门侍郎兼安西副大都护,守边四年。

〔96〕碛西:即安西,在今新疆吐鲁番县西。安西节度使也一度称为碛西节度使。

〔97〕摄:兼理。

〔98〕御史大夫:唐设御史台,以御史大夫为长官,负责纠察。

〔99〕始假风宪以威远:这时才命边将兼负纠察弹劾的重任,使得远邦的人畏服,"风宪",指御史大夫的职衔。

〔100〕哥舒翰之镇凉州:"哥舒翰",唐时突厥族的后裔,屡立战功,曾做到左仆射同平章事,封西平郡王。后降安禄山,被杀。"凉州",也称武威郡,约辖今甘肃武威以东、天祝以西地区,州治在今武威县。当时哥舒翰任陇右节度支度营田副大使知节度事,镇守凉州。

〔101〕下右堡,戍青海城,出白龙,逾葱岭,界铁关:当时哥舒翰在青海(今青海西宁市西)置神威军驻守,被吐蕃攻破。后来又在青海的龙驹岛上筑城戍守,据说曾发现白龙,因而就名为应龙城,吐蕃不敢再来侵犯。吐蕃据守石堡城(今青海西宁市西南),路遥而险,但到底被哥舒翰派兵打下了。"葱岭",山名,在今新疆西南。"铁关",即铁门关,在葱岭西,今新疆吐鲁番县火山附近。"逾葱岭,界铁关",指哥舒翰军队战胜后,一直逾越葱岭,以铁关为界。

〔102〕河左道：即河东道，约辖今山西及河北西北部内外长城之间的地区，治所在今山西运城西南蒲州镇。

〔103〕张说(yuè)：字道济，又字悦之，唐洛阳人。曾任中书令等官职，封燕国公。一度为朔方节度使，领幽州、河间郡、蓟州均归管辖（各地在今北京及其附近）。

〔104〕长辕挽辐车：指高大的车子。"辕"，见前《南柯太守传》篇"攀辕遮道"注。"辐"，车轮里的直木。

〔105〕庸调缯布：征收绸布的意思。唐代赋役制度，农民每年要向政府交纳一定数量的绢布绵麻，叫做"调"。凡应服劳役的人，如果不服役，也要折交绢帛，叫做"庸"。

〔106〕驾辖(wèi)连軏(yuè)：指行车。"辖"，车轴头。"軏"，操纵车前横木的关键。

〔107〕坌(bèn)：聚集。

〔108〕河州炖煌道："河州"，也称安昌郡；"炖煌道"，指炖煌郡，也称沙州：唐时均属陇右道，在今新疆、甘肃境内。

〔109〕岁屯田，实边食：每年由驻军开垦荒地，充实边疆军民的粮食。

〔110〕灵州：也称灵武郡，约辖今宁夏西北部，州治在今灵武县西南。

〔111〕漕：漕运，水路运输粮食。

〔112〕关中：古时称今陕西省境为"关中"。

〔113〕凶年：荒年。

〔114〕白叠布：棉布。"白叠"就是棉花，所以称棉布为"白叠布"。棉花在唐代还未普遍种植，当时是一种珍贵稀罕的东西。

〔115〕邻比：邻居。

〔116〕禳(ráng)病：古人迷信，认为生病是由于有鬼怪缠身，就用符咒、祈祷等办法来治病，叫做"禳病"。

〔117〕皂布：黑布。

〔118〕幞头罗：古人用一块黑纱或罗帛之类裹住头，不使头发外露，称为"巾"、"幅巾"或"帕头"，其情形有如现在某些地方的农民用白毛巾裹头一样，是一种生活习惯。南北朝时，周武帝（宇文邕）为了便利打仗，

把这种巾改用皂纱全幅,向后束发,把纱的四角裁直,称为"幞头"。唐代的幞头四角有脚,两脚向前,两脚向后;并用一块木头做成山子(架子)衬在前面。历代迭有改进,成为官员必需的服饰,后来就演变为纱帽。幞头的罗多是黑色的,所以取代皂布。

〔119〕这五句的意思是说:从前天下太平,当兵的人少;如今战祸时起,所以军队也多了。当时规定,兵士穿黑色衣服,普通人穿白色衣服。

〔120〕三省:指尚书、中书、门下三省。三省的长官即是宰相之职。

〔121〕郎官:指尚书省下各部所属郎中、员外郎一类的官员。

〔122〕这四句的意思是说:皇帝诏令,中央政府里的侍郎有缺,由曾任外官刺史的人优先补用;中央政府里的郎中、员外郎有缺,由曾任外官县令的人优先补用。

〔123〕四十:四十岁。"及老人四十":原"人"下有"见"字,连下文"三省郎吏"读,费解。按"四十"当指年龄,"见"字似衍文。据虞本删。

〔124〕刺郡:做州郡的刺吏、太守。

〔125〕镇县:做县令。

〔126〕沙汰使治郡:从中央官署里淘汰出去,叫他们治理外地的州郡。

〔127〕这三句的意思是说:开元时代考试,重视人的品德,如今却完全以文才为取士标准,因而有今不如昔之感。

〔128〕臣:使之称臣,做动词用。

〔129〕穹卢:"卢",同"庐"字。"穹卢",指唐代回纥族所住的地方。

〔130〕鸡林:古国名,即新罗。

〔131〕滇池:指唐代的南诏国,在今云南大理市一带地方。

〔132〕昆夷:古西戎国,这里指唐代西域如吐谷浑(tǔ yù hún)、龟兹(qiū cí)等国家。

〔133〕临照:抚慰照顾的意思。

〔134〕展事:完成任务。

〔135〕物妖:指一般事物的反常现象。

长 恨 传[1]

陈 鸿

开元中,泰阶平[2],四海无事。玄宗在位岁久,倦于旰食宵衣[3],政无大小,始委于右丞相[4],稍深居游宴,以声色自娱。先是,元献皇后[5]、武惠妃[6]皆有宠,相次即世[7]。宫中虽良家子千数,无可悦目者。上心忽忽不乐。时每岁十月,驾幸华清宫[8],内外命妇[9],熠耀[10]景从,浴日馀波,赐以汤沐[11],春风灵液[12],澹荡[13]其间,上必油然若有所遇[14],顾左右前后,粉色如土。诏高力士潜搜外宫,得弘农杨玄琰女于寿邸[15],既笄[16]矣。鬒发腻理[17],织秾中度[18],举止闲冶[19],如汉武帝李夫人[20]。别疏[21]汤泉,诏赐藻莹[22]。既出水,体弱力微,若不任罗绮[23]。光彩焕发,转动照人。上甚悦。进见之日,奏《霓裳羽衣曲》[24]以导之;定情[25]之夕,授金钗钿合以固之[26]。又命戴步摇[27],垂金珰。明年,册[28]为贵妃,半后服用[29]。繇[30]是冶其容,敏其词,婉娈万态,以中上意[31]。上益嬖[32]焉。时省风九州[33],泥金五岳[34],骊山雪夜,上阳[35]春朝,与上行同辇,止同室,宴专席,寝专房。虽有三夫人、九嫔、二十七世妇、八十一御妻[36],暨后宫才人[37],乐府妓女,使天子无顾盼意。自是六宫无复进幸[38]者。非徒殊艳尤态[39]致是,盖才智明慧,善巧便佞[40],先意希旨[41],有不可形容者。叔父昆弟皆列位清贵,爵为通侯[42]。姊妹封国夫人[43]，富埒王宫[44]，车服邸第，与大长公主[45]侔矣。而恩泽势力，则又过之，出入禁门不问，京师长吏[46]为之侧目[47]。故当时谣咏有云："生女勿悲酸，生男勿喜欢。"又曰："男不封侯女作妃，看女却为门上楣[48]。"其为人心羡慕如此。天宝末，兄国忠盗丞相位[49]，愚弄国柄[50]。及安禄山引兵向阙[51]，以讨杨氏为词。潼关不守，翠华南幸[52]。出咸阳[53]，道次马嵬亭[54]，六军徘徊[55]，持戟不进。从官郎吏伏上马前，请诛晁错以谢天下[56]。国忠奉氂缨盘水[57]，死于道周。左右之意未快。上问之。当时敢言者，请以贵妃塞天下怨[58]。上知不免，而不忍见其死，反袂掩面，使牵之而去。仓皇展转，竟就死于尺组之下[59]。既而玄宗狩[60]成都，肃宗受禅[61]灵武。明年，大凶归元[62]，大驾还都。尊玄宗为太上皇，就养南宫[63]。自南宫迁于西内。时移事去，乐尽悲来。每至春之日，冬之夜，池莲夏开，宫槐秋落，梨园弟子，玉琯[64]发音，闻《霓裳羽衣》一声，则天颜不怡，左右歔欷。三载一意，其念不衰。求之梦魂，杳不能得。适有道士自蜀来，知上皇心念杨妃如是，自言有李少君之术[65]。玄宗大喜，命致其神。方士[66]乃竭其术以索之，不至。又能游神驭气，出天界，没地府以求之，不见。又旁求四虚[67]上下，东极天海，跨蓬壶[68]。见最高仙山，上多楼阙，西厢下有洞户，东向，阖其门，署曰："玉妃太真院。"方士抽簪扣扉，有双鬟童女，出应其门。方士造次未及言，而双鬟复入。俄有碧衣侍女又至，诘其所从。方士因称唐天子使者，且致其命[69]。碧衣云："玉妃方寝，请少待之。"于时云海沉沉[70]，洞天日晓，琼户重阖，悄然无声。方士屏息敛足[71]，拱手门下。久之，而碧衣延入，且曰："玉妃出。"见一人冠金莲，披紫绡，佩红玉，曳凤舄[72]，左右侍者七八人。揖方士，问："皇帝安否？"次问天宝十四载已还[73]事。言讫，悯然。指碧衣取金钗钿合，各析其半，授使者曰："为我谢太上皇，谨献是物，寻旧好也。"方士受辞与信[74]，将行，色有不足[75]。玉妃固征其意[76]。复前跪致词："请当时一事，不为他人闻者，验于太上皇；不然，恐钿合金钗，负新垣平之诈[77]也。"玉妃茫然退立，若有所思，徐而言曰："昔天宝十载，侍辇[78]避暑于骊山宫。秋七月，牵牛织女相见之夕，秦人风俗，是夜张锦绣，陈饮食，树瓜华[79]，焚香于庭，号为'乞巧'。宫掖[80]间尤尚[81]之。时夜殆半，休侍卫于东西厢，独侍上。上凭肩而立，因仰天感牛女事，密相誓心，愿世世为夫妇。言毕，执手各呜咽。此独君王知之耳。"因自悲曰："由此一念，又不得居此。复堕下界，且结后缘。或为天，或为人[82]，决再相见，好合如旧。"因言："太上皇亦不久人间，幸惟自安，无自苦耳。"使者还奏太上皇，皇心震悼，日日不豫[83]。其年夏四月，南宫晏驾[84]。元和元年冬十二月，太原白乐天[85]自校书郎尉于盩厔[86]。鸿与琅琊[87]王质夫家于是邑，暇日相携游仙游寺，话及此事，相与感叹。质夫举酒于乐天前曰："夫希代之事，非遇出世之才[88]润色[89]之，则与时消没，不闻于世。乐天深于诗[90]，多于情者也。试为歌之，如何？"乐天因为《长恨歌》。意者[91]不但感其事，亦欲惩尤物，窒乱阶，垂于将来[92]者也。歌既成，使鸿传焉。世所不闻者，予非开元遗民[93]，不得知；世所知者，有《玄宗本纪[94]》在。今但传《长恨歌》云尔。

汉皇[95]重色思倾国[96]，御宇[97]多年求不得。杨家有女初长成，养在深闺人未识。天生丽质难自弃，一朝选在君王侧。回眸一笑百媚生，六宫粉黛无颜色[98]。春寒赐浴华清池，温泉水滑洗凝脂[99]；侍儿扶起娇无力，始是新承恩泽时。云鬓花颜金步摇，芙蓉帐[100]暖度春宵；春宵苦短日高起，从此君王不早朝。承欢侍宴无闲暇，春从春游夜专夜。后宫佳丽三千人，三千宠爱在一身。金屋[101]妆成娇侍夜，玉楼宴罢醉和春。姊妹弟兄皆列土[102]，可怜光彩生门户；遂令天下父母心，不重生男重生女。骊宫高处入青云，仙乐风飘处处闻。缓歌慢舞凝丝竹，尽日君王看不足。渔阳鞞鼓[103]动地来，惊破《霓裳羽衣曲》。九重城阙[104]烟尘生，千乘万骑西南行。翠华摇摇行复止，西出都门百余里；六军不发无奈何，宛转[105]娥眉[106]马前死。花钿委地[107]无人收，翠翘金雀玉搔头[108]；君王掩面救不得，回看血泪相和流。黄埃散漫风萧索[109]，云栈萦纡登剑阁[110]；峨眉山[111]下少人行，旌旗无光日色薄。蜀江水碧蜀山青，圣主朝朝暮暮情，行宫[112]见月伤心色，夜雨闻铃[113]肠断声。天旋日转回龙驭[114]，到此踌躇不能去，马嵬坡下泥土中，不见玉颜空死处[115]。君臣相顾尽沾衣，东望都门信马归[116]。归来池苑皆依旧，太液[117]芙蓉未央[118]柳；芙蓉如面柳如眉，对此如何不泪垂？春风桃李花开夜，秋雨梧桐叶落时。西宫南苑[119]多秋草，宫叶满阶红不扫。梨园弟子白发新，椒房阿监青娥老[120]。夕殿萤飞思悄然[121]，孤灯挑尽[122]未成眠，迟迟钟漏初长夜，耿耿星河欲曙天[123]。鸳鸯瓦[124]冷霜华[125]重，翡翠衾[126]寒谁与共？悠悠[127]生死别经年，魂魄不曾来入梦。临邛[128]道士鸿都客[129]，能以精诚致魂魄。为感君王展转思，遂教方士殷勤觅。排空驭气奔如电，升天入地求之遍，上穷碧落[130]下黄泉，两处茫茫皆不见。忽闻海上有仙山，山在虚无缥缈[131]间。楼殿玲珑五云[132]起，其中绰约多仙子。中有一人字太真[133]，雪肤花貌参差是。金阙西厢叩玉扃，转教小玉报双成[134]。闻道汉家天子使，九华帐[135]里梦魂惊。揽衣[136]推枕起徘徊，珠箔银屏迤逦开[137]。云鬓半偏新睡觉，花冠不整下堂来。风吹仙袂飘飘举，犹似《霓裳羽衣舞》，玉容寂寞泪阑干[138]，梨花一枝春带雨[139]。含情凝睇谢君王，一别音容两渺茫，昭阳殿[140]里恩爱绝，蓬莱宫中日月长。回头下望人寰处，不见长安见尘雾。唯将旧物表深情,钿合金钗寄将去。钗留一股合一扇[141],钗擘黄金合分钿。但令心似金钿坚,天上人间会[142]相见。临别殷勤重寄词,词中有誓两心知,七月七日长生殿,夜半无人私语时:"在天愿作比翼鸟[143],在地愿为连理枝[144]。"天长地久有时尽,此恨绵绵[145]无绝期!

注释

〔1〕这是一篇描写封建统治阶级上层人物恋爱悲剧的作品。

这确是一幕悲剧,但并不能算作真正的恋爱。因为,唐玄宗看上了杨贵妃的美貌,只不过把她当做玩物;杨贵妃之"婉娈万态,以中上意",则是仰慕皇家的荣华富贵,企图享受而已。他们之间的关系,并没有以真挚的爱情为基础。作者塑造的艺术形象,却美化了他们,而且对这一传闻的故事,流露了同情之感。

不过,作者一方面毕竟也批判了他们的荒淫无耻,以致引起战乱;也反映了群众的愤慨,使得唐玄宗不得不在群众压力下,牺牲了杨贵妃以保全自己的地位。全篇字里行间,颇有讽刺意味。

"惩尤物,窒乱阶,垂于将来",这是本文的主题思想。把国家祸乱的责任全推在女人身上,本是片面的,不公平的;尤其是作者希望封建最高统治者接受教训,引以为戒,目的是在巩固他们的统治地位,这就说明作者是站在什么立场看问题的了。事实上,这所谓"乱阶",在阶级社会里,是无法避免的,封建统治者的不幸结局,是他们自己所造成的结果。

本文流传甚广,后世据以改写的文学作品颇多,著名的有元人白朴的《唐明皇秋夜梧桐雨》、清人洪昇的《长生殿》两剧。

〔2〕泰阶平:"泰阶",星名,就是三台——上台、中台、下台,各有两星,相比斜上,像台阶一样,称为天的三阶。迷信说法:上阶代表皇帝,中阶代表诸侯公卿大夫,下阶代表士子庶人。"泰阶平",指这三阶谐和,就会风调雨顺,天下太平。这是封建统治阶级一种含有毒素的"阶级调和论"。

〔3〕旰(gàn)食宵衣:"旰",天晚。"宵",深夜。"旰食宵衣",意思是天很晚才吃饭,天不亮就穿衣起来,形容勤劳处理政务。

〔4〕玄宗初即位时,还能励精图治;后期——尤其是在纳杨贵妃之后,生活就十分骄奢腐化了。开元二十四年,曾以奸臣李林甫为中书令,就是右丞相。

〔5〕元献皇后:姓杨,唐玄宗的贵嫔,肃宗生母。死后由肃宗追尊为元献皇后。

〔6〕武惠妃:"惠",原作"淑"。按史书均作"武惠妃","淑"字应误,改。武惠妃:恒安王武攸止的女儿。死后尊称贞顺皇后。

〔7〕相次即世:相继去世。

〔8〕华清宫:见前《东城老父传》篇"温泉"注,即下文的"骊宫",也称"骊山宫"。又下文"华清池",温泉名。"长生殿",在华清宫内。

〔9〕内外命妇:封建时代,受有封号的妇女称"命妇",有"内命妇"和"外命妇"之分:内命妇指受宫内封号的,如妃嫔之类;外命妇指公主、王妃,和因丈夫的官爵而封赠的,如郡君、县君、夫人、孺人之类。

〔10〕熠(yì)燿:光彩夺目的样子。

〔11〕浴日馀波,赐以汤沐:封建时代,以太阳为皇帝的象征,这里"日"就指的皇帝。这两句的意思是说:皇帝洗过澡之后,也让命妇们就浴。

〔12〕春风灵液:妇女入浴的象征词。"灵液",指温泉。

〔13〕澹荡:形容恬静而畅适的样子。

〔14〕上必油然若有所遇:"必",原作"心"。按上文云"每岁十月",此处作"必"似较胜。疑形似误刻,据虞本改。油然:形容动心的样子。

〔15〕得弘农杨玄琰(yǎn)女于寿邸:"杨玄琰",虢(guó)州阌(wén)乡人。虢州曾一度改为弘农郡。王府称"邸"。杨贵妃,杨玄琰的女儿,小名玉环,原是玄宗的儿子李瑁(mào)的妃子。李瑁被封寿王,所以说"得于寿邸"。当时玄宗看中了她,先叫她出家为女道士,后来就纳入宫中。

〔16〕既笄:已经及笄。参看前《霍小玉传》篇"上鬟"注。

〔17〕腻理:润泽细密的样子。

〔18〕纤秾中度：肥瘦合于标准。

〔19〕举止闲冶：一举一动，都雅静而又娇媚。

〔20〕汉武帝李夫人："汉武帝"，名刘彻。李夫人是他的爱妾（秦、汉时，帝王的妾称"夫人"），美丽善歌舞。

〔21〕别疏：另辟。

〔22〕藻莹："藻"，华美、文采。"莹"，磨治。"藻莹"，引申作洗得洁净漂亮解释。

〔23〕若不任罗绮：好像禁不起所穿绸衣的沉重压力，形容娇弱。后文《飞烟传》篇"若不胜绮罗"，义同。

〔24〕《霓裳羽衣曲》：神话传说：唐玄宗梦游月宫，看见仙女歌舞，醒后就按照那个歌调谱成《霓裳羽衣曲》。见《乐府诗集》。实际这是西凉的《婆罗门曲》，经玄宗润色改为《霓裳羽衣曲》。全曲共十二遍：前六遍是散板，无拍，不舞；后六遍有拍而舞。音节闲雅柔婉。

〔25〕定情：男女结合成夫妇之礼叫做"定情"。后文《莺莺传》篇"不能定情"，定情却指的订定婚约。

〔26〕授金钗钿合以固之：赐给她金钗钿合，作为巩固彼此爱情的信物。"钿合"，用金花珠宝镶嵌起来的盒子。一说：钿合是饰物而非盒子。

〔27〕步摇：金凤形的首饰，上缀成串的珠玉，行动时动摇，所以叫做"步摇"。

〔28〕册：册封。皇帝封立妃子叫做"册封"。

〔29〕半后服用：服饰享用，照皇后的标准减半。

〔30〕繇：同"由"字。

〔31〕以中(zhòng)上意：以迎合皇帝的意思。

〔32〕嬖(bì)：宠幸。

〔33〕省(xǐng)风九州：巡视国中的意思。"省风"，视察民情。

〔34〕泥金五岳：皇帝祭祀天地山川的意思。"泥金"，即金泥。以水银和金为泥，叫做"金泥"。皇帝在五岳祭天地，要把祭文写在简版上，以玉为饰，称为玉牒，盖上玉检（玉做的盖子），然后再用泥金把它封起来。这里就以"泥金"为祭天地山川的代词。

〔35〕上阳：唐代东都洛阳的宫名。

〔36〕三夫人、九嫔、二十七世妇、八十一御妻：这些都是周时王宫里的妾御和女官的名称，唐代并没有这一类名目，这里只是泛指所有妃嫔等人。

〔37〕才人：唐代管理宫中宴寝等事的女官。

〔38〕进幸：为皇帝侍寝。

〔39〕殊艳尤态：非常美丽的容貌和十分妩媚的风度。

〔40〕善巧便（pián）佞：聪明伶俐，巴结谄媚。

〔41〕先意希旨：指能揣度唐玄宗心理，不等他开口就先迎合他的意思。

〔42〕叔父昆弟皆列位清贵，爵为通侯："通侯"，古时一种可以佩金印紫绶的最尊贵的爵位。这里指杨贵妃的叔父杨玄珪，兄弟杨钊（即杨国忠）、杨铦（xiān）、杨锜，当时都任贵官。

〔43〕姊妹封国夫人：当时杨贵妃的三个姊姊，被封为韩国夫人、虢国夫人、秦国夫人。

〔44〕富埒（lè）王宫：富有和皇家相等。"埒"，相等、相同。

〔45〕大长公主：皇帝的女儿称"公主"，姊妹称"长公主"，姑母称"大长公主"。

〔46〕长吏：汉代以爵禄在六百石以上的官员为"长吏"，这里指高官。

〔47〕侧目：斜着眼睛看，一种恭敬而又畏惧的表情。

〔48〕看女却为门上楣：意思是由于女儿的得宠，使全家的人都获得荣华富贵的地位。"楣"，门上的横梁，是支撑门户的东西，习惯用门楣为家庭地位的象征词。

〔49〕兄国忠盗丞相位：杨贵妃的堂兄国忠，当时任右丞相。他并无做宰相的才具，只是由于杨贵妃的关系才窃居高位，所以称之为"盗"。

〔50〕愚弄国柄：欺蔽皇帝，把持政权。

〔51〕向阙：进犯都城。

〔52〕翠华南幸：皇帝的旗帜，上用鸟雀的翠羽为饰，称为"翠华"。这里泛指皇帝车驾。唐玄宗逃蜀，蜀在长安之南，所以说"南幸"。

〔53〕咸阳:唐县名,在今陕西咸阳市东。

〔54〕道次马嵬亭:"道次",路过停驻在那里,后文《虬髯客传》篇"行次",义同。有时只单用一"次"字。"马嵬亭",就是下文的"马嵬坡",也称马嵬城、马嵬驿,参看前《任氏传》篇"马嵬"注。

〔55〕徘徊:走来走去,停留不进的样子。

〔56〕请诛晁(cháo)错以谢天下:"晁错",即鼌错。"谢天下",向天下人认过。汉景帝(刘启)时,晁错为御史大夫,因为看到统治阶级的内部矛盾,就建议削减诸王的封地。于是吴、楚等七国起兵反抗,要求杀晁错以谢天下。后来晁错被景帝杀死。见《史记·晁错列传》。这里以晁错指杨国忠。

〔57〕奉氂(lí)缨盘水:古时官员有过,戴白冠氂缨(氂牛尾毛做的帽缨),手捧盘水,上加宝剑,向皇帝请罪。"白冠氂缨",表示待罪之身;"盘水",因为水性平,请皇帝公平处理;"加剑",预备证实有罪时用以自刎。

〔58〕请以贵妃塞天下怨:这句的意思是说:要求把杨贵妃也处死,这样,才可以消除、搪塞人民的怨愤情绪。

〔59〕死于尺组之下:指被缢死。"尺组",自缢用的丝带,犹如说"三尺白绫"。

〔60〕狩:巡狩。"狩",同"守"字。古时帝王巡视诸侯守地为"巡狩",后来就以巡狩泛指皇帝的出行。

〔61〕受禅(shàn):"禅",禅位,皇帝传位的专词。"受禅",指肃宗受玄宗传位。

〔62〕明年,大凶归元:原作"明年大赦改元"。按唐肃宗即位灵武,改元至德。安禄山至德二年被杀,是年玄宗还都,第三年方改为乾元元年。是改元非明年事,似作"明年,大凶归元"是,据虞本改。大凶归元:"大凶",指安禄山。"元",头。"归元",犹如说"授首",就是被杀了头。当时安禄山为他的儿子安庆绪所杀。

〔63〕南宫:指兴庆宫。下文"西内"就是西宫(皇宫称做内),指太极宫。

〔64〕玉琯:指玉制的吹奏乐器。"琯",同"管"字。

〔65〕李少君之术："李少君"，汉武帝时方士，假说自己曾游海上遇仙，有长生不死之方，因之很得武帝信任，后病死。见《史记·孝武本纪》。"李少君之术"，指求仙之术。这里如说的是武帝会见李夫人灵魂的故事，似乎更切合文中的事实。《汉书·外戚列传》：李夫人死了，武帝非常想念她。有方士齐人少翁，自称有办法把她的灵魂找来相会。于是设灯火帐幕，幕上现出影子，武帝远远望去，果然好像李夫人模样。这当然只是一种骗人的把戏。据《汉书·郊祀志》载，李少君和少翁原是两人，可能因为同是方士，所以作者就误为一人了。

〔66〕方士：自称会求仙炼丹、禁咒祈祷一类法术的人。

〔67〕四虚：四方。

〔68〕蓬壶：《史记·封禅书》：勃海（即渤海）里有三座神山，名蓬莱、方丈、瀛洲，上有仙人和不死之药，禽兽尽白，以黄金白银为宫阙。《拾遗记》说，"蓬莱"就是"蓬壶"。

〔69〕致其命：说明自己的使命。

〔70〕云海沉沉："云海"，到处弥漫、广阔无边，像汪洋大海一样的云气。"沉沉"，深远的样子。

〔71〕屏（bǐng）息敛足：不敢大声出气，并起了脚；形容恭敬。

〔72〕凤舄（xì）：凤头鞋子。

〔73〕已还：以来。

〔74〕信：信物。指钿合金钗。

〔75〕色有不足：脸上显出还未满足的样子。

〔76〕固征其意：一定要追问他为什么这样。

〔77〕恐钿合金钗，负新垣平之诈："新垣平"，汉时赵人。他自己说会"望气"，曾告诉汉文帝（刘恒），长安东北有神气，应该建祠来应这个兆头；又说阙下有宝玉气，果然就有人来献玉杯。因之大得宠信。后来经人告发，说这些都是假的，被杀。故事见《汉书·郊祀志》。"恐负新垣平之诈"，恐怕像新垣平那样地有诈欺的嫌疑，因为钿合金钗是人世间常有之物，是不足以取信于唐玄宗的。

〔78〕辇：这里用作皇帝的代称。

〔79〕树瓜华:"树",种的意思。"瓜华",瓜和果蓏(luǒ):树上结的为果,地下结的如瓜瓠之类为蓏。语出《礼记·郊特牲》:"天之树瓜华",意思是皇帝种瓜华,仅供一时之用;要是能久藏之物就不去种它,以避免与民争利。这里引用这一句成语,只是陈列瓜果的意思。

〔80〕宫掖:皇宫。"掖",掖庭,后妃宫嫔居住的地方。

〔81〕尚:盛行、崇尚。

〔82〕或为天,或为人:或在天界,或在人间。

〔83〕不豫:皇帝生病的婉词,也可作不高兴解释。

〔84〕南宫晏驾:死在南宫。皇帝死了叫作"晏驾",皇帝车驾迟出的意思,也是一种婉词。

〔85〕白乐天:唐代名诗人白居易自号乐天。

〔86〕自校书郎尉于盩厔(zhōu zhì):从校书郎这个官职,外调做盩厔县尉。"尉",做动词用。"盩厔",唐县名,今陕西盩厔县。

〔87〕琅琊:唐郡名,也称沂州,约辖今山东新泰以南的沂、祊、武等河流域的一带地区,州治在今临沂市。

〔88〕希代之事,出世之才:"希代之事",历史上少见的事情。"出世之才",高出于一般世人的才情。

〔89〕润色:文学上的描写加工。

〔90〕深于诗:擅长作诗。

〔91〕意者:"意",揣想。"者",指下面所说的用意。

〔92〕惩尤物,窒乱阶,垂于将来:"尤物",特异的事物,一般指美色。"惩尤物",以好美色为戒。"窒乱阶",堵塞住造成祸乱的道路。"垂于将来",传至后世,以为鉴戒。

〔93〕开元遗民:现在还存在的开元年间的人。

〔94〕本纪:纪传体正史记载皇帝事迹的部分,叫做"本纪"。

〔95〕汉皇:下文本指的唐玄宗事迹,作者是唐代人,为了避讳,就托词说是"汉皇"。

〔96〕倾国:语出《汉书·外戚列传》:"北方有佳人,绝世而独立;一顾倾人城,再顾倾人国。"是李延年为汉武帝唱的歌。意指女色魅力之大,

可以使帝王因之亡国。后来却以"倾城倾国"形容女色之美,完全成为一种称誉之词。这里作为美女的代称。

〔97〕御宇:统治天下。

〔98〕六宫粉黛无颜色:妇女以粉涂面,以黛(一种青黑色颜料)画眉,因而"粉黛"就成为妇女的代称。"六宫粉黛",指宫中妃嫔。"无颜色",意思是都不及杨贵妃的美丽,相形之下,黯然失色。

〔99〕凝脂:指细腻白净的皮肤。

〔100〕芙蓉帐:南北朝宋人鲍照诗中有"七彩芙蓉之羽帐"句,"芙蓉帐"当是一种华丽多彩的帐子;又后来五代时蜀后主孟昶曾以芙蓉花染缯为帐,也名为"芙蓉帐"。

〔101〕金屋:指给美女居住的华美房子。典出《汉武故事》:汉武帝幼时,他的姑母馆陶长公主和他开玩笑,问他要不要妻子;并指着自己的女儿阿娇说:把她给你做妻子好不好?武帝答说:要得到阿娇,就用金屋给她住。

〔102〕列土:皇帝把土地分封给臣僚,就是给予食邑的意思。"列",同"裂"字。

〔103〕渔阳鼙鼓:指安禄山之乱。当时安禄山自范阳起兵,声势浩大,卢龙、密云、渔阳等郡都归附了他。"渔阳",唐郡名,参看前《柳氏传》篇"幽、蓟"注。

〔104〕九重(chóng)城阙:指京城。皇帝住的地方为"九重",是最深邃处。语出《楚辞·九辩》:"君之门兮九重。"九门为路门、应门、雉门、库门、皋门、城门、近郊门、远郊门、关门。见《礼记·月令》。

〔105〕宛转:形容随顺着,听从摆布的样子。

〔106〕蛾眉:"蛾",美好的意思。"蛾眉",指眉毛长得很好看,因而作为美女的代词。

〔107〕花钿委地:"花钿",嵌有金花的首饰。"委地",弃置地上。

〔108〕翠翘金雀玉搔头:翡翠鸟尾上的长毛叫做"翘"。妇女的首饰,用翠羽镶制成像翡翠鸟的尾毛一样,叫做"翠翘"。"金雀",钗名。"玉搔头",就是玉簪。

〔109〕萧索：萧条衰败的样子。

〔110〕云栈萦纡登剑阁："栈"，栈道。在山里险要地方，搭木架以通行人，叫做"栈道"。"云栈"，高入云霄的栈道。"萦纡"，弯弯曲曲。"剑阁"，在今四川剑阁县北，也称剑门关，就是大小剑山里的栈道。

〔111〕峨眉山：从长安到成都，并不经过峨眉山；这里因为峨眉山是蜀中最有名的大山，有代表性，故举以泛指蜀山。

〔112〕行宫：皇帝出外临时住的地方称"行宫"。

〔113〕夜雨闻铃：当时唐玄宗行至斜谷口，连日阴雨，听得栈道中铃声和雨声相应，非常凄清，更加触动想念杨贵妃的心情，于是采其声谱入乐调，作《雨霖铃曲》。见《明皇杂录》。

〔114〕天旋日转回龙驭："天旋日转"，指政局的转变。那时郭子仪收复长安，大局已经好转了。"龙驭"，皇帝的车驾。"回龙驭"，指唐玄宗由蜀回京。

〔115〕空死处：徒然留下死亡的遗迹。

〔116〕信马归：由着马自己走回去，形容情绪抑郁，连车马也无心驾驭了。

〔117〕太液：太液池，在当时的大明宫内，也叫"蓬莱池"。

〔118〕未央：汉宫名，遗址在今陕西长安县北。这里是借用。"太液、未央"，泛指池苑。

〔119〕南苑：当时太极宫内有"西苑"，大明宫内有"东苑"，兴庆宫内有"南苑"。"苑"，是皇家畜养鸟兽的林园。

〔120〕椒房阿监青娥老："椒房"，皇后住的房子，用椒和泥涂壁建成，取其温暖，并象征多子。"阿监"，指宫内女官。"青娥"，少女，指宫女。这句是感慨时代更易，从前的女官宫女都已老了。

〔121〕思悄然：因愁思而闷闷不语的样子。

〔122〕孤灯挑尽：古人点油灯，久了光发暗，要时时挑剔灯芯，以保持亮度。"挑尽"，意思是灯芯烧完了，灯油烧干了。这里以"孤灯挑尽"，形容唐玄宗晚年生活的寂寞凄凉，实际古时宫廷里是燃烛而不点灯的。

〔123〕耿耿星河欲曙天：天上的银河微发亮光，正是天将明的时候

了。"耿耿",微明的样子。"星河",银河。

〔124〕鸳鸯瓦:两片瓦嵌合在一起,叫做"鸳鸯瓦"。

〔125〕华:同"花"字。

〔126〕翡翠衾:像翡翠鸟颜色一样的被。

〔127〕悠悠:形容久远的样子。

〔128〕临邛(qióng):唐县名,今四川邛崃县。

〔129〕鸿都客:"鸿都",本是汉代藏书的地方,这里是借用。"鸿都客",意指博学多识的人。又鸿都在长安,"鸿都客",也可指在长安作客的人。

〔130〕碧落:道家称天上为"碧落"。

〔131〕虚无缥缈:远远地望去,似有似无的样子。"山在虚无缥缈间":"缈",原作"渺",应误,据《白氏长庆集》改。

〔132〕五云:五色云,神话传说中仙人所驾的祥云。

〔133〕太真:杨贵妃为女道士时,道号"太真",这里因借作仙号。

〔134〕转教小玉报双成:"小玉",春秋时吴王夫差的女儿。"双成",董双成,神话传说中西王母的侍女。这里都是借用,指太真的两名侍女。这句意思是,太真深居仙府,所以要由她们一层层地通报上去。

〔135〕九华帐:古人以"九"代表多数。"九华帐",指华丽多彩的帐子。

〔136〕揽衣:披着衣服。

〔137〕珠箔银屏迤逦(yǐ lǐ)开:"珠箔",珠帘。"银屏",以银丝为饰的屏风。"迤逦",曲曲折折,接连不断的样子。这句是形容仙宫深邃,太真出来时,层层的珠帘卷起,屏风打开。

〔138〕泪阑干:泪痕纵横的样子。

〔139〕梨花一枝春带雨:形容杨太真的泪容,有如春天沾着雨的一枝梨花。

〔140〕昭阳殿:汉宫殿名,是汉成帝和赵昭仪同居的地方,这里借指杨贵妃生前的寝宫。

〔141〕一扇:"扇",本指门扇。"一扇",就是门的一半。这里指钿合

的一片。

〔142〕会：会当，略有应该的意思，对未来可能发生的事情的想象之词。

〔143〕比翼鸟："比"，并在一起。古代传说：南方有比翼鸟，不比不飞，名为鹣鹣。见《尔雅·释地》。

〔144〕连理枝：两棵树枝干相接，长在一起，叫做"连理枝"。古人不明白其中道理，因而认为是一种祥瑞。如《南齐书·祥瑞志》曾载有"槿树连理，异根双挺，共杪为一"；《拾遗记》也说到有"连理桂"；唐贞观时，中山南献木连理；宋人易延庆的母墓上有二栗树连理，等等，这一类记载是很多的。其实，连理枝并不神秘。因为两树相近，枝干斜生，受到风力摇动，相互磨擦：在早春时，把树皮磨掉了，露出黏滑的"形成层"部分，这部分细胞有旺盛的分裂和生长能力，风停后就使得两树的枝干密接部分连生在一起。树木的人工嫁接方法，正是受这种现象的启发而发明的。

〔145〕绵绵：不断的样子。

莺莺传

元　稹[1]

贞元中,有张生者,性温茂[2],美风容,内秉坚孤,非礼不可入[3]。或朋从游宴,扰杂其间,他人皆汹汹拳拳,若将不及[4],张生容顺[5]而已,终不能乱。以是年二十三,未尝近女色。知者诘之。谢而言曰:"登徒子[6]非好色者,是有凶行;余真好色者,而适不我值。何以言之？大凡物之尤者,未尝不留连于心,是知其非忘情者也。"诘者识之。无几何,张生游于蒲[7]。蒲之东十余里,有僧舍曰普救寺,张生寓焉。适有崔氏孀妇,将归长安,路出于蒲,亦止兹寺。崔氏妇,郑女也。张出于郑[8],绪其亲[9],乃异派之从母[10]。是岁,浑瑊[11]薨于蒲。有中人[12]丁文雅,不善于军[13],军人因丧而扰,大掠蒲人。崔氏之家,财产甚厚,多奴仆。旅寓惶骇,不知所托。先是,张与蒲将之党有善,请吏护之,遂不及于难。十余日,廉使杜确[14]将[15]天子命以总戎节[16],令于军,军由是戢[17]。郑厚张之德甚[18],因饰馔以命张[19],中堂宴之。复谓张曰:"姨之孤嫠未亡[20],提携幼稚。不幸属师徒大溃,实不保其身。弱子幼女,犹君之生[21],岂可比常恩哉！今俾以仁兄礼奉见,冀所以报恩也。"命其子,曰欢郎,可十馀岁,容甚温美。次命女:"出拜尔兄,尔兄活尔。"久之,辞疾[22]。郑怒曰:"张兄保尔之命,不然,尔且掳矣。能复远嫌[23]乎？"久之,乃至。常服睟容[24],不加新饰,垂鬟接黛[25],双脸销红[26]而已。颜色艳异,光辉动人。张惊,为之礼。因坐郑旁。以郑之抑而见[27]也,凝睇怨绝,若不胜其体者[28]。问其年纪,郑曰:"今天子甲子岁之七月,终于贞元庚辰,生年十七矣[29]。"张生稍以词导之,不对。终席而罢。张自是惑之,愿致其情,无由得也。崔之婢曰红娘。生私为之礼者数四,乘间遂道其衷[30]。婢果惊沮[31],腆然[32]而奔。张生悔之。翼日[33],婢复至。张生乃羞而谢之,不复云所求矣。婢因谓张曰:"郎之言,所不敢言,亦不敢泄。然而崔之姻族,君所详也。何不因其德而求娶焉?"张曰:"余始自孩提[34],性不苟合。或时纨绮闲居[35],曾莫流盼。不为当年,终有所蔽[36]。昨日一席间,几不自持[37]。数日来,行忘止,食忘饱,恐不能逾旦暮[38],若因媒氏而娶,纳采问名[39],则三数月间,索我于枯鱼之肆[40]矣。尔其谓我何[41]?"婢曰:"崔之贞慎自保,虽所尊不可以非语[42]犯之。下人之谋,固难入矣。然而善属文[43],往往沉吟章句[44],怨慕者久之。君试为喻情诗以乱之[45],不然,则无由也。"张大喜,立缀[46]《春词》二首以授之。是夕,红娘复至,持彩笺以授张,曰:"崔所命也。"题其篇曰《明月三五夜》。其词曰:"待月西厢下,迎风户半开。拂墙花影动,疑是玉人来。"张亦微喻其旨。是夕,岁二月旬有四日[47]矣。崔之东有杏花一株,攀援可踰。既望[48]之夕,张因梯[49]其树而踰焉。达于西厢,则户半开矣。红娘寝于床上,因惊之[50]。红娘骇曰:"郎何以至?"张因绐之曰:"崔氏之笺召我也。尔为我告之。"无几,红娘复来,连曰:"至矣!至矣!"张生且喜且骇,必谓获济[51]。及崔至,则端服严容,大数[52]张曰:"兄之恩,活我之家,厚矣。是以慈母以弱子幼女见托。奈何因不令[53]之婢,致淫逸之词?始以护人之乱为义,而终掠乱[54]以求之,是以乱易乱,其去几何?诚欲寝其词[55],则保人之奸,不义;明之于母,则背人之惠,不祥;将寄于婢仆[56],

又惧不得发其真诚：是用托短章，愿自陈启。犹惧兄之见难[57]，是用鄙靡之词，以求其必至。非礼之动，能不愧心？特愿以礼自持，毋及于乱！"言毕，翻然而逝。张自失者久之。复踰而出，于是绝望。数夕，张生临轩独寝，忽有人觉之[58]。惊骇而起，则红娘敛衾携枕而至，抚张曰："至矣！至矣！睡何为哉！"并枕重衾而去。张生拭目危坐[59]久之，犹疑梦寐；然而修谨以俟[60]。俄而红娘捧崔氏而至。至，则娇羞融冶，力不能运支[61]体，曩时端庄，不复同矣。是夕，旬有八日也。斜月晶莹，幽辉半床。张生飘飘然，且疑神仙之徒，不谓从人间至矣。有顷，寺钟鸣，天将晓。红娘促去。崔氏娇啼宛转，红娘又捧之而去，终夕无一言。张生辨色而兴，自疑曰："岂其梦邪？"及明，睹妆在臂，香在衣，泪光荧荧然[62]，犹莹于茵席而已。是后又十余日，杳不复知。张生赋《会真》[63]诗三十韵[64]，未毕，而红娘适至，因授之，以贻崔氏。自是复容之。朝隐而出，暮隐而入，同安于曩所谓西厢者，几一月矣。张生常诘郑氏之情。则曰："我不可奈何矣。"因欲就成之。无何，张生将之长安，先以情谕之。崔氏宛无难词，然而愁怨之容动人矣。将行之再夕，不复可见，而张生遂西下。数月，复游于蒲，会于崔氏者又累月。崔氏甚工刀札[65]，善属文。求索再三，终不可见。往往张生自以文挑，亦不甚睹览。大略崔之出人者，艺必穷极，而貌若不知；言则敏辩，而寡于酬对。待张之意甚厚，然未尝以词继之。时愁艳幽邃，恒若不识，喜愠之容，亦罕形见。异时[66]独夜操琴，愁弄凄恻。张窃听之。求之，则终不复鼓矣。以是愈惑之。张生俄以文调及期[67]，又当西去。当去之夕，不复自言其情，愁叹于崔氏之侧。崔已阴知将诀矣，恭貌怡声，徐谓张曰："始乱之，终弃之，固其宜矣。愚不敢恨。必也君乱之，君终之，君之惠也。则没身之誓，其有终矣，又何必深感于此行[68]？然而君既不怿，无以奉宁[69]。君常谓我善鼓琴，向时羞颜，所不能及。今且往矣,既君此诚[70]。"因命拂琴,鼓《霓裳羽衣》序[71],不数声,哀音怨乱,不复知其是曲也。左右皆歔欷[72]。崔亦遽止之,投琴,泣下流连,趋归郑所,遂不复至。明旦而张行。明年,文战不胜,张遂止于京。因赠书于崔,以广其意[73]。崔氏缄报之词,粗载于此,曰:"捧览来问,抚爱过深。儿女之情,悲喜交集。兼惠花胜[74]一合、口脂五寸,致耀首膏唇之饰。虽荷殊恩,谁复为容[75]?睹物增怀,但积悲叹耳。伏承使于京中就业,进修之道,固在便安[76]。但恨僻陋之人,永以遐弃。命也如此,知复何言!自去秋已来,常忽忽如有所失。于喧哗之下,或勉为语笑,闲宵自处,无不泪零。乃至梦寐之间,亦多感咽离忧之思。绸缪缱绻,暂若寻常,幽会未终,惊魂已断。虽半衾如暖,而思之甚遥。一昨拜辞,倏逾旧岁。长安行乐之地,触绪牵情。何幸不忘幽微,眷念无斁[77]。鄙薄之志,无以奉酬。至于终始之盟,则固不忒[78]。鄙昔中表相因,或同宴处。婢仆见诱,遂致私诚。儿女之心,不能自固[79]。君子有援琴之挑[80],鄙人无投梭之拒[81]。及荐寝席,义盛意深。愚陋之情,永谓终托。岂期[82]既见君子,而不能定情,致有自献之羞,不复明侍巾帻。没身永恨,含叹何言!倘仁人用心,俯遂幽眇[83],虽死之日,犹生之年。如或达士略情[84],舍小从大,以先配为丑行,以要盟[85]为可欺,则当骨化形销,丹诚不泯[86],因风委露,犹托清尘[87]。存没之诚,言尽于此。临纸呜咽,情不能申。千万珍重,珍重千万!玉环一枚,是儿[88]婴年所弄,寄充君子下体所佩。玉取其坚润不渝,环取其终始不绝。兼乱丝一绚[89]、文竹茶碾子[90]一枚。此数物不足见珍,意者欲君子如玉之真,弊志如环不解。泪痕在竹,愁绪萦丝,因物达情,永以为好耳。心迩身遐,拜会无期。幽愤所钟,千里神合。千万珍重!春风多厉,强饭为嘉[91]。慎言自保,无以鄙为深念。"张生发其书于所知,由是时人多闻之。所善[92]杨巨源[93]好属词,因为赋《崔娘》诗一绝[94]云:"清润潘郎[95]玉不如,中庭蕙草雪销初。风流才子多春思,肠断萧娘[96]一纸书。"河南[97]元稹亦续生《会真》诗三十韵,诗曰:"微月透帘栊,莹光度碧空[98]。遥天初缥缈,低树渐葱茏[99]。龙吹过庭竹,鸾歌拂井桐[100]。罗绡垂薄雾,环珮响轻风[101]。绛节随金母,云心捧玉童[102]。更深人悄悄[103],晨会雨濛濛。珠莹光文履,花明隐绣龙[104]。瑶钗行彩凤,罗帔掩丹虹[105]。言自瑶华浦,将朝碧玉宫[106]。因游洛城北,偶向宋家东[107]。戏调初微拒,柔情已暗通。低鬟蝉影动[108],回步玉尘蒙。转面流花雪[109],登床抱绮丛[110]。鸳鸯交颈舞,翡翠合欢笼[111]。眉黛羞偏聚,唇朱暖更融。气清兰蕊馥[112],肤润玉肌丰。无力慵[113]移腕,多娇爱敛躬[114]。汗流珠点点,发乱绿葱葱。方喜千年会,俄闻五夜穷[115]。留连时有恨,缱绻意难终。慢脸[116]含愁态,芳词誓素衷[117]。赠环明运合[118],留结[119]表心同。啼粉流宵镜,残灯远暗虫[120]。华光犹苒苒,旭日渐曈曈[121]。乘鸳还归洛[122],吹箫亦上嵩[123]。衣香犹染麝,枕腻尚残红[124]。幂幂[125]临塘草,飘飘思渚蓬[126]。素琴鸣怨鹤[127],清汉望归鸿[128]。海阔诚难渡,天高不易冲。行云[129]无处所,萧史在楼中[130]。"张之友闻之者,莫不耸异之,然而张志亦绝矣。稹特与张厚,因征其词[131]。张曰:"大凡天之所命尤物也,不妖[132]其身,必妖于人。使崔氏子遇合富贵,乘宠娇,不为云,为雨,则为蛟,为螭[133],吾不知其变化矣。昔殷之辛,周之幽[134],据百万之国[135],其势甚厚。然而一女子败之,溃其众,屠其身,至今为天下僇笑[136]。予之德不足以胜妖孽,是用忍情。"于时坐者皆为深叹。后岁余,崔已委身[137]于人,张亦有所娶。适经所居,乃因其夫言于崔,求以外兄[138]见。夫语之,而崔终不为出。张怨念之诚,动于颜色。崔知之,潜赋一章,词曰:"自从消瘦减容光,万转千回懒下床。不为旁人羞不起,为郎憔悴却羞郎。"竟不之见。后数日,张生将行,又赋一章以谢绝云:"弃置今何道,当时且自亲〔139〕。还将旧时意,怜取眼前人。"自是,绝不复知矣。时人多许张为善补过者。予尝于朋会之中,往往及此意者,夫使知者不为,为之者不惑。贞元岁九月,执事李公垂〔140〕宿于予靖安里第,语及于是。公垂卓然〔141〕称异,遂为《莺莺歌》以传之。崔氏小名莺莺,公垂以命篇。

注释

〔1〕作者元稹,字微之,唐河南人。宪宗时举制科对策第一,历任中书舍人、承旨学士、工部侍郎同中书门下平章事、节度使等官职。诗与白居易齐名,世称"元白体",对当时诗坛影响很大。著有《元氏长庆集》六十卷、补遗六卷。

文中的张生,一般认为,实际就是元稹自己的化身。

莺莺是一个叛逆的女性。她为了追求爱情,敢于和封建礼教作斗争。尤其她以贵族少女的身分,竟夜半主动地向张生表示爱情,这是一个大胆的行动。然而在某些地方,她却表现得软弱无力。最初和张生相恋,她动摇不定,顾虑重重;后来张生遗弃了她,她也自以为私相结合"不合法","有自献之羞"。她不是振振有词地向张生提出责难,而只是一味哀恳,希望他能够始终成全。只有怨,没有恨,这是阶级出身、封建教养带给她的局限性。

张生最初极力追求她,后来又随便加以遗弃,而且把"尤物"、"妖孽"一类字眼加在她身上,想借以推卸自己的责任,减轻自己的罪过。这种行为,不仅薄幸残酷,而且卑鄙无耻。这正表现了封建士大夫阶层的本质。作者称张生为"善补过者",实际却反映了作者的封建意识。正如鲁迅先生在《中国小说史略》中所指出的,"文过饰非,遂堕恶趣"。

在唐人传奇中,这是一篇流传较广、影响较大的作品。鲁迅先生曾说它:"其事之振撼文林,为力甚大"(见《唐宋传奇集·稗边小缀》)。后世演为杂剧传奇的甚多,而以金人董解元《弦索西厢》、元人王实甫《西厢记》为最著。

〔2〕性温茂:性格温和而富于感情。

〔3〕内秉坚孤,非礼不可入:骨子里意志坚强,脾气孤僻,凡是不合于礼的事情,他都不予采纳,不能打动他。

〔4〕汹汹拳拳,若将不及:"汹汹拳拳",形容吵闹起哄,无了无休的样子。"若将不及",好像来不及表现自己,处处争先恐后。

〔5〕容顺:表面随和敷衍着。

〔6〕登徒子:战国时,楚人宋玉曾作过一篇《登徒子好色赋》,说登徒子的妻子貌丑,登徒子却很喜欢她,和她生了五个孩子。后来就以"登徒子"为好色者的代称。

〔7〕蒲:蒲州。参看前《古岳渎经》篇"河东"注。

〔8〕张出于郑:张生的母亲也是郑家的女儿。

〔9〕绪其亲:论起亲戚来。

〔10〕异派之从母:另一支派的姨母。

〔11〕浑瑊(zhēn):唐将,西域铁勒九姓的浑部人。肃宗时屡立战功,做到兵马副元帅。后来死在绛州节度使任内。

〔12〕中人:这里指监军的大宦官。唐代开元以后,以宦官监督军队,有很大权力。

〔13〕不善于军:不会带兵、和军队感情不好。

〔14〕杜确:当时继浑瑊之后,任河中尹兼绛州观察使的官员。

〔15〕将(jiāng):秉奉。

〔16〕总戎节:主持军务。

〔17〕军由是戢:军队从此就安定下来。

〔18〕厚张之德甚:非常感激张生的恩德。

〔19〕饰馔以命张:整顿酒菜来款待张生。

〔20〕孤嫠(lí)未亡:"孤",孤独。"嫠",守寡。"未亡",未亡人,古时寡妇的自称,意思是丈夫已死,自己也不应该再活下去,不过仅仅还没有死罢了。这种称呼,是封建社会里夫权意识的反映。"孤嫠未亡",统指寡妇。

〔21〕犹君之生：如同你给他们活的命。

〔22〕辞疾：推说有病。

〔23〕远嫌：远离以避免嫌疑的意思。封建时代，男女不能随便在一起，有"不杂坐、不同椸(yí)枷(衣架)、不同巾栉、不亲授"等种种烦琐而可笑的礼教规定，见《礼记·曲礼》。据说是为了防范私自结合，所以要隔离以避免嫌疑。

〔24〕睟(suì)容：丰润的面孔。

〔25〕垂鬟接黛：两鬓垂在眉旁，是少女的发式。"黛"，妇女用来画眉毛的青黑颜色，后来就作为妇女眉毛的代词。

〔26〕双脸销红：两颊飞红的样子。"销"，散布的意思。

〔27〕抑而见：强迫出见。

〔28〕若不胜其体者：身体好像支持不住似的。

〔29〕今天子甲子岁之七月，终于贞元庚辰，生年十七矣："今天子甲子岁"，指唐德宗兴元元年(公元七八四年)。"贞元庚辰"，指贞元十六年(公元八〇〇年)。这三句是说：莺莺生于兴元元年七月，到现在贞元十六年，已经十七岁了。

〔30〕道其衷：说出自己的心事。

〔31〕惊沮(jǔ)：吓坏了。

〔32〕腆(tiǎn)然：害羞的样子。

〔33〕翼日：第二天。

〔34〕孩提：儿童时代。

〔35〕纨绮闲居：和妇女们在一起。"纨绮"，用为妇女的代词。

〔36〕不为当年，终有所蔽：从前所不做的事情(指追求女人)，如今到底被迷惑住了。

〔37〕不自持：自己不能克制。

〔38〕恐不能逾旦暮：恐怕不能过早晚之间，意思是快要因相思而死了。

〔39〕纳采问名：古时订婚的手续："纳采"，用雁为礼物送给女方。"问名"，问女方的姓名，去卜一卜吉凶，以决定婚事能否进行。

〔40〕索我于枯鱼之肆:《庄子·外物》里的寓言:庄子在路上看见车道里有一条鲫鱼,它叫住庄子,请弄一点水来救活它。庄子答应到吴越去引西江的水来救它。它说:"我只要一点点水就可以活命;等你远道去引西江水来,那只好到卖干鱼的店铺里去找我罢了。"这个故事,比喻远水不能救近火。

〔41〕尔其谓我何:你说我该怎么办。

〔42〕非语:不合理、不正经的话。

〔43〕善属(zhǔ)文:会作文章。把东西连缀起来叫做"属";缀字成文,所以称作文章为"属文"。

〔44〕沉吟章句:"沉吟",本是迟疑不决的意思,这里作思考、推敲解释。"沉吟章句",指研究诗文作法。

〔45〕乱之:打动她、勾引她。

〔46〕缀:作。

〔47〕旬有四日:十四日。"有",同"又"字。

〔48〕望:农历每月的第十五日,就是月圆的日子。

〔49〕梯:爬。

〔50〕红娘寝于床上,因惊之:原作"红娘寝于床,生因惊之"。按前后文均作"张",或"张生",未尝单用一"生"字。此处"生"似应作"上",连上文读。疑形似误刻,据虞本改。

〔51〕必谓获济:以为一定会成功。

〔52〕数(shǔ):列举事实来责备。

〔53〕不令:不好、不懂事。

〔54〕掠乱:乘危要挟。

〔55〕寝其词:不说破、不理会。

〔56〕寄于婢仆:叫婢仆转告的意思。

〔57〕见难:有顾虑。

〔58〕觉(jiào)之:唤醒他。

〔59〕危坐:端坐、挺身而坐。

〔60〕修谨以俟:打扮得整整齐齐,恭恭敬敬地等待着。"修",修饰

"谨",恭谨。

〔61〕支:同"肢"字。

〔62〕荧荧然:微弱光亮的形容词。

〔63〕会真:遇见神仙的意思。

〔64〕三十韵:作旧诗律体两句一押韵;"三十韵",就是作诗六十句。

〔65〕工刀札:字写得好。"札",书简。古时没有纸,把字写在竹简上;写错了,就用刀削除,叫做"刀札"。

〔66〕异时:有这么一天。

〔67〕文调及期:考试的日子到了。

〔68〕则没身之誓,其有终矣,又何必深感于此行:"没身",终身。"终",结局。这三句的意思是说:那么,我们所发的终身在一起的盟誓,就会有一个结局,你这一次的离去只是短期的,也就不必恋恋不舍了。

〔69〕君既不怿,无以奉宁:你既然不高兴,我也没有什么可以安慰你的。

〔70〕既君此诚:满足你的愿望。

〔71〕序:指乐曲的开始部分。

〔72〕左右皆歔欷:"歔欷",原作"欷歔",似作"歔欷"是,据虞本改。

〔73〕以广其意:让她把事情看开一些。

〔74〕花胜:古时妇女戴在发髻上、"剪彩为之"的一种装饰品,大约如今日绒花一类的东西。

〔75〕谁复为容:打扮了又给哪个看。

〔76〕便(pián)安:安静。"便",也是安的意思。

〔77〕眷念无斁(yì):时刻记挂着的意思。"无斁",不厌。

〔78〕不忒:不变。

〔79〕不能自固:自己无法坚持、掌握不住的意思。

〔80〕援琴之挑:汉代司马相如弹琴作歌来挑引富人卓王孙之女卓文君,后来卓文君就随他逃走了。故事见《史记·司马相如列传》。

〔81〕投梭之拒:晋代谢鲲调戏邻家的女儿,邻女用织布的梭投掷他,打掉他两个牙齿。故事见《晋书·谢鲲传》。

〔82〕岂期：哪里想到。

〔83〕俯遂幽眇："遂"，成全、使之如愿的意思。"幽眇"，指隐微的心事。"俯遂幽眇"，意思是体贴自己内心的苦衷，因而委屈地成全婚事。

〔84〕达士略情：达观的人，把一切事情都看得很随便。

〔85〕要（yāo）盟：用胁迫手段订的盟约。

〔86〕丹诚不泯（mǐn）："丹诚"，赤心，忠诚的心。"不泯"，不灭。

〔87〕犹托清尘："清尘"，对人的敬词。"尘"，指人脚下的尘土。"犹托清尘"，本意是还要在你的身边，但客气的说和你脚下的尘土在一起。以上四句的意思是说：我即便是死了，灵魂也要随着风露而去，跟在你的身旁。

〔88〕儿：唐、宋时妇女的自称。

〔89〕一绚（qú）：一缕、一绞。"兼乱丝一绚"："绚"，原作"绚"。按"绚"为丝字之意，据虞本改。

〔90〕文竹茶碾（niǎn）子：竹制的茶磨。"文竹"，刻有花纹的竹子。又湖南新化县出产一种竹子，也叫文竹。"茶碾子"，古时一种内圆外方、有槽有轮的碾茶叶的器具，也称茶磨，通常为银、铁或木制。

〔91〕强（qiǎng）饭为嘉：努力加餐，多吃一点的好。

〔92〕所善：指交好的朋友。

〔93〕杨巨源：唐蒲州人，曾任国子司业。

〔94〕绝：指绝句。旧诗体的一种，以四句为一首，有五言、六言、七言之别。

〔95〕潘郎：晋代潘安长得很好看，后来就以"潘郎"为美男子的代称。这里指张生。

〔96〕萧娘：唐代以"萧娘"为女子的泛称。这里指崔莺莺。

〔97〕河南：唐府名，也称河南郡，府治在今河南洛阳市。

〔98〕微月透帘栊，莹光度碧空："栊"，窗户。"碧空"，青天。这两句的意思是说：微弱的月光，穿过窗帘照入室内，天空也因有月光而发白色。

〔99〕遥天初缥缈，低树渐葱茏："葱茏"，草木青翠茂盛的样子。这两句的意思是说：在月光之下，远看天色模糊，地下的树木，也略显出青翠的

颜色。

〔100〕龙吹(chuī)过庭竹,鸾歌拂井桐:《埤雅》:"鸾入夜而歌。"这两句的意思是说:风吹庭前之竹,声如龙吟,鸾鸟在井旁桐树上歌唱,想像之词。以上六句,是写夜间景色。

〔101〕罗绡垂薄雾,环珮响轻风:形容莺莺罗衣垂曳,其状有如薄雾;所佩环珮等玉饰,被微风吹动作响。

〔102〕绛节随金母,云心捧玉童:"绛节",赤节,汉代使节为赤色,这里借指仙人的仪仗。古人以西方属金,"金母"就是西王母。这里以金母指莺莺,玉童指张生,把他们比作天上的神仙。

〔103〕悄悄:形容寂静。

〔104〕珠莹光文履,花明隐绣龙:这两句的意思是说:绣鞋上嵌有珠玉一类的饰物,光彩耀目,鞋上并绣有暗藏龙形的花纹。

〔105〕瑶钗行彩凤,罗帔掩丹虹:"瑶钗",玉钗。这两句的意思是说:行走时头上形如彩凤的玉钗颤动着;所着的罗帔,五彩缤纷,有如虹霓一样。

〔106〕言自瑶华浦,将朝碧玉宫:"瑶华浦"和"碧玉宫",都是仙人居处,用以指莺莺和张生的住所,说莺莺将由自己那里到张生处去。

〔107〕因游洛城北,偶向宋家东:这两句的意思是说:张生游蒲,无意间获得和莺莺相恋的机遇。"洛城",借指。宋玉在《登徒子好色赋》里说:他家东邻有女最美,常登墙头望他,想和他往来,已经有三年了,他始终不肯理睬。这里却借指莺莺和张生的两情相许。以上十四句,是写莺莺的装饰和到张生处的情形。

〔108〕低鬟蝉影动:古时少女把发髻梳得细致精巧,像蝉的翅膀一样,称为"蝉鬟",据说始于三国魏时。《古今注》:"魏文帝(曹丕)宫人莫琼树,始制为蝉鬟,望之缥缈如蝉翼然。""低鬟蝉影动",指低头时如蝉翼般的发髻在颤动着。

〔109〕花雪:指如花之艳,如雪之白。

〔110〕绮丛:指丝绸一类的被子。

〔111〕笼:笼罩,引申作聚在一起解释。

〔112〕气清兰蕊馥:犹如说吹气如兰。"馥",香气。

〔113〕慵:懒。

〔114〕敛躬:弯着身子,缩在一起。

〔115〕五夜穷:"五夜",五更。"五夜穷",五更已尽。

〔116〕慢脸:懒洋洋的脸色。

〔117〕芳词誓素衷:盟誓时说出内心的话。

〔118〕赠环明运合:"环",就是上文所说的玉环。赠环所以表明、象征把两人的命运结合在一起,也就是"环取其始终不绝"、"如环不解"的意思。

〔119〕结:同心结,见前《霍小玉传》篇"同心结"注。

〔120〕啼粉流宵镜,残灯远暗虫:夜间对镜重行整妆,由于即将离别的伤感,以致脸上的脂粉,随着泪痕流下。在昏暗的灯下,听得远处虫声唧唧,更外增加凄清之感。以上十句,是写莺莺和张生将离别时的情况。

〔121〕华光犹苒苒,旭(xù)日渐曈曈:"华",铅华,脂粉。"华光",涂脂抹粉后显出的光彩。"苒苒",本指草盛,这里是借用。"旭日",早晨刚出来的太阳。"曈曈",渐渐发亮的样子。这两句的意思是说:莺莺经重新整妆之后,依然容光焕发,这时已经天明日出了。

〔122〕乘鹜还归洛:"洛",指洛水。这里是把莺莺离开张生比作洛妃的归去。洛妃,见前《霍小玉传》篇"巫山、洛浦"注。洛妃是回到洛水去,鹜为游禽,所以说"乘鹜"。又鹜也可以作小舟解释,古人称小舟为"鹜舲"。

〔123〕吹箫亦上嵩:借用王子乔的故事来比喻张生之去。王子乔,名晋,周灵王太子。据说他好吹笙,曾入嵩山修炼,后在缑氏山乘白鹤仙去。见《列仙传》。

〔124〕衣香犹染麝,枕腻尚残红:写莺莺去后张生的感受,即上文"睹妆在臂,香在衣,泪光荧荧然犹莹于茵席"的意思。

〔125〕幂(mì)幂:形容草遮满了的样子。

〔126〕渚蓬:小洲上的蓬草,是茎高尺余的菊科草本植物,遇风就被拔起飞舞。以上两句是比喻两人虽然互恋,终要分离,正如塘畔蓬草纵然

长得很茂盛,结果还是要被风吹四散一样。

〔127〕素琴鸣怨鹤:"怨鹤",指《别鹤操》,琴曲名。古时商陵牧子娶妻五年无子,父兄将为他别娶,他的妻子听到这个消息,夜里起来倚户悲泣,牧子伤感而作此曲。见《古今注》。这里借用这一典故,指离别后琴中弹出哀怨的调子。

〔128〕清汉望归鸿:"清汉",指银河。"清汉望归鸿",仰望天上,盼鸿雁之归来。"鸿",雁之大者。这句是盼望接到信息的意思,也可引申作盼望人的归来解释。古时以鸿雁为传送书信者的代称。典出《汉书·苏武传》:汉武帝时,苏武出使匈奴,被囚在北海,却假告汉朝,说他已经死了。昭帝时,派使者到匈奴去,由于有人通了消息,知道真实情况,就故意对单(chán)于(匈奴君长之称)说:昭帝在上林中射得一雁,足上系有帛书,说苏武在某泽中。单于惊谢,后来就放苏武回国。

〔129〕行云:巫山神女的故事,见前《霍小玉传》篇"巫山、洛浦"注。

〔130〕萧史在楼中:神话传说:萧史,春秋时人,善吹箫。秦穆公把女儿弄玉嫁给他。他每天教弄玉吹箫学凤鸣,后来果然有凤凰飞来,秦穆公就为他们盖了一座凤台。最后弄玉乘凤、萧史乘龙仙去。见《列仙传》。以上两句的意思是说:两人相别,欢会无期,张生惟有一人孤处而已。

〔131〕征其词:问他有什么可说的。

〔132〕妖:祸害的意思。

〔133〕螭(chī):旧说一种像龙而无角的动物。

〔134〕殷之辛,周之幽:指殷纣王(名受辛)和周幽王。纣王宠爱妲己,幽王宠爱褒姒,后来都亡了国。古代帝王荒淫无道,历史家往往把责任推在女人身上,认为是"祸水",这是不公平的。

〔135〕据百万之国:拥有百万户口的国家。

〔136〕僇(lù)笑:耻笑。

〔137〕委身:出嫁。

〔138〕外兄:表兄。

〔139〕弃置今何道,当时且自亲:你已经遗弃我了,现在还有什么可说的;可是从前是你自己要来亲近、追求我的。

〔140〕执事李公垂:"执事",本是供使令的人,这里指友人。"李公垂",即唐诗人李绅,公垂是他的字,曾任尚书右仆射、门下侍郎等官职。他和元稹、白居易等友谊很深,时相唱和。

〔141〕卓然:形容高超特殊的样子。

无 双 传

薛 调[1]

王仙客者,建中中朝臣刘震之甥也。初,仙客父亡,与母同归外氏[2]。震有女曰无双,小仙客数岁,皆幼稚,戏弄相狎。震之妻常戏呼仙客为王郎子[3]。如是者凡数岁,而震奉孀姊及抚仙客尤至[4]。一旦,王氏姊疾,且重,召震约曰:"我一子,念之[5]可知也。恨不见其婚宦[6]。无双端丽聪慧,我深念之。异日无令归他族。我以仙客为托。尔诚许我,瞑目无所恨[7]也。"震曰:"姊宜安静自颐养[8],无以他事自挠[9]。"其姊竟不痊。仙客护丧,归葬襄、邓[10]。服阕[11],思念:"身世孤子[12]如此,宜求婚娶,以广后嗣。无双长成矣。我舅氏岂以位尊官显,而废旧约耶?"于是饰装[13]抵京师。时震为尚书租庸使[14],门馆赫奕[15],冠盖[16]填塞。仙客既觐,置于学舍[17],弟子为伍。舅甥之分,依然如故,但寂然不闻选取之议。又于窗隙间窥见无双,姿质明艳,若神仙中人。仙客发狂,唯恐姻亲之事不谐也。遂鬻囊橐,得钱数百万。舅氏舅母左右给使[18],达于厮养,皆厚遗之。又因复设酒馔,中门之内,皆得入之矣。诸表[19]同处,悉敬事之。遇舅母生日,市新奇以献,雕镂犀玉,以为首饰。舅母大喜。又旬日,仙客遣老妪,以求亲之事闻于舅母。舅母曰:"是我所愿也。即当议其事。"又数夕,有青衣告仙客曰:"娘子适以亲情事言于阿郎[20],阿郎云:'向前亦未许也。'模样云云[21]，恐是参差[22]也。"仙客闻之，心气俱丧，达旦不寐，恐舅氏之见弃也。然奉事不敢懈怠。一日，震趋朝，至日初出，忽然走马入宅，汗流气促，唯言："镳却大门，镳却大门！"一家惶骇，不测其由。良久，乃言："泾、原[23]兵士反，姚令言[24]领兵入含元殿[25]，天子出苑北门，百官奔赴行在[26]。我以妻女为念，略归部署[27]。疾召仙客与我勾当[28]家事。我嫁与尔无双。"仙客闻命，惊喜拜谢。乃装金银罗锦二十驮，谓仙客曰："汝易衣服，押领此物出开远门[29]，觅一深隙店[30]安下。我与汝舅母及无双出启夏门，绕城续至。"仙客依所教。至日落，城外店中待久不至。城门自午后扃锁，南望目断。遂乘骢[31]，秉烛绕城至启夏门。门亦锁。守门者不一，持白梃[32]，或立，或坐。仙客下马，徐问曰："城中有何事如此？"又问："今日有何人出此？"门者[33]曰："朱太尉已作天子[34]。午后有一人重戴[35]，领妇人四五辈，欲出此门。街中人皆识，云是租庸使刘尚书。门司不敢放出。近夜，追骑至，一时驱向北去矣。"仙客失声恸哭，却归店。三更向尽[36]，城门忽开，见火炬如昼。兵士皆持兵挺刃，传呼斩斫使[37]出城，搜城外朝官。仙客舍辎骑[38]惊走，归襄阳，村居三年。后知乱复[39]，京师重整，海内无事，乃入京，访舅氏消息。至新昌南街，立马彷徨[40]之际，忽有一人马前拜，熟视之[41]，乃旧使苍头塞鸿也。——鸿本王家生，其舅常使得力，遂留之。——握手垂涕。仙客谓鸿曰："阿舅舅母安否？"鸿云："并在兴化宅。"仙客喜极云："我便过街去。"鸿曰："某已得从良，客户有一小宅子，贩缯为业。今日已夜，郎君且就客户一宿。来早同去未晚。"遂引至所居，饮馔甚备。至昏黑，乃闻报曰："尚书受伪命官[42]，与夫人皆处极刑[43]。无双已入掖庭[44]矣。"仙客哀冤号绝，感动邻里。谓鸿曰："四海至广，举目无亲戚，未知托身之所。"又问曰："旧家人谁在？"鸿曰："唯无双所使婢采蘋者，今在金吾将军王遂中宅。"仙客曰:"无双固无见期;得见采𬞟,死亦足矣。"由是乃刺谒[45],以从侄[46]礼见遂中,具道本末,愿纳厚价以赎采𬞟。遂中深见相知,感其事而许之。仙客税屋,与鸿、𬞟居。塞鸿每言:"郎君年渐长,合[47]求官职。悒悒[48]不乐,何以遣时[49]?"仙客感其言,以情恳告遂中。遂中荐见仙客于京兆尹李齐运。齐运以仙客前衔[50],为富平县[51]尹,知长乐驿[52]。累月,忽报有中使[53]押领内家[54]三十人往园陵,以备洒扫,宿长乐驿,毡车子十乘下讫。仙客谓塞鸿曰:"我闻宫嫔选在掖庭,多是衣冠子女[55]。我恐无双在焉。汝为我一窥,可乎?"鸿曰:"宫嫔数千,岂便及无双。"仙客曰:"汝但去,人事亦未可定。"因令塞鸿假为驿吏,烹茗于帘外。仍给钱三千,约曰:"坚守茗具,无暂舍去。忽有所睹,即疾报来。"塞鸿唯唯而去。宫人悉在帘下,不可得见之,但夜语喧哗而已。至夜深,群动皆息。塞鸿涤器构火[56],不敢辄寐。忽闻帘下语曰:"塞鸿,塞鸿,汝争[57]得知我在此耶?郎健否?"言讫,呜咽。塞鸿曰:"郎君见[58]知此驿。今日疑娘子在此,令塞鸿问候。"又曰:"我不久语。明日我去后,汝于东北舍阁子中紫褥下,取书送郎君。"言讫,便去。忽闻帘下极闹,云:"内家中恶。"中使索汤药甚急,乃无双也。塞鸿疾告仙客。仙客惊曰:"我何得一见?"塞鸿曰:"今方修渭桥[59]。郎君可假作理桥官,车子过桥时,近车子立。无双若认得,必开帘子,当得瞥见耳。"仙客如其言。至第三车子,果开帘子,窥见,真无双也。仙客悲感怨慕,不胜其情。塞鸿于阁子中褥下得书送仙客。花笺五幅,皆无双真迹,词理哀切,叙述周尽。仙客览之,茹恨[60]涕下。自此永诀矣。其书后云:"常见敕使[61]说富平县古押衙[62]人间有心人。今能求之否?"仙客遂申府[63],请解驿务,归本官。遂寻访古押衙,则居于村墅。仙客造谒[64],见古生。生所愿,必力致之,缯彩宝玉之赠,不可胜纪。一年未开口。秩满[65],闲居于县。古生忽来,谓仙客曰:"洪一武夫,年且老,何所用?郎君于某竭分[66]。察郎君之意,将有求于老夫。老夫乃一片有心人也。感郎君之深恩,愿粉身以答效。"仙客泣拜,以实告古生。古生仰天,以手拍脑数四,曰:"此事大不易。然与郎君试求,不可朝夕便望。"仙客拜曰:"但生前得见,岂敢以迟晚为限耶。"半岁无消息。一日,扣门,乃古生送书。书云:"茅山[67]使者回。且来此。"仙客奔马去。见古生,生乃无一言。又启[68]使者。复云:"杀却也。且吃茶。"夜深,谓仙客曰:"宅中有女家人识无双否?"仙客以采蘋对。仙客立取而至。古生端相[69],且笑且喜云:"借留三五日。郎君且归。"后累日,忽传说曰:"有高品[70]过,处置[71]园陵宫人。"仙客心甚异之。令塞鸿探所杀者,乃无双也。仙客号哭,乃叹曰:"本望古生。今死矣!为之奈何!"流涕歔欷,不能自已。是夕更深,闻叩门甚急。及开门,乃古生也。领一篼子[72]入,谓仙客曰:"此无双也。今死矣。心头微暖,后日当活,微灌汤药,切须静密。"言讫,仙客抱入阁子中,独守之。至明,遍体有暖气。见仙客,哭一声遂绝。救疗至夜,方愈。古生又曰:"暂借塞鸿于舍后掘一坑。"坑稍深,抽刀断塞鸿头于坑中。仙客惊怕。古生曰:"郎君莫怕。今日报郎君恩足矣。比闻茅山道士有药术。其药服之者立死,三日却活[73]。某使人专求,得一丸。昨令采蘋假作中使,以无双逆党,赐此药令自尽。至陵下,托以亲故,百缣赎其尸。凡道路邮传[74],皆厚赂矣,必免漏泄。茅山使者及舁篼人,在野外处置讫。老夫为郎君,亦自刎。君不得更居此。门外有檐子[75]一十人、马五匹、绢二百匹。五更,挈无双便发,变姓名浪迹[76]以避祸。"言讫,举刀。仙客救之,头已落矣。遂并尸盖覆讫。未明发,历四蜀下峡[77],寓居于渚宫[78]。悄不闻京兆之耗,乃挈家归襄、邓别业[79],与无双偕老矣。男女成群。噫!人生之契阔[80]会合多矣,罕有若斯之比。常谓古今所无。无双遭乱世籍没[81],而仙客之志,死而不夺。卒遇古生之奇法取之,冤死者十馀人。艰难走窜后,得归故乡,为夫妇五十年,何其异哉!

注释

〔1〕作者薛调,唐河中宝鼎人。宪宗时曾任户部员外郎加驾部郎中、翰林学士承旨等官职。

这是一篇反映男女要求婚姻自由的作品,歌颂了王仙客和无双对爱情的坚贞不二,到底达到了白头偕老的目的。

明人陆采曾据此篇作《明珠记》传奇。

〔2〕外氏:舅舅家。

〔3〕郎子:就是郎君。古时称人子弟为"郎子"。这里的意思犹如说小女婿、姑爷。

〔4〕尤至:更好、更周到。

〔5〕念之:喜欢他的意思。

〔6〕婚宦:结婚和做官,犹如说成家立业。

〔7〕瞑目无所恨:死了也甘心的意思。"瞑目",闭眼,指死亡。

〔8〕颐养:养息、调养。

〔9〕自挠:犹如说自寻烦恼。"挠",搅扰的意思。

〔10〕襄、邓:"襄",襄阳,今湖北襄阳县。"邓",邓县,今河南邓县。

〔11〕服阕(què):"服",指丧服。"阕",终了的意思。古礼:父母死了,子女要服丧三年。"服阕",服丧三年的期限已满,就是后来所说的"除孝"。

〔12〕孤孑(jié):孤独。

〔13〕饰装:整理行装。

〔14〕租庸使:唐代主管督收租税的官员。这里是由尚书兼任,所以说"尚书租庸使"。

〔15〕门馆赫奕:门庭如市,十分热闹。

〔16〕冠盖:"冠",冠服,官员的帽子和衣服;"盖",车盖,古时放在车上,用以御雨蔽日,像伞一类的东西:"冠盖",官员的代称。

〔17〕学舍:书房。

〔18〕给使:仆人。一般指身旁供使唤的人。

〔19〕表:中表、表亲,指表兄弟。

〔20〕阿郎:古时称父为"阿郎",这里是婢女对男主人的称呼。

〔21〕模样云云:犹如说看那个样儿。

〔22〕参差(cēn cī):本是不整齐的形容词,这里引申作有问题、不对头解释。

〔23〕泾、原:泾州保定郡和原州平凉郡,今甘肃平凉专区一带地区。

〔24〕姚令言:当时的泾原节度使。

〔25〕含元殿:唐代大明宫的正殿。

〔26〕行在:古时称皇帝外出的住所为"行在"。

〔27〕部署:处置。

〔28〕勾当:料理。

〔29〕开远门:唐代长安的西门,偏在北方;下文"启夏门"是南门,偏在东方;所以说"绕城"。

〔30〕深隙店:指开设在偏僻隐蔽地方的旅店。

〔31〕骢(cōng):同"骢"字,指骢马,一种长有青白色杂毛的马。

〔32〕棓:同"棒"字。

〔33〕门者:把守城门的人。下文"门司",义同。

〔34〕朱太尉已作天子:"朱太尉",指朱泚(cǐ),当时官任太尉。姚令言在长安起兵,拥戴朱泚为帝,德宗出奔奉天(唐县名,今陕西乾县)。后来兵败,朱泚为部下所杀。

〔35〕重戴:唐代通行的一种帽子,一般是黑色罗帛所制,方而垂檐,紫里,用两根紫色丝带为帽缨,垂在下巴下面打成结。因为是在巾(参看前《东城老父传》篇"幞头"注)上加帽,所以叫做"重戴"。

〔36〕向尽:快要完了。

〔37〕斩斫使:指特派搜杀唐朝官员的人。

〔38〕舍辎骑:丢掉了行李和车马。"辎",辎重,指行李。"骑",坐骑,指车马。

〔39〕剋复:同"克复"。后文《王维》篇"剋"也作"尅"。

〔40〕彷徨:要进不进,形容没有主意,不知如何是好的样子。

〔41〕熟视之:仔细地看他。

〔42〕伪命官:伪皇帝任命的官员。

〔43〕极刑:最厉害的刑法,指死刑。

〔44〕入掖庭:指没收到宫里充当宫女。"掖庭",见前《长恨传》篇"宫掖"注。唐代专有一掖庭宫,是教宫女学艺的地方。

〔45〕刺谒:递进名帖,请求谒见。

〔46〕从(zòng)侄:本家侄子、堂侄。

〔47〕合:应该。

〔48〕悒悒:形容烦闷的样子。

〔49〕遣时:消磨时光。

〔50〕前衔:从前已获得的官衔,指一种虚衔,是做实际官职的一种资格。王仙客曾获得什么官衔,文中没有说明。

〔51〕富平县:在今陕西三原县西北,唐代京兆府的属县之一。

〔52〕知长乐驿:"知",主持的意思。"长乐驿",在万年县东十五里。"知长乐驿",指以县尹的资格去做长乐驿的驿官;下文"解驿务,归本官",就是解除驿官的职务,仍然去做县尹。唐代从长安到其他大城市的陆路交通线上,每隔三十里设一驿站,备有车马,供应过往官吏食宿和交通工具。驿官就是管理驿站的官员,后来称为驿丞。

〔53〕中使:皇帝的使者。

〔54〕内家:宫女。

〔55〕衣冠子女:"衣冠",是官僚所服用的,因而以"衣冠子女"指出身官僚家庭的子女。

〔56〕构火:生火、烧火。

〔57〕争:怎么、如何。唐人用"争"字等于后来的"怎"字。

〔58〕见:同"现"字。

〔59〕渭桥:一名中渭桥,在长安西北,秦始皇所造,横跨渭水,故名。

〔60〕茹恨:饮恨、含恨。

〔61〕敕使:奉有皇帝诏命的使者。皇帝的诏命称"敕"。

〔62〕押衙:管理皇帝仪仗和侍卫的官员。后文《聂隐娘》篇"问押衙乞取此女教",押衙却只是对武官的敬称,犹如说将军。

〔63〕申府:向京兆府呈请。

〔64〕造谒:往谒。

〔65〕秩满:官员任职有一定期限,到期叫做"秩满",就是做满了一任;秩满之后,或迁调,或解职。

〔66〕竭分(fèn):竭尽了情分。

〔67〕茅山:在江苏句容县东南,也叫三茅山。

〔68〕启:询问的意思。

〔69〕端相:仔细地瞧。

〔70〕高品:大官。

〔71〕处置:杀死的意思。下文"在郊外处置讫"的处置,义同。

〔72〕篼(dōu)子:竹轿、山轿。

〔73〕却活:复活。

〔74〕道路邮传(zhuàn):"邮传",传递文书的驿站。"道路邮传",指一路上经过如驿站等耳目众多,容易泄露秘密的地方。

〔75〕檐子:轿子。一乘轿子要两个人抬,"檐子一十人",指五乘轿子。

〔76〕浪迹:没有一定目的地到处游历。

〔77〕历四蜀下峡:经过蜀地出三峡。"四蜀"即蜀地。

〔78〕渚宫:春秋时楚国别宫名,在今湖北江陵县境内。江陵县,唐代为江陵郡,渚宫就是广义的指那一带地方。

〔79〕别业:封建官僚地主为了享乐,在正式住宅之外设置的林园。

〔80〕契阔:久别。

〔81〕籍没:"籍",簿册。"簿没",把罪犯的产业登记在簿册上而予以没收,是封建最高统治者镇压属下和剥削人民所运用的一种特权。照

例被籍没的罪犯的妻女也要入官充当奴婢,所以这里称无双的"入掖庭"为"籍没"。封建社会里不承认妇女有独立的人格,因而把她们也当做私有财产看待。

虬髯客传

杜光庭[1]

隋炀帝[2]之幸江都[3]也,命司空杨素[4]守西京[5]。素骄贵,又以时乱,天下之权重望崇者,莫我若也[6],奢贵自奉,礼异人臣[7]。每公卿入言,宾客上谒,未尝不踞床而见,令美人捧出[8],侍婢罗列,颇僭于上[9]。末年愈甚,无复知所负荷[10],有扶危持颠[11]之心。一日,卫公李靖[12]以布衣上谒[13],献奇策。素亦踞见。公前揖曰:"天下方乱,英雄竞起。公为帝室重臣[14],须以收罗豪杰为心,不宜踞见宾客。"素敛容而起,谢公;与语,大悦,收其策而退。当公之骋辩[15]也,一妓有殊色,执红拂,立于前,独目公。公既去,而执拂者临轩指吏曰:"问去者处士第几?住何处?"公具以对。妓诵而去。公归逆旅[16]。其夜五更初,忽闻叩门而声低者,公起问焉。乃紫衣戴帽人,杖揭[17]一囊。公问谁。曰:"妾,杨家之红拂妓也。"公遽延入。脱衣去帽,乃十八九佳丽人也。素面画衣而拜。公惊答拜。曰:"妾侍杨司空久,阅天下之人多矣,无如公者。丝萝[18]非独生,愿托乔木,故来奔耳。"公曰:"杨司空权重京师,如何[19]?"曰:"彼尸居馀气[20],不足畏也。诸妓知其无成,去者众矣。彼亦不甚逐也。计之详矣,幸无疑焉。"问其姓。曰:"张。"问其伯仲之次[21]。曰:"最长。"观其肌肤、仪状、言词、气性,真天人也。公不自意[22]获之,愈喜愈惧,瞬息万虑不安。而窥户者无停履[23]。数日,亦闻追访之声,意亦非峻[24]。乃雄服乘马,排闼而去。将归太原。行次灵石[25]旅舍,既设床,炉中烹肉且熟。张氏以发长委地[26],立梳床前。公方刷马,忽有一人,中形[27],赤髯如虬,乘蹇驴而来。投革囊于炉前,取枕欹卧[28],看张梳头。公怒甚,未决[29],犹亲刷马。张熟视其面,一手握发,一手映身[30]摇示公,令勿怒。急急梳头毕,敛衽前问其姓。卧客答曰:"姓张。"对曰:"妾亦姓张,合是妹。"遽拜之。问第几。曰:"第三。"问妹第几。曰:"最长。"遂喜曰:"今夕多幸逢一妹。"张氏遥呼:"李郎且来见三兄!"公骤拜之。遂环坐。曰:"煮者何肉?"曰:"羊肉,计已熟矣。"客曰:"饥。"公出市胡饼[31]。客抽腰间匕首,切肉共食。食竟,馀肉乱切送驴前食之,甚速。客曰:"观李郎之行[32],贫士也。何以致斯异人[33]?"曰:"靖虽贫,亦有心者焉。他人见问,故不言[34];兄之问,则不隐耳。"具言其由。曰:"然则将何之?"曰:"将避地太原。"曰:"然吾故非君所致也[35]。"曰:"有酒乎?"曰:"主人[36]西,则酒肆也。"公取酒一斗[37]。既巡,客曰:"吾有少[38]下酒物,李郎能同之[39]乎?"曰:"不敢。"于是开革囊,取一人头并心肝。却头囊中[40],以匕首切心肝,共食之。曰:"此人天下负心者,衔之[41]十年,今始获之。吾憾释矣。"又曰:"观李郎仪形器宇,真丈夫也。亦闻太原有异人乎?"曰:"尝识一人,愚谓之真人[42]也;其余,将帅而已。"曰:"何姓?"曰:"靖之同姓。"曰:"年几?"曰:"仅二十。"曰:"今何为?"曰:"州将之子[43]。"曰:"似矣。亦须见之。李郎能致吾一见乎?"曰:"靖之友刘文静[44]者,与之狎。因文静见之可也。然兄何为?"曰:"望气者[45]言太原有奇气,使访。李郎明发,何日到太原?"靖计之日[46]。曰:"达之明日,日方曙,候我于汾阳桥。"言讫,乘驴而去,其行若飞,回顾已失。公与张氏且惊且喜,久之,曰:"烈士[47]不欺人,固无畏。"促鞭[48]而行。及期,入太原。果复相见。大喜,偕诣刘氏。诈谓文静曰:"有善相者思见郎君,请迎之。"文静素奇其人,一旦闻有客善相,遽致使迎之。使回而至[49],不衫不履,裼裘[50]而来,神气扬扬,貌与常异。虬髯默然居末坐,见之心死。饮数杯,招靖曰:"真天子也!"公以告刘,刘益喜,自负。既出,而虬髯曰:"吾得十八九[51]矣。然须道兄见之。李郎宜与一妹复入京。某日午时,访我于马行东酒楼,下有此驴及瘦驴,即我与道兄俱在其上矣。到即登焉。"又别而去。公与张氏复应之。及期访焉,宛见[52]二乘。揽衣登楼,虬髯与一道士方对饮,见公惊喜,召坐。围饮十数巡,曰:"楼下柜中有钱十万。择一深隐处驻一妹。某日复会我于汾阳桥。"如期至,即[53]道士与虬髯已到矣。俱谒文静。时方弈棋,揖而话心[54]焉。文静飞书迎文皇[55]看棋。道士对弈,虬髯与公傍侍焉。俄而文皇到来,精采惊人,长揖而坐。神气清朗,满坐风生,顾盼炜如[56]也。道士一见惨然,下棋子曰:"此局全输矣!于此失却局哉!救无路矣!复奚言[57]!"罢弈而请去。既出,谓虬髯曰:"此世界非公世界,他方可也。勉之,勿以为念。"因共入京。虬髯曰:"计李郎之程,某日方到。到之明日,可与一妹同诣某坊曲小宅相访。李郎相从一妹,悬然如磬[58]。欲令新妇祗谒,兼议从容[59],无前却也。"言毕,吁嗟而去。公策马而归。即到京,遂与张氏同往。乃一小版门子,叩之,有应者,拜曰:"三郎令候李郎、一娘子久矣。"延入重门,门愈壮。婢四十人,罗列庭前[60]。奴二十人,引公入东厅。厅之陈设,穷极珍异,巾箱妆奁冠镜首饰之盛,非人间之物。巾栉妆饰毕,请更衣,衣又珍异。既毕,传云:"三郎来!"乃虬髯纱帽裼裘而来,亦有龙虎之状[61],欢然相见。催其妻出拜,盖亦天人耳。遂延中堂,陈设盘筵之盛,虽王公家不侔也。四人对馔讫,陈女乐二十人,列奏于前,若从天降,非人间之曲。食毕,行酒[62]。家人自堂东舁出二十床,各以锦绣帕覆之。既陈,尽去其

167

帕,乃文簿钥匙耳。虬髯曰:"此尽宝货泉贝[63]之数。吾之所有,悉以充赠。何者?欲于此世界求事,当或龙战[64]三二十载,建少功业。今既有主,住亦何为?太原李氏,真英主也。三五年内,即当太平。李郎以奇特之才,辅清平之主,竭心尽善,必极人臣。一妹以天人之姿,蕴不世之艺[65],从夫之贵,以盛轩裳[66]。非一妹不能识李郎,非李郎不能荣一妹。起陆之贵,际会如期,虎啸风生,龙吟云萃[67],固非偶然也。持余之赠,以佐真主,赞功业也,勉之哉!此后十年,当东南数千里外有异事,是吾得事之秋也。一妹与李郎可沥酒[68]东南相贺。"因命家童列拜,曰:"李郎、一妹,是汝主也!"言讫,与其妻从一奴,乘马而去。数步,遂不复见。公据其宅,乃为豪家,得以助文皇缔构之资[69],遂匡天下[70]。贞观[71]十年,公以左仆射平章事[72]。适南蛮[73]入奏曰:"有海船千艘,甲兵十万,入扶馀国[74],杀其主自立。国已定矣。"公心知虬髯得事也。归告张氏,具衣拜贺,沥酒东南祝拜之。乃知真人之兴也,非英雄所冀[75]。况非英雄者乎?人臣之谬思乱者,乃螳臂之拒走轮耳。我皇家垂福万叶[76],岂虚然哉[77]。或曰:"卫公之兵法,半乃虬髯所传耳。"

注释

〔1〕作者杜光庭,字宾至,唐处州缙云(今浙江缙云)人。曾学道天台山。僖宗时为内庭供奉,后任前蜀的户部侍郎等官职。晚年隐居青城山,自号东瀛子。著有《奇异记》、《谏书》等书。

红拂是一个豪侠而又美丽多情的少女。她看出杨素尸居馀气,必无所成,断然舍去;她也看出李靖是一位胸怀大志的英雄人物,毅然奔就;途中遇见虬髯客,又能知道他不是常人而设法结识:她不但慧眼识人,而且果断机智。虬髯客爽直慷慨,李靖则甚为沉着。作者成功地塑造了这三人的形象,后世称他们为"风尘三侠"。

作者生当唐末,天下大乱,但他却还有维护正统思想,认为"人臣之谬思乱者,乃螳臂之拒走轮耳"。他描写唐太宗是"真命天子",所以容貌举止,不同于常人,而且他所在的地方出现"奇气"。虬髯客走起路来也有"龙虎之状",所以到底也在海外做了皇帝。这种唯心的宿命论观点,是不可取的。

明人张凤翼著《红拂记》传奇,凌初成著《虬髯翁》杂剧,都是根据此篇改写的。

虬(qiú)髯客:两腮长着蜷曲胡子的人。"虬",生有两个角的小龙,这里是形容盘绕蜷曲的样子。"髯",胡须。

〔2〕隋炀帝:名杨广,隋朝末代的皇帝,因荒淫无道而亡国。

〔3〕江都:隋郡名,也称扬州,州治在今江苏扬州市东北。参看前《柳毅传》篇"广陵"注。

〔4〕杨素:隋华阴人,字处道。他曾帮助隋文帝(杨坚)获取政权,后来又替隋炀帝策划,排挤了他哥哥杨勇而夺得帝位。执掌朝政多年,曾任司空,封越国公、楚国公。

〔5〕西京:指长安,隋代的都城。

〔6〕莫我若也:没有人比得了我。

〔7〕礼异人臣:所享受的仪制,不是臣子所应有的。

〔8〕捧出:簇拥而出的意思。

〔9〕颇僭于上:很有点皇帝气派的意思。"僭",僭越,指超过本分所应有。

〔10〕无复知所负荷(hè):不再关心自己所应该负担的责任了。

〔11〕扶危持颠:挽救危亡颠覆的局势。

〔12〕卫公李靖:"卫公",卫国公的简称。"李靖",号药师,三原人。他是唐代的开国功臣之一,屡立战功,帮助唐高祖夺取了政权。封卫国公。

〔13〕以布衣上谒:以一个普通老百姓的资格去谒见。"布衣",指平民的身分,古时平民只能穿布衣。

〔14〕重臣:负国家重要责任的大臣。

〔15〕骋(chěng)辩：滔滔不绝地辩论。"骋"，奔放、恣纵的意思。

〔16〕逆旅：旅馆。

〔17〕揭：挑举着。

〔18〕丝萝："菟(tù)丝"和"女萝"，都是蔓生的植物，参看前《霍小玉传》篇"女萝"注。

〔19〕如何：怎么办。

〔20〕尸居馀气：比死人只多一口气，犹如说"苟延残喘"，意思是快要死去的人。

〔21〕伯仲之次：兄弟之间，老大叫做"伯"，老二叫做"仲"。"伯仲之次"，就是兄弟姊妹间排行的次序。

〔22〕不自意：没有想到、出于意外。

〔23〕窥户者无停履："窥户者"，在窗外偷看的人。"无停履"，此去彼来，川流不息的样子。

〔24〕非峻：不算厉害、并不严紧。

〔25〕灵石：唐县名，今山西灵石县。

〔26〕委地：拖到地下。

〔27〕中形：中等身材。

〔28〕欹卧：斜躺着。

〔29〕未决：没有决定要不要向虬髯客提出抗议，也可解作虽怒而没有决裂、发作。

〔30〕一手映身：把一只手放在身后。红拂女向李靖摆手示意，叫他不要发怒，却又不愿意被虬髯客看见，所以把手放在身后。

〔31〕胡饼：烧饼。烧饼上面有胡麻(芝麻)，故名。

〔32〕行：行为、模样。

〔33〕异人：指红拂女。

〔34〕故不言：本来是不说的。

〔35〕吾故非君所致也：我自然不是你所要投奔、寻觅的人。虬髯客自以为有做皇帝的希望，应该有人来投奔他；但李靖却要到太原去，所以这样说。

〔36〕主人：客店主人，这里作客店的代词。

〔37〕斗：古酒器。

〔38〕少：一点点。

〔39〕同之：指同吃。

〔40〕却头囊中：把头还放回囊里。

〔41〕衔之：恨他。

〔42〕真人："真命天子"的意思。封建统治阶级故意说做皇帝是命中注定的，因而称皇帝为真命天子，借以迷惑人民。

〔43〕州将之子：指唐太宗。当时他父亲李渊做隋朝的太原留守，所以说是"州将之子"。

〔44〕刘文静：字肇仁，武功人。隋末任晋阳令。曾协助唐高祖、太宗起兵反隋。高祖称帝后，历任民部尚书、左仆射，封鲁国公。后因故被杀。

〔45〕望气者：会望云气的人。封建统治阶级的骗人说法：要做皇帝的人，当他还没有露头角时，潜伏在某一地区，那里便有"王气"出现，会望云气的人，一看就看得出来。

〔46〕计之日：计算到达的日期。

〔47〕烈士：豪侠、侠义的人。

〔48〕促鞭：急鞭、加鞭。

〔49〕使回而至：派去邀请的人才回来，他随即就到了。

〔50〕裼（xí）裘："裼"，卷起袖子。古人穿皮袍，袍外还要加上一件正服；习惯把皮袍的两袖微微卷起，让里面的皮毛露出来，是当时的一种装扮，叫做"裼裘"。

〔51〕十八九：十分之八九。

〔52〕宛见：显然看见。

〔53〕即：则。

〔54〕话心：谈心。

〔55〕文皇：就是唐太宗，因为他死后谥号为"文"。这篇故事虽是讲唐太宗未做皇帝以前的情形，但却是在太宗死后多年才追述的，所以称为"文皇"。

〔56〕顾盼炜如:眼睛看人,炯炯有光的样子。

〔57〕复奚言:还有什么说头。以上四句话,是借下棋来暗喻虬髯客和唐太宗竞争帝位注定要失败。

〔58〕悬然如磬:喻贫穷。"磬",古时一种玉或石制的乐器,悬在横木上,可击以发声。古语"室如悬磬",意思是家里一无所有,四壁空空,只有屋梁像悬磬一样。典出《国语·鲁语》。

〔59〕兼议从(cōng)容:顺带着随便谈谈。"从容",本是形容悠闲自在的样子,引申作叙谈、聚会解释。后文《崔玄微》篇"只此从容不恶",《李使君》篇"愿召诸子从容",从容,都是这个意思。

〔60〕罗列庭前:"庭",原作"廷"(谈本作"于")。似作"庭"是,据虞本改。

〔61〕龙虎之状:"龙行虎步"的样子。封建社会里认为,做皇帝的人是"天生"的,走起路来也像龙虎一样。这是统治者为了抬高自己身分而捏造出来的说法。

〔62〕行酒:敬酒、劝人喝酒。

〔63〕泉贝:古时称钱为"泉",因为钱是像泉水一样到处流通的。"贝"也指钱,古时以贝壳为货币。

〔64〕龙战:指封建割据势力争夺帝位的战争。

〔65〕蕴不世之艺:具有非常的、世间少有的才能。

〔66〕以盛轩裳:意思是坐着高贵车子,穿着华美衣裳,享受荣华富贵。

〔67〕起陆之贵,际会如期,虎啸风生,龙吟云萃:"起陆",龙蛇起陆,比喻帝王的兴起。这四句的意思是说:当皇帝开创基业的时候,就有一些辅佐他的人,像"云从龙、风从虎"一样地,从四面八方集合到一起来了。这是一种"英雄造时势"的歪曲说法。

〔68〕沥酒:洒酒。

〔69〕缔构之资:经营事业的费用。

〔70〕匡天下:安定了天下,统一了政权。

〔71〕贞观:唐太宗(李世民)的年号(公元六二七至六四九年)。

〔72〕左仆射(yè)平章事：唐代的左右仆射，有时是宰相，有时又不是；唯有仆射再加上"平章事"的头衔，才确定是宰相的身分。参看前《柳氏传》篇"左仆射"注。

〔73〕南蛮：古时对南方少数民族的侮辱性称呼。

〔74〕扶馀国：古国名，在今辽宁、吉林、内蒙古一带地方。

〔75〕非英雄所冀：不是英雄所料想得到的。

〔76〕万叶：万世。

〔77〕岂虚然哉：这哪里是没有根据的呢。

郭 元 振

牛僧孺[1]

代国公郭元振,开元中下第,于晋之汾[2]。夜行阴晦失道[3];久而绝远有灯火光,以为人居也,径往寻之。八九里,有宅,门宇甚峻。既入门,廊下及堂上,灯烛荧煌,牢馔[4]罗列,若嫁女之家,而悄无人。公系马西廊前,历阶而升,徘徊堂上,不知其何处也。俄闻堂上东阁,有女子哭声,呜咽不已。公问曰:"堂上泣者,人耶,鬼耶?何陈设如此,无人而独泣?"曰:"妾此乡之一祠[5],有乌将军者,能祸福人[6]。每岁求偶于乡人,乡人必择处女之美者而嫁焉。妾虽陋拙,父利乡人之五百缗[7],潜[8]以应选。今夕乡人之女并为游宴者到是,醉妾此室,共镶而去,以适[9]于将军者也。今父母弃之就死,而今惴惴[10]哀惧。君诚人耶?能相救免,毕身为扫除之妇,以奉指使。"公大愤曰:"其来当何时?"曰:"二更。"曰:"吾忝大丈夫[11]也,必力救之。若不得,当杀身以狥[12]汝,终不使汝枉死于淫鬼之手也。"女泣少止。于是坐于西阶上,移其马于堂北,令仆侍立于前,若为傧[13]而待之。未几,火光照耀,车马骈阗[14]。二紫衣吏入而复走出,曰:"相公[15]在此。"逡巡,二黄衫吏入而出,亦曰:"相公在此。"公私心独喜曰[16]:"吾当为宰相,必胜此鬼矣。"既而将军渐下,导吏复告之。将军曰:"入。"有戈剑弓矢,引翼[17]以入,即[18]东阶下。公使仆前白:

"郭秀才见。"遂行揖。将军曰:"秀才安得到此?"曰:"闻将军今夕嘉礼[19],愿为小相[20]耳。"将军者喜而延坐。与对食,言笑极欢。公于囊中有利刀,思欲刺之。乃问曰:"将军曾食鹿脯乎?"曰:"此地难遇。"公曰:"某有少许珍者,得自御厨,愿削以献。"将军者大悦。公乃起取鹿脯,并小刀,因削之,置一小器,令自取之。将军喜,引手取之,不疑其他。公伺其无机[21],乃投其脯,捉其腕而断之。将军失声而走。道[22]从之吏,一时惊散。公执其手,脱衣缠之。令仆夫出望之,寂无所见。乃启门谓泣者曰:"将军之腕,已在此矣。寻其血迹,死亦不久。汝既获免,可出就食。"泣者乃出。年可十七八,而甚佳丽。拜于公前曰:"誓为仆妾。"公勉谕焉。天方曙,开视其手,则猪蹄也。俄闻哭泣之声渐近,乃女之父母兄弟及乡中耆老,相与舁榇[23]而来,将取其尸,以备殡殓。见公及女,乃生人也。咸惊以问之。公具告焉。乡老共怒公残其神,曰:"乌将军此乡镇神[24],乡人奉之久矣。岁配以女,才无他虞。此礼少迟,即风雨雷雹为虐。奈何失路之客,而伤我明神?致暴于人,此乡何负[25]。当杀卿以祭乌将军;不尔[26],亦缚送本县。"挥少年将令执公。公谕之曰:"尔徒老于年,未老于事[27]。我天下之达理者,尔众其听吾言。夫神,承天而为镇也,不若诸侯受命于天子而疆理天下乎[28]?"曰:"然。"公曰:"使诸侯渔色[29]于国中,天子不怒乎?残虐于人,天子不伐乎?诚使汝呼将军者,真明神也,神固无猪蹄。天岂使淫妖之兽乎?且淫妖之兽,天地之罪畜也。吾执正[30]以诛之,岂不可乎?尔曹无正人,使尔少女年年横死[31]于妖畜,积罪动天。安知天不使吾雪焉。从吾言,当为尔除之,永无聘礼之患,如何?"乡人悟而喜曰:"愿从命。"公乃命数百人,执弓矢刀枪锹镬之属,环而自随。寻血而行,才二十里,血入大冢穴中。因围而刱[32]之,应手渐大如瓮[33]口。公令采薪燃火,投入照之。其中若大室。见一大猪,无前左蹄,血卧其地,突[34]烟走出,毙于围中。乡人翻[35]共相庆,会钱[36]以酬公。公不受,曰:"吾为人除害,非鬻猎者[37]。"得免之女,辞其父母亲族曰:"多幸为人,托质血属[38],闺闱未出,固无可杀之罪。今日贪钱五十万[39],以嫁妖兽,忍锁而去,岂人所宜?若非郭公之仁勇,宁有今日。是妾死于父母,而生于郭公也。请从郭公,不复以旧乡为念矣。"泣拜以从公。公多歧援喻[40],止之不获,遂纳为侧室[41]。生子数人。公之贵也,皆任大官之位。事已前定,虽主[42]远地而弄于鬼神[43],终不能害,明矣。

注释

〔1〕作者牛僧孺,字思黯,唐陇西狄道(今甘肃临洮县南)人。宪宗时,以"贤良方正"的对策进用,后来历任御史中丞、户部侍郎同中书门下平章事等官职。封奇章郡公,死后谥"文简"。早有才名,好作志怪文字,著有《玄怪录》十卷,现仅存辑本一卷。

文中的乌将军——猪怪,能为人祸福,声势煊赫,看来是凛然不可犯的。郭元振斩断了它的手腕之后,乡老却认为不应该残害了他们的"镇神",要杀他致祭。经过郭元振的反复解说,大家才恍然大悟,于是群起消灭了这一乡之害。

郭元振:名震,字元振。唐魏州贵乡人。立有战功,睿宗时历任吏部、兵部尚书,同中书门下三品(宰相),封代国公。玄宗时因罪放逐新州,后起用为饶州司马,死途中。

〔2〕于晋之汾:从晋州到汾州去。"晋州",见前《李娃传》篇"牧晋州"注。"汾州",也称西河郡,约辖今山西介休、汾阳、平遥等地区,州治在今汾阳县。

〔3〕失道:迷路。

〔4〕牢馔:猪羊牛等牲畜叫做"牢";"牢馔",指这一类的肉食品。

〔5〕妾此乡之一祠:原无"一"字。似有"一"字义较胜,据郢本增(按郢本原亦无"一"字,藏书人在"之"下用朱笔增一"一"字,并在篇末注

明据吴瓠庵抄本校改）。

〔6〕能祸福人：能降祸或降福于人。

〔7〕五百缗(mín)："缗"，古时穿钱用的绳子。一般一串千钱，因而就以"缗"指千钱。"五百缗"，五十万钱。

〔8〕潜：偷偷地、暗地里。

〔9〕适：嫁。

〔10〕惴(zhuì)惴：害怕不安的样子。

〔11〕忝大丈夫：忝为大丈夫，犹如说总算是男子汉。忝有辱没、辜负的含义，是谦词。

〔12〕狥：本作"狥"，同"殉"字。"当杀身以狥汝"，犹如说陪着你一起死。参看前《任氏传》篇"狥人以至死"注。

〔13〕若为傧：假装着做傧相、赞礼的人。

〔14〕骈阗：排列得很多的样子。

〔15〕相公：对宰相的称呼。

〔16〕公私心独喜曰：原无"曰"字。似有"曰"字义较胜，据郱本增。

〔17〕引翼：引导并加以掩护、防卫。

〔18〕即：到临。

〔19〕嘉礼：婚礼。

〔20〕小相："相"，傧相，就是前《南柯太守传》篇所指的"相者"。"小相"，客气话。

〔21〕无机：没有注意、不加防备。"公伺其无机"：原无"无"字。似有"无"字义较胜，疑系漏刻，据郱本增。

〔22〕道：同"导"字。

〔23〕舁槮(chèn)：抬着棺材。

〔24〕镇神：指镇守一方、保障地方平安的神灵。

〔25〕何负：有两解。倚靠着什么，或有什么对不住。前一解的意思是：把镇神杀伤了，一乡的人就无所倚恃了。后一解的意思是：我们有什么对不住你的地方，而要杀死本乡的镇神？

〔26〕不尔：如果不这样。

〔27〕未老于事:"老",有阅历、有经验的意思。"未老于事",指对处理社会上的事情还没有丰富的阅历、经验。

〔28〕这三句的意思是说:神秉承天帝的意旨而镇守地方,岂不和诸侯受皇帝的命令治理天下是一样的?"彊理",负责治理的意思。

〔29〕渔色:贪好女色。

〔30〕执正:根据正理。

〔31〕横(hèng)死:凶死、死于非命。

〔32〕劚(zhǔ):砍、斫。

〔33〕瓮(wèng):大腹小口的坛子。

〔34〕突:穿过。

〔35〕翻:反而、转过来,指变怒为喜。

〔36〕会钱:聚钱、凑钱。

〔37〕鬻猎者:靠着打猎为生的人。

〔38〕托质血属:做为有血统关系的人,指做了女儿。

〔39〕今日贪钱五十万:"十",原作"百"。按前云"五百缗",一缗千钱,五百缗应是五十万,此处"百"应"十"字之误,据郭本改。

〔40〕多歧援喻:引用各种各样的道理做比喻来说服她。岔出的道路叫做"歧";"多歧",引申作"多方面"解释。

〔41〕侧室:妾。

〔42〕主:在人家做客叫做"主"。

〔43〕弆(jǔ)于鬼神:躲藏在鬼神所在的地方,指郭元振到乌将军祠里去。"弆",躲藏的意思。

马 待 封

牛 肃[1]

开元初修法驾[2],东海[3]马待封能穷伎巧[4],于是指南车[5]、记里鼓[6]、相风鸟[7]等,待封皆改修,其巧逾于古。待封又为皇后造妆具,中立镜台,台下两层,皆有门户。后将栉沐,启镜奁后,台下开门,有木妇人手执巾栉至;后取已,木人即还。至于面脂妆粉,眉黛髻花,应所用物,皆木人执;继至,取毕即还,门户后闭。如是供给皆木人。后既妆罢,诸门皆阖,乃持去。其妆台金银彩画,木妇人衣服装饰,穷极精妙焉。待封既造卤簿[8],又为后帝造妆台,如是数年,敕但给其用,竟不拜官[9]。待封耻之。又奏请造欹器[10]、酒山扑满[11]等物,许之。皆以白银造作。其酒山扑满中,机关运动,或四面开定,以纳风气;风气转动,有阴阳向背,则使其外泉流吐纳,以挹杯斝[12];酒使[13]出入,皆若自然,巧逾造化[14]矣。既成奏之,即属[15]宫中有事,竟不召见。待封恨其数奇[16],于是变姓名,隐于西河[17]山中。至开元末,待封从晋州来,自称道者吴赐也。常绝粒[18]。与崔邑[19]令李劲造酒山扑满、欹器等[20]。酒山立于盘中,其盘径[21]四尺五寸,下有大龟承盘,机运皆在龟腹内。盘中立山,山高三尺,峰峦殊妙。——盘以木为之,布漆其外;龟及山皆漆布脱空[22],彩画其外。山中虚,受酒三斗。——绕山皆列酒池,池外复有山围之。池中尽生荷,花及叶皆锻铁为之。花开叶舒，以代盘叶；设脯醢[23]珍果佐酒之物于花叶中。山南半腹有龙，藏半身于山，开口吐酒。龙下大荷叶中，有杯承之；盃受四合，龙吐酒八分而止。当饮者即取之。饮酒若迟，山顶有重阁，阁门即开，有催酒人具衣冠执板而出；于是归盏于叶，龙复注之，酒使乃还，阁门即闭；如复迟者，使出如初，直至终宴，终无差失。山四面东西皆有龙吐酒，虽覆酒于池，池内有穴，潜引池中酒纳于山中，比席阑终饮，池中酒亦无遗矣。欹器二，在酒山左右。龙注酒其中，虚则欹，中则平，满则覆，则鲁庙所谓"侑坐之器"也。君子以诚盈满，孔子观之以诫焉[24]。杜预造欹器不成，前史所载[25]；若吴赐也，造之如常器耳。

注释

〔1〕作者牛肃，大约是唐德宗、宪宗时人，事迹无可考。

这是一篇记载古代劳动人民创造发明的故事。从这篇文字里看起来，马待封在那时已经懂得利用机械原理了。

马待封想往上爬——做官，这是时代的局限性使然。不过，封建统治阶级是不会重视人民劳动的成果的，所以他结果只有沦落为道者以终。可以想象得到，即使他获得重用了，也不过成为封建统治阶级的帮闲人物，只有制造一些供他们享乐的东西而已，决不可能发挥其聪明才智来为人民大众的福利服务的。这正是封建社会的悲剧。

〔2〕法驾：皇帝的车驾。

〔3〕东海：唐郡名，也称海州，约辖今江苏东海、沭阳、涟水等地区，州治在今东海县。

〔4〕穷伎巧：竭尽技巧的能事。"伎"，同"技"字。

〔5〕指南车：古时指示方向的车子。据说是黄帝所发明，后来东汉张衡、南齐祖冲之等都曾制造过，但法已失传。宋代的指南车，上面雕刻仙人模样，车虽转动而仙人的手常南指。这种车子的指南，不是利用磁石性的指南针，而是通过一套齿轮传动系统，使车在转弯时，不论转向何方，

车上的木偶人的手总是向南指着。

〔6〕记里鼓:古时记道里远近的车子。车两层,上面都有木人。行一里,下层的木人击鼓;行二里,上层的木人击镯(古时类似铃、钟一类的乐器)。这是利用齿轮系和凸(tū)轮的传动而制造的。

〔7〕相风鸟:古时测候风向的仪器。用木或铜制成鸟形,放在屋顶或船只的桅杆上,有风时就会转动。"鸟",疑"乌"字之误。

〔8〕卤簿:皇帝的车驾、侍卫和仪仗。

〔9〕敕但给其用,竟不拜官:皇帝有诏命,只供给他在制造这些东西时所需要的用费,却始终不给他一个官职。

〔10〕欹器:"欹",本作"攲",不正的意思。"欹器",一种可以往里面注水的器具。没有水的时候,欹器是歪的;水恰好,欹器就正了;水太满,欹器就翻过来。这是古人利用物体重心位置移动的原理制成的,一般为陶器,也有铜质的。最早是作为汲水和盛水之用。据说古时国君设置这样东西,是用来警戒自己:处理事情不要过火,也不要不及。

〔11〕酒山扑满:"扑满",储钱的扁圆形瓦器。上有眼,可以把钱投进去;等钱存满了,把它打破,才可以取出来。这里大约指酒山里储满了酒,就会由龙口里吐出,有如扑满里钱存满了就打破它取出来一样,所以叫做"酒山扑满"。

〔12〕以挹杯斝(jiǎ):把杯子灌满了。把液体倒在器皿里叫做"挹"。"斝",两旁有耳的玉杯。

〔13〕酒使:指酒山里设置劝酒的假人。

〔14〕巧逾造化:比天生的还要巧妙。"造化",指天地自然。

〔15〕即属:然而正值。

〔16〕数奇(jī):命运不好、不顺利。参看前《柳氏传》篇"郁堙不偶"注。

〔17〕西河:唐县名,属汾州西河郡,今山西汾阳县。

〔18〕绝粒:不吃粮食,就是"辟谷"。道家迷信说法:修炼到一定程度,可以不再吃粮食,只须服药,并做导引等功夫,从此就可以轻身入道成仙。

〔19〕崔邑：疑是"霍邑"之误。霍邑，唐县名，属晋州平阳郡，今山西霍县。

〔20〕令李劲造酒山扑满、欹器等："扑"，原作"朴"，应是误刻，前文亦作"扑满"，改。

〔21〕径：直径。

〔22〕漆布脱空：唐、宋丧葬时所用的神像，外面加上绫绢金银的叫做"大脱空"，在纸外设色的叫做"小脱空"。见《清异录·丧葬门》。这里"漆布脱空"，指龟和山外面加上漆布后，又用绫绢和金银色再裱糊一层。

〔23〕醢（hǎi）：肉酱。

〔24〕这一段故事见于《荀子·宥坐》：孔子到鲁桓公的庙里参观，看见欹器，问看庙的人是什么东西。回答是"宥坐之器"。孔子说：我听说宥坐之器里没有水的时候是歪的，水恰好就正了，水太满就会翻过来。于是叫学生们把水灌在器里试试看，果然和所传的一样。孔子因而叹息说：唉！哪里有满盈而不颠覆的道理！"宥坐之器"就是欹器，向来有两种解释：一，"宥"同"右"字，国君把欹器放在座右，以警惕自己；二，"宥"同"侑"字，劝戒的意思。

〔25〕杜预造欹器不成，前史所载："杜预"，晋人，武帝时曾任都督荆州诸军事、镇南大将军。《南史·文学传·祖冲之列传》：杜预有巧思，可是造欹器三改不成；后来祖冲之才造成了。

王 维

薛用弱[1]

王维右丞[2]，年未弱冠，文章得名。性娴[3]音律，妙能琵琶，游历诸贵之间，尤为岐王[4]之所眷重。时进士张九皋，声称籍甚[5]。客有出入于公主[6]之门者，为其致公主邑司牒京兆试官[7]，令以九皋为解头[8]。维方将应举，具其事言于岐王，仍求庇借[9]。岐王曰："贵主之强，不可力争。吾为子画[10]焉。子之旧诗清越者，可录十篇；琵琶之新声怨切者，可度一曲。后五日当诣此。"维即依命，如期而至。岐王谓曰："子以文士，请谒贵主，何门[11]可见哉？子能如吾之教乎？"维曰："谨奉命。"岐王则出锦绣衣服，鲜华奇异，遣维衣之；仍令赍琵琶，同至公主之第。岐王入曰："承贵主出内[12]，故携酒乐奉谦[13]。"即令张筵。诸伶旅进[14]。维妙年[15]洁白，风姿都美[16]，立于前行。公主顾之，谓岐王曰："斯何人哉？"答曰："知音者也。"即令独奏新曲，声调哀切，满座动容。公主自询曰："此曲何名？"维起曰："号《郁轮袍》。"公主大奇之。岐王曰："此生非止音律，至于词学，无出其右[17]。"公主尤异之，则曰："子有所为文乎？"维即出献怀中诗卷。公主览读，惊骇曰："皆我素所诵习者。常谓古人佳作，乃子之为乎？"因令更衣[18]，升之客右。维风流蕴藉[19]，语言谐戏，大为诸贵之所钦瞩[20]。岐王因曰："若使京兆今年得此生为解头,诚为国华[21]矣。"公主乃曰:"何不遣其应举?"岐王曰:"此生不得首荐[22],义不就试,然已承贵主论托张九皋矣。"公主笑曰[23]:"何预儿事[24],本为他人所托。"顾谓维曰:"子诚取解,当为子力[25]。"维起谦谢。公主则召试官至第,遣宫婢传教。维遂作解头而一举登第矣。及为太乐丞[26],为伶人舞《黄师子》[27],坐出官[28]。——《黄师子》者,非一人不舞[29]也。天宝末,禄山初陷西京,维及郑虔[30]、张通[31]等皆处贼庭[32]。洎克复,俱囚于宣阳里杨国忠旧宅。崔圆[33]因召于私第,令画数壁。当时皆以圆勋贵无二,望其救解,故运思精巧,颇绝其艺[34]。后由此事,皆从宽典[35];至于贬黜,亦获善地[36]。今崇义里窦丞相易直[37]私第,即圆旧宅也,画尚在焉。维累为给事中。禄山授以伪官。及贼平,兄缙为北都副留守[38],请以己官爵赎之[39]。由是免死。累为尚书右丞。于蓝田[40]置别业,留心释典[41]焉。

注释

〔1〕作者薛用弱,字中胜,唐河东人。穆宗时曾任光州刺史,文宗时又出守弋阳。著有《集异记》三卷,凡十六条。

王维,字摩诘,唐太原祁州(今山西祁县)人。玄宗时为右拾遗、监察御史、给事中,肃宗时任尚书右丞。他是盛唐时代名诗人,以善于描写山水田园著称。也擅长书画。苏轼曾说他"诗中有画,画中有诗"。这篇故事说他借岐王和太平公主的力量来获得"解头",不一定可信。不过,从这里可以看出当时权门豪贵把持政治、炙手可热的情况来。

〔2〕右丞:官名,"尚书右丞"的简称,属尚书省。掌管兵、刑、工三部官员仪礼,也有权纠正御史弹劾的不当。王维曾任这一官职,后世就称他为"王右丞"。

〔3〕娴:熟悉。

〔4〕岐王:名李范,唐玄宗的弟弟。因帮助玄宗计杀太平公主有功,历任州刺史、太子太傅等官。

〔5〕声称籍甚:名气很大。

〔6〕公主:指太平公主,唐高宗的女儿,武则天所生。她曾因清除张易之、张昌宗和韦氏家族有功,把持国家政权,十分跋扈。后因想废掉玄宗,被处死。

〔7〕为其致公主邑司牒京兆试官:"致",设法搞到的意思。"邑司",唐代为公主管理财货和封地租税收入的官员。"牒",本是古时一种公文的名称,这里作动词用,致送公文的意思。全句的意思是说:设法请求为公主管理财务的官员,用公主的名义写一封推荐的信给京兆的考官。

〔8〕解(jiè)头:唐代由州郡保举士人到京城里应考叫做"解";"解头"就是被保举人里的第一名。后来称乡试的魁首为"解元"。

〔9〕庇借:靠着庇荫而获得帮助。

〔10〕画:策画、筹画。

〔11〕何门:有什么门路。

〔12〕出内:由皇宫里出来。

〔13〕讌:同"宴"字。

〔14〕旅进:"旅",俱。《礼记·乐记》里有"旅进旅退"这样一句话,是说一齐进,一齐退,形容整齐而有次序的样子。

〔15〕妙年:少年。

〔16〕都美:一种文雅的美。

〔17〕无出其右:古时以"右"为尊;"无出其右",没有比他再好的了。

〔18〕更衣:换衣服。王维本是穿乐工的衣服去的,现在公主把他当做客人看待,所以要他换衣服。

〔19〕蕴藉:形容文雅有修养的样子。

〔20〕钦瞩:用钦佩的眼光看着。

〔21〕国华:国家的精华,犹如说国家的财富,也可作国家的体面解释。

〔22〕首荐:以第一名被保举。

〔23〕公主笑曰:原无"笑"字。似有"笑"字义较胜,据虞本改。

〔24〕何预儿事:和我有什么相干。

〔25〕当为子力:一定给你尽力设法。

〔26〕太乐丞:太乐署是唐代主持国家祭祀、宴会时乐奏和管理乐工的官署。"太乐丞",太乐署的副长官。

〔27〕舞《黄师子》:"师子",同"狮子"。《师子舞》,是唐皇帝宴会时用的一种舞乐。由人扮作假狮子,另由人拿着红拂来引动,狮子就俯仰跳舞,做出种种姿态。一面舞,一面唱《太平乐》乐曲。狮子分五方设立,颜色各各不同;在中央的为"黄狮子"。

〔28〕坐出官:因为犯罪过而遭到处分叫做"坐"。"出官",免去官职。

〔29〕非一人不舞:"一人",封建时代指皇帝的专词,意思他是天下仅有的一人,统治阶级恭维最高统治者的话。"非一人不舞",是说像《黄师子》这一种舞乐,非皇帝在座时,是不许演出的。王维身为太乐丞,却允许乐工在皇帝不到时演出这种舞乐,是违法的,所以遭到免职处分。

〔30〕郑虔:字弱斋,唐荥阳人。玄宗时为广文馆博士,世称"郑广文"。能诗,善书法和山水画,有"郑虔三绝"之称。

〔31〕张通:唐河间人,山水画家。曾任曹州刺史。

〔32〕处(chǔ)贼庭:指在安禄山的伪朝廷里为官。

〔33〕崔圆:字有裕,唐武城人。曾任中书侍郎同平章事、淮南节度使等官职。

〔34〕绝其艺:尽量发挥自己的技能,犹如说使出看家本领。

〔35〕从宽典:从宽处理。

〔36〕善地:好地方,指不是偏僻瘠苦的地区。

〔37〕窦丞相易直:字宗玄,唐始平人。宪宗时曾任户部侍郎同平章事,后来又做过左仆射、凤翔节度使。

〔38〕北都副留守:唐代以太原为"北都"。"副留守",官名。唐制,以西、东、北三都的府尹为留守,少尹为副留守。最初皇帝离开某一都城他往时,才设置留守和副留守;后来却成为固定的官职。

〔39〕请以己官爵赎之:请免去自己的官爵来赎王维的罪。

〔40〕蓝田:唐县名,今陕西蓝田县。

〔41〕留心释典:研究佛家经典。王维的后期生活较为消极,在辋川的蓝田别墅里过着田园生活,皈依佛教,信奉禅理。

王之涣[1]

薛用弱

开元中诗人,王昌龄[2]、高适[3]、王之涣齐名[4],时风尘未偶[5],而游处[6]略同。一日,天寒微雪。三诗人共诣旗亭,贳酒[7]小饮。忽有梨园伶官[8]十数人,登楼会宴。三诗人因避席隈映[9],拥炉火以观焉。俄有妙妓四辈,寻续而至,奢华艳曳[10],都冶[11]颇极。旋则奏乐,皆当时之名部[12]也。昌龄等私相约曰:"我辈各擅诗名,每不自定其甲乙,今者可以密观诸伶所讴,若诗入歌词之多者,则为优矣。"俄而一伶,拊节[13]而唱曰:"寒雨连江夜入吴,平明送客楚山孤。洛阳亲友如相问,一片冰心在玉壶[14]。"昌龄则引手画壁曰:"一绝句。"寻又一伶讴之曰:"开箧泪沾臆,见君前日书。夜台何寂寞,犹是子云居[15]。"适则引手画壁曰:"一绝句。"寻又一伶讴曰:"奉帚平明金殿开,强将团扇共徘徊。玉颜不及寒鸦色,犹带昭阳日影来[16]。"昌龄则又引手画壁曰:"二绝句。"之涣自以得名已久[17],因谓诸人曰:"此辈皆潦倒[18]乐官,所唱皆《巴人下里》之词[19]耳,岂《阳春白雪》之曲,俗物敢近哉?"因指诸妓之中最佳者曰:"待此子所唱,如非我诗,吾即终身不敢与子争衡[20]矣。脱是吾诗,子等当须列拜床下[21],奉吾为师。"因欢笑而俟之。须臾次至[22]双鬟发声,则曰:"黄河远上白云间,一片孤城万仞山。羌笛何须怨杨柳,春风不度玉门关[23]。"之涣即撧歈二子曰[24]："田舍奴[25]，我岂妄哉！"因大谐笑。诸伶不喻其故，皆起诣曰："不知诸郎君何此欢噱？"昌龄等因话其事。诸伶竞拜曰："俗眼不识神仙，乞降清重[26]，俯就筵席。"三子从之，饮醉竟日。

注释

〔1〕王之涣：字季陵，唐并州人。少时以豪侠著称，好使酒击剑。曾任主簿、县尉等官职。与王昌龄、高适同为盛唐时诗人，时相唱和。但作品多已散佚。

"王之涣"：标题原作"王涣之"，应误，改。本篇记述伶官歌唱他们诗篇的故事，不一定真实，但这种情况可以看作当时诗人生活的一种反映。

〔2〕王昌龄：字少伯，其籍贯有江宁、京兆、太原诸说；据近人考证，以太原说较可靠。玄宗时曾任校书郎、丞、尉等官职，后被刺史闾丘晓杀害。著有诗集五卷。

〔3〕高适：字达夫，唐渤海（今河北沧县）人。玄宗时历任刑部侍郎、西川节度使、散骑常侍等官职。著有《高常侍集》十卷。

〔4〕王昌龄、高适、王之涣齐名："之涣"，原作"涣之"，改。

〔5〕风尘未偶："风尘"，指在社会里经历着艰辛困苦的样子。"未偶"，没有走运。参看前《柳氏传》篇"郁埋不偶"注。

〔6〕游处："游"，指在外游历。"处（chǔ）"，指在家居止。

〔7〕贳（shì）酒：赊酒。

〔8〕伶官：掌管乐曲的官员。

〔9〕避席隈映：躲在黑暗的角落里。"映"，阴隐的意思。"隈"，角落里。

〔10〕曳：形容行走时摇曳生姿的样子。

〔11〕都冶：漂亮而妖媚。

〔12〕名部：指有名的乐曲。

〔13〕抃节："节"，音乐中控制节奏之具，如拍板。"抃节"，打着

拍子。

〔14〕这是王昌龄的一首七言绝句,题为《芙蓉楼送辛渐》。古时吴、楚两国疆域是相接的。前两句的意思是说:友人去后,遥望楚地山影,予人以孤寂之感。"平明",天亮时。末句的意思是说:自己虽然在外,但却清廉自持,不企求功名富贵,有如冰在玉壶里一样地纯洁。鲍照《白头吟》中有"清如玉壶冰"一语,这里即引用此典。

〔15〕这是高适的一首题为《哭单(shàn)父梁九少府》的五言古诗的头四句,这里摘引单作为一首诗,故称为"绝句"。"夜台",指坟墓。"子云",汉代文学家扬雄的字。高适以扬雄比喻死友梁九少府,说他虽然死在地下,但那里仍然是一个文学家的住所。

〔16〕这是王昌龄的一首乐府,题为《长信怨》(长信,汉宫名)。这首诗表面上是代班倢伃发抒哀怨之作,实际却反映了一般宫女悲惨苦闷的处境,也指出了专制帝王只知玩弄女性,并没有真正的、专一的爱情。班倢伃最初很得汉成帝的宠爱,后来赵飞燕姊妹入宫,她就失宠了,于是请求到长信宫里去侍奉太后。"奉帚",捧着扫帚,指做洒扫一类的事,就是服侍太后的意思。班倢伃曾作《怨歌行》这一首诗,"强将团扇共徘徊",就是引用诗中典故,比喻君恩断绝。参看前《霍小玉传》篇"秋扇见捐"注。"鵶",同"鸦"字。"昭阳",汉成帝和赵飞燕姊妹常住的殿名。"昭阳日影",象征成帝的宠幸。

〔17〕之涣自以得名已久:"之涣",原作"涣之",改。

〔18〕潦倒:本是放荡不羁的意思,这里作倒霉、不如意解释。

〔19〕《巴人下里》之词:战国时,楚王问宋玉说:是不是你的行为不好,所以有许多人批评你?宋玉于是作了一篇《答楚王问》,引用唱歌的事情做比喻,认为是别人不了解他。他说:有人在郢(yǐng)中唱歌,先唱《下里巴人》这一俚俗的曲子,跟着和唱的有好几千人;后来再唱《阳阿薤露》,这是文雅一点的曲子,跟着和唱的少到几百人;最后再唱最高雅的曲子——《阳春白雪》,跟着和唱的就只有几十人了。他因此得出结论:歌曲的格调越高,能和唱、欣赏的人就越少。这只是宋玉借以比喻的话。其实这种观点是片面的、不完全正确的,因为通俗而为广大群众所接受的,往

往正是好歌曲。

〔20〕争衡:"衡",秤杆,是秤量轻重的东西;"争衡",犹如说较量轻重、比较高低。

〔21〕子等当须列拜床下:原无"列"字。似有"列"字义较胜,据虞本增。

〔22〕次至:轮到。

〔23〕这是王之涣的一首乐府,题为《出塞》(一作《凉州词》),它抒写了塞外荒凉景况和战士久戍思家的苦闷心情。古以八尺为"仞";"万仞",极言其高。"羌笛",古乐器,长一尺四寸,有三、四、五孔诸说,出于羌中(古时西方少数民族的名称),故名。"杨柳",《折杨柳》的简称,描写征人愁苦的乐曲。"羌笛何须怨杨柳",羌笛何必吹出《折杨柳》这一种哀怨的曲子;也以杨柳指实物,意含双关,因"春风"既"不度玉门关",则塞外无杨柳,也就不须怨它了。"玉门关",在今甘肃敦煌县西,是古时通西域的要道;出此关,就是塞外了。那时塞外是一片沙漠的荒凉之地,和今日建设成"塞上江南"的情况是完全不同的,所以有"春风不度玉门关"这种象征的说法。玉门关距黄河甚远,这里只是以之泛指塞外而已。"黄河",一作"黄沙"。究竟应作何字为是,近人曾有讨论,尚未解决。

〔24〕擪歈(yé yú):同"揶揄",作手势来加以嘲笑的意思。"之涣即擪歈二子曰":"之涣",原作"涣之",改。

〔25〕田舍奴:乡下人。封建社会里,剥削阶级轻视辛勤劳动的农民,因此,称人"田舍奴"是鄙视的话。

〔26〕降清重:"清重",指清高贵重的身分。"降清重",请清高贵重身分的人降临,客气话。

红　线

袁　郊[1]

红线,潞州[2]节度使薛嵩[3]青衣。善弹阮[4],又通经史,嵩遣掌笺表[5],号曰:"内记室[6]"。时军中大宴,红线谓嵩曰:"羯鼓[7]之音调颇悲,其击者必有事也。"嵩亦明晓音律,曰:"如汝所言。"乃召而问之,云:"某妻昨夜亡,不敢乞假。"嵩遽遣放归。时至德[8]之后,两河未宁[9],初置昭义军[10],以釜阳为镇[11],命嵩固守,控压山东。杀伤之余,军府草创。朝廷复遣嵩女嫁魏博[12]节度使田承嗣[13]男,男娶滑州节度使[14]令狐彰[15]女;三镇互为姻娅[16],人使日浃往来[17]。而田承嗣常患热毒风,遇夏增剧。每曰:"我若移镇山东,纳其凉冷,可缓数年之命[18]。"乃募军中武勇十倍者得三千人,号"外宅男",而厚恤养之。常令三百人夜直[19]州宅。卜选良日,将迁[20]潞州。嵩闻之,日夜忧闷,咄咄[21]自语,计无所出。时夜漏将传[22],辕门[23]已闭,杖策庭除[24],唯红线从行。红线曰:"主自一月,不遑寝食[25],意有所属,岂非邻境乎?"嵩曰:"事系安危,非汝能料。"红线曰:"某虽贱品,亦有解主忧者。"嵩乃具告其事,曰:"我承祖父遗业,受国家重恩,一旦失其疆土,即数百年勋业尽矣。"红线曰:"易尔,不足劳主忧。乞放某一到魏郡,看其形势,觇其有无。今一更首途[26],三更可以复命。请先定一走马[27]兼具寒暄书[28],其他即俟某却回也。"嵩大惊曰:"不知汝是异人,我之暗[29]也。然事若不济,反速其祸[30],奈何?"红线曰:"某之行,无不济者。"乃入闺房,饰其行具。梳乌蛮髻[31],攒[32]金凤钗,衣紫绣短袍,系青丝轻屦。胸前佩龙文匕首,额上书太乙神[33]名。再拜而行,倏忽不见[34]。嵩乃返身闭户,背烛危坐。常时饮酒,不过数合,是夕举觞十余不醉。忽闻晓角[35]吟风,一叶坠露,惊而试问,即红线回矣。嵩喜而慰问曰:"事谐否?"曰:"不敢辱命。"又问曰:"无伤杀否?"曰:"不至是。但取床头金合为信耳。"红线曰:"某子夜[36]前三刻,即到魏郡,凡历数门,遂及寝所。闻外宅男止于房廊,睡声雷动。见中军[37]士卒,步于庭庑,传呼风生。某发其左扉,抵其寝帐。见田亲家翁正于帐内,鼓跌[38]酣眠,头枕文犀[39],髻包黄縠,枕前露一七星剑。剑前仰开一金合,合内书生身甲子[40]与北斗神[41]名;复有名香美珍,散覆其上。扬威玉帐[42],但期心豁于生前[43];同梦兰堂[44],不觉命悬于手下。宁劳擒纵,只益伤嗟。时则蜡炬光凝,炉香烬煨,侍人四布,兵器森罗。或头触屏风,鼾而觉[45]者;或手持巾拂,寝而伸者。某拔其簪珥,縻其襦裳[46],如病如昏,皆不能寤;遂持金合以归。既出魏城西门,将行二百里,见铜台高揭[47],而漳水[48]东注;晨飚[49]动野,斜月在林。忧往喜还,顿忘于行役[50];感知酬德,聊副于心期[51]。所以夜漏三时,往返七百里;入危邦,经五六城;冀减主忧,敢[52]言其苦。"嵩乃发使遗承嗣书曰:"昨夜有客从魏中来,云:自元帅头边获一金合。不敢留驻,谨却封纳[53]。"专使星驰[54],夜半方到。见搜捕金合,一军忧疑。使者以马挝[55]扣门,非时请见。承嗣遽出,以金合授之。捧承之时,惊怛绝倒[56]。遂驻使者止于宅中,狎以宴私,多其赐赉。明日遣使赍缯帛三万匹、名马二百匹,他物称是[57],以献于嵩曰:"某之首领,系在恩私[58]。便宜知过自新,不复更贻伊戚[59]。专膺指使,敢议姻亲[60]。役当奉毂后车[61]，来则挥鞭前马。所置纪纲仆[62]号为外宅男者，本防它盗，亦非异图。今并脱其甲裳，放归田亩矣。"由是一两月内，河北河南，人使交至。而红线辞去。嵩曰："汝生我家，而今欲安往？又方赖汝，岂可议行？"红线曰："某前世本男子，历江湖间，读神农[63]药书，救世人灾患。时里有孕妇，忽患蛊症[64]。某以芫花[65]酒下之，妇人与腹中二子俱毙。是某一举杀三人。阴司见诛，降为女子，使身居贱隶，而气禀贼星[66]。所幸生于公家，今十九年矣。身厌罗绮，口穷甘鲜[67]，宠待有加，荣亦至矣。况国家建极[68]，庆且无疆[69]。此辈背违天理，当尽弭患。昨往魏郡，以示报恩。两地保其城池，万人全其性命，使乱臣知惧，烈士安谋[70]。某一妇人，功亦不小，固可赎其前罪，还其本身。便当遁迹尘中，栖心物外，澄清一气，生死长存[71]。"嵩曰："不然[72]，遗尔千金为居山之所给。"红线曰："事关来世，安可预谋。"嵩知不可驻，乃广为饯别；悉集宾客，夜宴中堂。嵩以歌送红线，请座客冷朝阳为词曰："《采菱》[73]歌怨木兰舟[74]，送别魂消百尺楼。还似洛妃乘雾去，碧天无际水长流。"歌毕，嵩不胜悲。红线拜且泣，因伪醉离席，遂亡其所在。

注释

〔1〕作者袁郊，字之仪（一作之乾），唐蔡州朗山（今河南汝南县）人。懿宗时曾任祠部郎中，后来又做过翰林学士、虢州刺史等官职。著有《二仪实录》、《衣服名义图》、《服饰变古元录》等书；又有《甘泽谣》一卷，《红线》是其中的一篇。

本篇是唐人侠义一类传奇的代表作之一。这类故事的产生，是有其历史根源的。唐末藩镇割据，横行跋扈，彼此互谋吞并，以致造成混战局势；一面又横征暴敛，更加重对人民的剥削。处在这种水深火热的环境里，人民生活极端痛苦而又无法逃避现实，于是渴望能有除暴安良的侠客出现,这种天真的幻想,就在传奇中得到反映。

这一类传奇的主角多为女性,使在封建社会里一贯受压迫的妇女能够扬眉吐气,这种写法也很有意义。

不过,这些侠义之士,多为封建统治阶级服务,并有浓厚的报恩思想,这却不免使形象的光彩为之减色。

〔2〕潞州:也称上党郡,约辖今山西浊漳河除榆社县以外地和河北涉县西部,州治在今山西长治市。

〔3〕薛嵩:唐龙门人。历任节度使、尚书、右仆射等官职。封平阳郡王。他是薛仁贵的孙子,薛仁贵在太宗、高宗时,因战功历任大总管、都督等官,所以下文有"承祖父遗业"的话。

〔4〕阮:"阮咸"的简称。琵琶一类的乐器,作正圆形,有如月琴。因是晋代阮咸所创制,就名为"阮咸"。有三弦、四弦两种,并有大阮、中阮、小阮之别。

〔5〕掌笺表:主管文牍章奏。

〔6〕内记室:犹如说私人秘书。

〔7〕羯鼓:唐代盛行的一种打击乐器。因是羯族所制,故名。形如漆桶,横放在小牙床上,两头可击,又叫"两杖鼓"。

〔8〕至德:唐肃宗(李亨)的年号(公元七五六至七五七年)。

〔9〕两河未宁:"两河",指黄河南北。安禄山反唐后,至德二年,郭子仪才收复洛阳,那时黄河南北还很不安定。

〔10〕昭义军:当时设昭义军节度使,治潞州,管辖潞、泽、邢、洺(míng)、磁五州,在今河北邢台市以南和山西浊漳河、丹河流域一带地区。

〔11〕以釜阳为镇:以釜阳为昭义军节度使驻地。"釜阳",唐县名,就是滏(fǔ)阳,今河北磁县。下文"三镇",镇,藩镇的简称,即节度使。

〔12〕魏博:唐方镇名,当时的河北三镇之一,为收抚安、史残部而设。魏博节度使治魏州(今河北大名东),辖魏、博、贝、卫、澶、相六州,约在今河北邯郸、永年、南宫、大名和河南安阳等一带地区。

〔13〕田承嗣:唐卢龙人。曾任天雄军节度使(即平卢节度使后期的称谓),加中书同平章事,封雁门郡王。

〔14〕滑州节度使:"滑州",也称灵昌郡,约辖今河南延津、滑县等地区,州治在今滑县。"滑州节度使",就是滑亳魏博节度使。

〔15〕令狐彰:字伯阳,唐富平人。曾任滑亳魏博节度使,加御史大夫,封霍国公。

〔16〕姻娅(yà):古时以女婿的父亲为"姻",两婿彼此互称为"娅"。后来以"姻娅"为亲戚的泛称。

〔17〕日浃往来:"浃",一周。从甲日到癸日十天一周的期间叫做"浃日"。"日浃往来",时常往来的意思。

〔18〕可缓数年之命:可以多活几年的意思。

〔19〕直:值班守护。

〔20〕迁:这里是吞并的意思。

〔21〕咄(duō)咄:唉声叹气。单用一个"咄"字,是表示呵叱、招呼,如后文《裴航》篇"妪咄曰"。

〔22〕夜漏将传:快要起更的时候。漏本是古时一种计时器,这里是泛指更点。

〔23〕辕门:古代帝王出外住宿时,为了警戒,把两乘车子翻转来,以车辕相向放在门外,名为"辕门";后来就以"辕门"指官署的外门。

〔24〕杖策庭除:拿着手杖,在院里走来走去。"除",台阶。

〔25〕不遑寝食:没有心思吃饭睡觉,犹如说废寝忘餐。

〔26〕首途:动身。

〔27〕走马:骑马的使者。

〔28〕寒暄书:应酬信。

〔29〕暗:糊涂不明。

〔30〕反速其祸:反而招来灾祸。

〔31〕乌蛮髻:"乌蛮",古时西南少数民族名,在今四川、云南、贵州一带。"乌蛮髻",仿照乌蛮人的髻式。

〔32〕攒(cuán):聚在一起。这里是插簪的意思。

〔33〕太乙神:道教迷信传说的北极神。

〔34〕再拜而行,倏忽不见:原无"行"字,连下文读。似有"行"字义

较胜,据虞本增。

〔35〕晓角:军中黎明时吹的号角。

〔36〕子夜:夜半子时,十一时至一时之间。

〔37〕中军:军中发号施令的地方,就是主帅的驻所。

〔38〕鼓趺(fū):弯着腿、翘起了脚。

〔39〕文犀:有花纹的犀皮枕或瓦枕。

〔40〕甲子:年庚八字。

〔41〕北斗神:道教迷信传说主管人间生死的神。

〔42〕玉帐:古人迷信,认为根据方术推算而择定某一方向设立将帅的帐幕,就坚不可破,有如玉帐,后来因以"玉帐"为将帅帐幕的专称。

〔43〕但期心豁于生前:只希望自己活着的时候随心所欲。

〔44〕兰堂:犹如说香闺,指内室。

〔45〕鼾(hān)而軃(duǒ):垂头打呼、打瞌睡。

〔46〕縻其襦(rú)裳:把他的衣裳都拴系在一处。"縻",拴系。"襦",短袄。"裳",下裙。

〔47〕铜台高揭:"铜台",铜雀台,三国时曹操建,在今河南安阳县。"高揭",巍然矗立。

〔48〕漳水:就是漳河,在河北、河南两省边境,有清漳河、浊漳河,均发源山西东南部,流经河北合漳镇后称漳河,东南流与卫河会合。

〔49〕晨飑(biāo):早晨的暴风。

〔50〕顿忘于行役:立刻把途中奔走的疲劳辛苦都忘掉了。路上奔走叫做"行役"。

〔51〕聊副于心期:总算完成了报答的心愿。

〔52〕敢:岂敢、不敢。

〔53〕谨却封纳:恭恭敬敬地封裹起来退还。

〔54〕星驰:连夜奔往。

〔55〕马挝(zhuā):马鞭。

〔56〕惊怛(dá)绝倒:由于吃惊而倒在地下。"怛",也是惊的意思。

〔57〕他物称(chèng)是:意思是其他赠物,质量也和缯帛、名马不相

上下。"称",适合、相当。"是",此,指上文缯帛、名马。

〔58〕某之首领,系在恩私:这两句的意思是说:我的头之所以没有被杀掉,是由于你对我私人有恩惠的缘故。

〔59〕不复更贻伊戚:不再自找麻烦、自寻苦恼。

〔60〕专膺指使,敢议姻亲:这两句的意思是说:一心一意地服从你的指挥命令,哪敢倚恃着亲戚的关系而以平等的地位自居呢。

〔61〕役当奉毂(gǔ)后车:有事出行的时候,跟在车后照料、侍奉着,也就是追随的意思。"奉",同"捧"字。"毂",车轮中心的圆木。

〔62〕纪纲仆:春秋时,晋文公重耳自秦归国,当时晋国局势还不十分安定,秦国就派三千人保卫他回去,做些照料门户等服役之事,称为"纪纲之仆"。见《左传》僖公二十四年。后来就以"纪纲仆"为仆人的通称。

〔63〕神农:传说中的古帝,曾尝百草以治疾病。

〔64〕蛊症(gǔ zhēng):腹内生虫的病。

〔65〕芫(yuán)花:开紫色小花的落叶灌木,高三四尺,有毒。从前渔人常把芫花煮后投放水中,鱼就毒死浮出,故又名"鱼毒"。

〔66〕气禀贼星:"命带贼星"。古人迷信,认为每一人都上应天上的星宿。红线盗合是一种偷窃的行为,所以这样说。

〔67〕身厌罗绮,口穷甘鲜:穿够了绸缎,吃尽了美味。"厌",同"餍"字,满足的意思。

〔68〕国家建极:国家的政教,照着中正的标准去做。"极",中正的意思。这本是封建统治者欺骗人民的一种说法。

〔69〕无疆:"疆",境界。"无疆",没有止境,也就是无穷无尽的意思。

〔70〕烈士安谋:将士们安分守己,不生异念。"烈士",指武士。

〔71〕遁迹尘中,栖心物外,澄清一气,生死长存:离开人世,摒除俗念,养性炼气,长生不老。

〔72〕不然:不这样,就是如果你一定不肯留住的意思。

〔73〕《采菱》:即《采菱曲》,乐府《江南弄》的七曲之一。

〔74〕木兰舟:"木兰",一种干高数丈、花如莲花的树,也叫"木莲"。

"木兰舟",刻木兰为舟。《述异记》:浔阳江中有木兰川,上多木兰树,鲁班刻为木兰舟。古诗词中多引用"木兰舟"一词,取其美好芬芳之意。

昆仑奴

裴铏[1]

大历中有崔生者,其父为显僚,与盖代[2]之勋臣一品者熟。生是时为千牛[3],其父使往省一品疾。生少年容貌如玉,性禀孤介[4],举止安详,发言清雅。一品命妓轴帘[5]召生入室。生拜传父命。一品忻然爱慕,命坐与语。时三妓人,艳皆绝代,居前以金瓯贮含桃[6]而擘之,沃以甘酪而进。一品遂命衣红绡妓者,擎一瓯与生食。生少年赧妓辈[7],终不食。一品命红绡妓以匙而进之,生不得已而食。妓哂之。遂告辞而去。一品曰:"郎君闲暇,必须一相访,无间[8]老夫也。"命红绡送出院。时生回顾,妓立三指,又反三掌[9]者,然后指胸前小镜子,云:"记取。"余更无言。生归达一品意,返学院[10],神迷意夺,语减容沮,怳然[11]凝思,日不暇食。但吟诗曰:"误到蓬山顶上游,明珰玉女动星眸。朱扉半掩深宫月,应照琼芝雪艳愁[12]。"左右莫能究其意。时家中有昆仑奴磨勒,顾瞻郎君曰:"心中有何事,如此抱恨不已?何不报[13]老奴?"生曰:"汝辈何知,而问我襟怀间事?"磨勒曰:"但言,当为郎君解释[14]。远近必能成之。"生骇其言异,遂具告知。磨勒曰:"此小事耳,何不早言之,而自苦耶?"生又白其隐语。勒曰:"有何难会。立三指者,一品宅中有十院歌姬,此乃第三院耳。返掌三者,数十五指,以应十五日之数。胸前小镜子,十五夜月圆如镜,令郎来耶?"生大喜,不自胜,谓磨勒曰:"何计而能导达我郁结?"磨勒笑曰:"后夜乃十五夜,请深青绢两匹,为郎君制束身之衣。一品宅有猛犬守歌妓院门,非常人不得辄入,入必噬杀之。其警如神,其猛如虎。即曹州[15]孟海之犬也。世间非老奴不能毙此犬耳。今夕当为郎君挝杀之。"遂宴犒以酒肉。至三更,携链椎[16]而往,食顷而回曰:"犬已毙讫,固无障塞[17]耳。"是夜三更,与生衣青衣,遂负而逾十重垣,乃入歌妓院内,止第三门。绣户不扃,金釭[18]微明,惟闻妓长叹而坐,若有所俟。翠环初坠,红脸才舒[19],玉恨无妍,珠愁转莹。但吟诗曰:"深谷莺啼恨阮郎,偷来花下解珠珰。碧云飘断音书绝,空倚玉箫愁凤凰[20]。"侍卫皆寝,邻近阒然[21]。生遂缓搴帘而入。良久,验是生。姬跃下榻执生手曰:"知郎君颖悟,必能默识,所以手语[22]耳。又不知郎君有何神术,而能至此?"生具告磨勒之谋,负荷而至。姬曰:"磨勒何在?"曰:"帘外耳。"遂召入,以金瓯酌酒而饮之。姬白生曰:"某家本富,居在朔方[23]。主人拥旄[24],逼为姬仆。不能自死,尚且偷生。脸虽铅华[25],心颇郁结。纵玉箸举馔,金炉泛香,云屏[26]而每进绮罗,绣被而常眠珠翠,皆非所愿,如在桎梏[27]。贤爪牙既有神术,何妨为脱狴牢[28]?所愿既申,虽死不悔。请为仆隶,愿侍光容。又不知郎君高意如何?"生愀然[29]不语。磨勒曰:"娘子既坚确如是,此亦小事耳。"姬甚喜。磨勒请先为姬负其囊橐妆奁,如此三复[30]焉。然后曰:"恐迟明。"遂负生与姬而飞出峻垣十余重。一品家之守御,无有警者。遂归学院而匿之。及旦,一品家方觉。又见犬已毙。一品大骇曰:"我家门垣,从来邃密,扃锁甚严,势似飞腾,寂无形迹,此必侠士而挈之。无更声闻[31],徒为患祸耳。"姬隐崔生家二载,因花时驾小车而游曲江,为一品家人潜志认。遂白一品。一品异之。召崔生而诘之。事惧而不敢隐,遂细言端由:皆因奴磨勒负荷而去。一品曰:"是姬大罪过。但郎君驱使逾年,即不能问是非。某须为天下人除害。"命甲士五十人,严持兵仗,围崔生院,使擒磨勒。磨勒遂持匕首飞出高垣,瞥若翅翎,疾同鹰隼,攒矢〔32〕如雨,莫能中之。顷刻之间,不知所向。然崔家大惊愕。后一品悔惧,每夕多以家童持剑戟自卫。如此周岁方止。后十余年,崔家有人见磨勒卖药于洛阳市,容颜如旧耳。

注释

〔1〕作者裴铏,唐僖宗时人,曾任成都节度副使加御史大夫等官职。著有《传奇》三卷,多失传。

这篇作品中,红绡女反抗压迫,追求自由;昆仑奴不畏强暴,拯救弱女,都是值得称许的。

红绡以富家女的身分,尚且被贵官逼为姬仆,无钱无势者之遭受迫害,更可想而知。"盖代之勋臣一品者",向来认为是指的郭子仪。郭子仪在当时是所谓"再造国家"的"社稷之臣",史书称为"宽厚",还有这种行为,这就不难看出,封建社会里大官僚们是如何地作威作福,鱼肉人民了。

明人梁伯龙《红绡》、梅禹金《昆仑奴》两杂剧,均据此篇改写而成。

昆仑奴:唐时昆仑族,流亡到中国,卖身为人奴仆,叫做"昆仑奴"。

〔2〕盖代:盖过当世,无人能比的意思。

〔3〕千牛:"千牛备身"的简称,唐时警卫宫殿的武官,属左右千牛卫,多由贵族子弟充当。这种武官手执千牛刀,所以称为"千牛"。千牛刀,意指刀锋锐利,可以解剖千牛而不钝。

〔4〕孤介:方正而不随和的脾气。

〔5〕轴帘:卷帘。

〔6〕含桃:樱桃的别名。

〔7〕赧(nǎn)妓辈:在歌妓们面前感到难为情。

〔8〕无间(jiàn):不要疏远。

〔9〕立三指,又反三掌:竖起三个指头,又把手掌反覆三次。

〔10〕学院:书房。

〔11〕怳然:神魂颠倒,迷迷糊糊的样子。

〔12〕这首诗前两句的意思是说,在一品家中遇见了红绡女。"玉女",指红绡女。后两句的意思是想象红绡女在幽闭中的苦闷之状。"蓬山",就是蓬莱,参看前《长恨传》篇"蓬壶"注。

〔13〕报:告知。

〔14〕解释:这里是想办法的意思。

〔15〕曹州:也称济阴郡,约辖今山东菏泽、曹县、成武及河南一部分地区,州治在今曹县。

〔16〕链椎:有链条的槌。

〔17〕障塞:阻碍。

〔18〕金釭(gāng):灯。后文《却要》篇"银釭",义同。

〔19〕翠环初坠,红脸才舒:刚把耳环摘掉,洗去脸上脂粉,恢复本色,指卸妆不久。

〔20〕这首诗前两句的意思是说遇见了崔生。"鸎",同"莺"字。"阮郎",本指阮肇,这里借指崔生。神话传说:东汉时,刘晨和阮肇上天台山采药,迷路不得回家,就以山上的桃子充饥。后来遇见仙女,被留住半年;等到回家时,子孙已经相传十世了。见《神仙传》。"偷来花下解珠珰",是一句象征的话,意指崔生打动了自己的情怀。后两句的意思是说,因为崔生没有消息,感到愁闷。"空倚玉箫愁凤凰",用萧史故事,说自己和崔生不能像萧史和弄玉那样吹箫相和,乘凤飞去。参看前《莺莺传》篇"萧史"注。

〔21〕邻近阒然:"阒",原作"閴",据字书改。

〔22〕手语:打手势示意。

〔23〕朔方:北方。

〔24〕拥旄:"旄",旄节,皇帝给予将帅的一种符信。"拥旄",就是率领军队,为一方统帅的意思。

〔25〕脸虽铅华:脸上虽然搽着粉。

〔26〕云屏:云母(一种晶体透明成板状的矿物)制成的屏风。

203

〔27〕 如在桎梏(zhì gù):如同在监牢里一样。"桎梏",脚镣和手铐。

〔28〕 狴(bì)牢:"狴",狴犴(àn)。据《升庵外集》说:龙生九子,第四个叫做狴犴,形如虎,有威力。封建时代把它的像画在狱门上,表示"威严"。因称监狱为"狴牢"。

〔29〕 愀(qiǎo)然:忧愁的样子。

〔30〕 三复:来回三次。

〔31〕 无更声闻:不要再声张、不要再把这件事传播出去。

〔32〕 攒矢:集中地射箭。

聂 隐 娘[1]

裴 铏

聂隐娘者,贞元中魏博大将聂锋之女也。年方十岁,有尼乞食于锋舍,见隐娘,悦之,云:"问押衙乞取此女教。"锋大怒,叱尼。尼曰:"任押衙铁柜中盛,亦须偷去矣。"及夜,果失隐娘所向。锋大惊骇,令人搜寻,曾无影响[2]。父母每思之,相对涕泣而已。后五年,尼送隐娘归,告锋曰:"教已成矣,子却领取。"尼歘亦不见。一家悲喜,问其所学。曰:"初但读经念咒,余无他也。"锋不信,恳诘[3]。隐娘曰:"真说又恐不信,如何?"锋曰:"但真说之。"曰:"隐娘初被尼挈,不知行几里。及明,至大石穴之嵌空,数十步寂无居人。猿狖[4]极多,松萝益邃。已有二女,亦各十岁。皆聪明婉丽,不食,能于峭壁上飞走,若捷猱登木,无有蹶失。尼与我药一粒,兼令长执宝剑一口,长二尺许,锋利吹毛[5],令剸逐[6]二女攀缘,渐觉身轻如风。一年后,刺猿狖狖百无一失;后刺虎豹,皆决[7]其首而归;三年后能飞,使刺鹰隼,无不中。剑之刃渐减五寸,飞禽遇之,不知其来也。至四年,留二女守穴,挈我于都市,不知何处也。指其人者,一一数其过,曰:'为我刺其首来,无使知觉。定其胆,若飞鸟之容易也[8]。'受以羊角匕首,刀广三寸,遂白日刺其人于都市,人莫能见。以首入囊,返主人舍,以药化之为水。五年,又曰:'某大僚有罪,无故害人若干,夜可入其室,决其首来。'又携匕首入室,度其门隙无有障碍,伏之梁上。至瞑,持得其首而归。尼大怒曰:'何太晚如是?'某云:'见前人戏弄一儿,可爱,未忍便下手。'尼叱曰:'已后遇此辈,先断其所爱[9],然后决之。'某拜谢。尼曰:'吾为汝开脑后,藏匕首而无所伤,用即抽之。'曰:'汝术已成,可归家。'遂送还,云:'后二十年,方可一见。'"锋闻语甚惧。后遇夜即失踪,及明而返。锋已不敢诘之。因兹亦不甚怜爱。忽值磨镜[10]少年及门,女曰:"此人可与我为夫。"白父,父不敢不从,遂嫁之。其夫但能淬镜[11],余无他能。父乃给衣食甚丰。外室而居。数年后,父卒。魏帅稍知其异,遂以金帛署为左右吏。如此又数年。至元和间,魏帅与陈许[12]节度使刘昌裔[13]不协,使隐娘贼[14]其首。隐娘辞帅之许。刘能神算,已知其来。召衙将[15],令来日早至城北候一丈夫、一女子各跨白黑卫[16]至门,遇有鹊前噪,丈夫以弓弹之不中,妻夺夫弹,一丸而毙鹊者,揖之云:吾欲相见,故远相祗迎[17]也。衙将受约束[18],遇之。隐娘夫妻曰:"刘仆射果神人。不然者,何以洞[19]吾也。愿见刘公。"刘劳之。隐娘夫妻拜曰:"合负仆射万死[20]。"刘曰:"不然,各亲其主,人之常事。魏今与许何异。愿请留此,勿相疑也。"隐娘谢曰:"仆射左右无人,愿舍彼而就此,服公神明也。"知魏帅之不及刘。刘问其所须。曰:"每日只要钱二百文足矣。"乃依所请。忽不见二卫所之。刘使人寻之,不知所向。后潜收布囊中,见二纸卫,一黑一白。后月余,白刘曰:"彼未知住[21],必使人继至。今宵请剪发,系之以红绡,送于魏帅枕前,以表不回。"刘听之。至四更,却返曰:"送其信了。后夜必使精精儿来杀某及贼仆射之首。此时亦万计杀之。乞不忧耳。"刘豁达大度[22],亦无畏色。是夜明烛[23],半宵之后,果有二幡子[24],一红一白,飘飘然如相击于床四隅。良久,见一人望空而踣,身首异处。隐娘亦出曰:"精精儿已毙。"拽出于堂之下,以药化为水,毛发不存矣。隐娘曰:"后夜当使妙手空空儿继至。空空儿之神术,人莫能窥其用,鬼莫得蹑其踪,能从空虚而入冥,善无形而灭影。隐娘之艺,故不能造其境。此即系[25]仆射之福耳。但以于阗[26]玉周其颈[27],拥以衾,隐娘当化为蠛蠓[28],潜入仆射肠中听伺,其余无逃避处。"刘如言。至三更,瞑目未熟,果闻项上铿然[29],声甚厉。隐娘自刘口中跃出,贺曰:"仆射无患矣。此人如俊鹘[30],一搏不中,即翻然[31]远逝,耻其不中,才未逾一更,已千里矣。"后视其玉,果有匕首划处,痕逾数分。自此刘转厚礼之。自元和八年,刘自许入觐,隐娘不愿从焉。云:"自此寻山水访至人[32]。"但乞一虚给[33]与其夫。刘如约,后渐不知所之。及刘薨于统军,隐娘亦鞭驴而一至京师柩前,恸哭而去。开成[34]年,昌裔子纵除陵州[35]刺史,至蜀栈道,遇隐娘,貌若当时。甚喜相见,依前跨白卫如故。语纵曰:"郎君大灾,不合适此。"出药一粒,令纵吞之。云:"来年火急抛官归洛,方脱此祸。吾药力只保一年患耳。"纵亦不甚信。遗其缯彩,隐娘一无所受,但沉醉而去。后一年,纵不休官,果卒于陵州。自此无复有人见隐娘矣。

注释

〔1〕本篇主题思想和《红线》大体相同。

聂隐娘学会本领后,去刺杀无故害人的大僚,是符合人民愿望的。她以大将之女——封建统治阶级的身分,却自愿嫁与劳动人民——磨镜少年为妻,也反映了作者反抗当时门阀制度的思想。

〔2〕曾无影响:一点消息、一点头绪也没有。

〔3〕恳诘:苦苦追问。

〔4〕犹(yòu):猴类的野兽。

〔5〕吹毛:吹毛可断,极喻锋利。

〔6〕刿(zhuān)逐:专门跟着。

〔7〕决:砍杀。

〔8〕定其胆,若飞鸟之容易也:放大了胆,就会像刺杀飞鸟一样地容易。

〔9〕先断其所爱:先把他心爱的人杀了。

〔10〕磨镜:古时用青铜做镜子,日久发黯,必须磨亮才能用,因而有以磨镜为业的工人。

〔11〕淬镜:把铜镜烧红了,放在水里浸蘸一下,以利磨治,叫做"淬镜"。

〔12〕陈许:"陈",陈州,也称淮扬郡,约辖今河南淮阳、太康、项城等地区,州治在今淮阳县。"许",许州,也称颍川郡,约辖今河南许昌、长葛、鄢陵等地区,州治在今许昌市。

〔13〕刘昌裔:字光后,唐阳曲人。曾任陈州刺史、检校工部尚书、左仆射等官职。

〔14〕贼:杀害,作动词用。

〔15〕衙将:唐代军府里的武官。

〔16〕卫:驴子的别名。

〔17〕祗迎:敬迎。

〔18〕受约束:奉命令。

〔19〕洞:知道、明白。

〔20〕合负仆射万死:实在对不住你(仆射指刘昌裔),罪该万死。

〔21〕住:住手、罢休。

〔22〕豁达大度:胸怀坦白、度量宽大。

〔23〕明烛:点亮了蜡烛。

〔24〕幡子:旗帜之类。

〔25〕系:倚仗着。

〔26〕于阗:古时西域国名,今新疆和田县。当地以产美玉出名。

〔27〕周其颈:围在脖子上。

〔28〕蠛蠓(miè měng):一种比蚊子还小、色白而头有絮毛的飞虫。

〔29〕铿(kēng)然:金石物撞击的声音。

〔30〕俊鹘(hú):迅疾的鹰隼。

〔31〕翩然:形容飘忽轻捷的样子。

〔32〕至人:得道的高人。

〔33〕虚给:拿干薪的挂名差事。

〔34〕开成:唐文宗(李昂)的年号(公元八三六至八四〇年)。

〔35〕陵州:也称仁寿郡,约辖今四川仁寿、井研等地区,州治在今仁寿县。

裴　航[1]

裴　铏

　　长庆[2]中，有裴航秀才，因下第游于鄂渚[3]，谒故旧友人崔相国。值相国赠钱二十万，远挈归于京。因佣巨舟载于湘、汉。同载有樊夫人，乃国色[4]也。言词问接，帷帐昵洽。航虽亲切，无计道达而会面焉。因赂侍妾袅烟而求达诗一章，曰："同为胡越[5]犹怀想，况遇天仙隔锦屏。倘若玉京[6]朝会去，愿随鸾鹤入青云。"诗往，久而无答。航数诘袅烟。烟曰："娘子见诗若不闻，如何？"航无计，因在道求名酝珍果而献之。夫人乃使袅烟召航相识。及褰帷，而玉莹光寒，花明丽景，云低鬟鬓，月淡修眉，举止烟霞外人[7]，肯与尘俗为偶！航再拜揖，愕眙良久之。夫人曰："妾有夫在汉南[8]，将欲弃官而幽栖岩谷[9]，召某一诀耳。深哀草扰，虑不及期[10]，岂更有情留盼他人，的不然耶[11]？但喜与郎君同舟共济，无以谐谑为意耳。"航曰："不敢。"饮讫而归。操比冰霜，不可干冒。夫人后使袅烟持诗一章，曰："一饮琼浆百感生，玄霜[12]捣尽见云英。蓝桥便是神仙窟，何必崎岖[13]上玉清[14]。"航览之，空愧佩而已，然亦不能洞达诗之旨趣。后更不复见，但使袅烟达寒暄而已。遂抵襄汉[15]，与使婢挈妆奁，不告辞而去。人不能知其所造。航遍求访之，灭迹匿形，竟无踪兆。遂饰装归辇下[16]。经蓝桥驿侧近，因渴甚，遂下道求浆而饮。见茅屋三四间,低而复隘。有老妪缉麻苎。航揖之,求浆。妪咄曰:"云英,擎一瓯浆来,郎君要饮。"航讶之,忆樊夫人诗有云英之句,深不自会[17]。俄于苇箔[18]之下,出双玉手,捧瓷[19]。航接饮之,真玉液也。但觉异香氤郁[20],透于户外。因还瓯,遽揭箔,睹一女子,露裛琼英[21],春融雪彩,脸欺[22]腻玉,鬓若浓云,娇而掩面蔽身,虽红兰之隐幽谷,不足比其芳丽也。航惊怛植足[23],而不能去。因白妪曰:"某仆马甚饥,愿憩于此,当厚答谢,幸无见阻。"妪曰:"任郎君自便。"且遂饭仆[24]秣马。良久,谓妪曰:"向睹小娘子,艳丽惊人,姿容擢世[25],所以踌躇而不能适[26]。愿纳厚礼而娶之,可乎?"妪曰:"渠已许嫁一人,但时未就耳。我今老病,只有此女孙。昨有神仙遗灵丹一刀圭[27],但须玉杵臼[28],捣之百日,方可就吞,当得后天而老[29]。君约[30]取此女者,得玉杵臼,吾当与之也。其余金帛,吾无用处耳。"航拜谢曰:"愿以百日为期,必携杵臼而至,更无他许人。"妪曰:"然。"航恨恨而去。及至京国[31],殊不以举事[32]为意。但于坊曲闹市喧衢而高声访其玉杵臼,曾无影响。或遇朋友,若不相识,众言为狂人。数月余日,或遇一货玉老翁曰:"近得虢州[33]药铺卞老书云:'有玉杵臼货之。'郎君恳求如此,此君吾当为书导达。"航愧荷珍重[34],果获杵臼。卞老曰:"非二百缗不可得。"航乃泻囊[35],兼货仆货马,方及其数。遂步骤[36]独挈而抵蓝桥。昔日妪大笑曰:"有如是信士乎?吾岂爱惜女子而不酬其劳哉。"女亦微笑曰:"虽然,更为吾捣药百日,方议姻好。"妪于襟带间解药,航即捣之。昼为而夜息,夜则妪收药臼于内室。航又闻捣药声,因窥之,有玉兔持杵臼,而雪光辉[37]室,可鉴毫芒[38]。于是航之意愈坚。如此日足,妪持而吞之曰:"吾当入洞而告姻戚,为裴郎具帐帏。"遂挈女入山,谓航曰:"但少留此。"逡巡,车马仆隶,迎航而往。别见一大第连云,珠扉晃日,内有帐幄屏帏,珠翠珍玩,莫不臻至[39],愈如贵戚家焉。仙童侍女,引航入帐就礼讫。航拜妪悲泣感荷。妪曰:"裴郎自是清冷裴真人[40]子孙,业[41]当出世,不足深愧老妪也。"及引见诸宾,多神仙中人也。后有仙女,鬟髻霓衣[43],云是妻之姊耳。航拜讫。女曰:"裴郎不相识耶?"航曰:"昔非姻好,不醒拜侍[44]。"女曰:"不忆鄂渚同舟回而抵襄汉乎?"航深惊恒,恳悃陈谢。后问左右,曰:"是小娘子之姊,云翘夫人,刘纲仙君之妻也。已是高真[45],为玉皇之女吏。"妪遂遣航将妻入玉峰洞中,琼楼珠室而居之,饵以绛雪琼英之丹,体性清虚,毛发绀绿,神化自在,超为上仙。至太和[46]中,友人卢颢遇之于蓝桥驿之西。因说得道之事。遂赠蓝田[47]美玉十斤、紫府[48]云丹一粒,叙话永日[49],使达书于亲爱[50]。卢颢稽颡[51]曰:"兄既得道,如何乞一言而教授?"航曰:"老子曰:'虚其心,实其腹。'[52]今之人,心愈实,何由得道之理。"卢子懵然[53]。而语之曰:"心多妄想,腹漏精溢,即虚实可知矣。凡人自有不死之术,还丹[54]之方,但子未便可教,异日言之。"卢子知不可请,但终宴而去。后世人莫有遇者。

注释

〔1〕这是一篇描写人和神仙恋爱的故事。

作者生当唐末,局势动荡不安,人民生活痛苦,兼之在封建社会里,婚姻是不能自由的。在残酷的现实情况下,人们自我陶醉,幻想脱离尘世,成仙得道,也渴望获得恋爱自由,过幸福的日子,这两种心情的结合,就成为本篇所写这一类故事产生的根源。

"蓝桥相会",佳话流传至今。明人龙膺作《蓝桥记》传奇,即据此篇演绎而成。

〔2〕长庆:唐穆宗(李恒)的年号(公元八二一至八二四年)。

〔3〕鄂渚:古地名,传在今湖北武昌黄鹄山上游三百步长江中。

〔4〕国色:绝色、最美丽。

〔5〕胡越:胡在北方,越(今浙江一带)在南方,比喻距离很远。

〔6〕玉京:道家说法,天帝居住的地方。

〔7〕烟霞外人:尘世以外的人。

〔8〕汉南:唐县名,今湖北宜城县。

〔9〕幽栖岩谷:隐居深山的意思。

〔10〕深哀草扰,虑不及期:心中非常悲痛烦乱,惟恐不能如期到达那里。

〔11〕的不然耶:难道不的确是这样吗。

〔12〕玄霜:一种丹药的名称。

〔13〕崎岖:道路不平、经历艰险。

〔14〕玉清:道家说法的三清之一。道家以玉清元始天尊、上清灵宝道君、太清太上老君所住的天外仙境为玉清、上清、太清三清境。

〔15〕襄汉:就是襄阳。襄阳地当襄水回转处,襄水为汉水的一段,故称襄阳为"襄汉"。

〔16〕辇下:皇帝的车子叫做"辇",封建时代便把京城叫做"辇下"。后文《王知古》篇"辇毂之下",义同。"遂饰装归辇下":"装",原作"妆"。似应作"装",《无双传》篇亦作"饰装",改。

〔17〕深不自会:心里很想不出这个道理来。

〔18〕苇箔:苇织的帘子。

〔19〕瓷:瓷瓯。

〔20〕氤郁:气味熏腾的样子。

〔21〕露裛琼英:"裛",湿润的样子。"琼英",本是美的玉石,这里指花。"露裛琼英",带露水的花朵,形容极其娇艳。

〔22〕欺:这里引申作赛过、胜似解释。

〔23〕植足:站定了脚。这里是形容看见了美色,失神落魄,呆呆的站着。

〔24〕饭(fǎn)仆:给仆人饭吃。"饭",作动词用。

〔25〕擢世:世上少有的意思。

〔26〕踌躇而不能适:恋恋不舍的意思。"踌躇",犹疑不决的样子。

〔27〕一刀圭:"刀圭",古时的错刀(一种二寸长的货币),上面有一圈像圭璧(圆形有孔、上有短柄的玉)一样,习惯用来作取药的工具。用刀圭取药的分量是不多的,所以"一刀圭"指少量的药。

〔28〕杵臼:舂捣东西的器具。

〔29〕后天而老:天是永恒存在的,"后天而老",寿命在天之后老,极言可以长生。

〔30〕约:打算的意思。

〔31〕京国:都城。

〔32〕举事:应考的事情。

〔33〕虢州:见前《古岳渎经》篇"弘农"注。

〔34〕愧荷珍重:重视别人予以恩惠的情谊,而又感到很惭愧。

〔35〕泻囊:把腰包里的钱全部拿出来。

〔36〕步骤:走得很快。

〔37〕辉:照耀,作动词用。

〔38〕毫芒:"毫",毫毛。"芒",草谷的细须。"毫芒",形容细小、纤微。

〔39〕臻至:达于极点,极言其齐备,美好。

〔40〕真人:道家称修道成仙的人。

〔41〕业:佛家迷信说法:人的作为叫做"业"。业有善有恶,也就善有善报,恶有恶报。在这里的意思犹如说"命中注定"。

〔42〕不足深愧:"不足",用不着。"愧",作感谢的意思解释。

〔43〕霓衣:彩色的衣裳。

〔44〕不醒拜侍:记不得什么时候曾经在一起、记不得在哪里见过面。"醒",引申作记忆、觉察解释,用如"省"字。

〔45〕高真:指得道的仙人。

〔46〕太和:唐文宗(李昂)的年号(公元八二七至八三五年)。

〔47〕蓝田:山名,在陕西蓝田县东南,出美玉。

〔48〕紫府:神话传说中仙人居住的地方。

〔49〕永日:终日。

〔50〕使达书于亲爱:叫他代为传递书信给至亲好友。

〔51〕稽颡:磕头时以额触地的敬礼。

〔52〕老子曰:"虚其心,实其腹":"老子",一般认为指老聃(dān),姓李名耳,春秋时人。著有《道德经》五千言,是道教的主要经典,也是古代一部著名的哲学书;"虚其心,实其腹"这两句,就出在这部书里。老子是主张无为而治的。"虚其心,实其腹",历来解释不一。一说是要人吃饱肚子,但却应该没有知识,没有欲望。这里引用,是说修道求仙的人,应该消除妄念,没有欲望。

〔53〕懵(méng)然:糊涂不懂的样子。

〔54〕还丹:道家炼丹,把丹砂放在火炉内烧成水银,然后又还为丹砂,叫做"还丹"。据说吃了还丹,就可以成仙。完全是迷信的方术。道家以炉火炼药为"外丹",修炼气功为"内丹"。

王 知 古

皇甫枚[1]

咸通庚寅岁[2]，卢龙军[3]节度使、检校尚书、左仆射张直方[4]抗表[5]，请修入觐之礼[6]。优诏[7]允焉。先是，张氏世莅燕土，民亦世服其恩。礼昭台之嘉宾，抚易水之壮士[8]；地沃兵庶，朝廷每姑息[9]之。洎直方之嗣事[10]也，出绮纨之中[11]，据方岳之上[12]，未尝以民间休戚[13]为意；而酣酒于室，淫兽于原[14]，巨赏狎于皮冠，厚宠袭于绿帻[15]，暮年而三军大怨。直方稍不自安。左右有为其计者，乃尽室[16]西上至京。懿宗授之左武卫大将军[17]。而直方飞苍走黄[18]，莫亲徼道之职[19]，往往设置罘[20]于通道，则犬彘无遗。臧获[21]有不如意者，立杀之。或曰："辇毂之下，不可专戮[22]。"其母曰："尚有尊于我子者乎？"则僭轶[23]可知也。于是谏官[24]列状上，请收付廷尉[25]。天子不忍置于法[26]，乃降为昭王府司马[27]，俾分务洛师[28]焉。直方至东京，既不自新，而慢游[29]愈亟。洛阳四旁鬻者走者[30]，见皆识之，必群噪长嗥而去。有王知古者，东诸侯之贡士[31]也。虽薄涉儒术[32]，而数奇不中春官选[33]，乃退处于三川[34]之上，以击鞠飞觞[35]为事，遨游于南邻北里间。至是有闻于直方者。直方延之。睹其利喙赡辞[36]，不觉前席[37]；自是日相狎。壬辰岁，冬十一月，知古尝晨兴，僦舍无烟[38]，愁云塞望，悄然弗怡。乃徒步造直方第;至则直方急趋,将出畋[39]也。谓知古曰:"能相从乎?"而知古以祁寒有难色[40]。直方顾谓僮曰:"取短皂袍[41]来。"请知古衣之。知古乃上加麻衣焉,遂联辔而去。出长夏门,则凝霰始零[42],由阙塞[43]而密雪如注。乃渡伊水[44]而东,南践万安山之阴麓[45],而鞲弋之获甚伙[46]。倾羽觞[47],烧兔肩,殊不觉有严冬意。及乎霭开雪霁[48],日将夕焉,忽有封狐[49]突起于知古马首,乘酒驰之[50]数里,不能及,又与猎徒相失。须臾雀噪烟暝,莫知所如;隐隐闻洛城暮钟,但彷徨于樵径古陌之上。俄而山川黯然,若一鼓将半[51],试长望,有炬火甚明,乃依积雪光而赴之。复若十馀里,至则乔木交柯,而朱门中开,皓壁横亘,真北阙[52]之甲第也。知古及门,下马,将徙倚以达旦[53]。无何,小驷顿辔[54],阍者觉之,隔壁而问阿谁[55]。知古应曰:"成周[56]贡士太原王知古也。今旦有友人将归于崆峒旧隐者[57],仆饯之伊水滨,不胜离觞,既掺袂[58],马逸,复不能止,失道至此耳。迟明将去,幸无见让[59]。"阍[60]曰:"此乃南海副使[61]崔中丞[62]之庄也。主父[63]近承天书赴阙[64],郎君复随计吏[65]西征,此惟闺闱中人耳,岂可淹久乎。某不敢去留[66],请闻于内。"知古虽怵惕不宁[67],自度中宵矣,去将安适?乃拱立[68]以候。少顷,有秉蜜炬[69]自内至者,振钥管[70]辟扉,引保母[71]出。知古前拜,仍述厥由。母曰:"夫人传语:主与小子,皆不在家,于礼无延客之道。然僻居与山薮接畛[72],豺狼所噂[73],若固相拒,是见溺不救[74]也。请舍外厅,翌日可去。"知古辞谢。乃从保母而入。过重门,门侧厅事[75],栾栌宏敞[76],帷幙鲜华,张银灯,设绮席,命知古坐焉。酒三行,陈方丈之馔[77],豹胎鲂腴,穷水陆之美[78]。保母亦时来相勉[79]。食毕,保母复问知古世嗣宦族[80]及内外姻党[81],知古具言之。乃曰:"秀才轩裳令胄[82],金玉奇标[83],既富春秋[84],又洁操履[85],

斯实淑媛之贤夫也。小君[86]以钟爱稚女,将及笄年,尝托媒妁,为求谐对[87]久矣。今夕何夕,获遘良人[88]。潘、杨之睦可遵,凤凰之兆斯在[89]。未知雅抱[90]何如耳?"知古敛容曰:"仆文愧金声,才非玉润[91];岂家室为望,惟泥涂是忧[92]。不谓宠及迷津,庆逢子夜[93]。聆好音于鲁馆,逼佳气于秦台[94]。二客游神,方兹莫及;三星委照,唯恐不扬[95]。倘获托彼强宗[96],睠以佳耦[97],则生平所志,毕在斯乎。"保母喜,谑浪而入[98]白。复出,致小君之命,曰:"儿自移天[99]崔门,实秉懿范[100];奉蘋蘩之敬,如琴瑟之和[101]。惟以稚女是怀[102],思配君子。既辱高义[103],乃叶夙心[104]。上京[105]飞书,路且不远;百两陈礼[106],事亦非赊[107]。忻慰孔[108]多,倾瞩[109]而已。"知古磬折[110]而答曰:"某虫沙微类[111],分及湮沦[112];而钟鼎高门[113],忽蒙采拾。有如白水,以奉清尘[114],鹤企凫趋[115],惟待休旨[116]。"知古复拜。保母戏曰:"他日锦雉之衣欲解,青鸾之匣全开[117];貌如月华,室若云邃。此际颇相念否?"知古谢曰:"以凡近仙,自地登汉[118],不有所举[119],孰能自媒。谨当誓彼襟灵,志之绅带;期于没齿,佩以周旋[120]。"复拜。少时,则燎沈当庭[121],良夜将艾[122]。保母请知古脱服以休。既解麻衣,而皂袍见。保母诮曰:"岂有逢掖之士[123],而服从役之衣耶?"知古谢曰:"此乃假之于与所游熟者,固非已有。"又问所从。答曰:"乃卢龙张直方仆射所借耳。"保母忽惊叫仆地,色如死灰。既起,不顾而走入宅。遥闻大叱曰:"夫人,差事[124]!宿客乃张直方之徒也!"复闻夫人者叫曰:"火急斥去,无启寇雠[125]!"于是婢子小竖[126]辈,群出秉猛炬[127],曳白梃而登阶。知古侲仪[128],避于庭中,四顾逊谢。骂言狎至,仅得出门。既出,已横关[129]阖扉,犹闻喧哗未已。知古愕立道左,自怛久之。将隐颓垣,乃得马于其下,遂驰走。遥望大火若燎原者,乃纵辔赴之。至则输租车[130]方饭牛附火[131]耳。询其所,则伊水东草店之南也。复枕辔假寐[132]。食顷,而震方洞然[133],心思稍安。乃扬鞭于大道。比及都门,已有张直方骑数辈来迓[134]矣。遥至其第。既见直方,而知古愤懑不能言。直方慰之。坐定,知古乃述宵中怪事。直方起而抚髀[135]曰:"山魈木魅[136],亦知人间有张直方耶?"且止知古。复益[137]其徒数十人,皆射皮饮羽者[138],享以卮酒豚肩。与知古复南出;既至万安之北,知古前导,雪中马迹宛然。直诣柏林下,则碑板废于荒坎,樵苏[139]残于茂林。中列大冢十余,皆狐兔之窟宅,其下成蹊。于是直方命四周张罗彀弓以待[140]。内则秉蕴[141]荷锸,且掘且薰。少焉,有群狐突出,焦头烂额者,置罗胃挂[142]者,应弦饮羽[143]者,凡获狐大小百余头以归。三水人[144]曰:"嗟乎王生,生世不谐,而为狐貉所侮,况其大者乎。向若无张公之皂袍,则强死[145]于秽兽之穴也。余时在洛敦化里第,于宴集中,博士[146]渤海[147]徐公说为余言之。岂曰语怪,亦以摭实,故传之焉。"

注释

〔1〕作者皇甫枚,字遵美,唐安定(今甘肃泾川北)人。懿宗时曾任汝州鲁山(今河南鲁山县)令。著有《三水小牍》三卷,他所写的传奇,均出此书。

这虽是写王知古遭遇狐精的故事,但主题却在于反映当时藩镇的专横跋扈,蹂躏人民。作者极力渲染鸟兽精怪都异常畏惧张直方,只是有意作为陪衬之笔,从这里可以看出,人民处在淫威之下,是如何地遭到迫害。这是一种巧妙的暗示。

〔2〕咸通庚寅岁:"咸通",唐懿宗(李漼[cuǐ])的年号(公元八六〇至八七三年)。"咸通庚寅岁"为咸通十一年(公元八七〇年)。下文"壬辰岁",咸通十三年(公元八七二年)。

〔3〕卢龙军:唐方镇名,即范阳镇,辖幽、蓟、平、檀、妫(guī)、燕等州,约在今河北永定河以北、长城以南地区,治所在幽州(今北京市西南)。

〔4〕张直方:唐范阳人。他父亲张仲武,曾在幽州卢龙一带任兵马留后等军职多年;仲武死后,他又任节度留后、副大使,所以下文说"张氏世莅燕土"。本篇虽对他作了一些夸张的描写,但也非全无根据。《唐书》里就曾说他:"性暴,奴婢细过辄杀。""后居东都,弋猎愈甚,洛阳飞鸟皆识之,见必群噪。"

〔5〕抗表:直率地、无所隐讳地上奏章。

〔6〕修入觐之礼:履行谒见皇帝的礼节。

〔7〕优诏:嘉奖而含有抚慰意味的诏书。

〔8〕礼昭台之嘉宾,抚易水之壮士:"礼",有礼貌地接待。战国时,燕昭王发奋图强,采纳郭隗的建议,在易水东南筑台,招延天下贤士。见《战国策·燕策》。"易水"为大清河上源支流,有中易、南易、北易之分,均源出河北易县,会合后入南拒马河。燕太子丹叫侠士荆轲去刺秦王,临行时,在易水边为他饯行。荆轲曾高歌"风萧萧兮易水寒,壮士一去兮不复还"的句子。见《史记·刺客列传》。这里引用这两个典故,是说张氏能够以礼接待并任用贤能之士。

〔9〕姑息:敷衍宽容,以求得暂时平安的意思。一说:"姑"指妇女,"息"指小孩,"姑息",像对待妇女和小孩一样地不多加责备。古人每每以妇女和小孩相提并论,认为妇女是同小孩一样地幼稚无知,这是封建社会里重男轻女观念的反映。

〔10〕嗣事:继任。

〔11〕出绮纨之中:"绮纨",丝织品,这里义同"纨绮",作为娇生惯养的富贵人家子弟的代称。"出绮纨之中",富贵人家出身的意思。

〔12〕据方岳之上:"方岳",四方之岳,指东岳泰山、南岳衡山、西岳华山、北岳恒山。古时帝王出巡到某方岳,那一方面的诸侯就要赶去朝见。节度使的地位有如从前的诸侯,所以引作比喻。"据方岳之上",就是霸据一方的意思。

〔13〕休戚:喜忧、乐苦。

〔14〕淫兽于原：事情做得过度叫做"淫"。"淫兽于原"，成天在郊外打猎的意思。

〔15〕巨赏狎于皮冠，厚宠袭于绿帻："狎"，狎昵、亲近。"皮冠"，古时猎人戴的帽子。"袭"，及的意思。"绿帻"，古时服劳役的人戴的绿色头巾。那时轻视劳动人民，把绿帻当做"贱者之服"。这两句的意思是说：张直方喜欢和猎人们在一起，亲近他们，而且给他们很多赏赐；又宠爱所谓"下贱"的劳动人民。

〔16〕尽室：全家。

〔17〕左武卫大将军：唐代设左右武卫，各置大将军一员，位在上将军之上，是掌宫禁宿卫的高级武官。

〔18〕飞苍走黄：放出苍鹰和猎犬，指打猎。"苍"，苍鹰。"黄"，黄犬。

〔19〕莫亲徼（jiào）道之职：不负警卫禁地的职责。"徼"，巡察。"徼道"，指禁卫之地。

〔20〕罝罘（jū fú）：捕兽的网。

〔21〕臧获：奴婢。

〔22〕专戮：擅自杀人。

〔23〕僭轶："僭"，僭越。"轶"，超过。

〔24〕谏官：指御史、给事中这一类负责诤谏的官员。

〔25〕收付廷尉：逮捕到监牢里的意思。"廷尉"，本秦、汉时掌司法的官员，为九卿之一，就是后来主管刑狱的大理寺卿。

〔26〕置于法：治罪、处刑。

〔27〕昭王府司马："昭王"，名李汭（ruì），唐宣宗的儿子。"王府司马"，是统领府寮纪纲职务的官员。

〔28〕分务洛师："师"，京师。唐以洛阳为东都，所以称为"洛师"。当时称分发洛阳去做官为"分务洛师"或"分司洛阳"。

〔29〕慢游：任意出游。

〔30〕翥（zhù）者走者：飞禽和走兽。"翥"，飞的意思。

〔31〕东诸侯之贡士：指洛阳地方官保举进京应试的人。洛阳是东

都。把东都的地方官比作古代诸侯,所以称为"东诸侯"。

〔32〕薄涉儒术:略为知道一点儒家之道,也就是曾读过一些书的意思。"涉",涉猎,以涉水和猎兽比喻对事情并不专精。

〔33〕数(shù)奇(jī)不中(zhòng)春官选:因为命运不好,没有考中明经或进士。"春官",是主持明经、进士考试的礼部的别称。武则天时代,曾一度改礼部为春官。

〔34〕三川:指伊水、洛水和黄河。又古郡名,在伊水、洛水、黄河间,治所在今洛阳东北。

〔35〕击鞠飞觥:打球喝酒。"鞠",皮球。"飞觥",喝酒时把杯子传来传去。

〔36〕利喙(huì)赡辞:"利喙",犹如说一张利嘴。"赡辞",会说话、善于辞令。

〔37〕前席:古人席地而坐,当谈得高兴,听得入神时,不知不觉地移到前面来凑近一点,叫做"前席"。

〔38〕僦(jiù)舍无烟:"僦舍",租住的房子。"无烟",不能举火,无以为炊的意思。

〔39〕出畋(tián):打猎。"畋",同"田"字。

〔40〕祁寒:严寒、酷冷。"祁",原作"祈",应两字形似误刻,据许本改。

〔41〕皂袍:黑色的袍子,古代劳动人民(所谓"贱者")的服装,所以下文说"服从役之衣"。

〔42〕凝霰(xiàn)始零:下起雪珠儿来了。"凝霰",凝结的雪珠。"零",降落。

〔43〕阙塞:山名,就是伊阙,也叫龙门山,在洛阳南约十里处。因龙门山(西山)和香山(东山)隔伊水夹峙如门,故称"伊阙"。上有著名的龙门石窟佛像。

〔44〕伊水:也称伊河、伊川。源出河南嵩县外方山,流经洛阳等地,至偃师县入洛水。

〔45〕万安山之阴麓:"万安山",在洛阳东南四十里,也名石林山、半

石山。"阴麓",北面山脚下。

〔46〕韝(gōu)弋之获:"韝",射箭用的、像袖套一类的臂衣。"弋",射。"韝弋之获",指由于射猎而得到的收获。"弋",原作"采"。"弋"字似较胜,据谈本改。

〔47〕倾羽觞:倒酒喝的意思。"羽觞",古时一种鸟形、有头尾羽翼的酒器。

〔48〕及乎霰开雪霁:"霰",原作"霞"。前云"凝霰始零,密雪如注",此处似应作"霰"是,据谈本改。

〔49〕封狐:大狐。

〔50〕乘酒驰之:趁着酒意追逐它。

〔51〕一鼓将半:古时一夜分为五更,报更用鼓。"一鼓将半",就是半更天的时候。

〔52〕北阙:"阙",见前《李娃传》篇"岁一至阙下"注。皇宫是坐北朝南的,所以叫做"北阙"。

〔53〕将徙倚以达旦:打算在这里往来走动以等待天明。"徙倚",徘徊不定,走来走去的样子。

〔54〕小驷顿辔:四匹马驾的车子叫做"驷",这里"小驷"指小马。"顿辔",抖动马缰绳。

〔55〕阿谁:什么人。"阿",加强语气的助词。

〔56〕成周:古地名,旧城在今洛阳东北。这里指洛阳。

〔57〕将归于崆峒(kōng tóng)旧隐者:将要回到崆峒山里仍然隐居的人。崆峒山有好几处,这里可能指在河南临汝县西南的一处,传说是古仙人广成子隐居修道的地方。

〔58〕掺(shǎn)袂:拉着袖子,是不要人离去的一种惜别表示,因以"掺袂"指离别。

〔59〕见让:加以责备。

〔60〕阍:阍者,看门人。

〔61〕副使:唐代除节度使有副使外,还设有观察、团练、防御等使,负地方军政责任,地位略高于刺使,其副长官也都称副使。

〔62〕中丞：御史中丞的简称。

〔63〕主父：古时婢妾对"主人"的称呼。

〔64〕承天书赴阙：奉皇帝的诏命而到京城里去。"天书"，皇帝的诏书。

〔65〕计吏：掌管会计簿籍的官员。

〔66〕不敢去留：意思是自己不敢作主：让王知古离开或者留住他。

〔67〕怵惕（chù tì）不宁：惊惧不安的样子。

〔68〕拱立：两手合起来（右手在内，左手在外）站着，古时表示恭敬的一种礼节。

〔69〕蜜炬：也叫"蜜烛"，就是蜡烛。

〔70〕振钥管：拿着钥匙开锁。"钥管"，钥匙。

〔71〕保母：古人在姬妾中选择一人负抚育子女的责任，称为"保母"。

〔72〕与山薮（sǒu）接畛：和深山大泽交界。

〔73〕然僻居与山薮接畛，豺狼所嗥：原作"然僻居于山薮，接畛豺狼所嗥"，文义不顺，据谈本改，"接畛"二字连上文读。

〔74〕见溺不救：看见别人淹没在水里而不加以援救，比喻的话。

〔75〕厅事：堂屋、大厅。原作"听事"，是官署问案的地方，后来私家堂屋也叫"听事"，一般通写作"厅事"。

〔76〕栾栌宏敞：房屋高大的意思。"栌"，斗栱，就是柱上的方木。"栾"，柱上两头承受斗栱的曲木。

〔77〕陈方丈之馔："方丈"，面积方一丈。"陈方丈之馔"，意思是饭菜满满地摆了一桌。

〔78〕豹胎鲂（fáng）腴，穷水陆之美：古时以"豹胎"和龙肝、熊掌并列，认为是食品中的珍味之一。《晋书·潘岳传》："厥肴伊何？龙肝豹胎。""鲂"，就是鳊鱼。"鲂腴"，指鲂鱼腹内的脂肪，味最美。"穷水陆之美"，极尽山珍海味的鲜美。

〔79〕勉：劝请多吃一些的意思。

〔80〕世嗣宦族：世家的后裔，就是出身于官僚地主大家庭。

〔81〕内外姻党："内"，指母系方面的；"外"，指父系方面的。"内外

姻党"，指和父母亲有血统关系的亲戚。"党"，也是姻亲的意思。

〔82〕轩裳令胄：指贵族子弟。"轩裳"，车服，是富贵人家所用的。"令"，贤善，称呼别人的客气话。"胄"，后嗣。

〔83〕金玉奇标：像金玉一样高贵纯洁的风格。

〔84〕富春秋：正当少壮的时候。"富"，充裕、厚实的意思。"春秋"，指年龄。

〔85〕洁操履：品行和作为都保持清白、纯洁。"操"，指操行。"履"，指行为。

〔86〕小君：古时称诸侯的夫人为"小君"，副使的夫人地位和诸侯夫人略同，所以也以此相称。

〔87〕谐对：好配偶。

〔88〕良人：《诗经·唐风·绸缪》："今夕何夕，见此良人。"本是丈夫对妻子的称呼，妻子也可称丈夫为良人。古时也称善人、君子为良人。此为后一义。后文《谭意哥传》篇"不得从良人"，就是不能嫁一个丈夫的意思。

〔89〕潘、杨之睦可遵，凤凰之兆斯在：这两句的意思是说：两家结亲之后，可望彼此和洽；这种婚姻，事先就有了好兆头的。晋代潘岳的妻子，是杨仲武的姑母；潘杨两家世代结亲，很是和好。潘岳在《杨仲武诔》文中说："藉三叶世亲之恩，而子之姑，余之伉俪焉，潘杨之睦，有自来矣。"又春秋时，陈国公子完，因陈乱出奔齐国，齐大夫懿氏要把女儿许嫁给他；懿仲的妻子就先占卜一下，得到"凤凰于飞，和鸣锵锵"的吉利卦象，后来婚姻碰巧十分美满。见《左传》庄公二十二年。

〔90〕雅抱：指别人内心意志的客气话。

〔91〕文愧金声，才非玉润：古时称人文章作得好为"掷地作金石声"。"文愧金声"，惭愧自己的文章作得不好。"才非玉润"，才华不如玉之光润，也是比喻的话。

〔92〕岂家室为望，惟泥涂是忧：哪里有结婚成家的念头，只是以自己身分卑贱，没有前途为虑。"泥涂"，指草野卑贱的人。

〔93〕不谓宠及迷津，庆逢子夜：想不到你们会看上我这迷路的人，在

半夜里碰到这种好事情。"迷津",本是水路找不到出处的意思,典出《桃花源记》,这里指迷失路途的人。

〔94〕聆好音于鲁馆,逼佳气于秦台:春秋时,鲁庄公以周王同姓的关系,代为主持王姬的婚事,派大夫把周王姬迎到鲁国,在外面筑馆招待居住,然后送到齐国去和齐侯成婚。见《春秋》庄公元年。后来就以"鲁馆"为嫁女外住的代词。"佳气",吉祥气象。"秦台",就是凤台,见前《莺莺传》篇"萧史"注。这两句的意思是说:被许婚事,招为女婿,对于这个好消息,感到兴奋愉快。

〔95〕二客游神,方兹莫及;三星委照,唯恐不扬:"二客游神",出典不详。可能指刘晨、阮肇在天台遇仙的故事,"二客",指刘晨和阮肇。"游神",游于神仙境界。参看前《昆仑奴》篇"阮郎"注。"方",比。如果是这样解释,意思就是说:他现在所处的环境,就是刘、阮在天台遇仙的情况也比不了。"三星",指二十八宿里的心星。古人认为,心星有尊卑夫妇父子之象(夫尊妇卑,是封建社会里夫权意识的反映);又以为,心星天昏黑时见于东方,是二月的合宿,也正是男女婚嫁的适当时候,因而以"三星"为婚姻的象征词。"三星委照",犹如说"红鸾星照命"。"不扬",不显著。"三星委照,唯恐不扬",是惟恐怕婚姻不能成功、不能如愿的意思。

〔96〕托彼强宗:"强宗",豪门大族。"托彼强宗",和豪门大族结亲的意思。

〔97〕睠以佳耦:"睠",同"眷"字,关心、顾念的意思。"耦",同"偶"字。"睠以佳耦",由于关切、顾念而介绍一个好配偶。

〔98〕谑浪而入:"谑浪",戏谑、开玩笑。"谑浪而入",一面走进去,一面嘴里开着玩笑。

〔99〕移天:封建时代,妇女尊称父亲和丈夫为"所天"。"移天",由父家转移到夫家去,就是出嫁的意思。

〔100〕懿范:美德的模范,专指女性而言。

〔101〕奉蘋蘩之敬,如琴瑟之和:《诗经》有《采蘋》和《采蘩》两章,古人认为是表扬大夫和诸侯的夫人能够敬祀祖先的作品,后来因以"奉蘋蘩"为妇女主持家务的代词。又《诗经·小雅·常棣》里有"妻子好合,如

鼓琴瑟"这两句,以琴瑟声音的相应和,比喻夫妇的要好。

〔102〕是怀:放在心上的意思。

〔103〕辱高义:承蒙答应婚事的意思。"辱",辱没,亵渎了别人的身分,客气话。参看前《柳毅传》篇"求托高义"注。

〔104〕叶凤心:犹如说趁心如意。"叶",同"协"字,和合的意思。

〔105〕上京:京师的通称,这里指东都洛阳。

〔106〕百两陈礼:古时诸侯出嫁女儿,要以百两为陪送,后来就以"百两"为嫁娶的代词。"两",同"辆"字。"百两",一百辆车子。"百两陈礼",泛指婚嫁的礼物。

〔107〕赊:同"奢"字。

〔108〕孔:很、甚。

〔109〕倾瞩:用钦佩的眼光看着。

〔110〕磬折:形容弯着腰,恭恭敬敬地站着,像磬(古时以玉或石制成的乐器,中部是弯折的)一样。

〔111〕虫沙微类:指渺小无足重轻的东西。古代神话:周穆王南征,军队全化为异物:君子变为猿、鹤,小人变为虫、沙。见《太平御览》七十四引《抱朴子》。

〔112〕分(fèn)及湮沦:自料要终身埋没、倒霉了。

〔113〕钟鼎高门:指富贵人家。封建时代,官僚地主大家庭,吃饭时要先鸣钟,然后列鼎而食(鼎,古食器。列鼎,排列着多少碗的意思),所以称为"钟鼎高门"。

〔114〕有如白水,以奉清尘:"有如白水",是对着河水发出的一句誓词。春秋时,狐偃随着晋公子重耳流亡在外,遇事进谏,重耳很不高兴。后来重耳返国将任国君,当路过一条河流的时候,狐偃向重耳告辞,打算他往。他说:过去对你没有礼貌,是很有罪的,所以不能跟你一道回国了。重耳不许他走,并指着河水发誓说:今后和你如果不是一条心,有如白水!见《左传》僖公二十四年。"清尘",见前《莺莺传》篇"犹托清尘"注。这两句是发誓要追随在一起的意思。

〔115〕鹤企凫趋:鹤的颈子很长,"鹤企",形容伸长着颈子盼望着。

"凫趋"以野鸭的随群趋赴,形容欢欣鼓舞的样子。

〔116〕休旨:好消息。

〔117〕锦雉之衣欲解,青鸾之匣全开:这两句是形容成婚时的情况。"锦雉之衣",指华美的衣服。"青鸾",指镜子。古代传说,鸾喜对镜而舞,故以青鸾为镜的代词。"青鸾之匣全开",把妆台里的镜匣全打开了。

〔118〕自地登汉:犹如说平地登天。"汉",河汉,就是天河。

〔119〕不有所举:如果不是因为有人保举、推荐。

〔120〕誓彼襟灵,志之绅带;期于没齿,佩以周旋:这四句是把保母介绍婚事的恩惠记在心里,终身不忘的意思。"襟灵",指胸怀、怀抱。"誓彼襟灵",发誓记在心里。"绅",腰带的下垂部分。"志之绅带",把这件事记在衣带上。"没齿",终身的意思。"期于没齿",打算一直到终身。"佩以周旋",走到哪里,就把这一种心情带到哪里。

〔121〕燎沈当庭:"燎",庭燎,古时用松柴、苇竹之类浇上油脂,于举行典礼时,在庭院里燃烧作照明之用的东西。其形有如叉杆,一般用铁制,上有圆斗,可插燃料。"燎沈当庭",在庭院里把庭燎烧得很久。

〔122〕将艾:将尽。

〔123〕逄掖之士:"逄",大的意思。"掖",同"腋"字,指衣腋、衣袖。"逄掖",犹如说宽袍大袖。古时读书人和官僚地主阶级是不参加劳动的,所以可以穿着宽袍大袖的衣服。"逄掖之士",就指这一类的人。

〔124〕差事:奇事、怪事。差在唐宋俗语中有奇怪的意思。

〔125〕无启寇雠:不要找麻烦、不要惹祸端。

〔126〕小竖:小使、小仆人。

〔127〕猛炬:大火把。

〔128〕俇儴(kuāng ráng):形容慌慌张张,走路时跌跌冲冲的样子。

〔129〕横关:把门闩插起来。

〔130〕输租车:缴纳租税的车子。

〔131〕饭牛附火:喂牛烤火。

〔132〕假寐:不脱衣服睡觉叫做"假寐"。

〔133〕震方洞然:"震",《易经》卦名。《易经》里八卦方位,以震卦为

东方。"震方洞然",意思是在东方,也就是狐精所在的方向,空空洞洞地,什么都看不见、听不见了。

〔134〕迹:寻觅。

〔135〕抚髀:拍着大腿。

〔136〕山魈(chī)木魅:古代说法,一种山林异气所生的害人怪物。

〔137〕益:增加。

〔138〕射皮饮胄者,指武士、猎人。把箭射进去叫做"饮"。"胄",头盔,武士所用。

〔139〕樵苏:砍木为薪叫做"樵",割取野草叫做"苏"。

〔140〕于是直方命四周张罗彀弓以待:原无"罗"字。按下文云,"置罗罥挂,应弦饮羽",则此处似应有一"罗"字,据谈本增。张罗彀弓:张开了猎网,拉满了弓弦:射猎前的准备工作。

〔141〕秉蕴:拿着引火的草把。

〔142〕置罗罥(juàn)挂:悬挂在猎网上。"置罗",捕兽的网。"罥",结系。

〔143〕应弦饮羽:弓弦响处,鸟兽应声命中。"饮羽",射箭深入,连箭尾的羽毛也射进去了。

〔144〕三水人:作者皇甫枚自称,皇甫枚是三水人。

〔145〕强死:非命而死、不正常的死亡。"强",强健。强健的人死亡了,就不会是死于疾病,因而一定是被害、非命而死。

〔146〕博士:官名。唐时有太学、国子等博士,是教授官僚贵族子弟的官员,一般所称博士指此;但其他官署里,也还有博士这一名目。

〔147〕渤海:古郡名,唐时为沧州景城郡,州治在今河北沧县。又唐时另有渤海县,在今山东惠民、乐陵一带地方。

飞烟传[1]

皇甫枚

临淮[2]武公业,咸通中任河南府功曹参军[3]。爱妾曰飞烟,姓步氏,容止[4]纤丽,若不胜绮罗。善秦声[5],好文墨,尤工击瓯[6],其韵与丝竹合。公业甚嬖之。其比邻,天水[7]赵氏第也,亦衣缨之族[8],不能斥言[9]。其子曰象,端秀有文,才弱冠矣。时方居丧礼。忽一日,于南垣隙中窥见飞烟,神气俱丧,废食忘寐。乃厚赂公业之阍,以情告之。阍有难色,复为厚利所动,乃令其妻伺飞烟闲处,具以象意言焉。飞烟闻之,但含笑凝睇而不答。门媪尽以语象。象发狂心荡,不知所持[10],乃取薛涛笺[11],题绝句曰:"一睹倾城貌,尘心只自猜。不随萧史去,拟学阿兰来[12]。"以所题密缄之,祈门媪达飞烟。烟读毕,吁嗟良久,谓媪曰:"我亦曾窥见赵郎,大好才貌。此生薄福,不得当之。"盖鄙武生麤[13]悍,非良配耳。乃复酬[14]一篇,写于金凤笺,曰:"绿惨双娥不自持,只缘幽恨在新诗。郎心应似琴心怨,脉脉春情更泥谁[15]。"封付门媪,令遗象。象启缄,吟讽数四,拊掌喜曰:"吾事谐矣。"又以剡溪玉叶纸[16],赋诗以谢,曰:"珍重佳人赠好音,彩笺芳翰两情深。薄于蝉翼难供恨,密似蝇头未写心[17]。疑是落花迷碧洞,只思轻雨洒幽襟[18]。百回消息千回梦,裁作长谣寄绿琴[19]。"诗去旬日,门媪不复来。象忧潾[20],恐事泄;或飞烟追悔。春夕,于前庭独坐，赋诗曰："绿暗红藏起暝烟[21]，独将[22]幽恨小庭前。沉沉[23]良夜与谁语，星隔银河[24]月半天。"明日，晨起吟际，而门媪来，传飞烟语曰："勿讶旬日无信，盖以微有不安。"因授象以连蝉锦香囊[25]并碧苔笺[26]，诗曰："无力严妆[27]倚绣栊[28]，暗题蝉锦思难穷。近来赢得[29]伤春病，柳弱花欹怯晓风。"象结锦香囊于怀，细读小简。又恐飞烟幽思增疾，乃剪乌丝阑为回械[30]，曰："春日迟迟[31]，人心悄悄[32]。自因窥觏，长役梦魂[33]。虽羽驾尘襟[34]，难于会合；而丹诚皎日，誓以周旋[35]。昨日瑶台[36]青鸟[37]忽来，殷勤寄语。蝉锦香囊之赠，芬馥盈怀，佩服徒增，翘恋弥切。况又闻乘春多感，芳履乖和[38]，耗冰雪之妍姿，郁蕙兰之佳气。忧抑之极，恨不翻飞[39]。且望宽情[40]，无至憔悴。莫孤短韵[41]，宁爽后期[42]。惝恍寸心，书岂能尽[43]？兼持菲什[44]，仰继华篇。伏惟试赐凝睇。"诗曰："见说伤情为九春[45]，想封蝉锦绿蛾颦[46]。叩头为报烟卿道，第一风流最损人。"门媪既得回报[47]，径赍诣飞烟阁中。武生为府掾属[48]，公务繁夥，或数夜一直[49]，或竟日不归。此时恰值入府曹。飞烟拆书，得以款曲寻绎[50]。既而长太息[51]曰："丈夫之志，女子之情，心契魂交，视远如近也。"于是阖户垂幌[52]，为书曰："下妾不幸，垂髫[53]而孤。中间为媒妁所欺，遂匹合于琐类[54]。每至清风明月，移玉柱[55]以增怀；秋帐冬釭，泛金徽[56]而寄恨。岂谓公子，忽贻好音。发华缄而思飞，讽丽句而目断。所恨洛川波隔，贾午墙高；连云不及于秦台，荐梦尚遥于楚岫[57]。犹望天从素恳，神假微机[58]，一拜清光，九殒无恨[59]。兼题短什，用寄幽怀。伏惟特赐吟讽也。"诗曰："画檐春燕须同宿[60]，兰浦双鸳肯独飞？长恨桃源诸女伴，等闲花里送郎归[61]。"封讫，召门媪[62]，令达于象。象览书及诗，以飞烟意稍切，喜不自持，但静室焚香，虔祷以候。忽一日[63]，将夕，门媪促步而至[64]，笑且拜曰："赵郎愿见神仙否？"象惊，连问之。传飞烟语曰："值今夜功曹府直，可谓良时。妾家后庭，即君之前垣也。若不渝惠好，专望来仪[65]。方寸万重[66]，悉候晤语。"既曛黑[67]，象乃乘梯而登，飞烟已令重榻于下[68]。既下，见飞烟靓妆盛服[69]，立于庭前。交拜讫，俱以喜极不能言。乃相携自后门入房中，遂背釭解幌，尽缱绻之意焉。及晓钟初动，复送象于垣下。飞烟执象手曰："今日相遇，乃前生姻缘耳。勿谓妾无玉洁松贞之志，放荡如斯。直以郎之风调，不能自固。愿深鉴之。"象曰："挹希世之貌，见出人之心[70]。已誓幽庸[71]，永奉欢洽。"言讫，象逾垣而归。明日，托门媪赠飞烟诗曰[72]："十洞三清[73]虽路阻，有心还得傍瑶台。瑞香风引思深夜，知是蕊宫[74]仙驭来。"飞烟览诗微笑，复赠象诗曰："相思只怕不相识，相见还愁却别君。愿得化为松下鹤，一双飞去入行云。"付门媪[75]，仍令语象曰："赖值儿家有小小篇咏[76]，不然，君作几许大才面目[77]？"兹不盈旬，常得一期于后庭。展幽微之思，罄宿昔之心，以为鬼神不知，天人相助。或景物寓目，歌咏寄情，来往便繁，不能悉载。如是者周岁。无何，飞烟数以细过挞其女奴，奴阴衔之，乘间尽以告公业。公业曰："汝慎勿扬声！我当伺察之。"后至直日，乃伪陈状请假。迨夜，如常入直，遂潜于里门。街鼓既作，匍伏[78]而归。循墙至后庭，见飞烟方倚户微吟，象则据垣斜睇。公业不胜其愤，挺前欲擒。象觉，跳去。公业搏之，得其半襦。乃入室，呼飞烟诘之。飞烟色动声颤，而不以实告。公业愈怒，缚之大柱，鞭楚血流。但云："生得相亲，死亦何恨。"深夜，公业怠而假寐。飞烟呼其所爱女仆曰："与我一杯水。"水至，饮尽而绝。公业起，将复笞之，已死矣。乃解缚，举置阁中，连呼之，声言飞烟暴疾[79]致殒。数日，窆之北邙[80]。而里巷间皆知其强死矣。象因变服，易名远，自窜于江、浙间。洛中才士，有崔、李二生，尝与武掾游处。崔赋诗末句云[81]："恰似传花人饮散,空床抛下最繁枝[82]。"其夕,梦飞烟谢曰:"妾貌虽不迨桃李,而零落[83]过之。捧君佳什,愧抑无已。"李生诗末句云:"艳魄香魂如有在,还应羞见坠楼人[84]"。其夕,梦飞烟戟手[85]而詈曰:"士有百行,君得全乎?何至务矜片言,苦相诋斥[86]?当屈君于地下面证之。"数日,李生卒。时人异焉。远后调授汝州鲁山县[87]主簿,陇西李垣代之[88]。咸通末,予复代垣,而与远少相狎,故洛中秘事,亦知之,而垣复为手记,故得以传焉。三水人曰:"噫!艳冶之貌,则代有之矣;洁朗之操,则人鲜闻乎。故士矜才则德薄,女炫色[89]则情私。若能如执盈[90],如临深[91],则皆为端士淑女矣。飞烟之罪,虽不可逭[92],察其心,亦可悲矣!"

注释

〔1〕步飞烟为了争取婚姻自由,和所爱的人相会,大胆地冲破了封建礼教的藩篱。在事情败露、处于被"鞭楚流血"的情况下,仍然意志坚强,一直到死也不肯屈服。作者塑造了这样一个反封建的叛逆女性的光辉形象,较之其他恋爱故事中的女性,多少还带有一些畏缩顾虑情绪的,就更显得突出。然而,她毕竟被虐杀了!在夫权主义社会里,被压迫、被侮辱的妇女,终于成为牺牲者!相爱的青年,不能成为配偶;被媒妁所欺,嫁给粗暴之人为妾的,终身不能自由。这正是封建婚姻制度酿成的悲剧。

作者在旧礼教的压力下,不能不说飞烟是"罪不可逭";然而又说,"察其心,亦可悲矣",这就流露了同情。在文末穿插的小故事里,飞烟感谢悼念她身世零落的人,而要诋斥她为"羞见坠楼人"者"于地下面证之",也可见作者用意一斑。

〔2〕临淮:见前《谢小娥传》篇"泗州"注。

〔3〕功曹参军:即功曹司功参军事。唐代在西都、东都、北都、凤翔、成都等府设置掌管考课、假使、祭祀、礼乐、学校、表疏等事务的官员。参看前《霍小玉传》篇"参军"注。

〔4〕容止:容貌,举止。

〔5〕秦声:秦地(今陕西)的歌曲,犹如说"秦腔"。

〔6〕击瓯:"瓯",瓦盆。"击瓯",排列瓦盆十余只,里面各盛不等量的水,用箸击盆,随着轻重缓急,就发出音乐般的声音,是唐代盛行的一种娱乐。

〔7〕天水:唐郡名,也称秦州,约辖今甘肃天水、临洮等地区,州治在今天水市。

〔8〕衣缨之族:犹如说衣冠门第,就是官僚地主大家庭。

〔9〕不能斥言:不便把他的名字明白说出来。"斥",指明的意思。

〔10〕不知所持:不知道怎样克制自己的感情了。

〔11〕薛涛笺:"薛涛",唐代能诗的名妓。她曾制作一种深红色的小诗笺,当时称之为"薛涛笺",后来也以薛涛笺指红八行笺。

〔12〕这四句的意思是说:自从看到飞烟的美貌,就打动了自己尘俗之心,而以不能相聚为恨。但愿她不要像弄玉一样地随着萧史仙去,而能如杜兰香之谪降人间。"倾城",见前《长恨传》篇"倾国"注。"猜",恨。"萧史",见前《莺莺传》篇注。"阿兰",出典不详,可能指古代神话传说中的仙女杜兰香,她曾因罪谪降人间。

〔13〕麤:同"粗"字。

〔14〕酬:同"酬"字,指作诗和答。

〔15〕"绿",妇女画眉毛用的青绿色颜料。"惨",形容色泽的深暗。"娥",娥眉,见前《长恨传》篇"娥眉"注。"绿惨双娥",指画的两道浓黑色的细眉。眉毛是可以表达情意的。"脉脉",形容含蓄着情意的样子。用柔情的言语来要求为"泥"(nì),犹如说软缠。愁思困人也叫"泥"。"脉脉春情更泥谁":"泥",原作"拟"。"泥"字似较胜,据虞本改。

〔16〕剡(shàn)溪玉叶纸:"剡溪",水名,在浙江嵊(shèng)县南,曹娥江上游。用剡溪水制成的藤纸最有名,有一种洁白如玉,名为"玉叶纸"。

〔17〕薄于蝉翼难供恨,密似蝇头未写心:这两句的意思是说:你写信用这么薄的纸,尽管写了很多页,也不能把怅恨之情全行表达;这么密的小字,似乎也没有接触到内心。"薄于蝉翼",指笺纸如蝉翼之薄。"密似蝇头",指写的字小而且密,有如蝇头。

〔18〕疑是落花迷碧洞，只思轻雨洒幽襟：上句似是形容飞烟诗句的优美。下句似是形容自己读诗后感到一些快慰。"思"，想象的意思。"轻雨"，微雨。"幽襟"，幽深的情怀。

〔19〕百回消息千回梦，裁作长谣寄绿琴：上句的意思是说：对于飞烟的音信，念念不忘，魂思梦想。"百回"、"千回"，都是夸张的说法。下句的意思是说：写成长篇曲调，把相思情绪，从弹的曲调里发抒出来。"谣"，指曲调。"寄"，寄托。"绿琴"，绿绮琴。汉司马相如有绿绮琴，后来就以绿绮琴指佳琴。

〔20〕象忧㥽："忧"，原作"幽"。"忧"字似较胜，据虞本改。

〔21〕绿暗红藏起暝烟：这是描写"春夕"的一句诗：在朦胧暮烟中，庭前的花木都看不见了。

〔22〕将（jiāng）：带着。

〔23〕沉沉：时间悠长的形容词。

〔24〕银河：天河。

〔25〕连蝉锦香囊：一种薄绸做成的香囊。"连蝉锦"，连文而薄如蝉翼之锦。

〔26〕碧苔笺：用水苔制成的笺纸，也叫"侧理纸"。

〔27〕严妆：着意打扮。

〔28〕绣栊：即绣户，指装饰华美的门窗。

〔29〕赢得：获得、剩得。

〔30〕回椷：回信。"椷"，同"缄"字。

〔31〕春日迟迟："日"，原作"景"。"春日迟迟"出《诗经》，似较胜，据虞本改。形容春天的日子，过得懒洋洋而又漫长。

〔32〕人心悄悄：指内心忧愁的样子。

〔33〕长役梦魂："役"，牵挂、纠缠一类的意思。"长役梦魂"，神魂颠倒，睡梦里也想念着的意思。

〔34〕羽驾尘襟：天上人间的意思。"羽驾"，指神仙。仙人飞升变化，如有羽翼，故称"羽驾"。"尘襟"，尘俗的襟怀，指世俗。

〔35〕丹诚皎日，誓以周旋：一片诚恳的赤心，可以对着太阳发誓，一

定要追随着和你在一起。

〔36〕瑶台：神话传说中仙人居住的地方。

〔37〕青鸟：神话传说：汉武帝见青鸟飞集殿前，知道它是西王母的信使，果然一会儿西王母就来了。见《汉武故事》。后来因称传达信息的人为"青鸟"。

〔38〕芳履乖和：犹如说"玉体不适"。

〔39〕恨不翻飞：恨不能如鸟之有翅，可以飞到你那里去的意思。

〔40〕宽情：宽心。

〔41〕莫孤短韵：不要辜负我在短诗里所表达的情意。

〔42〕宁爽后期：哪里就没有再见面的日子。

〔43〕惝（tǎng）恍寸心，书岂能尽：抑郁不乐的心情，信里哪能说得完。

〔44〕菲什：《诗经》里的《雅》、《颂》，每十篇为"什"，后来就以"什"称诗篇。"菲什"，犹如说拙诗。下文"短什"、"佳什"，就是短诗、好诗。

〔45〕九春：春季。一季九十天，所以称春天为"九春"。

〔46〕颦：皱着眉头。

〔47〕门媪既得回报："门"，原作"阍"。按前文均作"门"，不统一，虞本则一律作"门媪"。据虞本改。

〔48〕掾（yuàn）属：属官、佐吏。

〔49〕直：值班。

〔50〕款曲寻绎："款曲"，仔细、周密的意思。"寻绎"，研究。

〔51〕太息：长叹。

〔52〕垂幌（huǎng）：拉下了帷幕。

〔53〕垂髫（tiáo）：古时儿童的头发是披散的，叫做"垂髫"；到了少年时代，才把头发梳扎起来，谓之"束发"。因而就以"垂髫"为童年的代词。

〔54〕琐类：犹如说小人。

〔55〕玉柱：琴、琵琶等乐器，在指板上凸起的一排小横木条，名为"柱"，用来确定音位，以便按弦取音；可以向左右移动，以调节音之高低。也称"品柱"或"品位"。"玉柱"，玉饰的柱。

〔56〕金徽：古琴在面板左方镶嵌一排圆星点，名为"徽位"，简称作"徽"。有用磁或贝壳制成的，有用金属物制成的；"金徽"，指后者。徽位共十三个，居中者最大，其余以次递小。在任何一徽位处，用左手指轻按，右手指挑拨琴弦，即可奏出泛音。"移玉柱，泛金徽"，就指弹琴。

〔57〕洛川波隔，贾午墙高；连云不及于秦台，荐梦尚遥于楚岫："洛川"，指洛妃的故事。"贾午"，晋代贾充的女儿。她爱上了贾充的属吏韩寿，韩寿就于夜间跳墙进去和她相会。"云"，朝云，巫山神女自称"旦为朝云"。"连云"，意指欢会。"秦台"，就是凤台，见前《莺莺传》篇"萧史"注。"荐梦"，在梦中"荐枕，侍寝"。"楚岫"，指巫山神女的故事。"洛川"、"楚岫"，见前《霍小玉传》篇"巫山、洛浦"注。"波隔"、"墙高"、"不及"、"遥"，都是形容有阻碍。这四句的意思是说：他们的恋爱困难很多，不能像上述故事里的人可以如愿以偿。

〔58〕天从素恳，神假微机："天从素恳"，犹如说天从人愿。"素恳"，指一向就具有的诚心诚意。"神假微机"，神仙给予一点机会。

〔59〕一拜清光，九殒无恨：极言只要能和你晤见，即使让自己死去若干次，也无所怨恨。"清光"，对人的敬词，犹如说"尊容"。"九殒"，九死。古时以九为极数。

〔60〕画檐春燕须同宿："檐"，原作"帘"。"檐"字似较胜，疑形似误刻，据虞本改。

〔61〕长恨桃源诸女伴，等闲花里送郎归："等闲"，随随便便、很轻易的意思。这里是用刘晨、阮肇入天台的故事。刘晨、阮肇想回家，仙女就指示归途，让他们回去。参看前《昆仑奴》篇"阮郎"注。

〔62〕召门媪："门"，原作"闻"，据虞本改。

〔63〕但静室焚香，虔祷以候。忽一日："忽"，原作"息"，连上文读，费解。疑形似误刻，据郢本改。

〔64〕促步：急行。"门媪促步而至"："门"，原作"闻"，据虞本改。

〔65〕来仪：《书经·益稷》："凤凰来仪"，意思是凤凰来舞而有容仪。后来就以"来仪"为称人到来的敬词。

〔66〕方寸万重：心里有千言万语的意思。

〔67〕曛黑：落日的馀光为"曛"。"曛黑"，指黄昏时候。

〔68〕重榻于下：指把榻椅之类重叠地搭起来放在下面。

〔69〕靓（jìng）妆盛服："靓妆"，搽粉抹脂地打扮。"盛服"，穿得很漂亮。

〔70〕挹希世之貌，见（xiàn）出人之心：生成世上少有的美貌，显露高出一般人的心性。"挹"，本含有"取"的意思，引申作长成、生长解释。

〔71〕已誓幽庸：已经对着鬼神发过誓。"幽庸"，犹如说幽冥、阴间。

〔72〕托门媪赠飞烟诗曰："门"，原作"阃"，据虞本改。

〔73〕十洞三清：道家认为，大地名山里，有"十大洞天"，是上天分遣群仙统治的地方，如王屋山洞、小有清虚之天、委羽山洞、大有空明之天等等。见《云笈七签》。"三清"，见前《裴航》篇"玉清"注。

〔74〕蕊（ruǐ）宫："蕊珠宫"的简称。道家认为是上清境里的宫名。

〔75〕付门媪："门"，原作"阃"，据虞本改。

〔76〕赖值儿家有小小篇咏：幸亏遇到我还能作几句诗的意思。

〔77〕作几许大才面目：犹如说摆弄那么大才学的样子。

〔78〕匍伏：手爬在地下走路。

〔79〕暴疾：急病。

〔80〕北邙（máng）：山名，在洛阳东北，古时贵族的葬地。

〔81〕崔赋诗末句云：原无"赋"字，似应有"赋"字，据虞本增。

〔82〕恰似传花人饮散，空床抛下最繁枝：这两句是比喻飞烟被男子玩弄，有如击鼓催花里的花枝一样地被传来传去；后来遭凌辱而死，情人也逃走不能顾她，正如酒席散了，花枝也被抛弃了。"传花"，指饮酒时行的"击鼓催花"令。"最繁枝"，花朵开得最多最盛的一枝。

〔83〕零落：凋谢衰落。这里指不幸的命运。

〔84〕还应羞见坠楼人："坠楼人"，指绿珠，是晋代石崇的爱妾，很美丽。孙秀要石崇把绿珠送给他，石崇不肯，孙秀就假传皇帝的旨意，发兵围捕石崇，绿珠跳楼自杀。见《晋书·石崇传》。这句的意思是说：飞烟和别人恋爱，不能如绿珠之"守贞"，所以应该对之有愧色的。

〔85〕戟手：用手指着，像戟（古时一种杆上有歧出的刀尖的武器）一

样,是怒骂时的一种姿态。

〔86〕何至务矜片言,苦相诋斥:何至于一定要傲慢地用一两句话(指诗),来极力诬蔑侮辱我呢。

〔87〕汝州鲁山县:"汝州",也称临汝郡,约辖今河南北汝河、沙河流域一带地区,州治在今临汝县。"鲁山县",今河南鲁山县,唐时属汝州管辖。

〔88〕代之:做他的后任。下文"代有之矣"的"代",指朝代、世代。

〔89〕炫(xuàn)色:犹如说搔首弄姿。"炫",炫露、卖弄。

〔90〕执盈:义同"持盈",语出《国语·越语》。"持",守。"盈",满。"持盈",意思是人处在盛时,不要骄傲自满,才可以长久保持自己的地位。

〔91〕临深:"如临深渊"的省语,出《诗经·小雅·小旻》。人走在深水边上,知道危险,就会自己提高警惕,因而以"如临深渊"比喻小心谨慎。

〔92〕逭(huàn):逃、推脱。

却　要[1]

皇甫枚

　　湖南[2]观察使李庾之女奴,曰却要。美容止,善辞令。朔望通礼谒于亲姻家[3],惟却要主之,李侍婢数十,莫之偕[4]也。而巧媚才捷,能承顺颜色[5],姻党亦多怜之。李四子:长曰延禧,次曰延范,次曰延祚,所谓大郎而下五郎也。皆年少狂侠,咸欲蒸[6]却要而不能也。尝遇清明节,时纤月娟娟,庭花烂发,中堂垂绣幕,背银缸,而却要遇大郎于樱桃花影中,大郎乃持之求偶。却要取茵席授之,曰:"可于厅中东南隅,伫立相待;候堂前[7]眠熟,当至。"大郎既去,至廊下,又逢二郎调之。却要复取茵席授之,曰:"可于厅中东北隅相待。"二郎既去,又遇三郎束之[8]。却要复取茵席授之,曰:"可于厅中西南隅相待。"三郎既去,又五郎遇着,握手不可解。却要亦取茵席授之,曰:"可于厅中西北隅相待。"四郎皆去。延禧于厅角中,屏息以待。厅门斜闭,见其三弟比比[9]而至,各趋一隅。心虽讶之,而不敢发。少顷,却要突燃炬,疾向厅事,豁双扉而照之,谓延禧辈曰:"阿堵[10]贫儿,争敢向这里觅宿处?"皆弃所携,掩面而走。却要复从而哈[11]之。自是诸子怀惭,不敢失敬。

注释

　　〔1〕这是一篇短篇讽刺作品。

却要处在险恶的环境里,却能从容布置,玩弄主人的四个儿子于掌上,使他们怀惭而去,从此不敢失敬。她是一个机智而又风趣的人物。

这篇故事也反映了官僚子弟腐化无耻的本质。

〔2〕湖南:指洞庭湖以南的地方,唐时分属江南西、山南东、黔中诸道。

〔3〕朔望通礼谒于亲姻家:指在初一、十五这两天,和亲戚间彼此送礼应酬,互致问候,是古时的一种风俗。"朔"、"望",农历每月的初一、十五日。

〔4〕莫之偕:不能同她一道去做,意思是说没有这个能力。

〔5〕颜色:脸色。

〔6〕蒸:对长一辈的人犯奸淫行为叫做"蒸"。却要是李庚的姬妾,相当于李庚儿子们的庶母的身分,李庚的儿子们却想对她无礼,所以称之为"蒸"。

〔7〕堂前:指父母。

〔8〕束之:这里是抱持的意思。

〔9〕比比:屡屡、陆续。

〔10〕阿堵:"若个"的意思,当时的口语。若个,犹如说哪个。

〔11〕哈(hāi):讥笑。

温 京 兆[1]

皇甫枚

温璋,唐咸通壬辰尹正天府[2]。性黩货[3],敢杀,人亦畏其严残不犯,由是治有能名。旧制:京兆尹之出,静通衢[4],闭里门;有笑其前道者,立杖杀之。是秋,温公出自天街[5],将南抵五门[6],呵喝风生。有黄冠[7]老而且伛[8],弊衣[9]曳杖,将横绝其间[10],驺人[11]呵不能止。温公命捽来,笞背二十。振袖而去,若无苦者。温异之,呼老街吏,令潜而觇之,有何言;复命黄冠扣之[12]。既而迹之,追暮过兰陵里,南入小巷,中有衡门[13],止处也。吏随入关。有黄冠数人,出谒甚谨,且曰:"真君[14]何迟也?"答曰:"为凶人所辱。可具汤水。"黄冠前引,双鬟青童从而入,吏亦随之。过数门,堂宇华丽,修竹夹道,拟王公之甲第。未及庭,真君顾曰:"何得有俗物气?"黄冠争出索之。吏无所隐,乃为所录[15]。见真君。吏叩头拜伏,具述温意。真君盛怒曰:"酷吏不知祸将覆族[16],死且将至,犹敢肆毒于人,罪在无赦!"叱街吏令去。吏拜谢了,趋出,遂走诣府,请见温,时则深夜矣。温闻吏至,惊起,于便室召之。吏悉陈所见,温大嗟惋。明日将暮,召吏引之。街鼓既绝[17],温微服[18],与吏同诣黄冠所居。至明,吏款扉。应门者问谁。曰:"京兆温尚书[19]来谒真君。"既辟重闱,吏先入拜,仍白曰:"京兆尹温璋。"温趋入拜。真君踞坐堂上,戴远游冠[20],衣九霞之衣[21],色貌甚峻。温伏而叙曰:"某任惚浩穰[22],权唯震肃,若稍畏懦,则损威声。昨日不谓凌迫大仙,自贻罪戾,故来首服[23],幸赐矜哀。"真君责曰:"君忍杀立名,专利不厌,祸将行及,犹逞凶威!"温拜首求哀者数四,而真君终蓄怒不许。少顷,有黄冠自东序[24]来,拱立于真君侧,乃跪启曰:"尹虽得罪,亦天子亚卿[25];况真君洞其职所统,宜少降礼。"言讫,真君令黄冠揖温升堂,别设小榻,令坐。命酒数行。而真君怒色不解。黄冠复启曰[26]:"尹之忤犯,弘宥[27]诚难;然则真君变服尘游,俗士焉识?白龙鱼服,见困豫且[28]。审思之[29]。"真君悄然,良久曰:"恕尔家族[30]。此间亦非淹久之所。"温遂起,于庭中拜谢而去。与街吏疾行至府,动晓钟矣。虽语亲近,亦秘不令言。明年,同昌主[31]薨,懿皇[32]伤念不已。忿药石之不征[33]也,医韩宗绍等四家,诏府穷竟[34],将诛之。而温鬻狱缓刑[35],纳宗绍等金带及余货,凡数千万。事觉,饮酖[36]而死。

注释

〔1〕本篇揭露了封建官僚贪赃枉法,残忍好杀的卑鄙酷虐行为。正是这样的人,却偏偏"治有能名"。作者借真君对温璋的斥责,表示了人民对贪官酷吏的无比愤怒,也是对他们的严重警告。可是在封建时代里,人民虽然遭受虐害剥削,往往无从抗拒,于是作者便幻想出神仙可以制伏他们,就造作这一故事。在人民面前作威作福的大官僚,在神仙面前,却又卑躬屈节,显得软弱渺小了。这位酷吏终于饮酖而死,正如神仙的预言,虽有一些宿命论思想,但这毕竟是使人感到快意的事。

〔2〕尹正天府:做京兆府府尹。"正天府",就是京兆府。"尹",做动词用。

〔3〕黩(dú)货:贪财。

〔4〕静通衢:封建大官僚出行时,要街上的行人回避,不许喧哗,以表示他的威严。这种行为叫做"静街","静通衢"指此。"通衢",四通的

街道。

〔5〕天街:京城里的道路。

〔6〕五门:指唐代长安正南面的明德门。唐时长安各城门都有三个门洞,惟明德门有五个门洞,称为"五门"。又大明宫南面正中一门,也称"五门"。

〔7〕黄冠:古时道士戴金色冠,因而就以"黄冠"为道士的代称。一说唐代李淳风之父李播弃官出家为道士,自号"黄冠子",是道士称"黄冠"的由来。

〔8〕伛(yǔ):弯着腰,指驼背。

〔9〕弊衣:古时一种长仅及膝的裤子叫做"弊衣"。也可作坏衣解释。

〔10〕将横绝其间:打算从仪仗中间横冲过去。

〔11〕驺(zōu)人:骑马跟在官员前后护卫的人。

〔12〕复命黄冠扣之:又取道士的帽子叫他戴上,就是也让他扮作道士模样。

〔13〕衡门:横木做的门,形容居处的简陋。

〔14〕真君:道教对神仙的称呼,地位在真人之上。

〔15〕录:查察的意思,这里指因发觉而被抓获。

〔16〕覆族:犹如说灭族。因为有罪而连同父母妻子都被杀害,叫做"覆族"。

〔17〕街鼛既绝:指敲过了街鼓,也就是路无行人的时候。"鼛",同"鼓"字。参看前《任氏传》篇"候鼓"注。

〔18〕微服:穿着平常人的服装,让人看不出自己的身分,叫做"微服"。

〔19〕京兆温尚书:温璋当时以京兆尹的身分,获有"检校吏部尚书"的加衔,所以称为"京兆温尚书"。

〔20〕远游冠:古时王爵戴的一种高帽子,和皇帝戴的通天冠大体相同,但前面没有山子——衬起的一块木头。

〔21〕九霞之衣:华丽多彩的衣服。

〔22〕任惚(zǒng)浩穰：意思是京城里人口很多，因而自己的公务十分繁忙。"任惚"，公务很忙。"浩穰"，盛大的样子，形容人口的众多。

〔23〕首服：认罪。

〔24〕东序：东边廊下。

〔25〕亚卿：比正卿低一等的官员为"亚卿"。这里指京兆尹。京兆尹是京城地方长官，仅比中央政府宰相一类的官员低一等，所以称为"亚卿"。

〔26〕黄冠复启曰："启"，原作"答"。未问何以答，应误，据许本改。

〔27〕弘宥：宽洪大量地予以饶恕。

〔28〕白龙鱼服，见困豫且：比喻有地位的人微服出行而遭遇灾难的一个故事。有一条白龙，化为鱼形，被渔人豫且射中了眼睛。于是白龙到天帝处去控告。天帝问它：当你被射的时候，是一个什么模样呢？白龙说：我在水里，变做一条鱼的样子。天帝说：鱼本是渔人所射之物。你既然变做鱼，豫且当然可以射你，所以他是无罪的。见《说苑·正谏》。

〔29〕审思之：多想一下，多考虑一下。

〔30〕恕尔家族：上文说温璋"祸将覆族"，现在由于他的哀求，因而决定由他一人身受其祸，而免除全家族的遭到诛灭，所以说"恕尔家族"。

〔31〕同昌主：就是"卫国文懿公主"，最初封为同昌公主，是唐懿宗最宠爱的女儿。

〔32〕懿皇：指唐懿宗。

〔33〕不征：没有效验。

〔34〕穷竟：极力追究。

〔35〕鬻狱缓刑：由于受贿而出卖官司，对犯人拖延着不用刑法。

〔36〕酖：同"鸩"字，一种毒酒。据说鸩是一种似鹰而大、紫黑色、食蛇的禽类。古人说鸩羽有毒，把鸩羽和在酒里，人喝了就会毒死。后来"酖"就成为一般毒酒的通称。

闾丘子

张　读[1]

有荥阳郑又玄,名家子[2]也。居长安中。自小与邻舍闾丘氏子,偕读书于师氏。又玄性骄,率以门望清贵[3],而闾丘氏寒贱者,往往戏而骂之曰:"闾丘氏非吾类也!而我偕学于师氏,我虽不语,汝宁不愧于心乎?"闾丘子嘿[4]然有惭色。后数岁,闾丘子病死。及十年,又玄以明经上第。其后调补参军于唐安郡[5]。既至官,郡守命假尉唐兴[6]。有同舍仇生者,大贾之子,年始冠。其家资产万计。日与又玄会,又玄累受其金钱赂遗[7],常与宴游。然仇生非士族[8],未尝以礼貌接之。尝一日,又玄置酒高会[9],而仇生不得预[10]。及酒阑,有谓又玄者曰:"仇生与子同舍,会宴而仇生不得预,岂非有罪乎?"又玄惭,即召仇生。生至,又玄以卮饮之。生辞不能引满,固谢。又玄怒骂曰:"汝市井之民[11],徒知锥刀尔[12],何为僭居官秩邪?且吾与汝为伍,实汝之幸,又何敢辞酒乎?"因振衣起。仇生羞且甚,俯而退。遂弃官闭门,不与人往来。经数月病卒。明年,郑罢官,侨居濛阳郡[13]佛寺。郑常好黄老之道[14]。时有吴道士者,以道艺闻[15],庐[16]于蜀门山。又玄高其风[17],即驱而就谒,愿为门弟子。吴道士曰:"子既慕神仙,当且居山林,无为汲汲[18]于尘俗间。"又玄喜谢曰:"先生真有道者。某愿为隶于左右,其可乎?"道士许而留之。凡十五年,又玄志稍惰。吴道士曰:"子不能固其心,徒为居山林中,无补矣。"又玄即辞去。宴游濛阳郡久之。其后东入长安,次褒城[19],舍逆旅氏。遇一童儿十馀岁,貌甚秀。又玄与之语,其辨慧千转万化,又玄自谓不能及。已而谓又玄曰:"我与君故人有年矣,君省之乎?"又玄曰:"忘矣。"童儿曰:"吾尝生闾丘氏之门,居长安中,与子偕学于师氏。子以我寒贱,且曰'非吾类也'。后又为仇氏子,尉于唐兴。与子同舍。子受我金钱赂遗甚多。然子未尝以礼貌遇我,骂我市井之民。——何吾子骄傲之甚邪?"又玄惊,因再拜谢曰:"诚吾之罪也。然子非圣人,安得知三生事乎?"童儿曰:"我太清真人。上帝以汝有道气,故生我于人间,与汝为友,将授真仙之诀;而汝以性骄傲,终不能得其道。吁!可悲乎!"言讫,忽亡[20]所见。又玄既寤[21]其事,甚惭恚,竟以忧卒。

注释

〔1〕作者张读,字圣朋(一作圣用),唐深州陆泽(在今河北深县北)人。宣宗时进士,历任礼部侍郎、尚书左丞等官职。著有《宣室志》十卷,是一部记载鬼神怪异的书。

这是一篇讽刺当时门阀制度的作品。唐代重视门第,贵族豪门,属于统治阶级的上层,是瞧不起一般所谓"市井之民"的。商人是新兴的市民阶层之一,由于有了经济基础,也想往上爬,要做官,这就和贵族豪门有了矛盾。本文写他们之间的磨擦,而"门望清贵"者因为"性骄傲,不能得其道",终于"惭恚忧卒",可以看出作者对于门阀制度之不满,是具有进步意义的。但是,全篇贯串着因果报应之说,这又反映了作者思想落后的一面。

〔2〕名家子:高贵门第出身的子弟。

〔3〕率以门望清贵:自以为家世高贵。"率以",自以。"门望",就是门第、家世的意思。封建社会里,官僚贵族出身的人家,是一般人所羡慕仰望的,所以也称门第为"门望"。

〔4〕嘿:同"默"字。

〔5〕唐安郡:也称蜀州,约辖今四川崇庆、新津等地区,州治在今崇庆县。

〔6〕假尉唐兴:官员兼代某一职务叫做"假"。"唐兴",唐安郡的属县。"假尉唐兴",是说郑又玄以州郡参军的资格,去兼代唐兴县尉的职务。

〔7〕赂遗(wèi):馈赠。

〔8〕士族:唐代山东的大贵族地主集团称为"士族",就是所谓"高门"、"郡望"。当时最著名的,有崔、卢、郑、李等家,它们在社会上具有很大的潜势力,在政治上和另一贵族地主集团——关陇集团是对立的,而且与新兴的工商业市民阶层也有较大的矛盾。

〔9〕高会:盛大的宴会。

〔10〕预:参加。

〔11〕市井之民:"市井",犹如说市场。古人在井边打水时,顺带着做交易买卖,后来因以"市井"称一般市场。"市井之民",做生意买卖的人。

〔12〕徒知锥刀尔:"锥刀之末"是一句成语,比喻微利。"徒知锥刀尔",只知道做生意图一点微利罢了。"尔",语助词。

〔13〕濛阳郡:也称彭州,约辖今四川彭县、什邡(fāng)、郫(pí)县等地区,州治在今彭县。

〔14〕黄老之道:"黄",黄帝。"老",老子。道家奉二人为始祖,所以称道家为"黄老之道"。

〔15〕以道艺闻:因为有道术而出了名。"道艺",这里指道术。

〔16〕庐:"庐",房屋,这里作动词用,居住的意思。

〔17〕高其风:崇拜他的风格、作为。

〔18〕汲汲:形容忙忙碌碌的样子。

〔19〕褒城:唐县名,在今陕西褒城县东南。

〔20〕亡:同"无"字。

〔21〕寤:同"悟"字。

崔玄微

段成式[1]

唐天宝中,处士崔玄微洛东有宅。耽道[2],饵术及茯苓[3]三十载。因药尽,领僮仆辈入嵩山[4]采芝,一年方回。宅中无人,蒿莱[5]满院。时春季夜间,风清月朗,不睡,独处一院,家人无故辄不到。三更后,有一青衣云:"君在院中也。今欲与一两女伴过,至上东门[6]表姨处,蹔[7]借此歇,可乎?"玄微许之。须臾,乃有十余人,青衣引入。有绿裳者前曰:"某姓杨。"指一人,曰:"李氏。"又一人,曰:"陶氏。"又指一绯小女,曰:"姓石,名阿措。"各有侍女辈。玄微相见毕,乃坐于月下,问行出之由。对曰:"欲到封十八姨数日,云欲来相看,不得[8]。今夕众往看之。"坐未定,门外报:"封家姨来也。"坐皆惊喜出迎。杨氏云:"主人甚贤,只此从容不恶,诸亦未胜于此[9]也。"玄微又出见封氏,言词泠泠,有林下风气[10]。遂揖入坐。色皆殊绝。满座芳香,馥馥袭人。诸人命酒,各歌以送之,玄微志其二焉。有红裳人与白衣送酒,歌曰:"皎洁玉颜胜白雪,况乃当年对芳月。沈唫[11]不敢怨春风,自叹容华暗消歇[12]。"又白衣人送酒,歌曰:"绛衣披拂露盈盈[13],淡染胭脂一朵轻。自恨红颜留不住,莫怨春风道薄情。"至十八姨持盏,性颇轻佻,翻酒汗阿措衣[14]。阿措作色[15]曰:"诸人即奉求,余即不知奉求耳。"拂衣而起。十八姨曰:"小女弄酒[16]!"皆起,至门外别;十八姨南去,诸人西入苑中而别。玄微亦不知异。明夜又来,云:"欲往十八姨处。"阿措怒曰:"何用更去封妪舍!有事只求处士,不知可乎?"阿措又言曰:"诸侣皆住苑中,每岁多被恶风所挠,居止不安,常求十八姨相庇;昨阿措不能依回[17],应难取力[18]。处士倘不阻见庇,亦有微报耳。"玄微曰:"某有何力,得及诸女[19]?"阿措曰:"但处士每岁岁日[20],与作一朱幡,上图日月五星[21]之文,于苑东立之,则免难矣。今岁已过;但请至此月二十一日平旦,微有东风,即立之,庶夫免患也。"玄微许之。乃齐声谢曰:"不敢忘德。"拜而去。玄微于月中随而送之,逾苑墙,乃入苑中,各失所在。依其言,至此日立幡。是日东风振地,自洛南折树飞沙,而苑中繁花不动。玄微乃悟:诸女曰姓杨、李、陶,及衣服颜色之异,皆众花之精也;绯衣名阿措,即安石榴[22]也;封十八姨,乃风神也。后数夜,杨氏辈复至愧谢。各裹桃李花数斗,劝崔生:"服之可延年却老。愿长如此住,卫护某等,亦可致长生。"至元和初,玄微犹在,可称年三十许人。又尊贤坊田弘正[23]宅,中门外有紫牡丹成树,发花千余朵;花盛时,每月夜,有小人五六,长尺余,游于花上。如此七八年。人将掩[24]之,辄失所在。

注释

〔1〕作者段成式,字柯古,唐齐州临淄(今山东淄博市)人。穆宗时曾任校书郎、太常少卿等官职。著有《酉阳杂俎》二十卷、续集十卷,是一部笔记小说。本篇也见于《博异志》。《博异志》作者署名谷神子,传说是裴铏(一说郑还古)的化名。

阿措是一个性格倔强可爱的女子。她面对着掌生杀大权的封十八姨,也绝不畏葸退缩。"诸人即奉求,余即不知奉求耳。"简简单单的两句话,说得是那样地斩钉截铁!然而她并不是有勇无谋的。她能分清善恶,和同伴们求助于崔玄微。在崔玄微的帮忙下,终于战胜了暴力,彼此过着美好幸福的生活。

〔2〕耽道:欢喜学习道术。

〔3〕饵术及茯苓:"饵",服食。"术",菊科野生草本植物。"茯苓",寄生松根的菌类植物。术有白、苍,茯苓有赤、白之分,其根块都可为药。古人认为,服食这一类东西,可以轻身延年,甚至成仙。

〔4〕嵩山:即五岳中的中岳,在今河南登封县北。

〔5〕蒿莱:"蒿",艾类植物;"莱",藜科植物;统指野草。

〔6〕上东门:唐时洛阳东城有三门,北面的一门为"上东门"。

〔7〕蹔:同"暂"字。

〔8〕这几句的意思是说:要到封十八姨处去有好多天了,因为封十八姨说要来相看,所以一直没有去成。

〔9〕诸亦未胜于此:别的地方也未必比这里更好一些。

〔10〕言词泠(líng)泠,有林下风气:"泠泠",本是清凉的意思,"言词泠泠",指说话时冷隽的样子。古时称妇女态度沉静大方为"有林下风气",本是晋代谢道韫的故事。《世说新语·贤媛》:谢遏推重他的姊姊(谢道韫),张玄却常常称道他的妹妹,总想能赛过谢姊。有一个名济的尼姑,常到张、谢两家去。有人问她:两人谁更好一些?她答说:王夫人(谢姊)神情散朗,本来有林下风气;顾家妇(张妹)清心玉映,自然是闺房之秀。

〔11〕唫:同"吟"字。

〔12〕消歇:憔悴、零落。

〔13〕盈盈:形容轻巧美好的样子。

〔14〕翻酒汗阿措衣:"汗",疑"污"字因形似误刻。汗:弄脏了。

〔15〕作色:变了脸色、翻了脸。

〔16〕弄酒:犹如说发酒疯。

〔17〕不能依回:不能顺承着的意思。

〔18〕取力:获得帮助。

〔19〕得及诸女:能够为诸女帮忙的意思。

〔20〕岁日:元旦。

〔21〕五星：指金、木、水、火、土五行星。古人称为太白、岁星、辰星、荧惑、镇星。

〔22〕安石榴：就是石榴。石榴是汉时由西域安石国传来的，所以当初称为"安石榴"。

〔23〕田弘正：唐卢龙人，字安道。宪宗时曾任魏博、成德等节度使，封沂国公。

〔24〕掩：乘人不防备的时候去袭取叫做"掩"。

吴 堪

皇甫氏[1]

常州义兴县[2],有鳏夫吴堪,少孤,无兄弟。为县吏。性恭顺。其家临荆溪,常于门前,以物遮护溪水,不曾秽污。每县归,则临水看玩[3],敬而爱之。积数年,忽于水滨得一白螺,遂拾归,以水养。自县归,见家中饮食已备,乃食之。如是十余日。然堪为[4]邻母怜其寡独,故为之执爨[5],乃卑谢[6]邻母。母曰:"何必辞[7]?君近得佳丽修事[8],何谢老身?"堪曰:"无。"因问其母。母曰:"子每入县后,便见一女子,可十七八,容颜端丽,衣服轻艳;具馔讫,即却入房。"堪意疑白螺所为,乃密言于母曰:"堪明日当称入县,请于母家自隙窥之,可乎?"母曰:"可。"明旦诈出,乃见女自堪房出,入厨理爨。堪自门而入,其女遂归房不得。堪拜之。女曰:"天知君敬护泉源,力勤小职,哀君鳏独,勑余以奉媲[9]。幸君垂悉[10],无致疑阻。"堪敬而谢之。自此弥将敬洽。间里传之,颇增骇异。时县宰豪士[11],闻堪美妻,因欲图之。堪为吏恭谨,不犯笞责[12]。宰谓堪曰:"君熟于吏能久矣。今要虾蟆毛及鬼臂二物,晚衙[13]须纳;不应此物[14],罪责非轻!"堪唯而走出。度人间无此物,求不可得。颜色惨沮,归述于妻,乃曰:"吾今夕殒矣!"妻笑曰:"君忧余物,不敢闻命;二物之求,妾能致矣。"堪闻言,忧色稍解。妻曰:"辞出取之。"少顷而到。堪得以纳令。令视二物,微笑曰:"且出。"然终欲害之。后一日,又召堪曰:"我要蜗斗一枚,君宜速觅此;若不至,祸在君矣!"堪承命奔归,又以告妻。妻曰:"吾家有之,取不难也。"乃为取之。良久,牵一兽至,大如犬,状亦类之。曰:"此蜗斗也。"堪曰:"何能?"妻曰:"能食火,奇兽也。君速送。"堪将此兽上宰。宰见之,怒曰:"吾索蜗斗,此乃犬也!"又曰:"必何所能?"曰:"食火。其粪火。"宰遂索炭烧之,遣食;食讫,粪之于地,皆火也。宰怒曰:"用此物奚为!"令除火埽粪。方欲害堪,吏以物及粪,应手洞然[15],火飙暴起,焚爇墙宇,烟焰四合,弥亘城门,宰身及一家,皆为煨烬。乃失吴堪及妻。其县遂迁于西数步,今之城是也。

注释

〔1〕作者皇甫氏,唐末人,事迹无可考。此篇和下文《京都儒士》、《画琵琶》,都选自他所著的《原化记》。

这是一篇在晋人所写螺精故事基础上而加以发展的作品。作者写一个小市民,勤恳供职而又鳏独无依,上帝可怜他,叫白螺精做他的配偶。可是县官却生妄想,想出种种方法迫害他;由于螺精的智慧,结果县官自食恶果,被火烧死。这反映了当时人民的愿望。

〔2〕义兴县:唐代常州的属县,今江苏宜兴县。

〔3〕翫:同"玩"字。

〔4〕为:以为。

〔5〕执爨(cuàn):烧饭。下文"理爨",义同。

〔6〕卑谢:客气地、作揖打躬地道谢。

〔7〕何必辞:何必说什么客气话的意思。

〔8〕得佳丽修事:得到美丽的妻子为你料理家务。

〔9〕勅余以奉媲:叫我来做你的配偶。"勅",同"敕"字,命令的意思。"媲",配偶。

〔10〕幸君垂悉:希望你了解。

〔11〕豪士：这里不是指豪杰之士，而是指豪强称霸的人。

〔12〕不犯笞责：没有因为犯罪而挨过打。

〔13〕晚衙：从前官员每天早晚两回坐堂问事，晚上坐堂叫做"晚衙"。

〔14〕不应此物：不能够把这样东西取来。

〔15〕应手洞然：手碰上去空空洞洞地，好像没有接触到东西一样。

京都儒士[1]

皇甫氏

近者,京都有数生会宴,因说人有勇怯,必由胆气;胆气若盛,自无所惧,可谓丈夫。座中有一儒士自媒[2]曰:"若言胆气,余实有之。"众人笑曰:"必须试,然[3]可信之。"或曰:"某亲故有宅,昔大凶[4],而今已空锁。君能独宿于此宅,一宵不惧者,我等酬君一局[5]。"此人曰:"唯命[6]。"明日便往。——实非凶宅,但暂空耳。——遂为置酒果灯烛,送于此宅中。众曰:"公更要何物?"曰:"仆有一剑,可以自卫,请无忧也。"众乃出宅,锁门却归。此人实怯懦者。时已向夜,系所乘驴别屋,奴客并不得随,遂向阁宿,了[7]不敢睡,唯灭灯抱剑而坐,惊怖不已。至三更,有月上,斜照窗隙,见衣架头有物如鸟鼓翼,翩翩而动。此人凛然强起,把剑一挥,应手落壁,磕然有声。后寂无音响。恐惧既甚,亦不敢寻究,但把剑坐。及五更,忽有一物,上阶推门;门不开,于狗窦中出头,气休休然[8]。此人大怕,把剑前斫,不觉自倒,剑失手抛落。又不敢觅剑,恐此物入来,床下跧伏[9],更不敢动。忽然困睡,不觉天明。诸奴客已开关,至阁子间,但见狗窦中,血淋漓狼籍[10]。众大惊呼,儒士方悟,开门尚自战栗,具说昨宵与物战争之状。众大骇异。遂于此壁下寻,惟见席帽[11],半破在地,即夜所斫之鸟也:乃故帽[12]破敝,为风所吹,如鸟动翼耳。剑在狗窦侧。众又绕堂寻血踪,乃是所乘驴,已斫口喙,唇齿缺破;乃是向晓因解〔13〕,头入狗门,遂遭一剑。众大笑绝倒〔14〕,扶持而归。士人惊悸,旬日方愈。

注释

〔1〕这是一篇喜剧性而具有讽刺意味的作品。

作者具有"无鬼论"的唯物主义观点。他笔底下的京都儒士,是一个表面说大话,实际却十分怯懦的人。作者嘲笑他由于不能破除迷信,心里是相信有鬼的,以致庸人自扰,造成种种错觉,使得自己陷于极度紧张而窘迫的环境里。

〔2〕自媒:自己介绍自己、推荐自己。

〔3〕然:然后。

〔4〕古时人迷信,认为某一所房子里常有鬼怪出现,往往捣乱得令人不安,甚至致人死亡,就称这种房子为"凶宅"——不吉利的房子。

〔5〕酬君一局:请你吃喝一顿。

〔6〕唯命:就依你所说。

〔7〕了:完全、简直的意思。

〔8〕休休然:本应作"咻咻然",形容喘息、呼吸急促的样子。

〔9〕跧(quán)伏:爬在地下。

〔10〕狼籍:乱七八糟的样子。

〔11〕席帽:一种用藤子编织的帽子。唐时习惯,读书人外出时,每以席帽随身;等到中举后,就弃置不用了。

〔12〕故帽:旧帽。

〔13〕因解:因为挣脱了所系的绳索。

〔14〕绝倒:狂笑、笑得打跌。

画 琵 琶[1]

皇甫氏

有书生欲游吴地,道经江西,因风阻泊船,书生因上山闲步。入林数十步,上有一坡。见僧房院开,中有床,床榻。门外小廊数间,傍有笔砚。书生攻画[2],遂把笔,于房门素壁上,画一琵琶,大小与真不异。画毕,风静船发。僧归,见画处,不知何人。乃告村人曰:"恐是五台山[3]圣琵琶。"当亦戏言,而遂为村人传说,礼施求福甚效。书生便到杨家[4],入吴经年,乃闻人说江西路僧室,有圣琵琶,灵应非一。书生心疑之。因还江西时,令船人泊船此处,上访之。僧亦不在,所画琵琶依旧,前幡花香炉。书生取水洗之尽。僧亦未归。书生夜宿于船中,至明日又上。僧夜已归,觉失琵琶,以告;邻人大集,相与悲叹。书生故问,具言前验:"今应有人背着[5],琵琶所以潜隐。"书生大笑,为说画之因由,及拭却之由。僧及村人信之,灵圣亦绝耳。

注释

〔1〕这是一篇破除迷信的故事。它指出了一切所谓神灵,都只是唯心主义的产物,根本是没有的。它也说明了,凡事不可盲从,必须经过调查研究,才能得出正确的结论。

此篇据《太平广记》选录。各家版本,篇首都有缺文,这里是根据《唐人说荟》补入的。《唐人说荟》本不全可靠,而且《太平广记》自"泊船"以上原缺二十二字,《唐人说荟》却仅补入十四字,也未必就是原文。姑采录以待考订。

〔2〕攻画:会画画、对绘画有研究。"攻",同"工"字。

〔3〕五台山:在山西五台县东北。道家、佛家均以五台为圣地,有关于五台的种种神话传说,过去经常到此处朝山进香,所以这里说"五台山圣琵琶"。

〔4〕书生便到杨家:"杨家"二字文中无根据。人本校记云,明抄本"家"作"州"。疑"杨"系"扬"字形似误刻,"杨家"应作"扬州",指地名。下文云:"入吴经年",亦可为系扬州之证。

〔5〕背着:指做了不好的事情,违反了神的意旨。

李 謩

缺 名[1]

〔李〕謩,开元中吹笛为第一部[2],近代无比。有故[3],自教坊请假至越州[4],公私更宴,以观其妙。时州客举进士者十人,皆有资业,乃醵二千文同会镜湖[5],欲邀李生湖上吹之,想其风韵,尤敬人神[6]。以费多人少,遂相约各召一客。会中有一人,以日晚方记得,不遑他请;其邻居有独孤生者,年老,久处田野,人事不知[7],茅屋数间,尝呼为"独孤丈",至是遂以应命。到会所,澄波万顷,景物皆奇。李生拂笛,渐移舟于湖心。时轻云蒙笼[8],微风拂浪,波澜陡起。李生捧笛,其声始发之后,昏曀齐开[9],水木森然[10],仿佛如有鬼神之来。坐客皆更赞咏之,以为钧天之乐[11]不如也。独孤生乃无一言。会者皆怒。李生为轻己,意甚忿之。良久,又静思作一曲,更加妙绝,无不赏骇。独孤生又无言。邻居召至者甚惭悔,白于众曰:"独孤村落幽处,城郭稀至,音乐之类,率所不通。"会客同消责之;独孤生不答,但微笑而已。李生曰:"公如是,是轻薄,为复是[12]好手?"独孤生乃徐曰:"公安知仆不会也?"坐客皆为李生改容谢之。独孤曰:"公试吹《凉州》[13]。"至曲终,独孤生曰:"公亦甚能妙;然声调杂夷乐[14],得无有龟兹[15]之侣乎?"李生大骇,起拜曰:"丈人[16]神绝!某亦不自知,本师实龟兹人也。"又曰:"第十三叠[17]误入《水调》[18],足下知之乎?"李生曰:"某顽蒙[19],实不觉。"独孤生乃取吹之。李生更有一笛,拂拭以进。独孤视之曰:"此都不堪取,执者粗通耳[20]。"乃换之,曰:"此至入破[21],必裂,得无悋惜否?"李生曰:"不敢。"遂吹。声发入云,四座震栗;李生蹙踖[22]不敢动。至第十三叠,揭示谬误之处,敬伏将[23]拜。及入破,笛遂败裂,不复终曲。李生再拜,众皆帖息[24],乃散。明旦,李生并会客皆往候之,至则唯茅舍尚存,独孤生不见矣。越人知者皆访之,竟不知其所去。

注释

〔1〕本篇录自《太平广记》,原注出《逸史》。《逸史》今已失传,仅《说郛》里存有三则,但并没有这一篇。据《逸史》的短序,知道作者姓卢,著《逸史》三卷共四十五篇。作序的时间为大中初年,可知作者为唐末人,其他不详。

文内首一字原无"李"字,似于文例不合,今暂以六角括弧补之。

这篇故事告诉我们,学无止境,尽管有相当成就,也应该虚心向人学习,而不能故步自封,骄傲自满。故事也说明了,在旧社会里,虽然身怀绝技,也往往埋没终身,没有办法可以表现、发展自己的才能,独孤生就是一个例子。

〔2〕第一部:犹如说第一把好手。

〔3〕有故:因为有事。

〔4〕越州:也称会稽郡,约辖今浙江馀姚和浦阳江(除浦江县)、曹娥江流域一带地区,州治在今绍兴市。

〔5〕镜湖:鉴湖的别名,绍兴的名湖。

〔6〕想其风韵,尤敬人神:想象他笛子吹出优雅的腔调,听了令人十分神往。

〔7〕久处田野,人事不知:长期住在乡村里,对社会情况一点也不了解。

〔8〕蒙笼:形容云彩的密集。

〔9〕昏曀(yì)齐开:本来阴沉沉的天气完全开朗了。

〔10〕森然:阴冷的样子。

〔11〕钧天之乐:天上的音乐,意思是美妙非人间所有的。"钧天",天上的中央。

〔12〕为复是:唐人常用语,还是的意思。

〔13〕《凉州》:乐曲名。唐天宝时,很多乐曲都以边地为名,《凉州》是其中之一。这个乐曲是由西凉州进献的,所以名为《凉州》。

〔14〕杂夷乐:夹杂着外国音乐的调子。

〔15〕龟兹(qiū cí):汉时西域的国家之一。龟兹音乐在唐代很流行,很多乐曲都是用的龟兹乐。

〔16〕丈人:对老人的敬称。

〔17〕叠:段、遍。

〔18〕《水调》:唐时曲调名,共十一叠:前五叠是歌,后六叠是入破,调子很悲切。

〔19〕顽蒙:愚蠢。

〔20〕执者粗通耳:持有这个笛子的人,不过略为懂得一点音乐的皮毛罢了。

〔21〕入破:唐、宋时大曲(宫廷宴会上奏的大型乐曲)中专用名词。当时每套大曲都有十余"遍",分别归入"散序"、"中序"、"破"三大段。"入破"是"破"这一段的第一遍。入破以前各遍,乐调舒缓而不舞;入破后,打击乐器羯鼓等和丝竹合奏,声繁拍急,此时舞者入场。

〔22〕蹐踏(jí):恭敬而又惭愧不安的样子。

〔23〕将:且。

〔24〕帖息:顺服。

李 使 君

康　骈[1]

乾符[2]中，有李使君出牧罢归[3]，居在东洛。深感一贵家旧恩，欲召诸子从容。有敬爱寺僧圣刚者，常所往来，李因以具宴为说。僧曰："某与为门徒[4]久矣。每观其食，穷极水陆滋味；常馔必以炭炊，往往不惬其意。此乃骄逸成性，使君召之可乎？"李曰："若朱象髓、白猩唇，恐未能致；止于精办小筵，亦未为难。"于是广求珍异，俾妻孥[5]亲为调鼎[6]，备陈绮席雕盘。选日邀致。弟兄列坐，矜持[7]俨若冰玉。肴羞[8]每至，曾不入口；主人揖之再三，唯沾果实而已。及至冰餐，俱置一匙于口，各相眄良久，咸若啮蘗[9]吞针。李莫究其由，但以失饪[10]为谢。明日复见圣刚，备述诸子情貌。僧曰："前者所说岂谬哉！"既而造其门问之曰："李使君特备一筵，肴馔可谓丰洁，何不略领其意？"诸子曰："燔炙[11]煎和未得法。"僧曰："他物纵不可食，炭炊之餐，又嫌何事？"乃曰："上人[12]未知，凡以炭炊馔，先烧令熟，谓之'炼炭'，方可入爨；不然，犹有烟气。李使君宅炭不经炼，是以难食。"僧抚掌大笑曰："此则非贫道所知也！"及"巢寇"陷洛[13]，财产剽掠[14]俱尽。昆仲数人，乃与圣刚同窜，潜伏山谷，不食者至于三日。"贼"锋稍远，徒步将往河桥。道中小店始开，以脱粟[15]为餐而卖。僧囊中有钱数百，买于土杯[16]同食；腹枵[17]既甚，膏粱[18]之美不如。

僧笑而谓之曰:"此非炼炭所炊,不知堪与郎君吃否?"皆低头惭觍,无复词对。

注释

〔1〕作者康骈,字驾言,唐池阳(今陕西泾阳县西北)人。僖宗时进士,曾任崇文馆校书郎。著有《剧谈录》三卷,记天宝以来杂事。

此篇描写封建时代的贵族子弟,靠着父兄的剥削收入,穷奢极欲,尽情享受。在饮食方面,他们对烹饪用的炭火,也有种种讲究;炭火不对,即使是山珍海味,也食不下咽。这简直到了令人难以相信的地步!后来逃难时,因为饿极了,于是吃"脱粟之餐"时也觉得"膏粱之美"不如。和尚嘲笑他们:"此非炼炭所炊,不知堪与郎君吃否?"使得他们惭愧得无话可答。前后鲜明而强烈的对照,突出了文字的讽刺性。

〔2〕乾符:唐僖宗(李儇)的年号(公元八七四至八七九年)。

〔3〕出牧罢归:在外做太守(刺史),免职回家。

〔4〕门徒:门客。

〔5〕妻孥:妻子。

〔6〕调鼎:做烹饪工作。

〔7〕矜持:因骄傲自大而故意做出不轻言动的样子。

〔8〕肴羞:美味的饮食。

〔9〕啮檗(niè bò):"檗",本作"蘗",就是黄檗,一种芸香科的落叶乔木,茎的内皮和果实,都可以作药用,味道极苦。"啮檗",形容犹如吃了苦的东西。

〔10〕失饪:烹调食物,有的火候不到,有的烧过了火,以致味道不好,叫做"失饪"。

〔11〕燔(fán)炙:烧烤。

〔12〕上人:佛教称上德的人为"上人",后来就作为对和尚的通称。

〔13〕"巢寇"陷洛:"巢",指黄巢,曹州冤句(今山东菏泽)人,唐末农民起义军的领袖。他先打下了洛阳,后来又攻取长安,唐僖宗逃往四川。

他在长安称帝,国号"大齐",改元"金统"。由于组织松懈,内部有矛盾,又中了封建统治阶级分化的诡计,终于失败,在泰山下不屈自杀。这一支农民起义军,当时很受人民爱戴;入长安时,居民曾夹道欢迎。这里称为"巢寇",称打下洛阳为"陷洛",下文又说他"剽掠",诬他的军队为"贼",是作者站在反动阶级的立场看问题的缘故。

〔14〕剽(piào)掠:抢劫。

〔15〕脱粟:糙米饭。

〔16〕土杯:盛羹的瓦器。

〔17〕腹枵(xiāo):肚子饿了。"枵",空虚的意思。

〔18〕膏粱:"膏",肥肉。"粱",细粮。

崔　护

孟　棨[1]

　　博陵[2]崔护，资质甚美，而孤洁寡合。举进士下第[3]。清明日，独游都城南。得居人庄，一亩之宫[4]，而花木丛萃[5]，寂若无人。扣门久之。有女子自门隙窥之，问曰："谁耶？"护以姓字对，曰："寻春独行，酒渴求饮。"女入，以杯水至；开门，设床命坐；独倚小桃斜柯伫立，而意属殊厚[6]，妖姿媚态，绰有馀妍。崔以言挑之，不对。彼此目注者久之。崔辞去，送至门，如不胜情而入。崔亦眷盼而归。尔后绝不复至。及来岁[7]清明日，忽思之，情不可抑，径往寻之。门院如故，而已锁扃之。崔因题诗于左扉曰："去年今日此门中，人面桃花相映红；人面不知何处去，桃花依旧笑春风。"后数日，偶至都城南，复往寻之。闻其中有哭声，扣门问之。有老父出曰："君非崔护耶？"曰："是也。"又哭曰："君杀吾女！"崔惊怛，莫知所答。老父曰[8]："吾女笄年知书，未适人。自去年以来，常恍惚若有所失。比日[9]与之出，及归，见左扉有字[10]，读之，入门而病，遂绝食数日而死。吾老矣，惟此一女，所以不嫁者，将求君子，以托吾身[11]。今不幸而殒，得非君杀之耶！"又持崔大哭。崔亦感恸，请入哭之。尚俨然[12]在床。崔举其首，枕其股[13]，哭而祝曰："某在斯，某在斯[14]。"须臾开目，半日复活。老父大喜，遂以女归之[15]。

注释

〔1〕作者孟棨,字初中,唐人,曾在梧州(今广西梧州市)为官。著有《本事诗》,其中颇多唐代诗人轶事。

本篇即见于《本事诗》。它写男女互恋,精诚相感,女的终于死而复生,两人成为佳偶,是一篇美丽的爱情故事。

"人面桃花"这一典故,后世常加引用。元人白仁甫、尚仲贤,都曾本此作"崔护渴浆"杂剧。

〔2〕博陵:唐郡名,也称定州,约辖今河北定县、井陉、藁城等地区,州治在今定县。

〔3〕举进士下第:原无"下"字。"举进士",其下不必再有"第"字,似应作"下第",据顾本增。

〔4〕一亩之宫:"宫",本指普通房屋,后来才作宫殿解释,这里仍是原义,指墙垣。"一亩之宫",有一亩地大小的围墙。语出《礼记·儒行》:"儒有一亩之宫。"

〔5〕而花木丛萃:原无"而"字,似有"而"字较胜,据顾本增。

〔6〕意属殊厚:待他的意思很殷勤。

〔7〕来岁:明年。

〔8〕莫知所答。老父曰:原无"老"字,无"老"字文义不顺,且前后文均作"老父",据顾本增。

〔9〕比日:近日。

〔10〕见左扉有字:原"见"下有"在"字(许本"左"作"在"),"在"字似可略去,据顾本删。

〔11〕将求君子,以托吾身:打算找一个好女婿,好让我老来有靠。

〔12〕俨(yǎn)然:形容态度端庄如生的样子。

〔13〕枕其股:把头睡在死者的大腿上。

〔14〕"某在斯,某在斯":"某",本指别人,这里崔护却是指自己。语出《论语·卫灵公》:孔子和盲乐师名冕的相见,坐定之后,一一为他介绍在座的人说,某人在这里,某人在这里(某在斯,某在斯)。"某在斯,某在

斯":原无下"某在斯"三字。重复言之,似较传神,据顾本增。

〔15〕归之:嫁给他。

流 红 记

张　实[1]

唐僖宗时，有儒士于祐，晚步禁衢[2]间。于时万物摇落，悲风素秋[3]，颓阳[4]西倾，羁怀[5]增感。视御沟[6]，浮叶续续而下。祐临流浣手。久之，有一脱叶，差[7]大于他叶，远视之，若有墨迹载于其上。浮红泛泛[8]，远意绵绵[9]。祐取而视之，果有四句题于其上。其诗曰：

流水何太急，深宫尽日闲。殷勤谢红叶，好去到人间。

祐得之，蓄于书笥，终日咏味，喜其句意新美，然莫知何人作而书于叶也。因念御沟水出禁掖，此必宫中美人所作也。祐但宝之，以为念耳，亦时时对好事者[10]说之。祐自此思念，精神俱耗。一日，友人见之，曰："子何清削[11]如此？必有故，为吾言之。"祐曰："吾数月来，眠食俱废。"因以红叶句言之。友人大笑曰："子何愚如是也！彼书之者，无意于子。子偶得之，何置念如此？子虽思爱之勤，帝禁深宫，子虽有羽翼，莫敢往也。子之愚，又可笑也。"祐曰："天虽高而听卑[12]，人苟有志，天必从人愿耳。吾闻王仙客遇无双之事[13]，卒得古生之奇计。但患无志耳，事固未可知也。"祐终不废思虑，复为二句，题于红叶上云[14]：

曾闻叶上题红怨，叶上题诗寄阿谁？

置御沟上流水中，俾其流入宫中。人或笑之[15]，亦为好事者

称道。有赠之诗者,曰:

> 君恩不禁东流水,流出宫情是此沟。

祐后累举不捷[16],迹颇羁倦,乃依河中[17]贵人韩泳门馆[18],得钱帛稍稍自给,亦无意进取。久之,韩泳召祐谓之曰:"帝禁宫人三十馀得罪,使各适人。有韩夫人者,吾同姓,久在宫。今出禁庭,来居吾舍。子今未娶,年又逾壮,困苦一身,无所成就,孤生独处,吾甚怜汝。今韩夫人箧中不下千缗,本良家女,年才三十,姿色甚丽。吾言之,使聘子[19],何如?"祐避席伏地曰:"穷困书生,寄食门下,昼饱夜温,受赐甚久。恨无一长,不能图报,早暮愧惧,莫知所为。安敢复望如此。"泳令人通媒妁,助祐进羔雁,尽六礼之数,交二姓之欢。祐就吉之夕,乐甚。明日,见韩氏装囊甚厚,姿色绝艳。祐本不敢有此望,自以为误入仙源,神魂飞越。既而韩氏于祐书笥中见红叶,大惊曰:"此吾所作之句,君何故得之?"祐以实告。韩氏复曰:"吾于水中亦得红叶,不知何人作也。"乃开笥取之,乃祐所题之诗。相对惊叹感泣久之。曰:"事岂偶然哉?莫非前定也。"韩氏曰:"吾得叶之初,尝有诗,今尚藏箧中。"取以示祐。诗云:

> 独步天沟岸,临流得叶时。此情谁会得[20],肠断一联诗。

闻者莫不叹异惊骇。一日,韩泳开宴召祐泊[21]韩氏。泳曰:"子二人今日可谢媒人也。"韩氏笑答曰:"吾为[22]祐之合,乃天也,非媒氏之力也。"泳曰:"何以言之?"韩氏索笔为诗,曰:

> 一联佳句题流水,十载幽思满素怀。今日却成鸾凤友,方知红叶是良媒。

泳曰:"吾今知天下事无偶然者也。"僖宗之幸蜀[23],韩泳令祐将[24]家僮百人前导。韩以宫人得见帝,具言适祐事。帝曰:"吾亦微闻之。"召祐,笑曰:"卿乃朕门下旧客也。"祐伏地拜,谢罪。帝还西都,以从驾得官,为神策军[25]虞候。韩氏生五子三女。子以力学[26]俱有官,女配名家。韩氏治家有法度,终身为命妇。宰相张濬[27]作诗曰:

长安百万户,御水日东注。水上有红叶,子独得佳句。子复题脱叶,流入宫中去。深宫千万人,叶归韩氏处。出宫三十人,韩氏籍中数。回首谢君恩,泪洒胭脂雨。寓居贵人家,方与子相遇。通媒六礼具,百岁为夫妇。儿女满眼前,青紫盈门户。兹事自古无,可以传千古。

议曰:流水,无情也。红叶,无情也。以无情寓无情而求有情,终为有情者得之,复与有情者合,信前世所未闻也。夫在天理可合,虽胡、越之远,亦可合也;天理不可,则虽比屋邻居[28],不可得也。悦于得,好于求者,观此,可以为诫也。

注释

〔1〕作者张实,字子京,宋魏陵人。事迹无可考。

唐时已有"红叶题诗"的故事,见《本事诗》和《云溪友议》,本篇是根据这一类的传说渲杂加工写成的。

封建时代,宫女们长期被禁在深宫里,她们精神非常苦闷,渴望获得自由,作者反映这一事实,是有一定的积极意义的。

〔2〕禁衢:指皇城里的街道。唐代长安城分三部分,宫城在最北面,是皇帝和后妃们住的地方,宫城之南为皇城,是官员办公的地方;皇城之南和宫城、皇城的两侧为京城,是一般人民居住的地方。下文"禁掖"、"禁庭",指皇宫。

〔3〕素秋:秋天的别称。

〔4〕颓阳:落日、斜阳。

〔5〕羁怀:流浪的情绪。

〔6〕御沟:唐时引终南山水从宫内流过,叫做"御沟",也称"禁沟",就是下文所指的"天沟"。

〔7〕差(chā)：略为。

〔8〕浮红泛泛："浮红"，漂浮的红叶。"泛泛"，形容东西浮在水面的样子。

〔9〕远意绵绵：带来了远方绵长的情意。

〔10〕好(hào)事者：爱管闲事的人。

〔11〕清削：消瘦。

〔12〕天虽高而听卑：古人认为，天上有主宰人间的神，它虽然高高在上，却能鉴察下界的一切事情。这是一种迷信的说法。

〔13〕王仙客遇无双之事：见前《无双传》篇。"吾闻王仙客遇无双之事"："王"，原作"牛"，据《无双传》改。

〔14〕复为二句，题于红叶上云：原"为"作"题"，"题"作"书"。似作"为"、"题"较胜，据惠本改。

〔15〕人或笑之："或"，原作"为"。似作"或"较胜，据惠本改。

〔16〕累举不捷：屡次应试都没有考中。

〔17〕河中：唐府名，见前《莺莺传》篇"蒲"注。

〔18〕门馆：从前文人教书，或者代人办办笔墨一类的事情，借以维持生活，叫做"处馆"。这里"依河中贵人韩泳门馆"，就是在韩泳家里教书或担任文墨职务。后文《谭意哥传》篇"门馆如市"，"门馆"却指住所。

〔19〕使聘子：叫她嫁给你。"聘"，聘礼，即六礼中的"纳征"，是封建婚礼中的一个重要过程，引申作娶妻解释，这里却指嫁给。

〔20〕会得：体会得到。

〔21〕洎：及、和。

〔22〕为：与、同。

〔23〕僖宗之幸蜀：当时黄巢打下了洛阳和长安，唐僖宗匆忙地逃往蜀地。后来唐朝统治者勾结沙陀族的军队打败了黄巢，僖宗才得回来。

〔24〕将(jiāng)：率领。

〔25〕神策军：唐代设左右神策军，以大将军为首，掌卫兵及内外八镇兵，和左右龙武军、左右神武军，号为"六军"。代宗后，神策军由宦官主持，势力在其他禁军之上。

〔26〕力学：用功读书。

〔27〕张濬：字禹川，唐河间人。僖宗时任尚书右仆射，所以称为宰相。

〔28〕比屋邻居："比"，近的意思。"比屋邻居"，住宅挨着住宅的邻居。

谭意哥传

秦 醇[1]

谭意哥小字英奴,随亲生于英州[2]。丧亲,流落长沙[3],今潭州也。年八岁,母又死,寄养小工张文家。文造竹器自给。一日,官妓[4]丁婉卿过之,私念苟得之,必丰吾屋[5]。乃召文饮,不言而去。异日复以财帛赆[6]文,遗颇稠叠[7]。文告婉卿曰:"文廛市贱工,深荷厚意。家贫,无以为报。不识子欲何图也?子必有告。幸请言之。愿尽愚图报,少答厚意。"婉卿曰:"吾久不言,诚恐激君子之怒。今君恳言,吾方敢发。窃知意哥非君之子。我爱其容色。子能以此售我,不惟今日重酬子,异日亦获厚利。无使其居子家,徒受寒饥。子意若何?"文曰:"文揣知君意久矣,方欲先白。如是,敢不从命。"是时方十岁,知文与婉卿之议[8],怒诘文曰:"我非君之子,安忍弃于娼家乎?子能嫁我,虽贫穷家,所愿也。"文竟以意归婉卿。过门,意哥大号泣曰:"我孤苦一身,流落万里,势力微弱,年龄幼小。无人怜救,不得从良人。"闻者莫不嗟恸。婉卿日以百计诱之。以珠翠饰其首,轻暖披其体,甘鲜足其口[9],既久益勤,若慈母之待婴儿。晨夕浸没,则心为爱夺[10],情由利迁[11]。意都忘其初志[12]。未及笄,为择佳配。肌清骨秀,发绀眸长,荑手纤纤[13],宫腰搦搦[14],独步于一时。车马骈溢[15],门馆如市。加之性明敏慧,解音律,尤工诗笔。年少千金买笑春风[16],惟恐居后;郡官宴聚,控骑[17]迎之。时运使[18]周公权府[19]会客,意先至府,医博士[20]及有故至府,升厅拜公。及美髯可爱,公因笑曰:"有句,子能对乎?"及曰:"愿闻之。"公曰:"医士拜时须拂地。"及未暇对答,意从旁曰:"愿代博士对。"公曰:"可。"意曰:"郡侯宴处幕侵天[21]。"公大喜。意疾既愈,庭见府官,多自称诗酒于刺[22]。蒋田见其言,颇笑之。因令其对句,指其面曰:"冬瓜霜后频添粉[23]。"意乃执其公裳袂,对曰:"木枣秋来也著绯[24]。"公且惭且喜,众口噏然[25]称赏。魏谏议之镇长沙[26],游岳麓[27]时,意随轩[28]。公知意能诗,呼意曰:"子可对吾句否?"公曰:"朱衣吏,引登青障[29]。"意对曰:"红袖人,扶下白云。"公喜,因为之立名文婉,字才姬。意再拜曰:"某,微品[30]也。而公为之名字,荣逾万金之赐。"刘相之镇长沙,云一日登碧湘门[31]纳凉,幕官[32]从焉。公呼意对。意曰:"某,贱品也,安敢敌公之才。——公有命,不敢拒。"尔时迤逦望江外湘渚间[33],竹屋茅舍,有渔者携双鱼入修巷[34]。公相曰:"双鱼入深巷。"意对曰:"尺素[35]寄谁家。"公喜,赞美久之。他日,又从公轩游岳麓,历抱黄洞[36]望山亭吟诗,坐客毕和[37]。意为诗以献曰:

真仙去后已千载,此构危亭四望赊[38]。灵迹几迷三岛[39]路,凭高空想五云车[40]。清猿啸月千岩晓,古木吟风一径斜。鹤驾何时还古里,江城应少旧人家[41]。

公见诗愈惊叹;坐客传观,莫不心服。公曰:"此诗之妖[42]也。"公问所从来[43],意哥以实对。公怆然[44]悯之。意乃告曰:"意入籍[45]驱使迎候之列有年矣,不敢告劳。今幸遇公。倘得脱籍为良人箕帚之役[46],虽死必谢。"公许其脱。异日,诣投牒[47],公诺其请。意乃求良匹,久而未遇。会汝州民张正字为潭茶官[48],意一见谓人曰:"吾得婿矣。"人询之,意曰:"彼风调才学,皆中吾意。"张闻之,亦有意。一日,张约意会于江亭。于时亭高风怪,江空月明。陡帐垂丝[49],清风射牖,疏帘透月,银鸭[50]喷香。玉枕相连,绣衾低覆,密语调簧,春心飞絮[51]。如仙葩之并蒂,若双鱼之同泉,相得之欢,虽死未已。翌日,意尽挈其装囊归张。有情者赠之以诗曰:

  才色相逢方得意[52],风流相遇事尤佳。牡丹移入仙都去,从此湘东无好花。

后二年,张调官,复来见。意乃治行[53],饯之郊外。张登途,意把臂[54]嘱曰:"子本名家,我乃娼类,以贱偶贵,诚非佳婚。况室无主祭之妇[55],堂有垂白之亲[56]。今之分袂[57],决无后期。"张曰:"盟誓之言,皎如日月,苟或背此,神明非欺。"意曰:"我腹有君之息[58]数月矣。此君之体[59]也,君宜念之。"相与极恸,乃舍去。意闭户不出,虽比屋莫见意面。既久,意为书与张云:

  阴老[60]春回,坐移岁月。羽伏鳞潜[61],音问两绝。首春[62]气候寒热,切宜保爱。逆旅都辇[63],所见甚多。但幽远之人,摇心左右,企望回辕[64],度日如岁。因成小诗,裁寄所思[65]。兹外千万珍重。

其诗曰:

  潇湘江上探春回,消尽寒冰落尽梅。愿得儿夫似春色,一年一度一归来。

逾岁,张尚未回,亦不闻张娶妻。意复有书曰:

  相别入此新岁,湘东地暖,得春尤多。溪梅堕玉,槛杏吐红,旧燕初归,暖莺已啭。对物如旧,感事自伤。或勉为笑语,不觉泪泠[66]。数月来颇不喜食,似病非病,不能自愈。孺子无恙(意子年二岁),无烦流念[67]。向尝面告,固匪[68]自欺。君不能违亲之言,又不能废己之好,仰结高援[69],其无口焉。或俯就微下,曲为始终,百岁之恩,没齿何报。虽亡若存，摩顶至足，犹不足答君意。反覆其心，虽秃十兔毫，罄三江楮[70]，亦不能□兹稠叠，上浼[71]君听。执笔不觉堕泪几砚中。郁郁之意，不能自已。千万对时善育[72]，无或以此为至念也。短唱二阕[73]，固非君子齿牙间可吟，盖欲摅情[74]耳。

曲名《极相思令》一首：

  湘东最是得春先，和气暖如绵。清明过了，残花巷陌，犹见秋千。　　对景感时情绪乱，这密意，翠羽空传[75]。风前月下，花时永昼[76]，洒泪何言。

又作《长相思令》一首：

  旧燕初归，梨花满院，迤逦天气融和。新晴巷陌，是处[77]轻车骄马[78]，禊饮[79]笙歌。旧赏人非[80]，对佳时一向，乐少愁多。远意沉沉，幽闺独自颦蛾。　　正消黯[81]，无言自感，凭高远意，空寄烟波。从来美事，因甚天教，两处多磨？开怀强笑，向新来，宽却衣罗[82]。似恁地[83]，人怀憔悴，甘心总为伊呵。

张得意书辞，情悰[84]久不快，亦私以意书示其所亲，有情者莫不嗟叹。张内逼慈亲之教，外为物议之非[85]，更期月[86]，亲已约孙贯殿丞[87]女为姻。定问[88]已行，媒妁素定，促其吉期，不日佳赴[89]。张回肠危结，感泪自零。好天美景，对乐成悲，凭高怅望，默然自已。终不敢为记报意。逾岁，意方知，为书云：

  妾之鄙陋，自知甚明。事由君子，安敢深扣[90]。一入闺帏，克勤妇道[91]，晨昏恭顺，岂敢告劳。自执箕帚，三改岁□[92]。苟有未至，固当垂诲；遽此见弃，致我失图[93]。求之人情，似伤薄恶；揆之天理，亦所不容。业已许君，不可贻咎[94]。有义则合[95]，常风服于前书[96]；无故见离，深自伤于微弱。盟顾可欺，则不复道[97]。稚子今已三岁，方能移步。期于成人,此犹可待。妾囊中尚有数百缗,当售[98]附郭[99]之田亩,日与老农耕耨别穑[100],卧漏复毳[101],凿井灌园。教其子知诗书之训,礼义之重。愿其有成,终身休庇[102]妾之此身,如此而已。其他清风馆宇,明月亭轩,赏心乐事,不致如心[103]久矣。今有此言,君固未信,俟在他日,乃知所怀。燕尔方初[104],宜君子之多喜;拔葵在地,徒向日之有心[105]。自兹弃废,莫敢凭高。思入白云,魂游天末。幽怀蕴积,不能穷极。得官何地,因风寄声。固无他意,贵知动止。饮泣[106]为书,意绪无极。千万自爱。

张得意书,日夕叹怅。后三年,张之妻孙氏谢世[107],湖外莫通信耗。会有客自长沙替归[108],遇于南省书理间[109]。张询客意哥行没[110]。客抚掌[111]大骂曰:"张生乃木人石心也!使有情者见之,罪不容诛!"张曰:"何以言之?"客曰:"意自张之去,则掩户不出,虽比屋莫见其面。闻张已别娶,意之心愈坚,方买郭外田百亩以自给。治家清肃,异议纤毫不可入。亲教其子。吾谓古之李住满女,不能远过此。吾或见张,当唾其面而非之。"张惭怩久之。召客饮于肆,云:"吾乃张生。子责我皆是。但子不知吾家有亲,势不得已。"客曰:"吾不知子乃张君也。"久乃散。张生乃如长沙。数日,既至,则微服游于市[112],询意之所为。言意之美者不容刺口[113]。默询其邻,莫有见者。门户潇洒[114],庭宇清肃。张固已恻然。意见张,急闭户不出。张曰:"吾无故涉重河[115],跨大岭,行数千里之地,心固在子。子何见拒之深也,岂昔相待之薄欤?"意云:"子已有室,我方端洁以全其素志。君宜去,无浼我。"张云:"吾妻已亡矣。曩者之事,君勿复为念,以理推之可也。吾不得子,誓死于此矣。"意云:"我向慕君,忽遽入君之门[116],则弃之也容易。君若不弃焉,君当通媒妁,为行吉礼[117],然后妾敢闻命。不然,无相见之期。"竟不出。张乃如其请,纳彩问名,一如秦晋之礼焉。事已,乃挈意归京师。意治闺门,深有礼法,处亲族皆有恩意,内外和睦,家道已成。意后又生一子,以进士登科[118],终身为命妇。夫妇偕老,子孙繁茂。呜呼,贤哉!

注释

〔1〕作者秦醇,字子复(一作子履),宋谯川人。事迹无可考。

这是一篇脱胎于《霍小玉传》、某些地方又模仿《莺莺传》笔意写成的故事,却以团圆为结局。

谭意哥被人遗弃,"怨而不怒",闭户教子,贞节自持,是一个遵守旧礼教的妇女的典型。她虽然出身娼门,但一经嫁人,就是"良家"身分,"失节事大",尽管对方薄幸,她在社会的压力下,除了"闭户教子",却别无出路。在张生要求重合时,她起初加以拒绝,后来又表示因为"忽遽入门",所以"弃之容易",必须"通媒妁,行吉礼",否则就"无相见之期"。她这一微弱的"抗议",只要求以"明媒正娶"来保障自己未来的地位,这是一种无力的反抗。她被迫为娼,念念不忘从良,自以为找到一个好对象,可以过美满幸福的生活了,却又遭到挫折。从这里可见封建势力影响之大和封建思想毒害之深。

"谭意哥传":"哥",原作"歌"。内文或作"意哥",或作"意歌",未统一,惠本则全作"哥",据惠本改。

〔2〕英州:也称英德府,州治在今广东英德。

〔3〕长沙:宋郡名,也称潭州,约辖今湖南长沙、湘潭、浏阳、醴陵等地区,州治在今长沙市。

〔4〕官妓:封建时代,官僚们指定一批妓女为官府当差,送往迎来,供他们玩弄,叫做"官妓"。

〔5〕丰吾屋:扩大我的门户,就是发家致富的意思。

〔6〕贶(kuàng):赐给。

〔7〕遗(wèi)颇稠叠:屡次赠送东西、赠送的东西很多很多。"稠叠",重叠的意思。下文"□兹稠叠",稠叠,指要说的话很多很多,犹如说

千言万语。

〔8〕知文与婉卿之议:"议",原作"意"。似"议"字较胜,据惠本改。

〔9〕轻暖披其体,甘鲜足其口:给她最好的衣服穿,最好的食物吃。

〔10〕晨夕浸没:意思是早晚随时用话来逐渐劝诱说动,像用水慢慢把东西浸湿一样。"晨夕浸没,则心为爱夺":"晨",原作"辰";"为",原作"自"。似"晨"字、"为"字较胜,据惠本改。

〔11〕心为爱夺,情由利迁:由于为物质享受所诱惑,使得原来的意志动摇、改变了。

〔12〕意都忘其初志:"都",原作"哥"。似"都"字较胜,据惠本改。

〔13〕荑(tí)手纤纤:"荑",本指草木刚长出来的嫩芽,《诗经·卫风·硕人》有"手如柔荑"这一句,形容手柔而且白,这里就以"荑手"借指女人的手。"纤纤",形容细而柔的样子。

〔14〕宫腰搦(nuò)搦:春秋时,楚灵王爱好细腰的女子,于是宫中妃嫔们都流行着细腰的装束。见《韩非子·二柄》。"宫腰"就指细腰。"搦",疑"嫋"(niǎo)字之误。"嫋嫋"同"袅袅",形容柔弱而细长。

〔15〕车马骈溢:车马排列得很多的样子。

〔16〕买笑春风:狎妓的代词。

〔17〕控骑:驾驭车马。

〔18〕运使:转运使的简称。宋代设有都转运使、转运使和副使,最初掌管军需、粮饷、水陆转运,后来职权扩大,对边防、盗贼、狱讼、钱谷、按察等事,也都在管辖范围内。当时分路而治,运使就成为一路的监司。

〔19〕权府:暂时代理太守的职务。

〔20〕医博士:唐、宋时州县所设主管治疗民间疾病的官员。

〔21〕郡侯宴处幕侵天:夸张的说法:指太守举行盛宴,所张的帷幕十分高大。"郡侯",本爵名,这里作为太守的代称,因为太守主管一郡,有如古时诸侯。

〔22〕多自称诗酒于刺:往往把自己会作诗、能喝酒的本领写在名帖上。

〔23〕冬瓜霜后频添粉:这句话是讥笑谭意哥虽然时时往脸上搽粉,

可是却长得像冬瓜一样地难看。

〔24〕木枣秋来也著绯:"绯",红色。"著绯",穿绯色官服(宋代四五品官员的制服)。这里挖苦蒋田的面貌像木枣一样地难看,又借秋天枣子熟了变为红色来比喻蒋田穿着绯服。

〔25〕噏(xī)然:形容啧啧夸赞的样子。

〔26〕魏谏议之镇长沙:指姓魏的以谏议大夫的身分,外放做长沙郡守。"谏议",谏议大夫的省称。宋代侍中省下设左谏议大夫,中书省下设右谏议大夫,主规谏讽谕。下文"刘相之镇长沙",指姓刘的以做过宰相的身分来做长沙郡守。

〔27〕岳麓:山名,在长沙西南,湘江西岸,是南岳七十二峰的一峰。

〔28〕随轩:跟在车子后面,就是追随的意思。

〔29〕青障:青色的步障。参看前《南柯太守传》篇"步障"注。

〔30〕微品:犹如说贱人。下文"贱品",义同。

〔31〕碧湘门:也称黄道门,就是长沙的南门。

〔32〕幕官:幕僚、属官。

〔33〕迤逦望江外湘渚间:"迤逦",歪歪斜斜、曲曲折折的样子。"湘渚",湘水间的小洲。湘水曲折纡回,有"三十六湾"之称,所以说"迤逦望江外湘渚间"。参看前《柳毅传》篇"湘滨"注。下文"迤逦天气晴和",迤逦却引申作到处、遍地解释。

〔34〕修巷:深巷、长巷。

〔35〕尺素:指书信,参看前《柳毅传》篇"尺书"注。《古乐府·饮马长城窟行》:"客从远方来,遗我双鲤鱼;呼儿烹鲤鱼,中有尺素书。"唐人寄书信,就常常以尺素结成双鲤的形状。这里因出对有"双鱼"二字,因引用古诗的典故而以"尺素"为对。

〔36〕抱黄洞:岳麓山的古迹之一,在禹碑北山谷中,本建有寺观,后湮废。传说古时有道士在岩下修炼,丹成仙去,所以下文诗中有"真仙去后已千载"之句。

〔37〕坐客毕和(hè):在座的客人都做了和诗。

〔38〕此构危亭四望赊:从这里高耸的亭子向四面眺望,可以看得很

远很远。"构",建筑结构。"危亭",高亭。"赊",远。

〔39〕三岛:就是三神山,参看前《长恨传》篇"蓬壶"注。

〔40〕五云车:仙人所乘五色祥云簇拥着的车子。《真诰》:"朱孺子乘五云车登天。"

〔41〕鹤驾何时还古里,江城应少旧人家:这里是用丁令威化鹤归来的故事。《搜神后记》:丁令威,汉辽东人,入山学道成仙。后化鹤归辽,徘徊空中说:"有鸟有鸟丁令威,去家千年今始归。城郭如故人民非,何不学仙冢累累!"仙人能驾鹤飞升,因称仙驾为"鹤驾"。

〔42〕诗之妖:"妖",在这里是奇怪、不比寻常的意思。因为谭意哥以一妓女而能作出很好的诗,所以这样说。

〔43〕问所从来:问她身世、经历的意思。

〔44〕怆(chuàng)然:形容因同情而心里难过的样子。下文"恻然",义同。

〔45〕入籍:"籍",簿册。这里指官署里的妓女登记簿。"入籍"把名字写在妓女登记簿上,就是征为官妓的意思。下文"脱籍",是把名字从妓女登记簿上注销,这样,身体就可以自由了。

〔46〕为良人箕帚之役:嫁人的意思。参看前《任氏传》篇"奉巾栉"注。

〔47〕诣投牒:到官府里递送呈文。

〔48〕茶官:宋代设"提举茶盐"和"提举茶马"等官;又在某些地区(潭州是其中之一)设置山场,征收茶税,派员主持山场,管理茶民。"茶官",统指这一类的官员。

〔49〕陡帐垂丝:"陡",本是峻峭的意思,这里引申作深严、严密解释。"垂丝",指帐上挂的流苏一类的饰物。

〔50〕银鸭:香炉的别称。

〔51〕密语调簧,春心飞絮:笙竽一类乐器管中装有薄铜片,吹以发声,名为簧。"密语调簧",亲密的言语,像调弄乐器一样地好听。"春心飞絮",彼此要好的情怀,像飞絮一样地不能自主。

〔52〕才色相逢方得意:"色",原作"识"。似"色"字较胜,据惠本改。

〔53〕治行：整理行装。

〔54〕把臂：手挽着手，亲密的表示。

〔55〕主祭之妇：指正妻。参看前《李娃传》篇"奉蒸尝"注。

〔56〕垂白之亲：指年老的父母。参看前《李娃传》篇"垂白上偻"注。

〔57〕分袂：指离别。

〔58〕息：儿女、孩子。

〔59〕体：体胤、后嗣，犹如说亲骨血。

〔60〕阴老："阴"，指冬天。"阴老"，犹如说冬天过去了。

〔61〕羽伏鳞潜：毫无信息的意思。"羽"，指鸟。"鳞"，指鱼。借用古时雁足和鲤腹传书的故事。

〔62〕首春：早春，指农历正月。

〔63〕逆旅都辇："逆旅"，旅馆，这里作动词用，旅居的意思。"都"，京都；"辇"，辇下：指京城。

〔64〕企望回辕：犹如说盼望着大驾回来。

〔65〕所思：所怀念的人，通常指情人。

〔66〕泪泠：落泪。"泠"，同"零"字。

〔67〕无烦流念：用不着挂念。

〔68〕匪：同"非"字。

〔69〕仰结高援：仰攀富贵人家结亲的意思。

〔70〕秃十兔毫，磬三江楮："兔毫"，笔。"磬"，同"罄"字。"三江"，有种种说法，这里可能指浙江、浦阳江、剡江；剡江就是剡溪，是著名出产纸张的地方。"楮"，纸。这两句是夸张说法，把十支笔写秃了，三江出产的纸写完了的意思。

〔71〕浼（měi）：沾染、弄脏了。

〔72〕对时善育：适应着季节气候的变化而好好地保养自己。

〔73〕阕（què）：一出乐歌叫做"一阕"。下面的《极相思令》和《长相思令》是两首曲词，可以歌唱，所以称之为"阕"。

〔74〕摅（shū）情：发泄情怀。

〔75〕这密意，翠羽空传："翠羽"，本是珍饰，这里指眉毛。黛色深青，

妇女用以画眉,称为翠眉;晋人傅玄诗,有"蛾眉分翠羽"之句。这两句的意思是说:眉目间所含的深情密意,没有相爱的人可以领会、接受,不免辜负了。

〔76〕永昼:长日、漫长的光阴。

〔77〕是处:到处、遍处。

〔78〕轻车骄马:轻巧玲珑的车子和放纵不羁的马匹。"骄",原作"轿",似作"骄"是。疑两字形似误刻,据惠本改。

〔79〕禊(xì)饮:"禊",修禊。古人在上巳日要到郊外游玩,在水边洗濯,名为"修禊"。"禊饮",在修禊时饮酒作乐。

〔80〕旧赏人非:如今在一起游玩的,却不是从前的旧人了。

〔81〕消黯:黯然消魂的意思,表示伤感的情绪。

〔82〕宽却衣罗:即宽却罗衣,因押韵关系,故作"衣罗"。衣服穿起来觉得宽大,也就是说人消瘦了。

〔83〕似恁(rèn)地:像这般。

〔84〕情悰:情怀、心情。

〔85〕物议之非:指亲友的批评责难。

〔86〕期(jī)月:满了一月。

〔87〕殿丞:宋代"殿中省监丞"的简称,是管理皇帝服食医药的官员。

〔88〕定问:即问名。见前《莺莺传》篇"纳采问名"注。

〔89〕不日佳赴:不久就有好的前程,指结婚。

〔90〕扣:扣问,就是询问。

〔91〕克勤妇道:能竭尽做妻子的道理。参看前《李娃传》篇"妇道甚修"注。

〔92〕三改岁□:"□",惠本作"垂",疑"华"字之误。

〔93〕苟有未至,固当垂诲;遽此见弃,致我失图:如果我有什么不到的地方,你本应当教导我;可是你却骤然抛弃了我,以致我毫无指望、毫无办法。

〔94〕不可贻咎:不应该埋怨哪个、不能把责任推在哪个身上。

〔95〕有义则合:"合",原作"企"。似"合"字义较胜,且与下文"无故

见离"之"离"字为对,疑形似误刻,据惠本改。

〔96〕有义则合,常风服于前书:人和人之间,本于正道才能结合在一起,我是很钦佩古书里关于这一类的记载的。

〔97〕盟顾可欺,则不复道:倘若盟约是可以背弃的,那就没有什么可说的了。

〔98〕售:这里是买的意思。

〔99〕附郭:靠近城边。

〔100〕耕耨(nòu)别穰(ráng):就是耕田的意思。"耨",锄草。"穰",禾茎。

〔101〕卧漏复毳(cuì):睡在漏雨的屋子里,盖上粗毛毡,形容生活艰苦。"复",同"覆"字。"毳",毳幕,就是毡帐。

〔102〕休庇:好的照顾。

〔103〕不致如心:不能够趁心如意。

〔104〕燕尔方初:正在新婚的时候。"燕",同"宴"字。《诗经·邶风·谷风》:"宴尔新昏,如兄如弟。"后来就以"燕尔"指新婚。

〔105〕拔葵在地,徒向日之有心:战国时,鲁国宰相公仪休回家时,吃着家里种的葵菜,味道很好,又看见妻子在织布;于是把地里的葵菜拔掉,而且休了妻子。他的意思是:自己做了宰相,高官厚禄,是不应该在种菜织布这些小地方与民争利的。见《史记·董仲舒传》。这里引用这一典故,并借"葵菜"为向日葵之"葵",比喻自己尽管像葵花向日一样地向着丈夫,但到底还是被抛弃了。如果不根据上述典故,而只是照着字面如此解释,也说得通。

〔106〕饮泣:眼泪流到嘴里。

〔107〕谢世:去世、死亡。

〔108〕替归:由于官职有了更动而回来。

〔109〕南省书理间:宋代尚书省的地址在皇宫南面,习惯称为"南省"。"书理间",办理公文的地方,犹如说办公厅。

〔110〕行没:行止、动静。

〔111〕抚掌:喜笑高兴而拍手叫做"抚掌",这里却是形容愤怒。

〔112〕则微服游于市:"市",原作"肆"。似"市"字义较胜,疑音近误刻,据惠本改。

〔113〕不容刺口:不许别人多所批评。"刺口",多话的意思。

〔114〕潇洒:这里是清静、干净的意思。

〔115〕重河:好几道河。

〔116〕忽遽入君之门:"忽",疑"匆"字形似误刻。

〔117〕吉礼:古称祭祀之礼为"吉礼",后来一般指婚礼。

〔118〕登科:"科",科举。"登科",科举考试及格了,就是及第。

梅 妃 传

缺 名[1]

梅妃,姓江氏,莆田[2]人。父仲逊,世为医。妃年九岁,能诵《二南》[3],语父曰:"我虽女子,期以此为志。"父奇之,名之曰采蘋[4]。开元中,高力士使闽、粤,妃笄矣。见其少丽,选归,侍明皇[5],大见宠幸。长安大内[6]、大明、兴庆三宫,东都大内、上阳两宫,几四万人,自得妃,视如尘土;宫中亦自以为不及。妃善属文,自比谢女[7]。淡妆雅服,而姿态明秀,笔不可描画。性喜梅,所居阑槛,悉植数株,上榜[8]曰梅亭。梅开赋赏,至夜分[9]尚顾恋花下不能去。上以其所好,戏名曰梅妃。妃有《萧兰[10]》、《梨园》、《梅花》、《凤笛》、《玻杯》、《剪刀》、《绮窗》七赋。是时承平[11]岁久,海内无事,上于兄弟间极友爱,日从燕[12]间,必妃侍侧。上命破橙往赐诸王。至汉邸[13],潜以足蹴[14]妃履,妃登时[15]退阁。上命连宣[16],报言:"适履珠脱缀,缀竟当来。"久之,上亲往命妃。妃拽衣迓上,言胸腹疾作,不果前[17]也。卒不至。其恃宠如此。后上与妃斗茶[18],顾诸王戏曰:"此梅精也。吹白玉笛,作《惊鸿舞》[19],一座光辉[20]。斗茶今又胜我矣。"妃应声曰:"草木之戏,误胜陛下。设使调和四海,烹饪鼎鼐[21],万乘[22]自有宪法[23],贱妾何能较胜负也。"上大喜。会太真杨氏入侍,宠爱日夺,上无疏意[24]。而二人相嫉,避路而行。上尝方之英、皇[25]，议者谓广狭不类[26]，窃笑之。太真忌而智，妃性柔缓，亡以胜[27]。后竟为杨氏迁于上阳东宫。后上忆妃，夜遣小黄门[28]灭烛，密以戏马[29]召妃至翠华西阁，叙旧爱，悲不自胜。继而上失寤[30]，侍御惊报曰："妃子已屆[31]阁前，当奈何？"上披衣，抱妃藏夹幙间。太真既至，问："梅精安在？"上曰："在东宫。"太真曰："乞宣至，今日同浴温泉。"上曰："此女已放屏[32]，无并往也。"太真语益坚，上顾左右不答。太真大怒曰："肴核狼籍，御榻下有妇人遗舄，夜来何人侍陛下寝，欢醉至于日出不视朝[33]？陛下可出见群臣。妾止此阁俟驾回。"上愧甚，拽衾向屏假寐曰："今日有疾，不可临朝。"太真怒甚，径归私第。上顷觅妃所在，已为小黄门送令步归东宫。上怒斩之。遗舄并翠钿命封赐妃。妃谓使者曰："上弃我之深乎？"使曰："上非弃妃，诚恐太真恶情[34]耳。"妃笑曰："恐怜我则动肥婢[35]情，岂非弃也？"妃以千金寿[36]高力士，求词人拟[37]司马相如为《长门赋》[38]，欲邀上意[39]。力士方奉[40]太真，且畏其势，报曰："无人解赋。"妃乃自作《楼东赋》，略曰：

玉鉴尘生，凤奁香殄。懒蝉鬓之巧梳，闲缕衣之轻练[41]。苦寂寞于蕙宫，但凝思乎兰殿。信摽落之梅花，隔长门而不见[42]。况乃花心扬恨，柳眼弄愁，暖风习习，春鸟啾啾；楼上黄昏兮，听凤吹[43]而回首，碧云日暮兮，对素月而凝眸。温泉不到，忆拾翠[44]之旧游；长门深闭，嗟青鸾之信修[45]。忆昔太液清波，水光荡浮，笙歌赏燕，陪从宸旒[46]。奏舞鸾之妙曲，乘画鹢[47]之仙舟。君情缱绻，深叙绸缪。誓山海而常在，似日月而无休。奈何嫉色庸庸[48]，妒气冲冲，夺我之爱幸，斥我乎幽宫[49]。思旧欢之莫得，想梦著乎朦胧。度花朝与月夕，羞懒对乎春风。欲相如之奏赋，奈世才之不工。属愁吟之未尽，已响动乎疏钟。空长叹而掩袂，踌躇[50]步于楼东。

太真闻之,诉明皇曰[51]:"江妃庸贱,以廋词[52]宣言怨望,愿赐死。"上默然。会岭表[53]使归,妃问左右:"何处驿使[54]来,非梅使耶?"对曰:"庶邦[55]贡杨妃荔实使来。"妃悲咽泣下。上在花萼楼[56],会夷使[57]至,命封珍珠一斛密赐妃。妃不受,以诗付使者,曰:"为我进御前也。"曰:

柳叶双眉久不描,残妆和泪湿红绡。长门自是无梳洗,何必珍珠慰寂寥。

上览诗,怅然不乐。令乐府[58]以新声度[59]之,号《一斛珠》,曲名始此也。后禄山犯阙[60],上西幸,太真死。及东归,寻妃所在,不可得。上悲谓兵火之后,流落他处。诏有得之,官二秩[61]、钱百万。搜访不知所在。上又命方士飞神御气,潜经天地,亦不可得。有宦者进其画真[62],上言似甚,但不活耳。诗题于上,曰:

忆昔娇妃在紫宸[63],铅华不御得天真。霜绡虽似当时态,争奈娇波不顾人。

读之泣下,命模象刊石。后上暑月昼寝,仿佛见妃隔竹间泣,含涕障袂,如花朦雾露状。妃曰:"昔陛下蒙尘[64],妾死乱兵之手,哀妾者埋骨池东梅株傍。"上骇然流汗而寤。登时令往太液池发视之,不获。上益不乐。忽悟温泉池侧有梅十馀株,岂在是乎?上自命驾,令发视。才数株,得尸,裹以锦裀,盛以酒槽[65],附土三尺许。上大恸,左右莫能仰视。视其所伤,胁下有刀痕。上自制文诔[66]之,以妃礼易葬焉。

赞曰:"明皇自为潞州别驾[67],以豪伟闻,驰骋犬马鄠、杜之间[68],与侠少游。用此起支庶,践尊位[69]。五十馀年,享天下之奉,穷极奢侈,子孙百数。其阅万方美色众矣,晚得杨氏,变易三纲[70],浊乱四海,身废国辱,思之不少悔。是固有以中其心、满其欲矣。江妃者,后先其间,以色为所深嫉,则其当人主[71]者,又可知矣。议者谓或覆宗,或非命[72],均其媢忌[73]自取。殊不知明皇耄而怯忮忍[74],至一日杀三子[75],如轻断蝼蚁之命。奔窜而归,受制昏逆[76],四顾嫔嫱,斩亡俱尽,穷独苟活,天下哀之。《传》曰:'以其所不爱及其所爱。'[77]盖天所以酬之[78]也。报复之理,毫发不差,是岂特两女子之罪哉?"

汉兴,尊《春秋》,诸儒持《公》、《谷》角胜负,《左传》独隐而不宣,最后乃出[79]。盖古书历久始传者极众。今世图画美人把[80]梅者,号梅妃,泛言唐明皇时人,而莫详所自也。盖明皇失邦,咎归杨氏,故词人喜传之。梅妃特嫔御擅美,显晦不同,理应尔也。此传得自万卷朱遵度[81]家,大中[82]二年七月所书,字亦媚好。其言时有涉俗者。惜乎史逸[83]其说。略加脩润[84]而曲循旧语,惧没其实也。惟叶少蕴[85]与余得之,后世之传,或在此本。又记其所从来如此。

注释

〔1〕作者生平无可考。清陈莲塘《唐人说荟》曾指为唐人曹邺作,但文中提到叶少蕴,叶为北宋末期人,可证此篇应是宋人所作。

这是一篇描写唐玄宗两个妃子争宠互妒的故事,反映了封建时代宫庭生活腐化的一斑。文末对玄宗的骄奢淫佚,作了有力的抨击,可见作者用意所在。

明人吴世美曾据此篇作《惊鸿记》杂剧。

〔2〕莆(pú)田:唐县名,在今福建莆田县东南。

〔3〕《二南》:指《诗经·国风》里的《周南》和《召南》两篇,是周南(今陕西、河南间)和召南(今河南、湖北间)的民间歌谣。从前认为,《周南》和《召南》大半是写周文王的后妃和诸侯夫人"修身齐家"的事情。

〔4〕采蘋:本是《召南》里的章名。从前认为,这一章是写士大夫妻子主持祭祀的事情,所以梅妃的父亲取做女儿的名字,希望她将来会

持家。

〔5〕明皇:就是唐玄宗。唐玄宗死后,谥号里有一个"明"字,所以后世称为"明皇"。

〔6〕大内:本皇宫通称。唐代长安的大明、兴庆宫,洛阳的上阳宫,都是在原有的皇宫之外另行建筑的,所以这里以大内指原来的皇宫——长安的太极宫和洛阳的太初宫。

〔7〕谢女:指谢道韫,东晋时的女诗人。

〔8〕上榜:上面题着匾额。

〔9〕夜分:夜半。

〔10〕萧兰:"萧",贱草。"兰",香草。古人文中,往往以萧艾和芳草并举,以萧艾喻不肖。

〔11〕承平:相沿下来的太平岁月。

〔12〕燕:同"宴"字。

〔13〕汉邸:王府为"邸","汉邸"就指的汉王。

〔14〕蹑(niè):踩、践踏。

〔15〕登时:立刻、马上。

〔16〕宣:传达皇帝的命令叫做"宣"。

〔17〕不果前:不能前来。"果",实现、做到的意思。

〔18〕斗茶:一种比赛烹茶技术优劣的游戏。古人烹茶,着重火候和水质;唐、宋时所谓"点茶",更有种种讲究。宋蔡襄《茶录》载:"钞茶先注汤,调令极匀,又添注入,环回击拂,汤上盏可四分则止。眂(同'视'字)其面色鲜白,著盏无水痕为绝佳。建安斗试,以水痕先没者为负,耐久者为胜。"宋唐庚著有《斗茶记》。

〔19〕作《惊鸿舞》:曹植《洛神赋》:"翩若惊鸿。"注谓"翩然若鸿雁之惊"。"惊鸿舞",指美女体态轻盈的舞蹈。

〔20〕一座光辉:指在座的人看到这种精湛的表演技巧,都感到很光荣。

〔21〕调和四海,烹饪鼎鼐(nài):"调和",调味,引申作治理解释。古时称中国海内之地为"四海",犹如说天下、全国。"鼎",古烹饪器。

"鼐",大鼎。这里是用烹饪调味来比喻治理国家。

〔22〕万乘(shèng):古时皇帝拥有兵车万乘,因而以"万乘"为皇帝的代称。

〔23〕宪法:法令、法度。

〔24〕宠爱日夺,上无疏意:虽然宠爱一天天地移到杨贵妃身上,但是唐玄宗对梅妃也还没有疏远的意思。

〔25〕方之英、皇:比作女英和娥皇。娥皇、女英,古帝尧的二女,舜的后妃。"上尝方之英、皇":原无"尝"字。似有"尝"字义较胜,据顾本增。

〔26〕议者谓广狭不类:"议者",批评的人。"广狭",在这里有优劣、好坏、贤愚一类的意思。"不类",不同。

〔27〕亡以胜:没有办法斗过她。"亡",同"无"字。

〔28〕小黄门:小宦官。东汉时,以宦官为黄门令、中黄门等官,后来就称宦官为"黄门"。

〔29〕戏马:赌博用具;这里是用它作为一种信物。

〔30〕失寤:睡过了头。

〔31〕届:到临。

〔32〕放屏(bìng):驱逐。

〔33〕视朝:临朝听政。

〔34〕恶情:发火、动怒。

〔35〕肥婢:据说杨贵妃生得胖,有"环肥"之称,所以这里骂她为"肥婢"。

〔36〕寿:送人钱财叫做"寿"。

〔37〕拟:模仿。

〔38〕司马相如为《长门赋》:"司马相如",汉代文学家。武帝时,陈皇后失宠,被放逐到长门宫,于是送给司马相如黄金百斤,请他作了一篇《长门赋》,以表达自己悲伤的情绪。武帝看了深受感动,就和她恢复了感情。

〔39〕欲邀上意:想挽回皇帝对自己的情意。

〔40〕奉:趋奉、巴结。

〔41〕这四句的意思是说：因为失宠，情绪低落，不愿装饰打扮，所以镜子长久不用，为灰尘所掩，镜匣也没有香味；头发既不再梳成轻巧玲珑的式样，漂亮的衣服也不高兴再穿着了。"玉鉴"，玉镜。"凤奁"（lián），凤形的镜匣。"殄"（tiǎn），灭绝。"蝉鬓"，见前《莺莺传》篇"低鬟蝉影动"注。"缕衣"，金缕衣，指华贵的衣服。"轻绡"，薄绸。

〔42〕信摽（piǎo）落之梅花，隔长门而不见：上句是用《诗经·摽有梅》的典故，不过《摽有梅》的梅指梅子，这里却借指梅花。"摽"，落的意思。《摽有梅》说："摽有梅，其实七兮。求我庶士，迨其吉兮。"意思是梅子熟透了就要落下来，女子到了一定年龄，有和异性恋爱的要求，不然，就感到年华老大，如同熟透了落下来的梅子一样了。下句见前注。这两句的意思是说：自己悲伤虚度青春，被隔离在冷宫里，看不见皇帝的面。

〔43〕凤吹（chuì）：指笙箫一类的乐器。

〔44〕拾翠：唐殿名，在大明宫内。也可能指古时妇女采百草以为娱乐的一种"拾翠"游戏，就是"斗草"。唐代盛行斗草之戏，多于端午节野游时进行，以草的多少、草质的坚韧程度和对草名等等方法来比赛胜负。

〔45〕嗟青鸾之信修："青鸾"，皇帝车驾上的銮铃，见前《南柯太守传》篇"銮铃"注。"嗟青鸾之信修"，是叹息长久不知道皇帝车驾的消息，也就是皇帝长久不来了的意思。又"青鸾"如指青鸟，亦通，参看前《飞烟传》篇"青鸟"注。

〔46〕宸旒：皇帝的住所叫做"宸"，引申称有关皇帝的事物为"宸"，略如"御"字。"旒"，皇帝戴的帽子前后下垂的玉饰。这里就以"宸旒"指皇帝。

〔47〕画鹢："鹢"是一种水鸟。古人把鹢鸟的形状画在船头上，认为能镇压水患。

〔48〕庸庸：本是形容烦劳的样子，这里引申作紧张、勾心斗角一类的意思解释。

〔49〕斥我乎幽宫：把我打进冷宫里。

〔50〕踌躇（chóu chú）：因犹疑、烦闷而走来走去的样子。

〔51〕诉明皇曰："诉"，原作"谓"。似"诉"字义较胜，据顾本改。

〔52〕廋(sōu)词：隐语。

〔53〕岭表：就是岭南，今广东一带地方。

〔54〕驿使：骑着快马，为官府传递文书和其他物件的人。

〔55〕庶邦：外地，属地。

〔56〕花萼楼：即花萼相辉楼，在兴庆宫内。

〔57〕夷使：外国使节。

〔58〕乐府：汉代的音乐官署，武帝时设，掌管祭祀朝会所用的乐歌，也肩负采集民间诗歌和乐曲之责。哀帝时罢废。这里是指唐时教坊一类的机构。

〔59〕度：作曲。

〔60〕犯阙：封建统治者称起兵反对皇帝、进迫京城的行动为"犯阙"。

〔61〕官二秩："秩"，品级。"官二秩"，加官两级。

〔62〕画真：画像。

〔63〕紫宸：唐殿名，在大明宫内。

〔64〕蒙尘：皇帝逃亡奔走在外，婉词称为"蒙尘"——蒙受风尘的意思。

〔65〕酒槽：一种盛酒的器具。

〔66〕诔(lěi)：旧文体的一种，是叙述、表彰死者德行的哀祭文字。这里作动词用，作诔文的意思。

〔67〕明皇自为潞州别驾：唐玄宗为临淄郡王时，曾以卫尉少卿兼任潞州别驾。

〔68〕驰骋(chěng)犬马鄠(hù)、杜之间：指游猎一类的事情。"鄠、杜"，借用汉武帝故事。鄠、杜县名，都在长安附近，汉武帝常常在这一带射猎，把农民的庄稼都踩坏了。这里引用这一故事，是含有讥讽意味的。

〔69〕起支庶，践尊位："支庶"，指妾生的儿子。唐玄宗是妃子所生，所以说是"起支庶"。"践尊位"，就是做了皇帝。

〔70〕变易三纲："纲"，网的大绳，引申有主宰者的含义。封建社会以"君为臣纲，父为子纲，夫为妻纲"，谓之"三纲"，是一种不平等的封建礼教。"变易三纲"，毁弃了所谓"伦常"的意思。这里指唐玄宗强纳儿子李

瑁的妃子(即杨贵妃)为己有,是违背伦常的。

〔71〕当(dàng)人主:合皇帝的心意。

〔72〕或覆宗,或非命:"覆宗",毁灭了家族,指杨贵妃全族被害。"非命",指梅妃被乱兵杀死。

〔73〕媢(mào)忌:嫉妒。

〔74〕忮(zhì)忍:忌刻而残忍。

〔75〕一日杀三子:唐玄宗的三个儿子——太子瑛、鄂王瑶、光王琚,因受武惠妃的谗言,被玄宗废为庶人,后来又在同一天把他们杀死。

〔76〕奔窜而归,受制昏逆:唐玄宗从四川回到长安后,由于宦官李辅国的离间,肃宗把他由兴庆宫移往西内(太极宫)居住,而且所宠信的王承恩、高力士、陈玄礼等人,也都被迁谪了。玄宗郁郁不乐,不久就死去。见《唐书·李辅国传》。

〔77〕以其所不爱及其所爱:语出《孟子·尽心》:"不仁者,以其所不爱及其所爱。"意思是不仁的人,会使得灾祸由疏远的人及于所亲近的人。这里指唐玄宗荒淫失政,人民遭受苦难,但结果连他自己所爱的两个妃子也牺牲了。原文说出《左传》,误。

〔78〕酬之:给他的报应。

〔79〕汉兴,尊《春秋》,诸儒持《公》、《谷》角胜负,《左传》独隐而不宣,最后乃出:《公》、《公羊传》,周朝公羊高传述,他的玄孙公羊寿和胡母子都编写成书。《谷》、《谷梁传》,周朝谷梁周传述,后来由继承他学说的人编写成书。《公》、《谷》和《左传》合称《春秋三传》,都是解释《春秋》的书。汉景帝、武帝时,儒家公孙弘、董仲舒、瑕丘江公、荣广等,或精《公羊》之学,或精《谷梁》之学,都曾风行一个时期;惟有《左传》,因为它对《春秋》里贬损当世君臣之义多所发挥,着重事实方面,和《公羊传》、《谷梁传》完全用义理来解释不同,这是触犯时忌的,为了免祸,大家都不愿去研究它,所以"独隐而不宣,最后乃出"。

〔80〕把:拿着。

〔81〕万卷朱遵度:"朱遵度",南唐人。好藏书,人称为"朱万卷"。

〔82〕大中:唐宣宗(李忱)的年号(公元八四七至八五九年)。

〔83〕逸：散失。

〔84〕脩润：修改描写。

〔85〕叶少蕴：名梦得，号石林，少蕴是他的字，宋吴县人。曾任学士、安抚使、节度使等官职。著有《石林春秋传》和诗词集多种。

李师师外传[1]

缺 名

李师师者,汴京[2]东二厢[3]永庆坊染局匠王寅之女也。寅妻既产女而卒,寅以菽浆代乳乳之[4],得不死。在襁褓[5]未尝啼。汴俗,凡男女生,父母爱之,必为舍身[6]佛寺。寅怜其女,乃为舍身宝光寺。女时方知孩笑[7]。一老僧目之曰:"此何地,尔乃来耶?"女至是忽啼。僧为摩其顶,啼乃止。寅窃喜,曰:"是女真佛弟子。"——为佛弟子者,俗呼为"师",故名之曰师师。师师方四岁,寅犯罪系狱死。师师无所归,有倡籍李姥者收养之。比长,色艺绝伦,遂名冠诸坊曲[8]。徽宗帝[9]即位,好事奢华,而蔡京、章惇、王黼[10]之徒,遂假绍述[11]为名,劝帝复行青苗诸法[12]。长安[13]中粉饰为饶乐[14]气象。市肆酒税,日计万缗,金玉缯帛,充溢府库。于是童贯、朱勔[15]辈复导以声色狗马宫室苑囿之乐。凡海内奇花异石,搜[16]采殆遍。筑离宫[17]于汴城之北,名曰艮岳[18]。帝般乐[19]其中,久而厌之。更思微行,为狎邪游[20]。内押班[21]张迪者,帝所亲幸之寺人[22]也。未宫时[23]为长安狎客,往来诸坊曲,故与李姥善。为帝言陇西氏[24]色艺双绝,帝艳心[25]焉。翼日,命迪出内府[26]紫茸[27]二匹、霞氍[28]二端、瑟瑟珠[29]二颗、白金[30]廿镒[31],诡云大贾赵乙,愿过庐一顾。姥利金币,喜诺。暮夜,帝易服杂内寺四十馀人中,出东华门，二里许，至镇安坊。——镇安坊者，李姥所居之里也。帝麾止馀人，独与迪翔步[32]而入。堂户卑庳[33]。姥出迎，分庭抗礼[34]，慰问周至。进以时果数种，中有香雪藕、水晶苹婆[35]，而鲜枣大如卵，皆大官所未供者。帝为各尝一枚。姥复款洽[36]良久，独未见师师出拜，帝延伫以待[37]。时迪已辞退，姥乃引帝至一小轩。棐几[38]临窗，缥缃数帙[39]，窗外新篁[40]，参差弄影[41]。帝翛然[42]兀坐，意兴闲适，独未见师师出侍。少顷，姥引帝到后堂。陈列鹿炙、鸡酢、鱼脍、羊签[43]等肴，饭以香子稻米[44]，帝为进一餐。姥侍旁，款语移时，而师师终未出见。帝方疑异，而姥忽复请浴，帝辞之。姥至帝前，耳语[45]曰："儿性好洁，勿忤。"帝不得已，随姥至一小楼下湢室[46]中浴竟。姥复引帝坐后堂，肴核水陆，杯盏新洁，劝帝欢饮，而师师终未一见。良久，姥才执烛引帝至房。帝搴帷而入，一灯荧然，亦绝无师师在。帝益异之，为倚徙几榻间。又良久，见姥拥一姬珊珊[47]而来。淡妆不施脂粉，衣绢素，无艳服。新浴方罢，娇艳如出水芙蓉。见帝意似不屑[48]，貌殊倨，不为礼。姥与帝耳语曰："儿性颇愎[49]，勿怪。"帝于灯下凝睇物色[50]之，幽姿逸韵，闪烁惊眸[51]。问其年，不答。复强之，乃迁坐于他所。姥复附帝耳曰："儿性好静坐。唐突[52]勿罪。"遂为下帷而出。师师乃起，解玄绢褐袄，衣轻绨[53]，卷右袂，援[54]壁间琴，隐几[55]端坐而鼓《平沙落雁》之曲[56]。轻拢慢捻[57]，流韵淡远[58]。帝不觉为之倾耳[59]，遂忘倦。比曲三终，鸡唱矣。帝亟披帷出。姥闻，亦起，为进杏酥饮[60]、枣䭔[61]、怀饦[62]诸点品。帝饮杏酥杯许，旋起去。内侍从行者皆潜候于外，即拥卫还宫。时大观[63]三年八月十七日事也。姥私语师师曰："赵人礼意不薄，汝何落落乃尔[64]？"师师怒曰："彼贾奴耳。我何为者[65]？"姥笑曰："儿强项[66]，可令御史里行[67]也。"而长安人言籍籍[68]，皆知驾幸陇西氏。姥闻大恐，日夕惟涕泣。泣语师师曰："洵是[69]，夷吾族[70]矣！"师师曰："无恐。上肯顾我，岂忍杀我？且畴昔之夜[71]，幸不见逼，上意必怜我。惟是我所窃自悼者，实命不犹[72]，流落下贱，使不洁之名，上累至尊，此则死有余辜[73]耳。若夫天威震怒，横被诛戮，事起佚游[74]，上所深讳，必不至此，可无虑也。"次年正月，帝遣迪赐师师蛇跗琴[75]。——蛇跗琴者，琴古而漆黦[76]，则有纹如蛇之跗，盖大内珍藏宝器也。又赐白金五十两。三月，帝复微行如陇西氏。师师仍淡妆素服，俯伏门阶迎驾。帝喜，为执其手令起。帝见其堂户忽华敞[77]，前所御处[78]，皆以蟠龙锦绣覆其上。又小轩改造杰阁[79]，画栋朱阑，都无幽趣。而李姥见帝至，亦匿避；宣至，则体颤不能起，无复向时调寒送暖情态。帝意不悦，为霁颜[80]，以老娘呼之，谕以一家子无拘畏。姥拜谢，乃引帝至大楼。楼初成，师师伏地叩帝赐额。时楼前杏花盛放，帝为书"醉杏楼"三字赐之。少顷置酒，师师侍侧，姥匍匐传樽为帝寿[81]。帝赐师师隅坐[82]，命鼓所赐蛇跗琴，为弄《梅花三叠》[83]。帝衔杯[84]饮听，称善者再。然帝见所供肴馔皆龙凤形，或镂或绘，悉如宫中式。因问之，知出自尚食房[85]厨夫手，姥出金钱倩制者。帝亦不怪，谕姥今后悉如前，无矜张显著[86]。遂不终席，驾返。帝尝御画院[87]，出诗句试诸画工，中式者岁间得一二。是年九月，以"金勒马嘶芳草地，玉楼人醉杏花天"名画一幅赐陇西氏。又赐藕丝灯[88]、暖雪灯、芳苡灯[89]、火凤衔珠灯各十盏；鸬鹚杯、琥珀杯、琉璃盏、镂金偏提[90]各十事[91]；月团、凤团、蒙顶等茶[92]百斤；怀饦、寒具[93]、银䭔饼[94]数盒。又赐黄白金各千两。时宫中已盛传其事，郑后[95]闻而谏曰："妓流下贱，不宜上接圣躬。且暮夜微行，亦恐事生叵测[96]。愿陛下[97]自爱。"帝颔之。阅岁者再[98]，不复出；然通问赏赐，未尝绝也。宣和[99]二年，帝复幸陇西氏。见悬所赐画于醉杏楼，观玩久之。忽回顾见师师，戏语曰：

299

"画中人乃呼之竟出耶？"即日赐师师辟寒[100]金钿、映月珠环、舞鸾青镜、金虬香鼎。次日，又赐师师端溪、凤咮砚[101]，李廷珪墨[102]，玉管宣毫笔[103]，剡溪绫纹纸[104]。又赐李姥钱百千缗。迪私言于上曰："帝幸陇西，必易服夜行，故不能常继。今艮岳离宫东偏有官地袤延二三里，直接镇安坊。若于此处为潜道[105]，帝驾往还殊便。"帝曰："汝图之。"于是迪等疏言："离宫宿卫人向多露处[106]。臣等愿捐赀若干，于官地营室数百楹，广筑围墙，以便宿卫。"帝可其奏。于是羽林巡军[107]等，布列至镇安坊止，而行人为之屏迹[108]矣。四年三月，帝始从潜道幸陇西，赐藏阄、双陆[109]等具。又赐片玉棋盘、碧白二色玉棋子、画院宫扇[110]、九折五花之簟[111]、鳞文蓐叶之席[112]、湘竹绮帘[113]、五彩珊瑚钩。是日，帝与师师双陆不胜，围棋又不胜，赐白金二千两。嗣后师师生辰，又赐珠钿、金条脱[114]各二事，玑珪[115]一箧，毳锦数端、鹭毛缯、翠羽缎百匹，白金千两。后又以灭辽庆贺，大赉州郡，加恩宫府[116]。乃赐师师紫绡绢幕、五彩流苏[117]、冰蚕[118]神锦被、却尘锦褥[119]、麸金千两，良酝[120]则有桂露、流霞、香蜜等名。又赐李姥大府[121]钱万缗。计前后赐金银钱、缯帛、器用、食物等，不下十万。帝尝于宫中集宫眷等宴坐，韦妃[122]私问曰："何物李家儿[123]，陛下悦之如此？"帝曰："无他，但令尔等百人，改艳妆，服玄素，令此娃杂处其中，迥然自别。其一种幽姿逸韵，要在色容之外耳。"无何，帝禅位，自号为道君教主[124]，退处太乙宫[125]。佚游之兴，于是衰矣。师师语姥曰："吾母子嘻嘻[126]，不知祸之将及。"姥曰："然则奈何？"师师曰："汝第勿与知，唯我所欲[127]。"时金人方启衅，河北告急[128]。师师乃集前后所赐金钱，呈牒开封尹[129]，愿入官[130]，助河北饷。复赂迪等代请于上皇，愿弃家为女冠。上皇许之，赐北郭慈云观居之。未几，金人破汴[131]。主帅闼懒索师师，云："金主[132]

知其名,必欲生得之。"乃索之累日不得。张邦昌[133]等为踪迹[134]之,以献金营。师师骂曰:"吾以贱妓,蒙皇帝眷,宁一死无他志。若辈高爵厚禄,朝廷何负于汝[135],乃事事为斩灭宗社计[136]?今又北面事丑虏[137],冀得一当[138],为呈身之地。吾岂作若辈羔雁贽[139]耶?"乃脱金簪自刺其喉,不死;折而吞之,乃死。道君帝在五国城[140],知师师死状,犹不自禁其涕泣之汍澜[141]也。

  论曰:李师师以娼妓下流,猥蒙异数[142],所谓处非其据[143]矣。然观其晚节[144],烈烈有侠士风,不可谓非庸中佼佼[145]者也。道君奢侈无度,卒召北辕之祸[146],宜哉。

注释

  〔1〕宋徽宗和李师师的故事,屡见于他书记载,并不完全出于虚构。文中反映昏君穷奢极欲,荒淫无耻,奸臣逢迎希宠,剥削人民,具有一定的批判意义。

  李师师是一妓女,却不肯在入侵者之前低头。她慷慨捐躯,骂贼而死,颇有民族气节。作者显然借此以讽刺那些屈膝媚敌、腼颜偷生的封建统治阶级投降派。

  宋人传奇,多因袭模仿唐人之作,而且写的大都是前代故事。此篇却是本朝事迹,文字也较雅洁,是宋人传奇中较好的一篇。

  〔2〕汴京:北宋的京城,今河南开封市。

  〔3〕厢:宋代划分京城地区为若干厢,略如今日的区。

  〔4〕以菽浆代乳乳之:用豆浆代替人奶去喂她。"菽浆",豆浆。上一"乳"字是名词,下一"乳"字是动词。

  〔5〕在襁褓:"襁褓",包裹婴儿的衣被。"在襁褓",指婴儿时代。

  〔6〕舍身:古时信佛的人,把自身舍到庙里为奴,甚至烧臂焚身,割肉自杀,认为这样就是对佛的供养,叫做"舍身"。

  〔7〕孩笑:小孩的笑。小儿笑为"孩"。

〔8〕名冠(guàn)诸坊曲:"坊曲",指曲巷,就是妓院。参看前《任氏传》篇"狭斜"注。"名冠诸坊曲",色艺在各妓院里首屈一指的意思。

〔9〕徽宗帝:名赵佶(jí),北宋末期一位昏庸的皇帝。宣和七年(公元一一二五年)传位给儿子钦宗(赵桓)。靖康元年(公元一一二六年)秋,金人攻陷开封,大肆屠杀劫掠,次年把徽宗、钦宗和赵氏宗室、后妃、公主等,都俘掳北去。后来徽宗死于五国城,高宗(赵构)在临安(今杭州)即位,从此成为南宋偏安的局面。

〔10〕蔡京、章惇(dūn)、王黼(fǔ):当时的几个奸臣。"蔡京"字元长,仙游(今福建仙游)人。徽宗时曾任尚书右仆射兼中书侍郎,前后四为宰相。"章惇"字元厚,浦城(今福建浦城)人。哲宗(赵煦)时曾知枢密院事,任尚书左仆射兼门下侍郎,徽宗时为特进,封申国公。"王黼"字将明,祥符(今河南开封)人。徽宗时曾任左谏议大夫,特进少宰。他们把持国政,结党营私,北宋之亡,他们要负很大责任;尤其是蔡京,奸恶最著,当时号为"六贼之首"。章惇于徽宗初年被贬死,蔡京、王黼于钦宗时被贬、被杀。

〔11〕绍述:宋哲宗和宋徽宗继续推行宋神宗(赵顼)的新法,历史家称为"绍述之政"。"绍述",继续遵行的意思。蔡京等主张推行新法,其目的却在挟制皇帝,排斥异己,所以说是"假绍述为名"。

〔12〕青苗诸法:宋神宗时,王安石做宰相,创行青苗、农田水利、均输、保甲等新法。"青苗法"是由政府办理平籴(dí),借钱给人民:春天借出,夏天归还;夏天借出,秋天归还;收取二分利息。王安石新法在当时是一种以"富国"为目的的政治改良运动,对促进生产力发展起了一定的作用,但却遭到保守派和异党的猛烈反对。

〔13〕长安:首都的通称,指汴京。

〔14〕饶乐:富足安乐。

〔15〕童贯、朱勔(miǎn):当时的两个奸臣。"童贯"字道辅,开封(今河南开封)人,本是宦官,曾领枢密院事,封广阳郡王。"朱勔",苏州(今苏州市)人,曾任防御使,是以"花石纲"骚扰民间的主持人。两人都于钦宗时被杀。

〔16〕挍:同"搜"字。

〔17〕离宫:就是行宫,皇帝出巡时休息的地方。

〔18〕艮(gèn)岳:宋徽宗政和元年(公元一一一七年),在开封兴建万岁山,以供游乐。因为山在京城东北方,所以也称"艮岳"("艮",本《易经》卦名,其方位在东北)。地周围十馀里,有山有水,建筑楼台亭馆无数,都穷极工妙。并积十馀年之力,向民间大肆搜括,所有花竹奇石,珍禽异兽,莫不充塞其中。这是当时劳民伤财的一大弊政,国力为之日竭。

〔19〕般乐:游乐。"般",同"盘"字,也是乐的意思。

〔20〕狎邪游:"邪",音义同"斜"字。"狎邪游",指狎妓。参看前《任氏传》篇"狭斜"注。

〔21〕内押班:官名。宋代设内侍省或入内内侍省押班,是皇帝贴身的内侍官。

〔22〕寺人:宦官、太监。下文"内寺",义同。

〔23〕未宫时:还未被阉割成为宦官时。

〔24〕陇西氏:汉代李广是陇西人,汉、唐以来,李姓世为陇西的大族,后来就以"陇西氏"指姓李的人。

〔25〕艳心:心里羡慕。

〔26〕内府:皇家的内库。

〔27〕紫茸:一种珍贵的细毛皮筒。

〔28〕霞氎(dié):一种有光彩的棉布。

〔29〕瑟瑟珠:于阗(今新疆和田县)出产的有名的碧珠。古时也称玉为珠,碧珠就是一种青玉。

〔30〕白金:银子。

〔31〕镒:古衡名,二十四两为一镒。

〔32〕翔步:两手微张地走着,形容随随便便的样子。

〔33〕堂户卑庳(bì):家里很卑陋狭隘。

〔34〕分庭抗礼:"抗",对抗。"分庭抗礼",处在庭中,相对为礼,就是行彼此平等的礼节。语出《庄子·渔父》。

〔35〕苹婆:也作"频婆",就是苹果。

〔36〕款洽：亲切周到的应酬。下文"款语"，指亲密的说话。

〔37〕延伫以待：久久地站在那里等待着。

〔38〕梾几：梾木（一种干高数丈的常绿乔木）做的几。"梾"，同"樱"字。

〔39〕缥缃(piǎo xiāng)数帙(zhì)："缥"，淡青色或月白色的丝织物。"缃"，浅黄色的丝织物。古书为卷轴写本，多以缥缃囊盛，或作为书衣，后来就以"缥缃"为书卷的代称。"帙"，书衣、书函。

〔40〕篁：竹子的通称。

〔41〕参差(cēn cī)弄影：在阳光照耀下，竹子的枝叶被风吹动，其阴影映射地面，细碎而摇曳不定，所以称为"弄影"。这里是借对景物的描写，以烘托出环境的幽静。

〔42〕翛(xiāo)然：无牵无挂，没有拘束的样子。

〔43〕鹿炙、鸡酢(zuò)、鱼脍、羊签："鹿炙"，烤鹿肉。"鱼脍"，鱼羹。"酢"和"签"都是菜名，制法不详。当时有"鸡酢"、"鹅酢"、"羊头签"、"羊舌签"一类供剥削阶级享受的"名肴"。

〔44〕香子稻米：一种珍贵的稻米。据说把少量的这种稻米和在普通米里，煮出饭来，就十分芬芳甘美。见《谷谱》。

〔45〕耳语：凑着别人耳朵旁小声说话。

〔46〕湢(bī)室：浴室。

〔47〕珊珊：身上佩带着玉饰的响声。

〔48〕不屑：瞧不起。

〔49〕愎(bì)：倔强、顽梗。

〔50〕物色：本指形貌，这里是仔细瞧看的意思。

〔51〕闪烁惊眸："闪烁"，光芒不定的样子，形容光彩照人。"惊眸"，犹如说眼睛看花了。

〔52〕唐突：冒犯。

〔53〕解玄绢褐袄，衣(yì)轻绨(tí)：脱下了黑绸短袄，里面只穿着一件绸衣。

〔54〕援：取下。

〔55〕隐(yìn)几:倚几、凭几。

〔56〕《平沙落雁》之曲:古琴曲名,又名《雁落平沙》,是描写群雁在沙滩上起落情景的一种流传很广的古典乐曲。

〔57〕轻拢慢捻(niǎn):"拢",击的意思。"捻",手捏。"轻拢慢捻",都是弹琴时的手法。

〔58〕流韵淡远:音韵淡雅而传布悠远。

〔59〕倾耳:犹如说拉长了耳朵听。

〔60〕杏酥饮:疑即现在杏仁茶一类的东西。

〔61〕餻:同"糕"字。

〔62〕餺飥(bó tuō):汤饼、水煮的面食。

〔63〕大观:宋徽宗(赵佶)的年号(公元一一〇七至一一一〇年)。

〔64〕落落乃尔:"落落",形容对人冷淡、不随和的样子。"乃尔",竟到如此的程度。

〔65〕我何为者:意思是我为什么要敷衍他。

〔66〕强(jiàng)项:硬着脖子,形容态度倔强的样子。东汉时,董宣为洛阳令。当时湖阳公主家的仆人白昼杀人,吏役不敢到公主家里逮捕他。后来公主乘车出行,这个仆人跟随着,董宣就当街拦住,把他拉下来杀了。公主向光武帝(刘秀)控诉。光武帝把董宣叫去,命小宦官挟持着,要他向公主叩头谢罪。董宣用两手支撑在地下,始终不肯屈服。光武帝只好说:强项令出去吧。见《后汉书·董宣传》。

〔67〕御史里行:官名,办御史的事,但不算正官,犹如后来某官上行走、某官上办事之类的官职。

〔68〕籍籍:形容彼此私下谈论的声音。

〔69〕洵是:如果是这样。

〔70〕夷吾族:杀掉我的全家。"夷",杀灭的意思。封建最高统治者为了镇压人民,对于犯了所谓"谋反"、"大逆"一类罪名的人,有夷三族(父母、兄弟、妻子)和夷九族(从高祖到玄孙)的残酷刑法。

〔71〕畴昔之夜:那一天夜里。"畴昔",日前、昔日。

〔72〕实命不犹:实在是命不如人。"犹",如、同。语出《诗经·召

南·小星》。

〔73〕死有余辜:死了还有余罪,极言罪恶之甚。"辜",罪的意思。

〔74〕佚游:无节制的游乐。

〔75〕蛇跗(fū)琴:"跗",蛇腹下的横鳞。"蛇跗琴",一种漆面有断纹、形如蛇腹下鳞纹一样的古琴。

〔76〕漆黝(yù):黄黑色、黑纹。

〔77〕华敞:华丽而宽敞。"帝见其堂户忽华敞":"敞",原作"厂",应形似误刻,改。

〔78〕前所御处:从前所曾用过、接触过的东西。

〔79〕杰阁:伟丽的楼阁。

〔80〕霁颜:雨过天晴叫做"霁"。"霁颜",指内心恼怒而表面装成和颜悦色的样子。

〔81〕匍匐传樽为帝寿:"匍匐",伏在地下。"传樽",把杯子递来递去。"传樽为帝寿",向皇帝祝酒的意思。

〔82〕隅坐:坐在一旁。

〔83〕《梅花三叠》:即《梅花三弄》,古琴曲名。最早见于《神奇秘谱》,据说是根据晋代伊桓的笛曲所改编。《三叠》,指曲调反复三次,就是泛音三段,异徽同弦。

〔84〕衔杯:把酒杯放在嘴边,要饮不饮的样子。

〔85〕尚食房:就是尚食局,是主管皇帝膳食的官署。

〔86〕无矜张显著:不要过分地炫耀铺张。

〔87〕御画院:"御",降临。"画院",指翰林图画院,北宋时设,是皇帝御用的绘画机构,罗致画家,按才艺高下,授以待诏、祗候、艺学、画学正、学生、供奉等职衔。宣和年间,更将绘画列入科举,在画院内建立"画学",并规定肄业和考绩制度。

〔88〕藕丝灯:一种彩色的灯。"藕丝",彩色名。

〔89〕芳苡灯:《洞冥记》:"招仙阁燃芳苡灯,光色紫。有白凤、黑龙、异(读如 zhù,后左脚白色的马)足来戏于阁。"这只是一种神话,这里所指的芳苡灯是什么式样不详。

〔90〕偏提：一种扁形的酒壶，俗称"酒鳖"。

〔91〕十事：十件、十样。

〔92〕月团、凤团、蒙顶等茶："月团"，一种形如团月的片茶，出湖南衡山。"凤团"，一种印有凤纹的茶饼，八饼重一斤，出福建建溪。"蒙顶"，四川蒙山最高峰上所产的茶叶，产量极少。以上几种茶叶都非常珍贵，当时是专供皇帝饮用的贡品。

〔93〕寒具：一种油炸的面食，就是馓子一类的东西。

〔94〕银馎（dān）饼：一种乳酪和肉类制成的饼。

〔95〕郑后：就是显肃皇后，有贤名，随宋徽宗北去，也死于五国城。

〔96〕叵（pǒ）测：不测。

〔97〕陛下：对皇帝的敬称。

〔98〕阅岁者再：经过了两年。"阅"，经历、经过。

〔99〕宣和：宋徽宗（赵佶）的年号（公元一一一九至一一二五年）。

〔100〕辟寒：避寒。

〔101〕端溪、凤咮（zhòu）砚："端溪"，溪名，在今广东肇庆西江羚羊峡东口的烂柯山麓，入山数里，有坑洞，产石可以制砚，以质地温润细腻著名，世称"端砚"。据近人研究，端石是一种泥质变质岩，形成于泥盆纪或更早的地质年代，经过高温和重压而成，故宜于制砚。"咮"，鸟口。据说福建北苑龙焙山的形势有如凤凰饮水模样；正当凤嘴的地方，有一块石头，苍黑而坚致如玉。宋代王颐采取这种石头制成砚台，苏轼给它取名为"凤咮砚"。

〔102〕李廷珪墨：当时一种最名贵的墨。"李廷珪"，南唐的墨工，所制墨最为精妙，据说其坚如玉，有纹如犀，浸在水中，三年不坏，一锭墨可以用五六十年之久。

〔103〕宣毫笔：宣州（今安徽宣城）出产的名笔。

〔104〕剡溪绫纹纸：用剡溪水制成的一种名贵的纸。参看前《飞烟传》篇"剡溪玉叶纸"注。

〔105〕潜道：地道。

〔106〕露处（chǔ）：露宿。

〔107〕羽林巡军:皇帝禁卫军的专称。宋代不设羽林军,这里只是泛指禁卫军。

〔108〕屏(bǐng)迹:绝迹。

〔109〕藏阄(jiū)、双陆:"藏阄",就是古藏钩之戏。游戏者分为两队,甲队把东西藏在某一人手里,叫乙队的人猜在何人手中。这里指藏阄所用的戏具。"双陆",博戏名。据说南北朝时由天竺传入,因局如棋盘而长,左右各有六路,故名"双陆"。马作椎形,黑白各十五枚,两人相戏,用骰子掷采行马,白马从右到左,黑马从左到右,先出完的为胜。详细玩法已失传。

〔110〕宫扇:就是团扇。古代皇宫里多用这种扇子,故名。

〔111〕九折五花之簟:一种可以折成若干层、有五彩花纹的簟子。

〔112〕鳞文蓐叶之席:"鳞文",疑应作"麟文"。古代有一种麟文席,把宝饰镶嵌在席上,成为麟凤云雾的形状。也可能指像鱼鳞一样花纹的席子。"蓐叶",不详。

〔113〕湘竹绮帘:用湘妃竹编织花纹的帘子。"湘竹",湘妃竹,一种上有斑纹的竹子,就是斑竹。传说舜死后,他的后妃娥皇、女英哭泣甚哀,泪染于竹,斑斑点点像泪痕一样,因称这种竹子为湘妃竹。产湖南、广西一带。

〔114〕条脱:腕钏、手镯。

〔115〕玑琲(bèi):珠子一百粒(一说五百粒)为"琲"。这里指珠圈、珠串之类的东西。

〔116〕灭辽庆贺,大赉(lài)州郡,加恩宫府:"赉",赏赐。宋徽宗宣和五年(公元一一二三年),金国把攻取的辽国都城燕京(今北京)和涿、易、檀、顺、景、蓟(今北京附近一带地方)等地归还宋朝。当时派童贯等到燕京去接收,大吹大擂地认为是灭了辽国,收复失地了,于是对中央和州郡官员,大加赏赐,封官进爵,以示庆贺。

〔117〕五彩流苏:用五彩线结成球形,下面垂着须络的一种装饰品。

〔118〕冰蚕:《拾遗记》:员峤山出冰蚕,是一种七寸长、有角有鳞的黑色的虫。它在冰雪下面结五彩的茧;用这种茧织成文锦,可以不怕水火。

〔119〕却尘锦褥:《杜阳杂编》:唐代元载为宠姬薛瑶英备却尘之褥,出句骊国,是却尘之兽毛所为,其色殷鲜,光软无比。《物类相感志》也有同样记载,说剥其皮毛为褥,则尘埃无犯。

〔120〕良酝(yùn):美酒。

〔121〕大府:指皇家府库。

〔122〕韦妃:宋高宗的母亲,也被金兵掳去;高宗即位后,遥尊为宣和皇后,后经交涉放回。

〔123〕何物李家儿:姓李的妇女是什么样一个人。

〔124〕道君教主:道家以所谓"三清九宫仙人"的高等僚属为"道君"。宋徽宗信奉道教,想以道教之主自尊,因自称为"道君教主"。

〔125〕太乙宫:"太乙",星名。宋时崇祀太乙,认为太乙所在,兵疫不兴,人民丰乐,因而先后兴建东太乙宫、西太乙宫、中太乙宫。

〔126〕嘻嘻:喜笑自得的样子。

〔127〕汝第勿与知,唯我所欲:你只不要过问,听从我怎么做。

〔128〕时金人方启衅,河北告急:宋徽宗宣和七年,也就是宋钦宗靖康元年,金兵攻下了相州、濬州、滑州等地,渡过黄河,河北一带,形势危急。"河北",宋路名,包括今河北大清河以南和河南、山东境内黄河以北的地区。

〔129〕开封尹:宋时设开封府尹,就是京兆尹的地位。

〔130〕入官:捐给政府。

〔131〕金人破汴:靖康元年,金将斡(wò)离不和粘罕,分两路侵犯开封,于闰十一月攻陷。参看前"徽宗帝"注。

〔132〕金主:指金太宗完颜晟(chéng)。

〔133〕张邦昌:字子能,东光(宋时属永静军,在今河北境内)人,当时的大汉奸。曾任太宰兼门下侍郎,却和金国私通。金兵攻陷汴京后,立为"楚帝"。由于人心不附,没有多久就下了台。宋高宗为帝后,把他贬在潭州,处死。

〔134〕踪迹:寻找。

〔135〕朝廷何负于汝:"廷",原作"庭",应形似误刻,改。

〔136〕为斩灭宗社计:做颠覆国家的打算。"宗",宗庙,指皇帝的祖庙。"社",社稷:社,土神;稷,谷神。皇帝例须祭祀社稷;如果国家亡了,社稷也就随之而变置。因此,"宗社"就成为国家的象征词。

〔137〕北面事丑虏:皇帝的坐位朝南,臣僚要面北朝见,所以"北面"就是称臣的意思。"丑",众、群。"虏",骂敌人的话,犹如说"贼"。"北面事丑虏",指投降了敌人。

〔138〕冀得一当(dàng):希望获得一个机会。

〔139〕贽:见面的礼物。

〔140〕五国城:辽代有剖阿里等五国归附,当时设节度使管辖他们;这五国分住各城,即今黑龙江依兰县以东至乌苏里江口的松花江两岸一带,称为"五国城"。依兰县为"五国头城",宋徽宗被掳北去,就囚死在这里。

〔141〕汍(wán)澜:流泪的样子。

〔142〕猥(wěi)蒙异数:"猥",含有胡乱地、马马虎虎地一类的意思。"猥蒙异数",指不应获得而获得的不比寻常的待遇。

〔143〕处(chǔ)非其据:所处的地位,不是她所应得的。

〔144〕晚节:晚年的节操。

〔145〕庸中佼(jiǎo)佼:"佼佼",超越一般的样子。"庸",本作"佣",佣工的意思。"庸中佼佼",指普通人里的特出人物。

〔146〕北辕之祸:"北辕",犹如说北行。"北辕之祸",指宋徽宗被掳往五国城的事。

知识链接

【文学常识】

一、编者介绍

张友鹤(1907—1971),安徽安庆人。曾就读于北平中国大学。后投身报业,参与《民生报》和《南京晚报》的编辑或创办工作。新中国成立后,被聘为人民文学出版社特约编辑,整理校注了《唐宋传奇选》、《镜花缘》、《官场现形记》、《二十年目睹之怪现状》、《聊斋志异会校会注会评本》等古代小说作品。

二、唐代小说及其艺术特征

唐之举人,先借当世显人,以姓名达之主司,然后以所业投献,逾数日又投,谓之"温卷"。如《幽怪录》、《传奇》等皆是也。盖此等文备众体,可以见史才、诗笔、议论。至进士则多以诗为贽,今有唐诗数百种行于世者,是也。

——宋·赵彦卫:《云麓漫钞》卷八

小说家一类,又自分数种:一曰志怪,《搜神》、《述异》、《宣室》、《酉阳》之类是也。一曰传奇,《飞燕》、《太真》、《崔莺》、《霍玉》之类是也。一曰杂录，《世说》、《语林》、《琐言》、《因话》之类是也。一曰丛谈，《容斋》、《梦溪》、《东谷》、《道山》之类是也。一曰辨订，《鼠璞》、《鸡肋》、《资暇》、《辨疑》之类是也。一曰箴规，《家训》、《世范》、《劝善》、《省心》之类是也。谈丛、杂录二类，最易相紊，又往往兼有四家，而四家类多独行，不可搀入二类者。至于志怪、传奇，尤易出入，或一书之中，二事并载；一事之内，两端具存，姑举其重而已……

小说，唐人以前，纪述多虚，而藻绘可观；宋人以后，论次多实，而彩艳殊乏，盖唐以前出文人才士之手，而宋以后率俚儒野老之谈故也。

——明·胡应麟：《少室山房笔丛·九流绪论》

小说亦如诗，至唐代而一变，虽尚不离于搜奇记逸，然叙述宛转，文辞华艳，与六朝之粗陈梗概者较，演进之迹甚明，而尤显者乃在是时则始有意为小说。胡应麟（《笔丛》三十六）云，"变异之谈，盛于六朝，然多是传录舛讹，未必尽幻设语，至唐人乃作意好奇，假小说以寄笔端。"其云"作意"，云"幻设"者，则即意识之创造矣。此类文字，当时或为丛集，或为单篇，大率篇幅曼长，记叙委曲，时亦近于俳谐，故论者每訾其卑下，贬之曰"传奇"，以别于韩柳辈之高文。顾世间则甚风行，文人往往有作，投谒时或用之为行卷，今颇有留存于《太平广记》中者（他书所收，时代及撰人多错误不足据），实唐代特绝之作也。然而后来流派，乃亦不昌，但有演述，或者摹拟而已，惟元明人多本其事作杂剧或传奇，而影响遂及于曲。

幻设为文，晋世固已盛，如阮籍之《大人先生传》，刘伶之《酒德颂》，陶潜之《桃花源记》、《五柳先生传》皆是矣，然咸以寓言为本，文词为末，故其流可衍为王绩《醉乡记》，韩愈《圬者王承福传》，柳宗元《种树郭橐驼传》等，而无涉于传奇。传奇者流，源盖出于志怪,然施之藻绘,扩其波澜,故所成就乃特异,其间虽亦或托讽喻以纾牢愁,谈祸福以寓惩劝,而大归则究在文采与意想,与昔之传鬼神明因果而外无他意者,甚异其趣矣。

——鲁迅:《中国小说史略·唐之传奇文(上)》

　　唐代小说在艺术上的成就,是标志中国小说成熟的里程碑。概括说来,主要有以下三点:

　　第一,是人物性格的描写,就是从史传文学继承下来的"史才"。许多以"传"命名的作品,都着重表现了传主的性格……

　　第二,多数作家注重词章文采,就是上面所说的"诗笔"……

　　第三,注重故事的情节结构。传奇之奇,既指神仙鬼怪的异闻,也包括了人间的奇迹艳遇……唐代小说,包括一部分杂传、杂史,既承袭史家"其文直,其事核,不虚美,不隐恶"的实录精神,又逐步自觉地运用了艺术的想象和敷演,这就使小说从史部的传记杂著演变为一种文学作品了。

——程毅中:《唐代小说史·余论》

三、作品评价

　　然传奇诸作者中,有特有关系者二人:其一,所作不多而影响甚大,名亦甚盛者曰元稹;其二,多所著作,影响亦甚大而名不甚彰者曰李公佐。

　　……《莺莺传》者,即叙崔张故事,亦名《会真记》者也。……元稹以张生自寓,述其亲历之境,虽文章尚非上乘,而时有情致,固亦可观,惟篇末文过饰非,遂堕恶趣,而李绅杨巨源辈既各赋诗以张之,稹又早有诗名,后秉节钺,故世人仍多乐道……至今尚或称道其事。唐人传奇留遗不少,而后来煊赫如是者,惟此篇及李朝威《柳毅传》而已。

> 李公佐……其著作今存四篇,《南柯太守传》最有名……其立意与《枕中记》同,而描摹更为尽致,明汤显祖亦本之作传奇曰《南柯记》。篇末言命仆发穴,以究根源,乃见蚁聚,悉符前梦,则假实证幻,余韵悠然,虽未尽于物情,已非《枕中》之所及矣……
>
> ——鲁迅:《中国小说史略·唐之传奇文(下)》

李公佐于贞元十八年(802)所作的《南柯太守传》则以梦游的结构将精怪题材与谐隐笔法结合到了一起:小说中的槐安国实际上是一个蚂蚁精灵群集的巢穴,其中却具有如人间王国一般的朝会典仪与婚庆丧葬制度,又在封赐贬谪、内政外交以及征战等各个方面与人世间毫无二致。作者先以大量篇幅叙述了淳于棼在槐安国由尊荣趋于衰微的遭遇,反映出封建时代的官僚在官场上的颠沛与坎坷。在整个叙述过程中,作者基本上没有作出任何暗示以让我们去猜测这是一个发生在蚂蚁王国里的故事。如果小说在淳于棼梦醒之时马上终结,那么它在构思与立意方面跟沈既济的《枕中记》就没有多少差别。但是作者却接着加上了一个精怪小说所特有的寻求真相的结尾:淳于棼"命仆夫荷斤斧,断拥肿,折查枿,寻穴究源",终于发现自己梦中所游历的国度竟然是蚁穴。此时,我们再回过头去看前文,才发现其中所有的国名、地名以及某些细节都一齐具备了隐语的特征:如所谓"槐安国"不过是槐树中一蚁穴;而檀萝国则是大檀树中另一蚁穴,且为藤萝所掩;南柯郡者,乃槐树南枝一穴;灵龟山者,乃一腐龟壳;盘龙冈者,乃盘屈若龙虺之状的古根中一小土壤。此外,国人上表所云"都邑迁徙,宗庙崩坏"之语则预示着风雨将至、群蚁流离失所的结局,这暗用了民间以蚂蚁迁移为雨兆的俗语。正是上述这些隐语笔法的运用才使《南柯太守传》的构思命意与《枕中记》相比显出了较大的差异:即后者主要通过梦境与现实的对照来反映富贵荣华的缥渺和虚无,而前者则在此之外又增加了一层人世与蚁穴的对比,以凸显官场的营营碌碌与蚂蚁的辛劳奔忙都同样地无谓而可悲。这正如文末所引李肇之赞语云:贵极禄位,权倾国都,达人视此,蚁聚何殊。作者之所以将这两个不同的世界牵扯在一起,正是为了让人们去领悟它们之间所共有的可笑与荒唐的一面。由此亦可看出:李公佐采用精怪加谐隐的形式来写作已是出于十分明确的主观意图,而不再仅仅是为了搜奇记逸和增加谈资。他的这一创作姿态有可能影响到同时及以后的谐隐精怪小说作家,使他们在游戏笔墨的同时也会有所寄托。

——李鹏飞:《唐代非写实小说之类型研究·唐代谐隐精怪类型小说的渊源与流变》

在艺术上《李娃传》也取得了更大的成就。除了情节更加曲折、更加引人入胜之外,其主要人物的性格也更丰富、更复杂。李氏对荥阳生并不是一下子就绝对忠诚的,在为甩开他而设下的骗局中她担任了主要角色,并扮演得十分出色,直到目睹荥阳生的惨状,她那向来被掩盖在娼妓身份下的性格特征才突然暴露出来。她不但沉痛地引咎自责,并且对假母要逐出荥阳生的表示作出了义正词严的驳斥,动之以仁义,晓之以利害。在这段描写中,人物的性格有所发展变化,但又与她在骗局中表现出来的聪明果决是一致的。这一前后对比更丰富、更深刻地揭示了人物的性格。作者之善于使用对比手法还表现在其他方面。如描写东西两肆斗歌时,也通过长髯者和荥阳生的神态及听众前后反应的对比来加以刻画。又如在安排李氏与荥阳生再次相见前先布置了父子相逢的场面,使李氏与其父在对待落魄的荥阳生的态度上形成鲜明的对比,突出了李氏人品的高尚。此外,《李娃传》的细节描写也更加淋漓尽致、生动细密,这一切都超出了以往的传奇作品,而对传奇的发展具有良好的影响……

《李娃传》以其卓越的艺术成就对后世的小说戏曲有巨大的影响。这不仅表现为后世产生了许多敷演李娃故事的话本和戏曲，后来小说戏曲中经常出现的那些历尽坎坷而最终团圆的才子佳人类型的情节实际上也滥觞于此。

——李宗为：《唐人传奇·唐人传奇发展盛期》

【学习思考】

一、从唐传奇《枕中记》中产生了一个著名的成语"黄粱一梦"，从《南柯太守传》中产生了另一个著名的成语"南柯一梦"，这两个著名的"梦"听起来好像非常相似，但它们其实还是有所不同的，请你把《枕中记》找来，跟《南柯太守传》进行比照阅读，然后思考一下它们之间的异同。

二、就题材内容、文体特征与叙事技巧而言，唐传奇都跟史传文学有着深刻的联系，请你把《史记》的人物列传（如《刺客列传》、《游侠列传》）跟唐传奇（如《谢小娥传》、《无双传》、《虬髯客传》、《红线》、《聂隐娘》等）进行对比，看一看它们之间究竟存在着哪些具体的联系？

(李鹏飞　编写)